IVY OWENS
In Love with a Star

Ivy Owens

In Love with a Star

Roman

Aus dem Amerikanischen
von Anja Mehrmann

GOLDMANN

Sollte diese Publikation Links auf Webseiten Dritter enthalten, so übernehmen wir für deren Inhalte keine Haftung, da wir uns diese nicht zu eigen machen, sondern lediglich auf deren Stand zum Zeitpunkt der Erstveröffentlichung verweisen.

Penguin Random House Verlagsgruppe FSC® N001967

1. Auflage
Deutsche Erstveröffentlichung Mai 2023
Copyright © 2022 by Ivy Owens
Copyright © der deutschsprachigen Ausgabe 2023
by Wilhelm Goldmann Verlag, München,
in der Penguin Random House Verlagsgruppe GmbH,
Neumarkter Str. 28, 81673 München
Umschlaggestaltung: UNO Werbeagentur, München
Umschlagmotive: FinePic®, München
Redaktion: Beate De Salve
tk · Herstellung: ik
Satz: KCFG – Medienagentur, Neuss
Druck und Bindung: CPI books GmbH, Leck
Printed in the EU
ISBN: 978-3-442-49376-0

www.goldmann-verlag.de

*Für CH und KC.
Als ich klein war,
habe ich davon geträumt,
eines Tages Freunde wie euch zu haben.*

1

Namen kann ich mir super merken, Gesichter hingegen überhaupt nicht. Aber ich weiß, dass ich dieses schon einmal gesehen habe. Er sitzt allein am Ende einer Reihe und blickt auf sein Handy. Ich lebe jetzt lange genug in L. A., um an seiner Haltung zu erkennen, dass er nicht in irgendeine Lektüre vertieft ist, sondern vor allem ungestört bleiben will. Und ich bin lange genug Journalistin, um zu wissen, dass dieser Typ unter keinen Umständen auffallen will.

Es funktioniert nicht. Sogar seine Frisur wirkt teuer, so akkurat und ordentlich, wie seine Haare nach hinten gekämmt sind. Und mir ist klar, dass ich ihn irgendwoher kenne. Ein Kinn, mit dem er Stahl schneiden könnte, Wangenknochen wie aus Stein gemeißelt, dazu ein perfekter Schmollmund. Dieses Gesicht verursacht eine Art Juckreiz in meinem Gehirn, ein neckisches Kribbeln.

Im Geist höre ich die Stimme meiner Mutter. Sie fordert mich auf, höflich zu sein, aufzustehen und ihn zu begrüßen. Aber ich befinde mich am Flughafen, und nachdem ich in London vierzehn Tage damit verbracht habe, Fremden wegen Informationen nachzujagen, die sie nicht rausrücken wollen, bin ich ziemlich müde. Ich kannte dort niemanden außer einem kettenrauchenden britischen Kollegen mit der Alkoholtoleranz eines Nilpferds, der wie eine gesengte Sau durch die Stadt raste, was mich dazu brachte, mehrmals täglich zu einem Gott zu beten, an den ich nicht glaube. Ich habe mich acht Stunden im Flugzeug und weitere vier an diesem Gate aufgehalten, um einen Sturm auszusitzen und auf den Anschlussflug nach L. A. zu warten, der immer wieder verschoben wurde. Fairerweise muss ich zugeben, dass ich nicht das Gefühl habe, das Gesicht dieses Mannes in den letzten zwei Wochen gesehen zu haben. Was ich empfinde, geht tiefer als der plötzliche Energieschub auf der Jagd nach einer Story. Diesmal dringt mir das Adrenalin bis in die Knochen. Der flüchtige Blick in sein Gesicht, als er den Kopf hebt, auf die Anzeigetafeln späht und dann ein kleines frustriertes Knurren von sich gibt, wirkt auf mich wie ein Song, den ich ewig nicht gehört habe. Bei seinem Anblick zieht sich mein Herz sehnsuchtsvoll zusammen.

Paradoxerweise wirkt er gleichzeitig aufrecht und in sich zusammengesunken, sehr edel in seiner maßgeschneiderten dunkelblauen Hose, den polierten braunen Schuhen und dem weißen Button-down-Hemd, das nach dem langen Flug von London nach Seattle immer noch frisch wirkt. Er sieht fantastisch aus.

Ich ziehe meinen Schal hoch und vergrabe das Gesicht darin, aber er riecht nach der abgestandenen Luft im Flieger, und ich ziehe ihn wieder herunter. Der Drang, vor Erschöpfung zu schreien, steigt in mir auf. Ich möchte mich nach Hause und in mein Bett teleportieren. Ich möchte den ganzen Selbstfürsorge-Kram überspringen, einfach ungeduscht und in Klamotten ins Bett schlüpfen. Mir ist sogar egal, wie abstoßend ich wirke. Nachdem ich tagsüber vierzehn Stunden damit verbracht habe, den flüchtigen Türsteher eines Nachtklubs aufzuspüren, gefolgt von acht schlaflosen Stunden im Flugzeug, ist nur noch das grundlegende animalische Selbst von mir übrig.

Ich schaue mich um. Ein paar Leute haben sich über vier Sitze hinweg ausgestreckt und schlafen, während andere auf dem Boden Platz finden müssen. Mein Körper schreit förmlich danach, sich irgendwo hinzulegen, egal, wo. Aber ich höre nicht auf ihn, denn ich weiß: Selbst wenn wir innerhalb der nächsten fünf Minuten an Bord gehen und starten sollten, werde ich erst weit nach Mitternacht in ein Taxi steigen und die lange Fahrt nach Hause antreten können. Und ich muss mich so bald wie möglich an die Arbeit machen. Diese Story ist die Chance meines Lebens, und von diesem Moment an bleiben mir nur noch zwei Tage, um sie fertig zu schreiben.

In der Nähe des Gates vermeiden es die Mitarbeiter der Fluggesellschaft sorgfältig, hinter das Pult zu treten. Sobald sie sich auch nur in dessen Nähe aufhalten, bildet sich sofort eine Schlange von genervten Menschen. Stattdessen halten sie sich im Hintergrund und starren einander finster an, wenn das Haustelefon an der Gangway mit einem Update zu dem sintflutartigen Unwetter draußen klingelt. Endlich geht eine Mitarbeiterin tapfer auf die Sprechanlage zu, und als ich sehe, wie sie die Schultern sinken lässt und auf das Display starrt, als müsste sie etwas ablesen, weiß ich Bescheid.

»Es tut mir leid, Ihnen mitteilen zu müssen, dass der Flug United 2477 annulliert wurde. Sie sind alle auf einen Flug umgebucht, der für morgen angesetzt ist. Die Tickets erhalten Sie auf die E-Mail-Adresse, die Sie bei der Buchung angegeben haben. Bitte setzen Sie sich bei Fragen mit unserer Kundenhotline in Verbindung, oder besuchen Sie das Kundendienstbüro neben der Gepäckaufgabe. Wir können hier vor Ort keine Umbuchungen vornehmen. Vielen Dank für Ihr Verständnis.«

Instinktiv hebe ich den Kopf, um zu sehen, wie der Typ auf die Neuigkeit reagiert.

Er hält sich bereits das Handy ans Ohr und nickt. Als er sich im Raum umsieht, ohne etwas wahrzunehmen, begegnen sich unsere Blicke. Er erstarrt, schaut kurz weg und richtet den Blick dann erneut in unbewusstem Erkennen auf mein Gesicht. Es dauert nur eine Sekunde, aber in dieser kurzen Zeitspanne breitet sich eine wilde, unkontrollierte Hitze in mir aus, ehe er blinzelt und stirnrunzelnd den Blick abwendet. Und nun frage ich mich, woher *er mich* kennt.

In einer perfekten Welt wäre ich bereits zu Hause. Ich wäre auf einen Direktflug von London nach Los Angeles und nicht auf diese Strecke über Seattle umgebucht worden. In einer perfekten Welt säße ich längst ausgeruht an meinem Computer und würde die Informationsflut aus meinem Gehirn, meinem Handy und meinem Notebook einfach zu einer zusammenhängenden Geschichte zusammenfügen. Auf keinen Fall stände ich in einem Hotel in Seattle hinter diesem perfekten Mann, während ich mich wie ein heruntergekommener Waldschrat fühle.

Vor mir stehen drei Leute in der Schlange, hinter mir vier. Alle kommen wir von demselben gestrichenen Flug, alle brauchen wir Zimmer, und ich habe das beunruhigende Gefühl, dass es schlauer gewesen wäre, mich weiter in die City hineinzuwagen. Ich komme mir vor, als nähme ich ungeplant an einem Rennen teil, und zwar an einem, das ich definitiv verlieren werde.

Der Mann, an dessen Namen ich mich immer noch nicht erinnern kann, hat den Kopf gesenkt und scheint hektisch eine Textnachricht zu tippen, aber als am Hoteleingang Unruhe entsteht – jemand hupt, eine Frau ruft einen Namen –, dreht er sich erschrocken um, und ich kann sein Profil aus der Nähe betrachten.

Auf einmal fällt mir ein, woher ich sein Gesicht kenne: Ich habe eine jüngere Version davon gesehen, als er im Hochsommer auf einer von der Hitze aufgeworfenen Straße in Los Angeles über die Schulter blickte. Als er lachend mit Freunden auf einer Wohnzimmercouch saß, ohne wahrzunehmen, dass ich hinter ihnen durchs Zimmer ging. Geduckt ist er mir spätabends auf dem Flur bei sich zu Hause ausgewichen, als ich auf dem Weg zur Toilette war und er endlich ins Bett gehen wollte.

»Alec?«, sage ich laut.

Erschrocken dreht er sich um, seine Augen sind geweitet.

»Wie bitte?«

»Bist du nicht Alec Kim?«

Ein Lachen löst sich aus seiner Kehle, und das Lächeln enthüllt eine Reihe perfekter Zähne. Sein Gesicht offenbart immer wieder neue faszinierende Merkmale. Grübchen. Einen Adamsapfel, der sich beim Lachen auf provozierend männliche Art hebt und senkt. Eine Haut wie Seide. Ich war in den letzten zwei Wochen ständig von schönen Menschen umgeben, aber dieser Mann ist eine ganz andere Liga. Er muss Model sein, alles andere wäre ein Verbrechen.

»Ja, aber ...« Mit gerunzelter Stirn sieht er mich fragend an.

»Entschuldigung, kennen wir uns?«

Ich habe ihn seit vierzehn Jahren nicht mehr gesehen, und er spricht mit einem neuen, auf hinreißende Art vielschichtigen Akzent.

»Ich bin Georgia Ross«, sage ich, und nun dreht er sich ganz zu mir um, wobei er eine Hand in die Hosentasche schiebt. Die Tatsache, dass er mir seine volle Aufmerksamkeit widmet, wirkt auf mich, als hätte ich einen Sauger in der Brust, der mir die Luft aus der Lunge zieht. »Deine Schwester Sunny und ich waren in der Schule miteinander befreundet. Nach der achten Klasse ist eure Familie nach London gezogen.«

Alec ist sechs Jahre älter als wir, und damals habe ich so heftig für ihn geschwärmt, dass es beinahe wehtat. Jahrelang war er nur der Bruder meiner besten Freundin gewesen: gelegentlich da, immer höflich, meistens unauffällig. Aber dann, wenige Wochen nach meinem dreizehnten Geburtstag, bin ich eines Nachts hinuntergegangen, um mir ein Glas Wasser zu holen, und ertappte ihn dabei, wie er im Kühlschrank nach einem Mitternachtsimbiss suchte – neunzehn Jahre alt, schlaftrunken und ohne Hemd. Danach konnte ich wochenlang an nichts anderes denken als an seinen nackten Oberkörper.

Ich denke an die muskulösen Jungs zurück, die auf der Couch um den Gamecontroller kämpften, an den Jungen mit der nackten Brust, der sich von der Straße abstieß, um seinem Skateboard Schwung zu geben.

Nach der Hälfte seines Studiums an der UCLA zog seine Familie wegen Mr Kims Job nach London, und Alec ging mit. Sunny und ich schrieben uns ungefähr drei Briefe, ehe wir unsere wohldurchdachten Pläne einfach fallen ließen. Sie war von der zweiten bis zur achten Klasse meine beste Freundin gewesen, aber nach dem Umzug habe ich sie nie mehr wiedergesehen.

Alec Kim lässt den Blick über meine Züge wandern. Offensichtlich versucht er das Gesicht, das er vor sich sieht, mit dem des Kindes in Verbindung zu bringen, das er einmal gekannt hat. Na, dann mal viel Glück. Bei unserer letzten Begegnung hatte ich eine Zahnspange, ungezupfte Augenbrauen und Arme so dünn wie Zahnstocher. Ich bin immer noch zierlich, aber nicht mehr das dürre Mädchen von früher. Obwohl ich fast jeden Tag nach der Schule bei ihm zu Hause war, würde ich einen Haufen Geld darauf wetten, dass er sich nicht an mich erinnert.

Trotzdem gibt er sich echt Mühe, die kleine Gigi Ross in der erwachsenen Georgia wiederzuerkennen. Ich habe mir über meine äußere Erscheinung nie allzu viele Gedanken gemacht, aber unter seinem prüfenden Blick wird mir überdeutlich bewusst, dass ich dringend eine Dusche brauche. Sogar meine Augen – mein wohl größter Vorzug, weil sie weit auseinanderstehen, zwischen Braun und Grün changieren und von dichten Wimpern beschattet werden – sind im Moment vermutlich klein und gerötet. Ganz zu schweigen von meinen Haaren. Die waren schon vor fünfzehn Stunden dermaßen fettig, dass ich den letzten Rest meines teuren Trockenshampoos benutzt und mir einen Dutt gemacht habe. In diesem Zustand vor einem solchen Mann zu stehen, ist einfach demütigend.

»Georgia. Genau.« Seine Augen fangen nicht gerade an zu leuchten, als er mich wiedererkennt, aber das ist schon okay. So etwas ist immer einseitig. Für einen Neunzehnjährigen war ich damals quasi unsichtbar. Aber dann hellt sich seine Miene auf. »Moment mal. *Gigi?*«

Ich grinse. »Ja, Gigi.«

»Wow, das ist echt lange her. Alec bin ich schon seit …«, er überlegt, »… vierzehn Jahren nicht mehr genannt worden.«

»Und wie heißt du jetzt?«

Leicht überrascht sieht er mich an und zögert einen Moment.

»Alexander«, sagt er dann mit funkelndem Blick. »Aber Alec ist völlig okay.«

Ich reiche ihm die Hand.

Er schließt seine schlanken Finger darum und drückt fest zu.

»Freut mich, dich wiederzusehen«, sagt er und zieht die Hand nicht gleich zurück.

Mein schläfriger Körper interpretiert das als Vorspiel und wird sofort überall heiß. Als er mich endlich loslässt, balle ich die Faust und schiebe sie in die Tasche meiner Jeans.

»Wie geht's Sunny?«

»Es geht ihr großartig.« Ein herzzerreißend perfektes Lächeln breitet sich in Alecs Gesicht aus. »Sie lebt in London, arbeitet als Model. Vielleicht könnt ihr ...«

Der Empfangsmitarbeiter beugt sich vor, um unsere Aufmerksamkeit auf sich zu ziehen. »Bitte sehr, wie kann ich Ihnen helfen?«

Alec lässt mir mit einem kurzen Nicken den Vortritt, aber ich spüre noch immer den Händedruck-Sex. Mein Hals fühlt sich an, als würde die Hitze ihn gleich versengen, und ich brauche dringend jemanden, der mich in eine Badewanne steckt und mit einem riesigen Scheuerschwamm abreibt.

»Geh ruhig vor.« Ich winke ihn weiter und gebe vor, etwas zu suchen. Was ich vermutlich auch tue. Und zwar meine Gelassenheit, die – ebenso wie mein Portemonnaie – irgendwo in diesem Rucksack liegen muss. Doch nach wenigen Sekunden kommt eine Frau hinter dem Tresen hervor und nähert sich den letzten fünf Personen in der Schlange, zu denen auch wir gehören.

»Es tut mir sehr leid, aber wir sind für heute Nacht vollständig ausgebucht«, sagt sie schulterzuckend. »Wenn Sie nicht reserviert haben, können wir Sie leider nicht beherbergen. Ich weiß, dass derzeit viele Gruppen in der Stadt sind, aber vielleicht kann Ihnen unser Portier ein paar Adressen nennen.«

Bevor ich reagieren kann, sind die anderen Gäste zum Pult des Pförtners geeilt und stellen sich in umgekehrter Reihenfolge erneut hintereinander auf. Alle verlangen lautstark nach Aufmerksamkeit. Großartig.

Mit gesenktem Kopf schicke ich über das Reiseportal eine E-Mail an das Helpdesk, um mitzuteilen, dass das Hotel, in dem ich mich gerade befinde, ausgebucht ist. Aber inzwischen ist es fast zehn Uhr, und ich habe keine Ahnung, wie lange es dauern wird, bis jemand meine Nachricht liest. Ich versuche auch anzurufen, lande aber auf der Mailbox. Vor Frust und Erschöpfung brennen mir Tränen in den Augen. Ich schließe die Lider und denke nach. Ob ich auf der Couch in der Lobby unbemerkt ein Nickerchen halten kann? Oder soll ich zum Flughafen zurückkehren und mich dort auf einer Sitzbank zusammenrollen? Ich bin auf einen Flug gleich morgen früh um acht umgebucht, brauche also nichts besonders Komfortables.

Als mich jemand am Ellbogen fasst und sanft von dem Empfangstresen wegführt, vor dem ich inzwischen als Einzige aus der Schlange übrig geblieben bin, komme ich erschrocken wieder zu mir.

»Weißt du, wo du übernachten kannst?«, fragt Alec.

»Nein. Ich überlege gerade, was ich tun soll.«

Er blickt auf mich herab. »Soll ich jemanden für dich anrufen?«

Ich schüttele den Kopf. »Ich bin nur so ... ich bin müde, und eine Dusche bräuchte ich dringender als den nächsten Atemzug.«

Er legt den Kopf schief und mustert mich für ein paar Sekunden mit entwaffnendem Interesse. »Wenn du willst, kannst du das oben in meinem Zimmer erledigen.«

Sicher meint er das nicht ernst. »Ich ... nein, wirklich nicht, ist schon okay.«

»Ich verstehe, wenn dir das unangenehm ist«, versichert er rasch, »aber du bist eine Freundin meiner Familie. Und du siehst aus, als würdest du gleich umfallen. Wenn du also oben duschen willst, ist das wirklich in Ordnung für mich.«

Nach weiteren zwei Sekunden wende ich den Blick ab.

Ich bin auf mein nacktes Selbst reduziert. Sogar meine Hände fühlen sich schmutzig an.

Ich nicke resigniert, dann bedeute ich ihm mit einem Kopfnicken voranzugehen. »Danke.«

Im Aufzug stehen wir so weit wie nur möglich voneinander entfernt, während die Kabine in himmlischer Stille nach oben gleitet. Die Erkenntnis überkommt mich wie eine Plane, die mir jemand über den Kopf wirft: Egal, wie dringend ich eine Dusche brauche, das hier ist eine ganz schlechte Idee. Ich bin eins dreiundsechzig und fahre mit einem Typen nach oben, der locker zwanzig Zentimeter größer ist als ich. Dabei habe ich gerade zwei Wochen damit verbracht, in ganz London Männer aufzuspüren, die den Abschaum der Menschheit darstellen. Ich sollte es also besser wissen.

Ich frage mich, ob Alec dasselbe denkt. Okay, sicher befürchtet er nicht, dass ich ihn physisch überwältigen könnte, aber vielleicht macht er sich Sorgen, weil er nicht weiß, zu was für einem Menschen ich geworden bin, nachdem wir uns aus den Augen verloren haben.

Die Stille ist so vollkommen, dass es sich anfühlt, als hätte eine höhere Macht die ganze Welt stumm geschaltet. Ich starre auf meine Sneakers. Auf dem schimmernden, polierten Boden des Fahrstuhls wirken sie staubig und abgewetzt. Dass er mich beobachtet, merke ich erst, als er etwas sagt.

»Du kannst deiner Freundin eine Textnachricht schicken, wenn du dich unwohl fühlst, oder ... Ach Mensch, entschuldige, dass ich nicht gleich darauf gekommen bin! Ich kann auch einfach unten bleiben, bis du fertig bist.«

Ihn aus seinem Zimmer zu verbannen, bis ich fertig bin, kommt mir ... unnötig vor. Eigentlich ist er kein Fremder, und wahrscheinlich ist er genauso erschöpft wie ich. Sechs Jahre lang stand ich mit seiner Familie in engem Kontakt, habe ihm unter der Woche fast jeden zweiten Abend am Esstisch gegenübergesessen und die koreanische Hausmannskost seiner Mutter genossen. Er war aufmerksam, eher still und hat gerne Witze gemacht. Himmel, die Achtklässlerin Georgia hätte ihn bewusstlos geküsst, hätte sie jemals Gelegenheit dazu gehabt!

Trotzdem, eine Textnachricht ist eine gute Idee. Wäre ich ausgeruhter, satter und sauberer, wäre mir das vermutlich bereits eingefallen, *bevor* ich in diesen Aufzug gestiegen bin.

»Welche Zimmernummer hast du?«, frage ich mit krächzender Stimme.

Er schiebt eine Hand in die Jackentasche, holt einen Umschlag heraus und wirft einen Blick darauf.

»Sechsundzwanzig elf.«

Ich schreibe Eden, meiner besten Freundin.

> Habe einen alten Freund getroffen. Dusche in seinem Zimmer, die Hotelsituation ist chaotisch. Seattle Airport Marriott. Zimmer 2611. Er ist okay, aber ich schreibe dir innerhalb einer Stunde, damit du weißt, dass es mir gut geht.

Sie antwortet umgehend mit einem schockiert aussehenden Emoji, gefolgt von einem schlichten: Okay.

»Danke«, sage ich und stecke mein Handy wieder ein. Allein die Tatsache, dass er mir vorgeschlagen hat, jemandem zu schreiben, gibt mir ein besseres Gefühl. Er hat eine sanfte, ausgeglichene Ausstrahlung. Ich versuche, mir vorzustellen, wie er mich plötzlich bedroht... Ich meine, schließlich ist nichts unmöglich. Es ist erstaunlich, wie gut Menschen ihre Bösartigkeit verstecken können. »Wie kommt es, dass du ein Zimmer ergattert hast?«

Er lächelt, während er mir die Fahrstuhltür aufhält, damit ich als Erste hinausgehen kann. »Zu meinem Glück hat bereits vor dem großen Ansturm jemand für mich reserviert.«

Nachdem er die Schlüsselkarte an die Tür mit der Aufschrift PRÄSIDENTENSUITE gehalten hat, bedeutet Alec mir, vor ihm einzutreten. Ich bin derart fasziniert von dem, was ich nun sehe, dass ich den langen Flur bereits zur Hälfte durchquert habe, ehe ich mich auf meine guten Manieren besinne. Natürlich steht er noch an der Tür und zieht sich die Schuhe aus. Ich bin total erledigt, sehe alles verschwommen und habe mich selten weniger anmutig gefühlt als in den Sekunden, in denen er mich dabei beobachtet, wie ich mich stolpernd von meinen Vans befreie.

Vorsichtig zieht er seinen glänzenden Rollkoffer an mir vorbei in das Zimmer – oder eher: in *die* Zimmer. Ich wusste ja, dass es in Hotels Suiten gibt, schließlich habe ich ein- oder zweimal bei übertrieben kostspieligen Ausflügen mit Freundinnen darin übernachtet und auch ein paar Interviews mit wichtigen Leuten dort geführt, aber das hier ist anders. Es ist nicht einfach ein Apartment, es ist ein Luxusapartment. Eine Villa in Form einer Wohnung. Deckenhohe Fenster mit Blick auf die Skyline von Seattle nehmen eine ganze Wand ein. Es gibt ein Wohnzimmer, eine voll ausgestattete Küche und ein separates Esszimmer. Eine Tür führt zu einem Flur, von dem offenbar weitere Zimmer abgehen.

»Wow!«

Er betrachtet mich mit der Andeutung eines Lächelns.

»Du siehst erschöpft aus, Georgia«, stellt er fest.

»Bin ich auch«, räume ich ein, und unsere Blicke begegnen sich. »Ich bin dir sehr dankbar für die Dusche. Danach fahre ich wieder runter und überlege mir, wie es weitergeht.«

»Soll ich wirklich niemanden anrufen, während du im Bad bist?«

Ich schüttele den Kopf. »Wir haben eine Reiseabteilung.«

»*Wir?*«

»Meine Firma.«

»Ah.« Alec sieht aus, als würde er gern nachhaken, doch dann wandert sein Blick zu meinen hängenden Schultern. Er hebt das Kinn und sagt: »Okay, dann mal los. Ich bleibe hier draußen.«

Obwohl er ein kultivierter Mann ist, wirkt jede noch so kleine Geste wohlüberlegt. Nach den Abgründen, in die ich in den letzten zwei Wochen in London geblickt habe – und nach den vielen Geschichten, die ich gehört habe –, bin ich dankbar für diese ausdrückliche Zusicherung. Und für die abschließbare Badezimmertür.

Sobald ich abgeschlossen habe, lehne ich mich an die Tür und atme durch. Obwohl ich so erschöpft bin, kann ich nicht leugnen, dass Alec Kim nach wie vor eine starke Ausstrahlung hat. Maskulin, unerschütterlich und ernst. Leicht arrogant auf eine Art, die ich äußerst sexy finde, aber ... wow, was für ein Unterschied zwischen uns beiden. In meinem derzeitigen Zustand komme ich mir bereits wie eine Diebin vor, wenn ich ihn auch nur andeutungsweise als sexuelles Wesen betrachte.

Ich habe solche Gedanken schon sehr lange nicht mehr gehabt. Seit Monaten, um genau zu sein, und Alec steht in scharfem Kontrast zu dem Mann, der mein Sexgehirn zuletzt bewohnt hat. Spencer hat innerhalb von elf Monaten sämtliche Punkte als bester fester Freund verspielt, die er im Lauf unserer sechsjährigen Beziehung angesammelt hatte. Männer, Sex und der komplizierte Drahtseilakt, sich in Gegenwart eines anderen verletzlich zu zeigen, all das hat seinen früheren Glanz für mich verloren.

Und da wir gerade von Verletzlichkeit sprechen: In den zwanzig Minuten unserer erneuerten Bekanntschaft hat mir Alec Kim so offen und ehrlich in die Augen geschaut, als könnte er mit einem Blick mein ganzes Wesen erfassen.

Spence hatte längst aufgehört, mir ins Gesicht zu sehen,

aber das ist mir erst im Nachhinein klar geworden. Irgendwann fing er an, den Augenkontakt auf das Nötigste zu beschränken, selbst wenn er mir das strahlende Lächeln schenkte, das sein Markenzeichen war. Dieses Lächeln war breit, aber sein Blick wanderte dabei über meine Schulter oder nach unten und zur Seite, so als wäre er begeistert von etwas, was draußen vor dem Fenster geschah, oder bezaubert von der Katze, die sich in der Ecke zusammengerollt hatte.

Das allein hätte mich misstrauisch machen müssen, denn als wir uns gerade kennengelernt hatten, starrte er mich ständig an, egal, ob ich nackt oder angezogen war. Einmal sagte er, es sei immer wieder überraschend für ihn, dass ich tatsächlich ihm gehörte. Unsere Clique, mit der wir seit dem College zusammen waren, beneidete uns. Während unsere Freunde die reinsten Chaoten waren, bildeten Spence und ich das verlässliche Herz unserer Gruppe. Wir waren lustig, warmherzig und bodenständig.

Aber nach sechs gemeinsamen Jahren, von denen wir zwei zusammenwohnten, legte sich irgendwie ein Schalter um. An einem Tag waren wir noch Spence-und-G in einem Wort, und am nächsten stimmte etwas nicht mehr. Er klopfte nur kurz an meine Tür, ehe er sich in den Feierabend stürzte. Und er zeigte sich dankbar für das, was ich zum Abendessen auftischte, aber es war eine übertriebene Dankbarkeit, die immer größer wurde, bis sie verzweifelt und geradezu abstoßend wirkte. Auch das hätte mich misstrauisch machen müssen.

Doch zu diesem Zeitpunkt war ich dermaßen damit beschäftigt, meine Karriere voranzutreiben, dass ich kaum vom Schreibtisch aufblickte. Ich dachte, das sei es eben, was man mit Mitte zwanzig so tat. Ich dachte, die Belohnung würden wir später einheimsen: verfügbares Einkommen, Urlaubsreisen, freie Wochenenden. Ich arbeitete achtzehn Stunden am

Tag und buhlte als Freiberuflerin um jeden Auftrag. Dann fing ich unter Billy fest in der Auslandsredaktion der *L. A. Times* an und glaubte, das große Los gezogen zu haben. Währenddessen fehlte mir einfach die Zeit – oder vielmehr nahm ich mir nicht die Zeit –, um zu bemerken, wie sehr sich Spence verändert hatte.

Vermutlich hatte auch ich mich verändert. Zwar war ich immer schon ehrgeizig gewesen, aber die ersten Monate bei der *Times* hatten den schwachen, schwammigen Teil von mir, der nicht wusste, wie er seine Ziele verfolgen sollte, praktisch verdunsten lassen. Ich wurde mental immer härter, weil ich um jede Story, um jede Zeile Text kämpfen musste. Die zermürbenden Stunden, übersprungenen Mahlzeiten und Sprints durch die ganze Stadt ließen mich auch körperlich verhärten. Manchmal verstehe ich, warum Spence es getan hat. Manchmal verstehe ich, warum unsere Freunde sich auf seine Seite geschlagen haben. Manchmal möchte ich ihnen allen verzeihen, nur damit ich es nicht mehr mit mir herumschleppen muss.

Als ich mich von der Tür abstoße und vor den Spiegel stelle, bin ich entsetzt, wie abgespannt mein Gesicht aussieht. Meine Augen sind stark gerötet, die Haut ist fahl und glänzend. Meine Lippen sind spröde, und mein Haarknoten behält sogar dann seine Form, wenn ich den Clip herausnehme.

Grundgütiger, ich stinke!

Während ich meine Klamotten ausziehe, stelle ich mir vor, sie in den Mülleimer zu werfen, meine Jeans und die Socken, ja sogar die Unterwäsche in den kleinen Behälter aus Messing zu stopfen. Ich könnte meinen Koffer in Seattle lassen und müsste nichts davon jemals wiedersehen. Alec würde sich wahrscheinlich nicht einmal darüber wundern – alles, was ich am Leib hatte, liegt nun zerknittert auf dem Boden und sieht aus, als würde es sowieso keinen weiteren Tag mehr überstehen.

Nackt stelle ich die Dusche an und sehe mich ein wenig um, während das Wasser warm wird. Der Badezimmertisch besteht aus massivem Granit, und das Waschbecken ist eine erhöht stehende glänzende Schale aus geblasenem Glas. Die kostenlosen Hygieneartikel in Normalgröße sind in einem luxuriösen Lederkoffer untergebracht. Es ist verwirrend, derartigen Luxus zu genießen, während ich mich kaum noch wie ein Mensch fühle.

Als ich unter den Duschkopf trete, kann ich ein Stöhnen nicht unterdrücken. Noch nie habe ich eine so luxuriöse Dusche benutzt! In den letzten beiden Wochen war ich im Bad außerdem immer in Eile und abgelenkt. Nur schnell abduschen, mir einen Apfel zwischen die Zähne schieben und zur Tür hinausstürmen. An manchen Tagen habe ich mir bloß kaltes Wasser ins Gesicht gespritzt und mir Deo unter die Achseln gesprüht.

Das hier ist die reinste Wonne. Göttlicher Wasserdruck, schäumendes Duschgel, teures Shampoo und ein Conditioner, der so gut riecht, dass ich ihn überhaupt nicht ausspülen will. Aber mir ist bewusst, dass Alec draußen wartet und wahrscheinlich gern schlafen gehen möchte, darum spüle ich mir nun doch die Haare aus – allerdings erst, nachdem ich mich mit dem kleinen Rasierer überall gründlich enthaart und mich mit dem Peeling massiert habe, bis mir am ganzen Körper die Haut prickelt. Das Handtuch ist plüschig weich und riesengroß. Ich putze mir mit einer Zahnbürste aus dem Kosmetikset die Zähne und drehe mich dann um, weil ich nach meinem Koffer greifen will.

Den ich draußen auf dem Flur gelassen habe. Natürlich. Weil *natürlich* der Flug gecancelt wurde und keine Zimmer mehr frei sind. Und *natürlich* ist Alec hier, der nun auf den viel schickeren Namen Alexander hört, und er ist ein Gott und ich ein Monster, und *natürlich* hat er eine riesige Suite, in der er mich duschen lässt, und darum steht mein Koffer *natürlich* draußen auf dem Flur.

An der Tür hängen zwei Morgenmäntel. Ich nehme einen vom Bügel und schlüpfe hinein. Er ist weich und dick und duftet nach Lavendel. In meinem ganzen Leben habe ich mich noch nie so sauber und erfrischt gefühlt. Zum ersten Mal seit Tagen wage ich zu hoffen, dass ich bald nach Hause kommen und genug Kraft und Energie aufbringen werde, um die Story niederzuschreiben, die mich Tag und Nacht verfolgt.

Als ich auf dem Flur nach meinem Koffer greife, erhasche ich einen Blick auf Alec. Er steht im Wohnzimmer, mit dem Gesicht zum Fenster, die Hände in die Taschen geschoben, und blickt auf die Skyline hinaus. Beim Geräusch meines Rollkoffers auf dem Marmorboden dreht er sich um, und unsere Blicke begegnen sich. In meinem Oberkörper prickelt es, als stünde ich unter Strom.

Alec betrachtet mein sauberes Gesicht und meine nassen, von dem schmuddeligen Knoten befreiten Haare. Sie fallen mir bis zur Taille über den Rücken, und durch die Nässe wirken sie dunkler. Dann wandert sein Blick über meinen Hals, und seine Augen weiten sich ...

Ich umklammere den Morgenmantel an der Stelle, wo er kurz zuvor noch auseinanderklaffte. Oh Gott!

Hastig zerre ich meinen Koffer ins Bad und rufe beschämt: »Entschuldigung!«, dann knalle ich die Tür hinter mir zu. Ich weiß nicht, wie viel er von meinen Brüsten gesehen hat, aber er hat definitiv etwas gesehen.

Koffer auf, Haare mit dem Handtuch trocknen, durchbürsten und Bodylotion auftragen. Jetzt kommt der schwierige Teil. Sauber ist nichts mehr, fragt sich nur, was am wenigsten schmutzig ist ... Auf eine zweiwöchige Reise nur Handgepäck mitzunehmen, bedeutet, Sachen mehrmals zu tragen. Und obwohl ich das ein oder andere Kleidungsstück in dem Hotel in London mit der Hand gewaschen habe, ist inzwischen alles zerknittert und ausgeleiert – furchtbar!

Ich hole einen BH und ein rotes Jerseykleid mit Dreiviertelärmeln heraus. Knitterfrei, hurra! Bequem, hübsch. Ich schnüffele daran und stelle fest, dass es gut riecht. Vielleicht ist es zu schick für eine Taxifahrt zu einem anderen Hotel, aber anders als bei einer Hose muss ich darunter keinen schmutzigen Slip anziehen.

Ich bin echt ein Wrack!

Nachdem ich alles wieder eingepackt habe, trete ich auf den Flur hinaus.

»Alec«, sage ich dankbar, und er dreht sich um. Seine Miene wirkt plötzlich angespannt, er mustert mich überrascht. »Danke. Im Ernst, nach dieser Dusche fühle ich mich wie ein neuer Mensch.«

Er nickt. »Gern geschehen. Ich bringe dich runter.«

»Das musst du nicht.«

»Es macht mir nichts aus. Ich bin sowieso nicht müde. Wahrscheinlich werde ich unten noch etwas trinken.«

Mein Blick huscht durch den Raum und fällt dabei auf die großzügig bestückte Bar in der Ecke. »Oh. Okay.«

»Ich verbringe viel Zeit allein in Hotelzimmern«, erklärt er und lächelt mich erneut auf verheerende Weise an.

Dieses Lächeln ist anders. Es wirkt wie ein Flirt, ist seltsam vielsagend. Es fühlt sich an, als würde mir jemand langsam mit den Fingerkuppen über den Arm streichen.

Ich drehe mich um und steuere auf die Tür zu, als mir plötzlich bewusst wir, wie nahe wir uns sind. Wobei … eigentlich nicht, denn ich glaube, er hat sich nicht von seinem Standort am Fenster entfernt. Dennoch … eine seltsame Stille hat sich auf den Raum gesenkt, und seine kraftvolle Präsenz lässt die riesige Suite auf die Größe eines Schuhkartons schrumpfen. Obwohl ich mit dem Rücken zu ihm stehe, spüre ich, dass sein Blick meinen Körper abtastet und er gerade festgestellt hat, dass ich unter dem Kleid nackt bin. Okay, vielleicht schaut er in Wirklichkeit hinter meinem Rücken auf sein Handy, und ob ich unter meinem Kleid etwas anhabe oder nicht, ist das Letzte, worüber er nachdenkt. Aber irgendwie fühlt es sich nicht so an. Ich spüre seine Aufmerksamkeit wie glühendes Eisen auf jedem Körperteil, das er sehen kann. Auf der Rückseite meiner Beine, dem unteren Rücken, den Schultern. Auf meiner Hand, als ich mich an der Wand abstütze, um beim Anziehen der Vans nicht das Gleichgewicht zu verlieren... Schuhe, die absolut nicht zu diesem Kleid passen, aber das ist mir inzwischen egal. Alec Kim geht vermutlich nur mit Frauen aus, deren Absätze mindestens zehn Zentimeter hoch sind. Mit Frauen, die perfekt geschminkt aus dem Bett steigen und denen die saubere Unterwäsche nie ausgeht.

Aber in diesem Augenblick bin ich zu müde, um mir Gedanken darüber zu machen, wie ich von hinten aussehe. Wenn der dreiunddreißigjährige Alec Kim mein erwachsenes Ich in dem saubersten Kleidungsstück betrachten möchte, das ich derzeit besitze, werde ich ihn nicht davon abhalten.

2

Er folgt mir auf den Flur hinaus, zum Fahrstuhl, und der schrille Ton, der dessen Ankunft signalisiert, schreckt uns beide auf. Ich erhasche einen Blick auf Alecs noch immer vielsagendes Lächeln, als er sich vorbeugt und mit einem langen, schlanken Finger auf den Knopf für die Lobby drückt, um dann ans andere Ende der Kabine zu treten und mir Platz zu machen, so wie er es bei der Fahrt hinauf zu seiner Suite getan hat.

Ich hole mein Handy heraus und schreibe Eden, dass es mir gut geht, ehe ich zu ihm aufblicke. Ein vertrauter Schmerz trifft mich mitten in die Brust und breitet sich von dort aus. Es ist verrückt, wie schnell sich unsere Körper an das Gefühl der Verliebtheit erinnern.

»Kommst du oft nach L. A.?«, frage ich.

Kaum merklich schüttelt er den Kopf. »Mein letzter Aufenthalt hier ist schon ein paar Jahre her.«

»Bist du auf Geschäftsreise?«

Alec schenkt mir erneut seine entwaffnende Aufmerksamkeit, aber diesmal wirkt seine Miene irgendwie seltsam. Amüsiert ihn meine Frage?

»Ähm ... ja.«

»Und was hast du hier zu tun?«

Er dreht sich zu den Türen um, die sich nun öffnen, und streckt einen Arm aus, damit sie sich nicht schließen, während ich hindurchgehe.

»Endlose Meetings.«

Das ist eine merkwürdig nichtssagende Antwort für jemanden, der aussieht wie Gottes Lieblingsprojekt im Atelier für menschliches Design. Aber wenn er in der Unterhaltungsbranche wäre, hätte er es mir sicher sofort erzählt. Ich bin in den letzten Wochen mehr Geschäftsmännern begegnet, als ich zählen kann, und meine Neugier auf seinen Job ist jetzt offiziell erloschen. Ich schicke ein stilles Gebet gen Himmel, dass Alec Kim anders ist als die Manager, mit denen ich in London gesprochen oder von denen ich dort gehört habe. Sicher, er ist attraktiv und höflich, aber ich habe lernen müssen, dass das nichts zu bedeuten hat. Das Böse versteckt sich gern in hübschen Verpackungen.

»Was machst du für ein Gesicht?«, fragt er.

Zum Ausgang und zur Hotelbar geht es, vom Fahrstuhl aus gesehen, in dieselbe Richtung, also durchqueren wir zusammen die Lobby, wobei ich zwei Schritte brauche, wenn er einen macht. Ich kann es kaum erwarten, das Hotel zu verlassen und mir woanders ein Zimmer zu suchen, doch gleichzeitig graut mir vor dem Moment, in dem das warme Vibrieren aufhört, das ich so dicht an seiner Seite verspüre.

»Was für ein Gesicht mache ich denn?«

»Hast du etwas gegen Meetings?«, fragt er zurück, und seine Augen funkeln belustigt.

»Sagen wir mal so: Es gibt da draußen bestimmt großartige Geschäftsmänner, allerdings bin ich in den letzten Wochen keinem von ihnen begegnet.«

In der Nähe des Ausgangs bleiben wir stehen. Er muss nach links weitergehen, ich geradeaus.

»Ich hoffe, ich bin die Ausnahme«, sagt er leise.

»Du bist toll.« Ein … zwei … drei Sekunden sehen wir uns in die Augen, dann wende ich den Blick ab. Das Gefühl, hoffnungslos in ihn verknallt zu sein, ist wieder da, hartnäckig und heiß.

»Und was hast du in London gemacht?«, fragt er, als ich gerade den Mund öffne, um mich von ihm zu verabschieden.

»Ich habe dort für eine Story recherchiert.«

»Für einen Roman?«

Ich schüttele den Kopf. »Ich bin Journalistin.«

»Ah.« Sein Gesichtsausdruck verändert sich kaum merklich, aber ich registriere es trotzdem. »Welches Blatt?«

»*L. A. Times.*«

Er zieht eine Braue hoch, offenbar ist er beeindruckt.

»Worum geht es bei der Story?«, will er wissen.

Lächelnd beiße ich mir auf die Unterlippe. Wenn ich ihn mir so ansehe, ist mir klar, dass er gut vernetzt ist, und wenn er ein gut vernetzter Londoner Geschäftsmann ist, stehen die Chancen nicht schlecht, dass er vom Jupiter gehört hat. Vielleicht war er sogar Gast in dem Klub.

»Es geht um eine Gruppe von Menschen, die sehr schlimme Dinge tun«, beginne ich vorsichtig.

Alec blinzelt mich an, und dann sagt er etwas, womit ich nicht gerechnet habe.

»Das klingt nach einer zermürbenden Aufgabe. Bist du wirklich noch bereit, dir ein Hotel zu suchen?«

»Ja, kein Problem.« Ich schiebe mir den Riemen meines Rucksacks auf die Schulter. »Aber danke noch mal, dass ich bei dir duschen durfte. Ich fühle mich wie ein neuer Mensch«, sage ich und deute mit dem Kopf in Richtung Ausgang. »Ich werde mir ein Taxi nehmen.«

»Nimm lieber das Schlafzimmer, Georgia«, versetzt er. »Das oben, meine ich.«

»In deiner Suite?« Ich muss lachen. »Auf keinen Fall. Das geht nicht.«

Er atmet tief durch. »Na komm.«

Dieses leise »Na komm« verändert sein Auftreten komplett.

Er ist derselbe Mann wie vor einer Sekunde, wirkt aber sanfter, irgendwie echter.

»Du hast noch kein Zimmer gebucht, und es klang vorhin so, als gäbe es nicht mehr viele hier in der Gegend«, argumentiert er.

»Ich habe von der Lobby aus eine E-Mail geschrieben«, sage ich und füge hinzu: »Ich bin mir sicher, dass unsere Reiseabteilung ein Zimmer für mich reserviert hat.« Es klingt nicht überzeugt.

Er hebt das Kinn, als wollte er mich auffordern: *Na, dann check doch mal dein Handy.* Ich tue es und sehe einen verpassten Anruf sowie eine Sprachnachricht von Linda aus der Reiseabteilung.

Alec sieht mir zu, als ich das Handy an mein Ohr hebe, und seine Miene verändert sich gleichzeitig mit meiner: hoffnungsvoll geweitete Augen, dann niedergeschlagen gerunzelte Stirn.

Ich stecke das Handy wieder in meinen Rucksack. »In der Stadt gibt es eine große wissenschaftliche Tagung. Sämtliche Hotels am Flughafen und in der Innenstadt sind voll.«

»Alles ausgebucht?«

»Jedenfalls alles hier in der Nähe. Sie haben mir ein Zimmer in einem Motel in Bellingham besorgt.«

»Das ist fast zwei Stunden vom Flughafen Seattle-Tacoma entfernt.« Er schiebt den Hemdärmel zurück und wirft einen Blick auf eine sichtlich teure Armbanduhr. »Und es ist schon fast elf.«

Stöhnend schaue ich an die Decke. »Ich weiß.«

»Und du fliegst morgen früh um acht?« Als ich nicke, runzelt er ein weiteres Mal die Stirn. »Im Ernst, Georgia.«

Ich atme tief durch. Was er mir anbietet, klingt bequem, aber auch sehr heikel.

»Ich fürchte, das wäre eine Zumutung für dich«, gestehe ich. »Es wäre mir peinlich, dieses Angebot anzunehmen.«

Er blickt zur Seite. Sein Kiefer zuckt, und für einen Augenblick scheint es, als wollte er mit mir über meine persönlichen Grenzen diskutieren. Doch dann überlegt er es sich anders.

»Okay. Aber komm auf einen Drink mit in die Bar, während du dir etwas suchst, was nicht ganz so weit entfernt ist. Ich kann dich doch nicht mitten in der Nacht losschicken, damit du dir ein Hotel suchst.«

»Genau dafür gibt es Taxis!«, protestiere ich, folge ihm aber dennoch.

Er führt mich zu einer schummrigen, abgelegenen Ecke und deutet auf einen niedrigen, von Couches umgebenen Tisch.

»Schon möglich. Aber du bist klein, und draußen ist es kalt.« Er beobachtet, wie ich mich setze und mir das Kleid über die Schenkel ziehe. *Und du trägst keinen Slip,* scheint er hinzufügen zu wollen, aber vielleicht denke ich das auch nur.

Mitten auf dem Tisch steht eine kleine Ölkerze, und während Alec die Cocktailkarte studiert, mustere ich ihn so unauffällig wie möglich. Seine Hände sind ein Liebessonett an die Männlichkeit. Sein Hals ist der reinste Porno. Und obwohl der Mensch, der mir gegenübersitzt, jetzt ein erwachsener Mann ist, kommen mir die Umrisse seines Gesichts sehr vertraut vor. Es ist, als hätte ich ihn gestern und nicht vor vierzehn Jahren das letzte Mal gesehen. Als Kind habe ich so viel Zeit bei ihm zu Hause verbracht, dass ich ungefähr die Hälfte von dem verstand, was seine Mutter auf Koreanisch zu ihren Kindern sagte.

Ich frage mich, wie es Sunny heute wohl geht und ob sie London am Ende tatsächlich lieben gelernt hat, wie ich es prophezeit hatte. Ob meine schüchterne beste Freundin einen

Menschen hatte, dem sie genug vertraute, um ihm von ihrem ersten Kuss, ihrem ersten Liebeskummer, ihren Sorgen und Erfolgen zu erzählen..

Alec räuspert sich, während er sein Handy checkt, und ich richte meine Aufmerksamkeit wieder auf ihn. Er ist ein optischer Leckerbissen, den ich genießen möchte. Ich will seinen Anblick tief in mich aufnehmen und in meinem Gedächtnis speichern. In seinem Gesicht erkenne ich seine Eltern wieder: die Grübchen und Wangenknochen seiner Mutter, die Größe und den langen, schlanken Hals seines Vaters.

Und dann fällt mir wieder ein, dass ich mich nach einer Unterkunft umsehen sollte, anstatt die Wölbung seines Adamsapfels oder seine nachdenklich geschürzten Lippen zu betrachten. Ich hole mein Handy heraus, doch ich habe die Reise-App kaum geöffnet, da greift er nach meiner Hand und drückt sie sanft auf die Tischplatte hinunter.

»Hey«, sagt er. »Du hast die Suite gesehen, sie ist riesig. Lass es sein. Wir reden hier über ein paar Stunden Schlaf in getrennten Räumen.«

Ich reibe mir das Gesicht. »Ist das nicht total schräg?«

»Du bist diejenige, die eine große Sache daraus macht.« Er späht über meine Schulter, überprüft den Raum hinter mir.

An der Bar hocken eine Handvoll Gäste, und auch an den Tischen sitzen ein paar Leute, aber in dieser winzigen dunklen Ecke befindet sich außer uns niemand. Alec lässt sich wieder auf das Sofa fallen.

»Okay«, gebe ich mich geschlagen. »Aber ich bestehe darauf, dass wir uns die Kosten teilen.«

»Was ich selbstverständlich ablehne«, sagt er und gönnt mir einen Blick auf seine herrlichen Grübchen. »Außerdem bist du Journalistin. Fangen nicht alle großartigen Storys so an?«

»Was glaubst du denn, was für Storys ich schreibe?«, frage

ich grinsend. »Gestrandet in einer fremden Stadt, und im Wirtshaus ist nur noch ein Zimmer frei? Ich schreibe nicht für *Penthouse*.«

Er starrt mich an und verzieht erstaunt das Gesicht. Allmählich dringen meine eigenen Worte an mein Ohr.

»Oh mein Gott!« Ich schlage die Hände vors Gesicht. »Ich kann nicht glauben, dass ich das gesagt habe.«

Mir gegenüber fängt Alec schallend an zu lachen.

»Okay, du willst mir nicht sagen, was du schreibst, aber *das* wollte ich bestimmt nicht andeuten«, versichert er.

»Ich weiß«, sage ich und lache entsetzt auf. »Jetzt kann ich wirklich nicht mehr bei dir schlafen.«

Er fährt sich mit einer Hand übers Gesicht und wird wieder ernst. »Nein. Fangen wir noch mal von vorne an.«

»Okay.«

Mit glänzenden Augen starren wir einander an. Schließlich wenden wir beide den Blick ab und ... Himmel, was passiert hier? Mein Gehirn ist dermaßen überlastet, dass es mir nicht gelingt, uns aus dieser Nummer herauszuholen.

Zum Glück kommt in diesem Moment die Kellnerin, um unsere Bestellung aufzunehmen – Zinfandel für mich, Whiskey pur für ihn. Als sie wieder geht, lehnt Alec sich zurück und streckt die Arme auf der Sofalehne aus.

»Das war gutes Timing«, stellt er fest.

»Diesen Reset haben wir gebraucht«, stimme ich ihm zu.

»Erzähl mir mehr von deinem Job«, bittet er mich. »War es nicht so, dass ihr immer Detektiv gespielt habt, Sunny und du?«

Ich lache. »Dass du das noch weißt!«

»Ihr beide seid immer mit Notizblöcken herumgelaufen und habt nach Hinweisen auf Verbrechen gesucht.« Er mustert mich amüsiert. »Wahrscheinlich sollte es mich nicht überraschen, dass du heute für die *L. A. Times* arbeitest, aber es ist trotzdem eine große Sache.«

»Danke.« Stolz wärmt mir die Brust.

»Wie bist du dort gelandet?«

»Ich habe erst vor einem Jahr angefangen, aber bisher finde ich es super. Ich habe an der USC Journalismus studiert und mich danach tierisch rangehalten, um Storys an Land zu ziehen, egal, wo. Eine Zeit lang habe ich für die *OC Weekly* als Gerichtsreporterin gearbeitet – und freiberuflich für jede Website, die mich haben wollte. Aber mein Lieblingsprojekt war eine Reportage über einen Mann in Simi Valley, der jeden Monat ein Porträt von seiner Frau gemalt hat, die mehr und mehr von ihrer Parkinson-Erkrankung gezeichnet war. Der *New Yorker* hat die Geschichte gebracht, und ich bekam ein Jobangebot von der *Times*.«

»Der *New Yorker*?« Er starrt mich an, als sähe er mich zum ersten Mal. »Wie alt bist du?«

»Genauso alt wie Sunny.«

Amüsiert zieht Alec eine Braue hoch. »Das ist eine beeindruckende Vita für eine Siebenundzwanzigjährige.«

»Manchmal übertreibe ich es ein bisschen mit dem Arbeiten«, gebe ich mit einem kleinen Lächeln zu.

Ein Grübchen blitzt auf und verschwindet wieder. »Kann ich mir vorstellen.«

»In welcher Branche bist du?«, frage ich, um das Thema zu wechseln. Jetzt bin ich nicht mehr stolz, sondern komme mir wie eine Angeberin vor.

Die Kellnerin bringt uns die Getränke. Alec dankt ihr und hebt das Glas, um mit mir anzustoßen.

»Ich arbeite beim Fernsehen«, antwortet er dann.

Aha, also doch! Aber auch: gähn, wie langweilig. Ich betrachte sein Outfit, erinnere mich an seinen glatten Lederkoffer.

»Lass mich raten: Geschäftsentwicklung bei einem neuen Streamingdienst?«

Er lacht und setzt das Glas an die Lippen. »Nope.«

»Vertragsanwalt?«

»Himmel, nein.«

Ich mustere ihn aus schmalen Augen. »BBC-Manager, in die Staaten gereist, um mit amerikanischen Sendern über eine Serie zu verhandeln?«

Alec zögert und lässt sein Glas auf halbem Weg zurück zum Tisch in der Luft schweben. »Das kommt der Wahrheit tatsächlich schockierend nahe.«

»Tatsächlich? Verrückt. Meine Mitbewohnerin Eden lebt und atmet praktisch BBC.«

Mit einem kleinen Grinsen setzt er das Glas ab. »Ach ja?«

»Ich weiß, es ist beschämend, wenn man heutzutage nicht fernsieht«, gebe ich zu, »aber meine Arbeit nimmt mich dermaßen in Anspruch, dass fast alles an mir vorbeigegangen ist, was die Leute in den letzten Jahren wie besessen geschaut haben. Sag mir, woran du arbeitest, damit sich das ändert. Eden behauptet, das Fernsehen sei der Ort, an dem sich heutzutage die Kreativität entfaltet, und ich verpasse alles.«

Er winkt ab. »Nicht jeder muss fernsehen.«

»Wenn ich erzählte, dass du für die BBC arbeitest, dreht sie durch«, sage ich.

Alec lacht.

»Welche Sendung? Ich werde es ihr texten. Sie hat sie garantiert gesehen.«

»Sie heißt *The West Midlands*«, verrät er, und seine Lippen verformen sich zu einem schiefen Grinsen.

Ich tippe einen kurzen Text:

Dieser alte Freund, dem ich begegnet bin ... Er sagt, er

arbeitet bei *The West Midlands* für die BBC. Die Sendung magst du doch, oder?

Eden antwortet sofort mit einer Reihe zusammenhangloser Emojis. Ich drehe mein Handy um und zeige ihm die Nachricht.

»Siehst du? Sie kennt die Sendung. Wie cool.« Ich lasse das Handy wieder in meiner Handtasche verschwinden und trinke einen kleinen Schluck Wein. »Ich wette, der Job macht Spaß.«

»Stimmt.« Er zögert. »An was für einer Story schreibst du gerade? Zwei Wochen in London sind eine lange Zeit für einen Auftrag, denke ich.«

»Ursprünglich war nur eine Woche vorgesehen, aber dann hat die Sache eine Wendung genommen, die mehr Arbeit erforderte, und ich habe darum gebeten, noch bleiben zu dürfen.«

Tatsächlich habe ich darum *gebettelt*.

»Inwiefern mehr Arbeit?«

Innerlich stelle ich eine Berechnung an. Ich könnte ihm von der Story erzählen, um abzuschätzen, ob er mir letztlich von Nutzen sein könnte. Er ist Geschäftsmann und definitiv gut vernetzt. Natürlich ist es reine Spekulation, aber wäre es nicht verrückt, wenn dieser ungemütliche Zwischenstopp mir irgendwie dabei helfen würde, diese Geschichte zu entwirren? Bei dem Gedanken werde ich wieder munter.

»Okay, eine Frage: Hast du schon mal etwas von einem Klub namens Jupiter gehört?«

Ich betrachte ihn aufmerksam, suche nach Anzeichen dafür, dass er eine Maske aufsetzt. Aber ich sehe nur ein winziges nachdenkliches Stirnrunzeln, und nach einer Sekunde schüttelt er kaum merklich den Kopf.

»Das ist ein Nachtklub, oder?«, fragt er zögerlich, und ich nicke. »Kürzlich kam etwas darüber in den Nachrichten.«

»Genau.« Ich trinke noch einen Schluck Wein. »Du hast wahrscheinlich von dem Türsteher gehört, der in einer kleinen Straße hinter dem Klub zusammengeschlagen wurde, und zwar in derselben Nacht, in der er seinen Vorgesetzten über Schikanen am Arbeitsplatz informiert hat. Danach hat er über die Vorfälle getwittert und geschrieben, dass die Polizei nichts unternommen hat.«

Alec nickt. »Ja, ich glaube, so etwas habe ich gelesen.«

»Also, das war alles, was die Londoner Presse darüber berichtet hat, danach sind sie wieder zur Tagesordnung übergegangen. Offenbar hat niemand bemerkt, dass derselbe Türsteher etwa eine Woche später Bildschirmfotos veröffentlicht hat, auf denen einige der Klubbesitzer dabei zu sehen sind, wie sie in einem Onlineforum Sexvideos teilen. Jemand hatte ihm die Bilder zugeschickt.« Ich zögere, versuche, Alecs Reaktion einzuschätzen. »Angeblich sind die Klubbesitzer auf den Videos beim Sex mit Frauen in den VIP-Räumen des Jupiter zu sehen. Aber am nächsten Tag waren die Bildschirmfotos verschwunden und der Twitteraccount des Türstehers gelöscht.«

Alecs Gesicht lässt keine Reaktion erkennen. Er weiß also nichts von alledem – und ich bin tatsächlich erleichtert. In London wird nicht viel über die Sache geredet, und es hätte kein gutes Licht auf ihn geworfen, wenn er etwas über das Jupiter gehört hätte.

»Ich bin also hingeflogen, um über eine sehr trockene internationale Tagung zum Thema Arzneimittelrecht zu berichten, aber eigentlich habe ich mich nur wegen dieser Jupiter-Geschichte erboten, über den Kongress zu schreiben«, fahre ich fort. »Nachdem ich diese Tweets gesehen hatte, ist mir die

Sache wochenlang nicht mehr aus dem Kopf gegangen. Ich hielt es für möglich, dass dieser Rausschmeißer etwas über zwielichtige Vorgänge in dem Klub wusste und zusammengeschlagen wurde, weil er sie seinem Chef gemeldet hatte. Irgendetwas sagte mir, dass er die Mainstream-Medien informieren wollte.«

»Okay«, meint Alec zögerlich. »Aber ... jetzt glaubst du das nicht mehr?«

Ich stelle mein Glas ab und gebe mir Mühe, nicht verärgert zu klingen, als ich daran denke, wie Jamil, der Türsteher, sich standhaft geweigert hat, mit uns zu reden, als wir ihn endlich aufgespürt hatten.

»Oh, ich glaube es immer noch. Tatsächlich spüre ich es regelrecht in den Knochen, dass ihn jemand bedroht. Darum hat mein Chef mir auch erlaubt, noch zu bleiben. Und je mehr ich von dem mitbekomme, was in diesen VIP-Räumen passiert – je schrecklicher es wird –, desto weniger kann ich mir vorstellen, die Sache auf sich beruhen zu lassen.«

Für einen langen Moment mustert Alec mich schweigend. Ich erwarte, dass er mich fragt, wie ich das meine, und dass er wissen will, was ich in diesem Zusammenhang unter »schrecklich« verstehe. Aber entweder verbieten ihm seine guten Manieren, mich zu bedrängen, oder er sieht, wie erschöpft ich bin, denn er sagt nur: »Nun, dann ist es gut, dass du hart an dieser Sache arbeitest.«

Ich brauche einen Themenwechsel. »Wir haben vorhin über Sunny gesprochen.«

Er blinzelt. Offenbar ist der Übergang vom Sexskandal zu Infos über seine Schwester allzu abrupt. Ich muss wirklich sehr dringend meine sozialen Fähigkeiten auf Vordermann bringen.

»Wie ...?«, setzt er an, runzelt dann aber die Stirn und sagt:

»Oh. Ja. Es geht ihr gut. Du hättest sie in London besuchen sollen.«

Ich ziehe das Weinglas zu mir heran. »Würde sie sich überhaupt an mich erinnern?«

»Natürlich. Ihr beide wart unzertrennlich.«

Bei der Erinnerung runzle ich ein wenig die Stirn. »Stimmt, das waren wir.«

Er beugt sich vor und greift nach seinem Glas, ehe er sich wieder zurücklehnt. »Ich weiß noch, wie ihr für die Talentshow Sunnys Kleider zerschnitten habt. Umma ist völlig durchgedreht.«

Ich lache, zucke bei der Erinnerung aber auch zusammen.

»Sie war ... nicht gerade glücklich darüber. Aber sie hätte meine Eltern anrufen können und hat es nicht getan. Dafür mussten wir einen Monat lang jeden Tag nach der Schule in ihrem Garten Unkraut jäten.«

»Das war eine milde Strafe«, sagt er mit einem schiefen Lächeln. »Ich bin ein *einziges* Mal ohne Erlaubnis mit dem Auto gefahren und musste dafür mit meinen eigenen Ersparnissen die Terrasse hinterm Haus renovieren. Eine Woche nachdem ich fertig war, sind wir umgezogen.«

Ich ziehe eine Grimasse. »Uff.«

»Der Umzug nach Großbritannien war schwer für Sunny«, fährt er fort.

»Das glaube ich dir gern.« Seine Worte berühren eine Wunde, die ich längst verheilt geglaubt habe. »Für mich war es auch schwer. Es ist nicht gerade einfach, in der neunten Klasse neue Freunde zu finden.«

Er lacht. »Wer hätte das gedacht?«

Ich grinse ihn an und nehme noch einen Schluck. »Jeder?«

Das bringt ihn erneut zum Lachen. Ich liebe den Klang seiner Stimme. Sie ist so tief und sanft ... ich wette, er hat noch nie im Leben geschrien. Und sein Lachen hat den gleichen ruhigen Nachhall.

»Aber es geht ihr gut?«

Er schluckt und nickt. »Sie modelt. Es ist ein harter Job, und die Modeszene in London ist echt brutal, aber sie kommt zurecht. Vielleicht hast du mal eine Printwerbung mit ihr gesehen?«

Ich schüttle den Kopf. »Ich wünschte, ich hätte gewusst, dass ich darauf achten soll. Arbeitet sie unter ihrem eigenen Namen? Ich sollte sie wirklich mal besuchen.«

»Unter ihrem richtigen Namen, ja. Kim Min-sun.«

»Und eure Eltern?«

»Sie sind im Ruhestand, leben in der Nähe von London. Es geht ihnen gut.« Alecs Lächeln kann viele verschiedene Formen annehmen, diesmal ist es auf liebenswerte Weise höflich. Es ist das Lächeln, das er mir geschenkt hat, wenn ich ihm beim Abendessen das Salz reichte oder wenn er angewiesen wurde, mir Gute Nacht zu sagen, bevor ich nach Hause ging. »Ich werde ihnen ausrichten, dass du dich nach ihnen erkundigt hast.«

»Danke. Sag deiner Mutter, dass ich eine großartige Unkrautvernichterin bin und dass ich das nur ihr zu verdanken habe.« Wir schweigen ein paar Sekunden, wobei wir beide in unser Glas blicken. »Was hast du gemacht, nachdem ihr umgezogen seid?«, frage ich dann.

Bevor er antwortet, nimmt er noch einen Schluck. »Ich bin nach dem Studium nach Seoul gezogen. Nach London bin ich vor ...« Er zögert, denkt nach. »Mal sehen ... vor etwas mehr als drei Jahren zurückgekehrt.«

Ich bemerke, dass ich es an seinem Akzent höre, und es gefällt mir. »Oh, wow. Du hast in Korea gelebt?«

»Ja.« Sein Lächeln erstirbt.

Es ist der Tod jedes Small Talks, jemanden nach seiner Familie auszufragen, sich rasch auf den neuesten Stand bringen zu lassen, weil sich das Wissen über das Leben des anderen darin erschöpft. Die erotischen Anspielungen haben wir zu einem ungünstigen Zeitpunkt gemacht. Ich überlege fieberhaft, ob ich ihn nach etwas Fesselnderem fragen kann, aber alles, was mir einfällt, kommt mir völlig unangemessen vor.
Bist du verheiratet?
Sind deine Hände so stark, wie sie aussehen?
Wie siehst du nackt aus?
Endlich gelingt es mir, ein paar Worte aneinanderzureihen. Unglücklicherweise tut er dasselbe, und wir platzen gleichzeitig in sich überschneidender Unbeholfenheit mit unseren Fragen heraus:
»Wie lange bleibst du in L.A.?« – »Wie geht es *deinen* Eltern?«
»Entschuldigung«, sagen wir wie aus einem Mund.
»Du zuerst!« Ebenfalls gleichzeitig.
Ich schlage mir eine Hand vor den Mund und zeige mit der anderen auf ihn.
»Du«, murmele ich in meine Handfläche.
»Ich bleibe ein paar Wochen in L. A.«, beantwortet er lachend meine Frage. »Tatsächlich sind zwei meiner Kollegen schon vorgestern nach Los Angeles aufgebrochen. Ich wurde aufgehalten, aber wir treffen uns dort.« Er nippt an seinem Glas. »Und jetzt bist du dran. Wie geht es deinen Eltern?«
»Gut. Sie bleiben noch bis nächste Woche in Europa.«
Seine Augen werden schmal, und er nickt. »Sie sind viel gereist, oder? Dein Vater war doch Diplomat, habe ich das richtig in Erinnerung?«
»Fast. Er arbeitet für das Auswärtige Amt. Mom begleitet ihn so oft wie möglich auf seinen Reisen.« Ich füge nicht hinzu, dass dies Moms erste Reise ist, seit Spence und ich uns

getrennt haben, dass sie ihr Leben praktisch auf Eis gelegt hat, um mir beim Aufsammeln der Scherben zu helfen. Hastig spüle ich den unangenehmen Kloß in meinem Hals mit einem Schluck Wein hinunter. »Hast du sie eigentlich mal kennengelernt?«

»Ich bin ihnen ein- oder zweimal begegnet, als ich Sunny bei euch abgeholt habe. Wenn ich mich recht erinnere, ist dein Vater sehr groß und deine Mutter ...«

»... sehr klein«, vollende ich lachend seinen Satz und nicke. Mein Vater ist eins dreiundneunzig groß, und meine Mutter ist gerade mal eins sechzig. »Ich habe immer gehofft, ich hätte die Größe von ihm geerbt ...«, sage ich und deute auf mich selbst. »Ich bin so eine, die immer dafür sorgt, dass der Arzt eins zweiundsechzig *Komma fünf* in die Patientenakte schreibt.«

Er lächelt mich an und leckt sich auf verwirrende Art über die Lippen. Tatsächlich wirkt das auf mich so verwirrend, dass ich eine Sekunde brauche, um seine nächste Frage zu verarbeiten. Und dann stürzt sich mein Herz von der Klippe.

»Nein«, bringe ich endlich heraus. »Ich bin nicht verheiratet ...«

Die Art, wie ich es gesagt habe – mit einer Grimasse am Schluss –, verrät deutlich, dass eine Geschichte dahintersteckt. Mist. Warum habe ich das gemacht? Das Letzte, was ich mir wünsche, ist ein Gespräch über Spence. Nicht heute Abend, wenn Alec mir gegenübersitzt und so aussieht, wie er nun mal aussieht.

Er nickt und zieht langsam die Brauen hoch, also muss ich meine seltsame Antwort wohl erklären.

»Ich bin seit einem halben Jahr aus einer Langzeitbeziehung raus. Es war eine harte Trennung, und ein Großteil unserer Freunde hat sich für ihn entschieden.«

»Ah.« Er nimmt noch einen kleinen Schluck Whiskey. »Das tut mir leid.«

»Ist schon okay.« Nervös hebe ich meine Haare an, und er beobachtet, wie ich sie mir rasch um die Finger wickle und zu einem Knoten hochstecke. Sie sind jetzt trocken und sehr glatt. Ich spüre, dass mir ein paar Strähnen entwischt sind, die nun meinen Hals berühren. Auch das registriert er. »Ich hätte die Sache viel früher beenden müssen.«

Alec sieht mir unverwandt ins Gesicht. »Was ist passiert?«

Für ein paar Sekunden schauen wir uns wortlos an, dann muss ich lächeln.

»Tun wir das hier wirklich?«, frage ich. »Reden wir tatsächlich über Dinge jenseits des schönen Scheins?«

»Warum nicht?«, fragt er mit einem schelmischen Lächeln zurück. »Also, genug über Arbeit und Familie geredet. Wie wahrscheinlich ist es, dass wir uns jemals wiedersehen?«

Vordergründig meint er die Geschichten, die wir uns erzählen, aber unter der Oberfläche spüre ich noch etwas anderes. Etwas Heißes.

»Er hat's vermasselt«, platze ich heraus.

Alecs Miene verändert sich. »Mit dir?«

Mir gefällt sein Tonfall. Er klingt ungläubig, so als könnte er es überhaupt nicht verstehen.

»Ja, aber anders, als du glaubst«, gebe ich zurück.

Eigentlich habe ich nur mit drei Personen offen darüber gesprochen, und zwar mit meinen Eltern und mit Eden, meiner besten Freundin. Nicht nur weil unsere gemeinsamen Freunde allesamt der Meinung waren, ich hätte überreagiert und sollte Spence noch eine Chance geben, sondern auch weil es zutiefst demütigend war zu erkennen, dass ich eine Journalistin bin, die von ihrem Freund fast ein Jahr lang tagtäglich hinters Licht geführt wurde.

Es kommt mir bizarr vor, mit einem nahezu Fremden über diese Geschichte zu reden, aber ich tue es trotzdem. Denn ich bin mit Alec hier, den ich komischerweise zu kennen und zu verstehen glaube, auch wenn es nicht stimmt. Und obwohl ich müde bin, will ich jetzt, da wir über etwas Wichtiges reden, noch nicht schlafen gehen.

»Er hat seinen Job verloren, weil er dabei erwischt wurde, wie er Firmenkunden für seine eigene freiberufliche Tätigkeit zu gewinnen versuchte, indem er die Preise seines Arbeitgebers unterbot. Aber er hat mir nichts davon erzählt. Er ging immer noch jeden Morgen in Arbeitskleidung aus dem Haus, und wenn er abends zurückkam, hat er so getan, als wäre er völlig erschöpft. Er hat Geschichten über irgendwelche Dramen unter Kollegen erfunden, über Beschwerden und Beförderungen, und ich habe ihm alles geglaubt. Nach und nach brauchte er seine Ersparnisse auf, und als er nichts mehr hatte, fing er an, meine anzuzapfen.«

Alec ist ganz still geworden. »Und eure Freunde haben für *ihn* Partei ergriffen?«

»Er ist sehr charismatisch«, erkläre ich und muss an Spences Lachfältchen denken. Sein ansteckendes Lachen klingt mir noch in den Ohren, und ich verspüre den vertrauten Drang, meinen Körper zu verlassen. »Der Inbegriff des netten Kerls sozusagen. Er hat ihnen garantiert jede Menge Halbwahrheiten erzählt und sich selbst als Opfer dargestellt. Ich habe mich komplett von ihm abgewandt, im Gegensatz zu den anderen. Aber die haben ja auch nicht mit ihm zusammengelebt. Ihnen hat er nicht jeden Morgen und jeden Abend ins Gesicht gelogen. Wahrscheinlich fällt es ihnen leichter als mir, Verständnis für ihn aufzubringen.«

»Wie hast du es herausgefunden?«

»Dass etwas nicht stimmte, habe ich an meinen Kontoauszügen gemerkt. Dann bin ich ihm zur Arbeit gefolgt. Er ging in den Park und hat sich dort hingelegt. Zu Hause blieb er die ganze Nacht wach und spielte, um irgendwie an Geld zu kommen, während ich schlief.«

Alec lacht ungläubig. »Ist so was gerade angesagt?«

»Nicht auf die Art, wie Spencer es gemacht hat.«

Er lacht erneut, aber diesmal klingt es am Ende mitleidig. »Das tut mir leid, Georgia.«

»Ja, mir auch.« Ich trinke meinen Wein aus und nicke, als er dem Kellner ein Zeichen für die nächste Runde gibt. »Es war echt mies.«

Ich betrachte seinen Hals, als er den letzten Schluck Whiskey trinkt. Sein Hals ist lang und sein Kiefer so markant, dass ich die Zähne in die pulsierende Stelle direkt darunter versenken möchte.

»Und du?«

»Nicht verheiratet.« Er kratzt sich an der Wange. »Und im Augenblick auch mit niemandem zusammen.«

»Das klingt nach ...« Ich weiß nicht, wie ich den Satz beenden soll. Was ich sagen möchte, ist, dass es sich nach einer gottverdammten Tragödie für alle Frauen anhört. Oder für alle Männer. Oder die gesamte Menschheit. Das Gleichgewicht der Welt scheint davon abzuhängen, dass Menschen, die wie Alec Kim aussehen, regelmäßig Sex haben. »Hm.«

»Was meinst du mit ›hm‹?«

»Schade«, sage ich, während mir Wein und Müdigkeit plötzlich wie ein Betäubungsmittel durch die Adern strömen. »Du bist ein heißer Typ. Du solltest dich mit jemandem treffen.«

»Du bist eine schöne Frau. Du solltest nicht belogen werden.«

Zum Glück ist es hier dunkel, denn ich werde bestimmt gerade wahnsinnig rot. »Danke.«

»Irgendwie finde ich es schwer, mich auf Dates einzulassen.« Er zögert, als hätte er aus einem Impuls heraus einen Korridor betreten und würde sich nun fragen, ob er ihn wirklich erkunden soll. »Ich stehe unter ...« Erneut verstummt er, ehe er fortfährt: »... großem beruflichem Druck.«

»Das klingt höchst interessant, Alec.«

»Ist es nicht. Na ja, vielleicht doch«, räumt er ein und winkt ab. »Aber ich möchte ausnahmsweise einmal nicht über die Arbeit sprechen. In den nächsten zwei Wochen werde ich nämlich nichts anderes tun.«

»In Ordnung.« Ich greife nach einem der neuen Gläser, die gerade gebracht wurden. »Keine Gespräche über die Arbeit also.«

Er nickt energisch. »Nichts über die Arbeit.«

»Auch keine Gespräche über den Ex.«

Alec lacht. »Einverstanden, auch darüber nichts mehr.« Er blickt mich an. »Was gibt es sonst noch?«

»Hobbys?«

»*Hobbys.* Klar.«

»Fährst du immer noch Skateboard?«, scherze ich.

Ungläubig verzieht er das Gesicht. »Ist das jetzt wirklich dein Ernst?«

»Weißt du nicht mehr, wie du immer mit dem Skateboard in eurer Straße herumgefahren bist?«, frage ich lachend.

Also, ich erinnere mich definitiv daran. Damals saß ich auf dem Sofa am Fenster und tat so, als machte ich mit Sunny meine Hausaufgaben, während ich in Wirklichkeit beobachtete, wie Alec und seine drei Freunde ununterbrochen Ollies, Kickflips und Pop Shove-its übten.

»Oh ja, ich erinnere mich.« Erneut schüttelt er lachend den Kopf. Irgendwie habe ich das Gefühl, dass mir etwas entgangen ist. »Du bist echt lustig.«

Und dann mustert Alec mich auf diese typische freundlich-berechnende Art.

»Was ist?«, frage ich nach ungefähr zehn Sekunden befangenen Schweigens.

»Ich glaube, es liegt daran, dass ich müde bin«, sagt er und blinzelt, um sich aus seiner Trance zu holen. »Und ich habe auf nüchternen Magen Alkohol getrunken.«

Vergeblich warte ich darauf, dass er weiterspricht.

»*Was* liegt deiner Meinung nach daran, dass du müde bist?«, frage ich schließlich.

»Ich habe dich als niedliches, dürres kleines Mädchen in Erinnerung. Nicht als ...« Er deutet auf meinen Körper, und mir entgeht nicht, dass er den Blick über meine Brüste wandern lässt. »Nicht als Frau.«

»Ich hab doch schon gesagt, dass ich oben bei dir schlafe. Du musst mich nicht erst verführen.« Ich erwarte, dass er lacht oder zurückrudert. Dass er mir auf seine höfliche Art erklärt, er habe es nicht so gemeint. Nein, auf keinen Fall, es sei nur irgendwie surreal, jemanden nach so langer Zeit wiederzusehen. Aber das sagt er nicht. Er schaut mich nur abwartend an.

Ich blinzle und senke den Blick auf mein Glas, setze es an die Lippen.

»Jetzt mal im Ernst, Alec. Wenn ich mit in dein Zimmer gehe, bestehe ich darauf, auf dem Ausziehbett zu schlafen.« Meine Augen weiten sich, als mir klar wird, was ich gesagt habe. »Auf der Schlafcouch, wollte ich sagen.« Ich breche in Gelächter aus. »Oh mein Gott.«

Alec unterdrückt ein Lächeln. »Bedeutet es das, was ich glaube, dass es bedeutet?«

»Streich es aus dem Protokoll.«

»Geht nicht.« Er grinst. »Ist schon ausgedruckt.«

Ich beuge mich vor und vergrabe das Gesicht in meiner Armbeuge.

»Es ist super«, sagt Alec und lacht. »Ehrlich, ich finde es total erfrischend.«

Ich richte mich wieder auf und schlucke den Wein hinunter.

»Zu meiner Verteidigung: Ich habe seit …«, ich rechne kurz nach, »… über dreißig Stunden nicht geschlafen. Du hast keine Ahnung, was hier drin los ist«, sage ich und deute mit dem Finger auf meine Schläfe. »Ich sollte jetzt einfach ins Bett gehen.«

Er blickt über meine Schulter und zieht dann den Hemdärmel zurück, um die Zeit zu checken. »Stell mich doch auf die Probe.«

»Ich soll dich wohl schockieren.«

Er lacht, ein klingendes Lachen mit offenem Mund. »Glaub mir, so leicht bin ich nicht zu schockieren.«

Ist das so? Ich grinse ihn an. »Forderst du mich heraus?«

»Absolut.«

Ich lasse den Wein kreisen und mustere Alec über den Rand des Glases hinweg. In seinem Blick liegt ein dunkles, spielerisches Funkeln. Es ist verlockend, aber ich bin vorsichtig. Womöglich *glaube* ich nur, dass er mit mir flirtet, während er in Wirklichkeit davon ausgeht, dass ich ihm gleich von einem schrulligen Hobby wie Scrapbooking erzählen werde.

»Georgia, hallo«, flüstert er und deutet auf seine Brust. »Ich warte nur darauf, schockiert zu werden.«

Na schön. »Wenn ich dir so gegenübersitze, bin ich mir überdeutlich der Tatsache bewusst, dass ich unter diesem Kleid nichts anhabe«, platze ich heraus.

Er nickt, und seine Augen fangen an zu funkeln, aber zu meiner Überraschung ist er alles andere als schockiert.

»Dessen bin ich mir ebenfalls überdeutlich bewusst.«

»Du wusstest es?«

»Natürlich wusste ich es.« Erneut nimmt er einen kleinen Schluck Whiskey. »Du bist mit einem kleinen Rollkoffer auf eine Auslandsreise gegangen, die eine Woche dauern sollte, dann aber um eine Woche verlängert wurde, und eigentlich wolltest du heute wieder zu Hause sein.« Er lehnt sich zurück und fügt mit leiser, knurrender Stimme hinzu: »Außerdem habe ich mir jeden Zentimeter deines Körpers in diesem Kleid genau angesehen, Gigi.«

Hitze versengt mir die Haut. Seine offenen, gelassenen Reaktionen hauen mich total um. Alec ist überhaupt nicht nervös. Ich muss mir auf die Lippe beißen, um nicht verlegen aufzulachen.

»Perversling«, flüstere ich grinsend und bin insgeheim entzückt, dass er mich bei meinem vertrauten Spitznamen nennt. Damit versetzt er mich um fast fünfzehn Jahre zurück in eine Zeit, in der ich dabei zugesehen habe, wie er mit nacktem Oberkörper seinem Freund einen Fußball zuwirft, der ihn auffängt und mitten auf der Straße damit davonläuft. Aber jetzt und hier kommt ihm dieser Name wie ein schmutziges Versprechen über die Lippen.

»*Perversling?*« Lachend beugt er sich vor und stellt sein Glas auf dem Tisch ab. »Das sagt ausgerechnet die Frau, die nicht aufhören kann, mir auf die Hände zu starren.«

Ich mache Anstalten, zu protestieren, aber seine Augen funkeln amüsiert.

»Stimmt«, gestehe ich also stattdessen. »Aber deine Hände sind auch wirklich unanständig, Alec.«

»*Unanständig?*«, wiederholt er lächelnd.

Wie viele Frauen er wohl ins Bett bekommt, indem er einfach nur auf diese liebenswerte Art verspielt und geradeheraus ist?

Er streckt eine Hand aus und dreht sie langsam hin und her, während er mit seinen langen, eleganten Fingern wackelt.

»Was ist daran unanständig?«

»Dir beim Klavierspielen zuzusehen, muss ungefähr so sein, als würde man einen Porno gucken.«

Er grinst. »Ist es das, wobei du mir gern zuschauen würdest?«

»Ehrlich gesagt würde ich auch zusehen, wie du ein Lexikon durchblätterst, wenn das die einzige Option wäre.«

»Ist es nicht.« Die Worte schweben verführerisch im Raum zwischen uns. »Aber warum nicht?« Er hebt einen Finger und tut so, als wollte er die Kellnerin herbeiwinken. »Die haben hinter dem Tresen sicher irgendwo ein Buch herumliegen.«

Ich beuge mich vor und versetze ihm einen Klaps auf die Schulter. Rasch greift er nach meiner Hand. Dann beugt er sich vor, stützt die Ellbogen auf die Oberschenkel und dreht meine Hand um, lässt eine Fingerkuppe über die Innenseite meines Handgelenks wandern. Ich schwöre, mein Puls wird unter der Haut wie von einem Magneten an jede Stelle gezogen, die er berührt.

Locker nimmt er nacheinander jeden meiner Finger und massiert sie der Reihe nach, bis er schließlich beide Daumen in die Mitte meiner Handfläche drückt und sie kreisend massiert. Schon diese Berührungen befreien meinen Körper von der Anspannung eines halben Jahres.

Ich glaube, bis vor einer Minute war mir nicht klar, wie dringend ich Körperkontakt brauche, aber jetzt bin ich geradezu ausgehungert. Am liebsten würde ich die u-förmige Couch umrunden und auf Alecs Schoß klettern.

Ich spüre, dass er den Kopf hebt und meine Reaktion beobachtet, während er mir die Hand reibt. Dennoch kann ich den Blick nicht von dem lösen, was er da tut. Seine Finger sind kräftig, seine Berührungen fest. Seine Hände, die um meine geschlossen sind, wirken riesig, aber er behandelt mich nicht, als wäre ich zerbrechlich. Er verabreicht mir eine verdammt gute Massage.

»Arbeitest du bei der BBC zufällig in der Massagepraxis?«, murmele ich.

»Nein«, antwortet er lachend. »Gib mir die andere Hand.«

Ohne zu zögern, reiche ich ihm die linke Hand, und er wiederholt in etwa die gleichen Gesten. Ich stelle mir vor, wie diese Finger meine angespannten Schultermuskeln kneten, links und rechts an meiner Wirbelsäule hinunterwandern, meine Hüften umfassen. Es ist unmöglich, von dort aus nicht weiterzugehen und mir seine Hände auf den Brüsten, auf dem Hals, zwischen den Schenkeln vorzustellen.

»Ist das schön?«, fragt er leise.

»Du hast ja keine Ahnung.«

»Oh doch«, widerspricht er. »Wenn ich mir dein Gesicht so anschaue ...«

Ich blicke auf und sehe ihm in die Augen. »Was machen wir hier, Alec?«

Einige Sekunden verstreichen, ehe er antwortet: »Was immer du willst.«

Er senkt den Kopf und betrachtet, was er mit meiner Hand macht. Ich möchte an seinen Fingern saugen.

»Tust du das immer, wenn du auf Geschäftsreise bist?«

Erneut lacht er. Seine Grübchen sind wirklich obszön!

»Absolut nicht. Ich bin sonst nie allein auf Reisen.«

Ich versuche zu enträtseln, was er damit meint, während seine Hand massierend an meinem Unterarm emporwandert.

»Was soll das heißen?«, frage ich schließlich.

»Das soll heißen, dass ich normalerweise mit ein paar sehr neugierigen Leuten unterwegs bin.«

»Ach ja, stimmt.« Offenbar bin ich in Trance. »Das hast du bereits erwähnt, tut mir leid. Dein Team war vor dir da.«

Erneut betrachtet er mich. Vermutlich wartet er darauf, dass ich ihm sage, was ich will.

Und das tue ich. »Ich glaube, wir sollten jetzt nach oben gehen.«

3

Während ich im Rucksack nach meinem Portemonnaie suche, lässt Alec bereits eine Handvoll druckfrische Zwanziger auf den Tisch fallen.

»Schon erledigt«, sagt er.

»Danke.«

Beim Aufstehen nehme ich jede meiner Bewegungen überdeutlich wahr. Ich ziehe mir das Kleid tiefer über die Schenkel, weil ich weiß, dass er mich von hinten betrachtet.

Er kommt mir zuvor und greift nach meinem Koffer, nimmt mir dann den Rucksack von der Schulter, legt ihn auf den Koffer und zieht beides zwischen uns her, während wir die nun leere Bar verlassen und zurück in den Empfangsbereich gehen. Auf dem Weg zu den Fahrstühlen bleibt er seltsamerweise auf Abstand, als wären wir zwei Fremde, die zufällig in dieselbe Richtung gehen.

Ich denke nicht weiter darüber nach. Tatsächlich bin ich kaum in der Lage, bewusst über etwas nachzudenken, also beschränke ich mich aufs Atmen und Gehen. Vor lauter Wein und Lust und Erschöpfung verschwimmt alles, was sich am Rand meines Blickfelds befindet.

Auch Alecs Miene wirkt abwesend, während er die Fahrstuhltüren für mich aufhält und mir in die leere Kabine folgt. Eigentlich rechne ich damit, dass er näher an mich heranrückt, sobald sich die Türen schließen – immerhin müssen wir sechsundzwanzig Stockwerke hochfahren, und mittlerweile lecken die Ausläufer eines Ozeans sexueller Spannung an unseren Zehen. Ich erwarte, dass er mich in eine Ecke drängen und mich schweigend mit seinem durchdringenden Blick anmachen wird, aber stattdessen lehnt er sich an die andere Wand, kreuzt die Füße und holt sein Handy heraus, um etwas zu tippen. Er drückt auf Senden und schiebt das schlanke Gerät in die Hosentasche zurück, ehe er das Gesicht zur Decke hebt und tief durchatmet.

Ich bin verwirrt und weiß nicht, was ich sagen soll. Vielleicht habe ich nicht klar genug zum Ausdruck gebracht, warum ich mit ihm auf sein Zimmer gehen will. Ob er glaubt, ich hätte unseren Flirt damit auf Eis gelegt? Himmel, hoffentlich nicht! Seine körperliche Präsenz verschlägt mir den Atem: seine unwahrscheinlich langen Beine, seine starken Hände, die das Geländer umfassen, das hinter ihm rund um die Kabine verläuft, die schlanke Wölbung seiner Brust unter dem weißen Anzughemd. Er strahlt sowohl Sex als auch Selbstvertrauen aus und scheint sich dessen paradoxerweise übermäßig und gleichzeitig überhaupt nicht bewusst zu sein. Die Vorstellung, dass er mich nach diesem erotisch aufgeladenen Gespräch allein schlafen schickt, wirkt so ähnlich, als würde mir jemand befehlen, mitten im Niesen mit dem Niesen aufzuhören.

Vermutlich spürt auch er die lastende Stille, denn er räuspert sich.

»Kameras«, sagt er leise und zeigt an die Decke. »Ich möchte nicht aufgenommen werden, wenn ich mich im Fahrstuhl danebenbenehme.«

»Oh.« Erleichterung ergänzt den berauschenden Gefühlsmix, der unter meiner Haut brodelt. Ich lege den Kopf in den Nacken und sauge Luft in meine Lunge.

»Dein Hals ist ganz rot«, flüstert er.

Ich sehe wieder zu ihm hin. Als sich unsere Blicke begegnen, schießt mir jäh die Hitze in die Brust, und ich spüre, wie eine Welle von Gefühlen in mir aufsteigt. Es ist verrückt. Und es ist mir egal.

Habe ich je zuvor ein derart heftiges körperliches Verlangen verspürt? Ich erinnere mich, dass ich mich zu Spence hingezogen fühlte – vor allem am Anfang –, aber ich hatte nie das Gefühl, dass mir das Verlangen den Atem raubte. Ich beiße mir auf die Unterlippe, um nicht aufzuschreien. Meine Schenkel sind bereits warm, dabei hat er mich noch nicht einmal berührt.

Er dreht sich zu mir, seine Nasenflügel sind gebläht.

»Errötest du auf diese Art, wenn du kommst?«

»Ich weiß es nicht«, gestehe ich mit heiserer Stimme. »Ich fühle mich …«

»Ja, ich weiß.«

Der Fahrstuhl macht plötzlich »Ping«, und die Türen gleiten auf.

Alec packt mich am Handgelenk, stürmt hinaus und zieht mich hinter sich her. Ich will, dass er sich hier und jetzt auf mich stürzt und mich an die Wand drückt. Ich will, dass seine hungrigen Hände unter meinen Rock fahren, er soll die Fäuste um den Stoff ballen. Ich will seinen Reißverschluss aufziehen, ihn herausholen und Alec ins Gesicht sehen, wenn er mich zum ersten Mal spürt.

Ich bin nichts als Verlangen; meine Haut spannt und prickelt.

Wortlos zieht er mich den Flur entlang, fast so, als würde ich aus freien Stücken nicht mitgehen. Seine großen Schritte zwingen mich, hinter ihm in den Laufschritt zu fallen. Er holt mit der freien Hand die Schlüsselkarte heraus, stößt die Tür auf und schubst mich in die Suite. Die Tür fällt schwer ins Schloss. Mein Koffer prallt gegen die Wand, als Alec mit beiden Händen meine Taille umfasst und mich zu sich dreht. Er zieht mich an sich, dreht uns beide herum und drückt mich an die Wand.

Heiß landen Alecs geöffnete Lippen auf meinem Hals und saugen exakt an der Stelle, an der mein Herz am heftigsten zu schlagen scheint. Endlich kann ich seinen breiten Rücken fühlen, die Hände hinauf zu seinem Nacken und in sein Haar gleiten lassen.

»Wo fange ich nur an?«, murmelt er an meiner Haut.

Ich will am Ende anfangen, mit ihm verschmelzen, aber gleichzeitig will ich auch die Zeit anhalten und mich diesem Zustand in winzig kleinen Schritten nähern. Wir haben uns noch nicht einmal geküsst, und mir ist sonnenklar, dass ich das hier nur einmal im Leben bekommen werde. Nicht nur diese Nacht mit Alec Kim, sondern diese Art von Nacht überhaupt, diese Art von Sex, bei dem es keine Regeln gibt, keine emotionalen Folgen, nur die Intensität des Verlangens, die jetzt, wo wir uns berühren, noch weiter zuzunehmen scheint.

Ich drehe den Kopf, ziehe seinen Mund auf meinen. Als unsere Lippen sich berühren, stöhnt er, und meine Beine drohen unter mir nachzugeben. Seine süßen, weichen Lippen, die festen Berührungen, sein Kirschmund, der an meiner Unterlippe saugt, seine Zunge, mit der er mich seufzend öffnet. Er schmeckt nach Whiskey und Küssen; es ist, als vögelten wir schon, knurrend und heiß. Alec Kim macht keine halben Sachen.

Er greift nach unten, nimmt den Saum meines Kleides in die Hand, zieht es mir über den Kopf und wirft es auf den Boden, wo es liegen bleibt wie eine rote Pfütze. Dann fasst er hinter mich, lässt den Verschluss meines BHs aufschnappen und schiebt ihn mir über die Arme hinunter, bevor er ihn fallen lässt, den Blick auf meine nackte Haut gerichtet.

Ich kann nirgendwohin, aber als er einen Schritt zurücktritt und mich von oben bis unten mustert, nackt und an die Wand gedrückt, weiß ich, dass ich mich auch dann nicht bewegen würde, wenn ich es könnte. Nie zuvor habe ich im Gesicht eines Mannes so viel unverhüllte Lust gesehen.

Mit einer Hand stützt er sich neben meinem Kopf an der Wand ab, mit der anderen greift er mir vorsichtig ins Haar und löst den behelfsmäßigen Knoten. Weich und kühl ergießen sich meine Haare über seine Hände und meine Schultern.

Langsam fährt mir Alec mit dem Zeigefinger über den Hals, zwischen meinen Brüsten hindurch und weiter über den Bauch hinab. Meine Nippel sind hart, Röte kriecht mir am Hals hinunter und über meine Brust.

Alec beißt sich auf die Lippe und beobachtet, wie seine Finger über meine Rippen gleiten und meine Brust umfassen. Dann beugt er sich vor, öffnet den Mund und schließt ihn um die Spitze. Ich spüre, wie unter seiner feuchten Zunge der erste Laut aus mir herausbrechen will, und fahre ihm mit den Händen ins Haar, schließe die Fäuste um ihr seidenweiches Gewicht. Er saugt, streift den Nippel mit den Zähnen, fährt mir mit der anderen Hand über den Rücken und über die Wölbung meines Hinterns.

Ich greife mit beiden Händen zwischen uns, ziehe ihm das Hemd aus der Anzughose, knöpfe es von unten auf und schiebe es ihm über die Schultern zurück, damit ich seine Brust berühren kann. Unter meinen Händen fühlt er sich warm und fest an: seine glatte Brust, die Rippen, die sich im Rhythmus seines Atems zusammenziehen und wieder ausdehnen, seine schlanke Taille. Als er mich an sich zieht, ist das Gefühl seiner Haut auf meiner überwältigend. Jeder Rest Geduld, den er bis jetzt vielleicht noch aufgebracht hat, ist dahin, als er seine Arme aus dem Hemd befreit und es auf den Boden fallen lässt.

Alec umfasst meine Hüften, dreht mich um und schiebt mich rückwärts, bis wir an die Sofalehne stoßen, während sich sein Mund einen Weg an meinem Hals hinauf bahnt. Er lacht an meiner Kehle, hebt mich hoch und schlingt sich meine Beine um die Taille.

»Schlafzimmer?«, fragt er.

Ich nicke und lege ihm die Arme um die Schultern. Dann küsse ich die süße Hitze seines Nackens und lasse die Lippen knabbernd an seinem langen, schlanken Hals hinab- und saugend wieder hinaufwandern.

Auf seinen starken Armen trägt er mich über den Flur ins Schlafzimmer und hält mich fest, bis ich mit dem Rücken auf der Matratze gelandet bin und er auf mir liegt. Er zieht mein Bein höher auf seine Hüfte und reibt langsam, aber kräftig seinen Unterleib an mir. Während sich seine Hand einen Weg von meiner Taille zu meiner Brust bahnt, lässt er die Lippen über mein Kinn und hinunter zum Schlüsselbein wandern. Er massiert den Nippel, bis er fest und bereit für seine Zunge ist, dann beugt er sich über mich und saugt ihn tief in seinen Mund.

Mir gehen zu viele Gedanken durch den Kopf, um sie noch ordnen zu können, also lasse ich sie einfach ungefiltert fliegen. Seine nasse Zunge, die meinen Nippel umspielt. Seine heißen, vollen Lippen auf meinen Brüsten. Der heftige Druck zwischen meinen Schenkeln. Wie nass ich bin! Der Umstand, dass mein Saft seine Kleidung benetzt...

Träge lässt er Zunge und Hüften kreisen, bis er sich irgendwann auf die Ellbogen stützt und auf mich herabblickt.

»Alles okay?«

»Perfekt.« Mit den Klamotten ist auch die Erschöpfung von mir abgefallen. Schlaf ist das Letzte, was ich mir in diesem Moment wünsche. Ich lasse eine Hand über seinen Bauch hinauf zur Brust gleiten und spüre sein pochendes Herz. »Und bei dir?«

»Ja, es ist nur ...« Er senkt den Kopf. »Irgendwie bekomme ich es nie richtig hin.«

Lachend zeichne ich Kreise auf seine Brust. »Alexander Kim, es fällt mir *sehr* schwer, dir das zu glauben.«

»Nein ... ich meine ... *wie* wir es machen. Ich sollte mir Zeit lassen.« Er schaut mir auf den Mund. »Noch vor drei Stunden wollte ich nichts anderes als in meinem Hotel in L. A. sein. Jetzt wünsche ich mir, dass diese Nacht eine Woche dauert. Eigentlich passiert mir so was nicht mehr. Mit jemandem zusammen zu sein, ist immer so ... na ja, irgendwie belastet.«

Ich beiße mir auf die Lippe und blicke zu ihm auf. Ich glaube, ich weiß, was er meint, denn ich empfinde genauso. Zum ersten Mal seit langer Zeit darf Sex einfach nur Sex sein, aber deswegen ist er noch lange nicht bedeutungslos. Ich lege ihm eine Hand in den Nacken, ziehe ihn zu mir herab und küsse ihn. Diesmal ist der Kuss ruhiger, tief und fordernd.

Mit einer Hand umfasst Alec mein Kinn und streichelt mich mit dem Daumen direkt neben der Stelle, an der sich unsere Münder auf so natürliche Weise gemeinsam bewegen. Seit wir miteinander im Bett liegen, fühlt es sich an, als hätten wir Zeit bis in alle Ewigkeit. Ich spüre den Cocktail aus Leichtsinn und Verzweiflung, der durch meine Adern fließt, und ich weiß, was er meint, wenn er sagt, dass diese Nacht eine Woche dauern sollte.

Alec kniet sich zwischen meine Schenkel, drückt meine Knie auseinander und setzt sich auf die Fersen zurück. Zu jeder anderen Zeit in meinem Leben wäre ich mir der Tatsache bewusst, dass wir kaum zwei Stunden miteinander verbracht haben, dass ich nackt bin und er auf diesen Teil meines Körpers starrt, den nur zwei andere Männer jemals gesehen haben.

Und keiner von beiden hat wirklich *hingesehen* – nicht so, wie er es jetzt tut. Aber als ich ihm ins Gesicht blicke, sind all meine Zweifel, ob er das hier genauso sehr will wie ich, wie weggeblasen.

Während seine Hand an meinem Schienbein und über mein Knie hinaufgleitet, richtet er seine Aufmerksamkeit auf mein Gesicht. Im Stillen danke ich dem Universum dafür, dass es für einen Rasierer im Hotelbadezimmer gesorgt hat.

Sanft fährt Alec mit einer Hand an meinem Schenkel hinauf, und vor Vorfreude spannt sich in meinem Inneren alles an. Leise stöhnend schiebt er mir einen Daumen zwischen die Schenkel, streicht über meine nasse Spalte nach oben und über die kleine Erhebung. Am liebsten möchte ich vor Lust schreien!

Er stößt einen leisen Fluch aus, lässt den Daumen um meine Perle kreisen und sieht sich selbst dabei zu.

»Du bist so weich«, flüstert er.

Suchend hebe ich die Hüften an, ich brauche mehr als diese flüchtige Berührung, und er grinst, dreht die Hand ein wenig und lässt langsam zwei Finger in mich hineingleiten. Ich gehe fast in die Luft, wölbe mich ihm entgegen und kralle die Fäuste ins Laken. Er ragt über mir auf, seine Lippen berühren meinen Mund, und seine Zunge neckt mich im Takt mit seinen Fingern. Ich fühle mich wie betäubt, wie in einem wahnsinnig realistischen Traum, aus dem ich jede Sekunde aufwachen kann. Als ich nach seinem Gürtel greife, knurrt Alec an meinem Mund und drängt die Hüften an meine Hände.

Der Gürtel fällt aufs Bett. Fieberhaft öffne ich Knopf und Reißverschluss seiner Hose, fasse gierig hinein und stöhne auf, als ich sein massives Gewicht spüre, nur um ihm gleich darauf Hose und Slip über die Oberschenkel hinunterzuschieben. Er streift beides mit den Füßen ab, wobei es ihm irgendwie gelingt, mich weiterhin festzuhalten, und lacht leise in den Kuss hinein.

Als ich die Augen öffne, um ihm prüfend ins Gesicht zu sehen, stelle ich fest, dass er bereits auf mich herabblickt. Das Lächeln, das uns beiden übers Gesicht huscht, presst mir derart die Brust zusammen, dass mir der Atem stockt. Als ich eine Hand um seinen Schwanz schließe und sie sanft auf und ab bewege, sehe ich in seinem Gesicht die gleiche Erleichterung, die ich kurz zuvor selbst verspürt habe.

Sein Mund ist geöffnet und die Nasenflügel gebläht, als er mir ermutigend zunickt.

Das hier gehört mir, denke ich. *Wenigstens heute Nacht gehörst du mir.*

Alec ist so hart, dass sich die Haut unglaublich straff um seinen Schaft spannt. Mir läuft das Wasser im Mund zusammen.

Er schluckt schwer, sein Adamsapfel hebt und senkt sich, seine Lippen öffnen sich, sein Atem wird heftiger, unregelmäßiger. Wenn ich das erste Mal mit jemandem zusammen bin, stelle ich normalerweise alles, was ich tue, infrage – *ist der Druck richtig, sind wir zu schnell* –, aber heute Abend ist es anders. Ich weiß nicht, ob es daran liegt, dass Alec bereits aussieht, als müsse er kämpfen, um noch länger durchzuhalten, oder daran, wie hart er in meiner Hand ist, aber alles fühlt sich an, als wäre es genau so, wie es sein soll.

Sein Körper ist definiert und geschmeidig, und seine Haut glänzt leicht vor Schweiß. Ich möchte ihn überall in mir spüren, sein Salz auf meiner Zunge, seine Länge tief in mir. Allein die Vorstellung, wie seine Hand auf mir ... wie sie *in* mir aussieht, lässt die Lust unter meiner Haut brodeln.

Ich ficke seine Hand, er fickt meine Faust. Unsere Küsse werden chaotisch, hektisch vor Lust. Ich denke immer noch, dass wir damit aufhören und noch etwas anderes ausprobieren sollten. Wenn wir nur eine Nacht haben, sollte ich ihn dann nicht kosten? Sollte er mich nicht zwischen den Schenkeln küssen? Vielleicht wird der Sex dann tatsächlich bewusstseinsverändernd.

Doch selbst mit den Händen ist es besser als alles, was ich je zuvor mit einem Mann erlebt habe. Ich bin kurz davor, mich einfach fallen zu lassen und so heftig zu kommen, dass ich befürchte, sämtliche Gäste im sechsundzwanzigsten Stock zu wecken.

»Ich will fühlen, wie du auf meiner Hand kommst«, keucht er, als ich mich um ihn herum zusammenziehe. »Auf meinen Fingern.«

Ich bin fast so weit, und ich glaube, er auch. Als ich meine Augen schließe, drückt er seine Lippen auf meinen Mund.

»Gleich ... gleich komme ich«, murmelt er, und dann verwandeln sich seine Worte in schmutzige, abgehackte Sätze, die mir die Hitze in den Nacken treiben.

Es ist, als hätte er den Korken aus einer Flasche gezogen. Die Lust ergießt sich in mein Blut und breitet sich im Rhythmus meines Herzschlags in jedem Teil meines Körpers aus, bis in jede einzelne Fingerkuppe.

Mit einem Schrei der Erleichterung komme ich um seine Finger herum, die tief in mir vergraben sind, ziehe mich darum zusammen. Er sagt mir, dass er es weiß – *ich kann fühlen, dass du kommst* –, und mein verzweifeltes Aufbäumen scheint auch ihn über den Rand zu stoßen. Mit einem tiefen Knurren folgt er mir. Warm pulsiert er in meiner Hand und stößt an meine Hüften, während ich seine Zähne an meinem Kinn spüre.

Mir wird bewusst, wie ruhig es ansonsten in dem Raum war und wie viel Lärm wir mit unserem Keuchen und den hektischen Bewegungen unserer Hände und Körper gemacht haben. Die Luft scheint sich wie eine weiche Decke auf uns zu legen, und es wird still.

»*Holy Shit*«, sagt er und zieht vorsichtig die Finger aus mir heraus.

Ich erschauere überreizt, und er flüstert mir eine Entschuldigung in den Mund. Dann küsst er mich unglaublich zärtlich.

Während die fieberhafte Energie vorübergehend zur Ruhe kommt, küssen wir uns so intensiv, dass ich das Gefühl habe, unsere Münder sind eins. Ich frage mich, wie es möglich ist, dass wir das hier heute Nacht zum ersten Mal getan haben.

Alec küsst mich auf Hals und Brust, fährt mir mit den nassen Fingern über den Bauch hinauf bis zu den Brüsten, um dort Kreise um die Spitzen herum zu beschreiben. Er lässt die Zunge folgen und sagt mir, dass ich genauso gut schmecke, wie ich mich anfühle.

Offen und entblößt liege ich vor ihm, eine dekadente Zurschaustellung. Ich will, dass dieser Mann mich auseinandernimmt, Stück für Stück, mit seinen Händen, mit seinem Mund, seinem Schwanz. Ich will, dass er mich verschlingt, dass er mich fickt und von mir Besitz ergreift.

Ich fasse ihm mit beiden Händen ins Haar, und er presst sein Gesicht zwischen meine Brüste, verharrt dort, kommt wieder zu Atem.

»Mir ist schwindelig«, sagt er und lacht.

»Mir auch.«

»Ich glaube, ich war in meinem ganzen Leben noch nie so scharf«, gesteht er. »Wir haben es nicht mal bis zur dritten Base geschafft. Ist das nun großartig oder tragisch?«

»Großartig«, sage ich und stoße die Luft aus. Seine Worte hallen in meinem Kopf wider, und meine Brust bläht sich vor

Stolz. *Ich glaube, ich war in meinem ganzen Leben noch nie so scharf.* »Egal, wo du mich berührt hast, ich wäre wahrscheinlich genauso heftig gekommen, wenn du mich einfach nur weiterhin auf die Art angesehen hättest wie unten in der Bar.«

Alec lacht schläfrig, und dann werden seine Atemzüge tiefer, wirken nicht mehr kraftvoll, sondern erschöpft. Auf einmal schläft er ein, erlischt wie eine Gasflamme. Sein offener Mund ruht an meiner Brust, seine Arme umfangen meine Taille. Ich schließe die Augen und denke an nichts mehr, bis ich sie fast eine Stunde später wieder aufschlage.

Ich rege mich in seiner engen Umarmung. Wir liegen genauso da, wie wir eingeschlafen sind. Es ist 02:37 Uhr nachts, und seine Haut fühlt sich unter meinen Händen glatt und warm an. Eigentlich wollte ich ihm nur verschlafen eine Hand auf den Rücken legen, aber er fühlt sich so gut an, und dann entweicht ihm ein kleines Stöhnen. Instinktiv drängt er sich an mich, drückt seinen Schwanz an meinen Schenkel.

Alec zieht leicht den Kopf zurück und blinzelt mich schläfrig an. Die Intimität, die darin liegt, dass ich sehe, wie er die Augen öffnet, dieses erleichterte Lächeln, das er nicht unterdrücken kann – all das raubt mir den Atem. Als unsere Blicke sich begegnen, ist es, als wäre ich eine Stimmgabel, die jemand angeschlagen hat. Alles in mir vibriert. Es ist verrückt, aber ich will ihn sofort ein weiteres Mal.

»Ja?«, fragt er leise und legt sich auf mich, gleitet hart und bereit über die Stelle, wo ich nass bin.

Ich will gerade das Thema Verhütung ansprechen, da küsst er mich noch einmal und richtet sich dann auf.

»Warte, ich hole etwas.«

Ich sehe, wie er weggeht, und höre das scharfe Geräusch des Reißverschlusses an seiner Reisetasche, der aufgezogen wird. Hektisches Rascheln. Folie reißt, und ich stelle mir vor, wie ein langer, sich windender Streifen Kondompäckchen aus einer Schachtel gezogen wird. Auf keinen Fall werde ich ihn mit einer vollen Packung nach L. A. weiterfliegen lassen!

Meine innere Anspannung lässt sofort nach, als Alec zurückkommt und sich auf dem Bett zwischen meine Beine schiebt.

Er legt mir eine Hand aufs Knie. »Alles okay?«

Ich nicke und greife nach ihm, während er die Schutzhülle mit den Zähnen aufreißt. Mit routinierter Sicherheit fasst er sich an und rollt das Gummi aus der lockeren Faust über seinen Schaft.

Das Bild, das er dabei abgibt, ist so erotisch, dass ich den Blick abwenden und auf sein Gesicht richten muss. Vor Konzentration beißt er sich auf die Unterlippe, während er sich mir nähert, bis er an der richtigen Stelle ist. Dann dringt er in mich ein, nur mit der Spitze, und zieht sich sofort wieder zurück. Er lässt den Blick an meinem Körper hinaufwandern und auf meinem Mund verweilen. Aber ich brauche ihn ganz, will ihn tief in mir, so tief, wie es nur geht. Mit beiden Händen ziehe ich ihn an den Hüften zu mir, aber er dringt noch immer nur mit winzigen Bewegungen in mich ein, zwei Zentimeter vor, einen zurück, die Zähne weiter in dieser hinreißenden Unterlippe vergraben. Seine Brauen sind der Inbegriff von Konzentration, als er ein winziges bisschen tiefer eintaucht und sich dann erneut zurückzieht.

Als er das nächste Mal in mich eindringt, flüstert er ein kehliges: »Oh, *fuck*.«

Es ist die reinste Folter! Während er leicht den Kopf hebt in dem gequälten Versuch, sich zurückzuhalten, fängt das Licht den leichten Schweißfilm über seiner Oberlippe ein. Keine Ahnung, warum mich ausgerechnet dieses winzige Detail total fertigmacht.

»Bitte«, flehe ich.

Er sieht mir wieder ins Gesicht, dann schließt er stöhnend die Augen. »Ich kann dich nicht anschauen, sonst verliere ich die Beherrschung. Ich will nicht, dass es aufhört.«

Schrill, fast hysterisch lache ich auf. »Ich glaube, ich verliere gleich den Verstand.«

Sein Lachen ist atemlos, ungläubig. »Ich weiß. Ich auch.«

Warum? Warum ist es, wie es ist? Liegt es an dem Wissen, dass dies das einzige Mal ist, sodass es sich nicht lohnt, etwas zu verbergen?

An diesem Gedanken halte ich mich fest. Die Vorstellung, dass es mehr zu bedeuten hat, würde mich nur in eine Sackgasse führen.

»Ich will dich tief in mir.«

Alec stützt sich neben meinem Kopf auf die Ellbogen und drückt seine vom Küssen geschwollenen Lippen auf meine. »Ich weiß.«

Ich beiße ihm in die Lippe und umfasse seinen Hintern, um ihn tiefer in mich hineinzuziehen, aber er will sich weiter Zeit lassen, zwingt mich zu warten. Immer noch reizt er mich. Kaum drin, schon wieder draußen.

Ich will es so sehr, dass es beinahe wehtut. Als ich die Augen öffne, ertappe ich ihn dabei, wie er mit schweren Lidern, berauscht von Verlangen, auf mich herabblickt. Und dann schließt er die Augen, während er seinen ganzen Körper nach vorn schiebt und so tief in mich eindringt, dass sich seine Brust über meinem Gesicht erhebt. Seine Hände suchen am oberen Ende der Matratze nach Halt.

Ich verlasse meinen Körper. Oder vielleicht ist es mir auch nur bewusster denn je, dass ich bloß eine bunte Ansammlung aus einer Milliarde Nervenenden bin, eine Masse aus Gewebe und Knochen, dafür gemacht, diese Art von Lust zu empfinden.

Ich schreie auf und dränge ihm die Hüften entgegen, während er immer tiefer in mich eindringt, eine langsame Bewegung, die jedoch rasch schneller, fast wild wird. Ich bin so nass, so bereit, dass ich schon nach einer Handvoll dieser perfekten Stöße komme. Nach Luft ringend, kämpfe ich um meinen Verstand, während ich ihm mit beiden Händen über den Körper fahre und ihm in die Haare greife.

Er lacht, eine Mischung aus Triumph und Fassungslosigkeit, ehe er meinen Mund mit seinem bedeckt.

Ich küsse ihn so leidenschaftlich, als wäre er mein Anker in diesem Zimmer und dieser Welt. Für den Bruchteil einer Sekunde frage ich mich, ob mir etwas Schreckliches zugestoßen ist. Ist das hier mein Himmel, meine Rettung – in diesem Bett mit diesem Mann über mir, der sich immer und immer wieder in mir versenkt?

Seine abgehackten Atemzüge werden rhythmisch, und auf einmal verwandeln sie sich in ein Knurren, ein lautes, heftiges Stöhnen, das zwischen zusammengebissenen Zähnen an meine Schläfe dringt. Er ist so hart, und seine Muskeln sind so angespannt, dass ich denke, er ist ganz kurz davor. Ich höre, wie sich das Stöhnen abrupt in einen fast schockiert klingenden Schrei verw...

... aber dann zieht er sich komplett aus mir zurück. Ein herber, unerwarteter Verlust.

»Noch nicht«, keucht er angestrengt, rollt mich geschickt auf den Bauch und hebt meine Hüften an, um in einer einzigen perfekten Bewegung von hinten in mich einzudringen.

Ich schreie in ein Kissen, als ich ihn tief in mir fühle, und er lacht atemlos. Dann beugt er sich vor, um seine verschwitzte Stirn zwischen meine Schulterblätter zu drücken.

»*Holy Shit*, was ist das für ein Sex?«, flüstert er. »*Holy Shit*, Gigi.«

Auch ich lache, doch dann beiße ich in das Kissen, als er tief, ganz tief in mich eindringt und mir alles von sich gibt, von der Spitze bis zum Ansatz. Bevor eine Lücke zwischen uns entstehen kann, drückt er seine Oberschenkel an meine, nur um dann erneut in mich hineinzustoßen, hart, härter und immer härter, bis er einen Punkt in meinem Inneren trifft, der den Drang in mir weckt, das Laken mit den Fingern zu zerfetzen.

Erneut steigern sich seine Atemzüge zu Geräuschen: ein Stöhnen, ein weiteres ungläubiges, überwältigtes Lachen. Ich blicke ihn über die Schulter an, sehe, dass er den Kopf zurückgeworfen hat, das Gesicht zur Zimmerdecke gehoben und mit einem Ausdruck absoluter Glückseligkeit.

Zumindest für den Moment ist jeder Schaden, den Spence meinem Herzen und meiner Selbstachtung zugefügt hat, wie weggewischt. Wie sollte ich Vertrauen und Offenheit nicht verdient haben, wenn mir ein Mann wie Alec beides so bereitwillig, so rückhaltlos geben kann?

Es ist nicht nur Sex, sondern – wie er gesagt hat – *dieser* Sex; es ist unwirklich, was auch immer es ist. Ich werde ein paar Tage brauchen, um mich davon zu erholen. Es wird mir schwerfallen, nicht immer wieder daran zu denken.

Wenn Alec Kim sich etwas von mir wünschen würde, was ich noch nie getan habe, ich würde es ihm, ohne zu zögern, geben. Er könnte mich ficken, wo und auf welche Art auch immer er will. Soll ich vor ihm kriechen? Ich würde es tun. Ich will sein erleichtertes Ausatmen in meinem Nacken spüren, seine Fingerkuppen, die sich in meine Hüften graben. Für ihn will ich schmutzig und verdorben sein.

Er senkt den Blick und legt den Kopf schief, um zu sehen, wie er in mich hinein- und wieder herausgleitet, aber ich schaue über die Schulter zurück, und unsere Blicke treffen sich. Er lächelt boshaft – vielsagend –, die Zähne in diese obszöne Unterlippe versenkt. Alec beugt sich vor, und ich verdrehe den Oberkörper, um ihn zu küssen, heiß und wild; er saugt an meinem Mund, meinem Kinn, beißt mich, zerrt an mir, ehe er sich hinter mir aufrichtet.

»Komm her«, flüstert er, setzt sich auf die Fersen und zieht mich rückwärts auf seinen Schoß.

Alec greift nach meinem Haar und schiebt es mir über die Schulter, sodass sich mein Hals seinem Mund darbietet. Er stößt, während ich die Hüften kreisen lasse, und unsere Körper sind so sehr im Gleichklang, dass ich in den nächtlichen Himmel über Seattle hinausschreien will, wie gut es sich anfühlt, wenn er die Hände um mich legt, eine um meine Kehle, die andere zwischen meine Beine, und geduldig einen weiteren Orgasmus aus mir hervorzaubert.

Als ich zu explodieren beginne, hält er mich fest. Es ist ein Fick, klar, aber es ist nicht *nur* das. Alec öffnet an meinem Hals den Mund, und ich spüre, wie sein Atem zittrig und die ruhige Konzentration zu verzweifeltem Verlangen wird. Erneut drückt er mich hinunter, und dann stößt er so fest in mich hinein, dass ich nichts anderes tun kann, als die Schönheit seiner ungehemmten Lust zu bewundern.

»Es ist so gut«, höre ich ihn hinter mir flüstern. »Oh Gott, so gut.«

Er wispert, dass er kommt – ja, gleich ist es so weit –, und dann keucht er meinen Namen, immer wieder, bis er mich an den Hüften packt, noch einmal tief in mich hineinstößt und mit einem lauten Schrei endlich Erlösung findet.

Wir lassen uns auf das Bett sinken, seine Vorder- an meiner Rückseite, und ich spüre an meinem Rücken, wie sich seine Brust hebt und senkt. Minutenlang liegen wir reglos da, verschwitzt, ineinander verschlungen. Schließlich greift er blind nach meiner Hand und verflicht seine Finger mit meinen. Seine Handfläche drückt meinen Handrücken, und dann macht er dasselbe mit der anderen Hand, nimmt mich mit seinem Körper liebevoll gefangen.

Diesmal bin ich diejenige, die einschläft, ohne es überhaupt zu bemerken.

4

Um fünf, wir haben vielleicht eine Stunde geschlafen, geht der Alarm auf unseren beiden Handys gleichzeitig los. Weil ich mich nicht umdrehen kann, fühle ich mich wie betäubt, aber dann wird mir klar, dass ich nur deshalb noch auf dem Bauch liege, weil ein erwachsener, über eins neunzig großer Mann auf mir liegt.

Er regt sich, rollt sich auf die Seite, stöhnt und bedeckt sein Gesicht mit einer Hand. »Nein!«

»Sehe ich auch so«, murmele ich ins Kissen.

»So fühlen sich Zombies wahrscheinlich immer.«

Was den Alarm betrifft, scheinen wir einer Meinung zu sein: klingeln lassen, bis er in ein paar Minuten von selbst aufhört. Sein Weckton scheint die Standardeinstellung des Handys zu sein, und ich spüre, wie er neben mir über den Black-Sabbath-Klingelton lacht.

»Ich schätze, davon würde ich auch wach werden«, murmelt er und küsst mich auf die Schulter.

Lachend strecke ich einen Arm nach der Wasserflasche auf dem Nachttisch aus und reiche sie ihm. Er stützt sich auf einen Ellbogen, schraubt den Deckel ab und nimmt einen großen Schluck. Nach allem, was wir miteinander getan haben, müsste es mir eigentlich peinlich sein, Alec in dem dämmerigen Licht anzusehen, das aus dem Flur hereindringt, aber das ist es nicht. Ich beobachte, wie er mit ursprünglicher Befriedigung trinkt. Selten habe ich etwas so Schönes gesehen. Das Kissen hat einen Abdruck auf seinem Gesicht hinterlassen, und seine Haare sind zerzaust.

Weil es fünf Uhr ist und um acht bereits unser Flug geht, bleibt uns keine Zeit für eine weitere Runde, aber mein Körper bekommt die Botschaft offenbar nicht mit. In Erwartung seiner Hände sammelt sich bereits das Blut unter meiner Haut.

Als er mir die Wasserflasche reicht und ich sie an den Mund setze, nutzt er die Gelegenheit und lässt eine Hand über meinen Bauch gleiten, streichelt ihn mit geschlossenen Augen, die Stirn an meine Schulter gepresst.

»Es war schön«, sagt er leise. »Ich bin so froh, dass du dich an mich erinnert hast.«

Dass er das sagt, ist wunderbar und schrecklich zugleich. Wunderbar, weil ich weiß, dass er es ernst meint; schrecklich, weil ich – natürlich – weiß, dass dies der Anfang vom Ende ist.

»Finde ich auch«, sage ich. »Wirklich. Ich will nicht ins Detail gehen, aber es war ein beschissenes Jahr, und ich habe das hier gebraucht.«

»Ich habe es auch gebraucht, wenn auch vielleicht aus anderen Gründen.« Er zögert, runzelt die Stirn. »Aber ich möchte dir gern sagen ...«

Oh Gott.

»Alec.« Ich drehe mich um und lächle ihn an, damit er nicht merkt, wie sich meine Brust angesichts seines veränderten Tonfalls verkrampft. »Du musst es nicht sagen. Du lebst in London, ich in L. A. Ich erwarte nicht, dass wir uns wiedersehen.«

»Nein, nein. Also ... na ja, das stimmt wohl, leider. Aber ich meinte etwas anderes.« Er blickt auf mich herab. »Es klingt sicher seltsam, aber ich denke, du wirst es später verstehen. Ich meine es ernst, wenn ich sage, dass ich genau das gebraucht habe. Und ich bin einfach ...« Er schluckt, und sein Hals rötet sich. Es ist seltsam, ihn über seine eigenen Worte stolpern zu hören. »Ich bin wirklich froh, mit dir hier zu sein. Genau so, wie es heute Nacht war. Und egal, wie es weitergeht, bitte versprich mir, das niemals zu vergessen. Okay?«

Selbst ein Eiszapfen würde merken, dass Alec Kim etwas sagen will, ohne es auszusprechen. Doch er verschleiert es derart sorgfältig, dass ich nicht weiß, wie ich nachbohren soll. Er gibt mir auch keine Gelegenheit dazu, denn er nimmt mein Kinn in die Hand und gibt mir einen Kuss, der liebevoll und leidenschaftlich zugleich ist, während er mich sanft zurück auf das Kissen drückt.

»Ich wünschte, wir hätten Zeit«, sagt er an meinem Mund, und ich weiß genau, was er meint.

Aber wir haben keine Zeit.

Er sieht mich an, atmet tief durch, richtet sich leise stöhnend auf und setzt sich auf den Bettrand. Ich würde mich am liebsten umdrehen und ihn in die Arme nehmen, denn komischerweise sieht er aus, als könnte er eine Umarmung gebrauchen. Andererseits fühlt es sich nicht wie etwas an, das zwei Menschen wie wir bei Sonnenaufgang tun würden. Also sitze ich da und betrachte seinen Rücken, während er auf den Boden starrt. Die Leichtigkeit und Geborgenheit dieser Nacht beginnen, sich bereits aufzulösen, und ich schweige; es ist einfach nur furchtbar.

Als das Zimmertelefon klingelt, erschrecken wir beide.

»Oh«, sagt Alec dann, als wäre ihm gerade etwas wieder eingefallen. Er greift nach dem Hörer und sagt instinktiv: »*Yeoboseyo*«, gefolgt von: »Hallo … Ja, danke. Lieber fünfzehn. Danke.«

Nachdem er aufgelegt hat, blickt er mich über die Schulter an.

»Wenn du willst, kannst du dich in dem Badezimmer da vorne fertig machen.« Er deutet mit dem Kinn in die Richtung.

»Der Pförtner bringt mir etwas, ungefähr in einer Viertelstunde wird er hier sein. Ich dusche in dem anderen Bad.«

Die Außenwelt drängt sich wieder herein und zwingt uns beide zu einem Grad an Förmlichkeit, der sich völlig unnatürlich anfühlt. Ich danke ihm, halte mir das Laken vor die Brust und wende den Blick ab, während er nackt vor mir steht, auf dem Boden nach seinen Klamotten sucht und schließlich mit ihnen im Wohnzimmer verschwindet. Als ich gerade aufstehen will, kommt er mit einem Handtuch um die Hüften zurück. Er bringt mir meinen Koffer, meinen BH und das Kleid. Ich möchte ihn zum Dank küssen, jede Zelle in meinem Körper sehnt sich danach, aber er nickt nur höflich und zieht sich wieder zurück. Wenige Sekunden später höre ich, wie sich in einem anderen Teil der Suite eine Tür schließt und die Dusche aufgedreht wird.

Ich starre meinen geöffneten Koffer auf dem Bett an und beschließe, das Kleid anzuziehen, weil es noch immer das sauberste Teil von allen ist. Dann denke ich über Unterwäsche nach. Ich könnte im Badezimmer einen Slip auswaschen und ihn im Flugzeug tragen – noch feucht – oder ohne gehen. Keine der beiden Optionen gefällt mir. Georgia hat also ein Problem. Doch nachdem ich mich rasch abgeduscht und in ein dickes, flauschiges Hotelhandtuch gewickelt habe, höre ich es leise an der Badezimmertür klopfen. Ich öffne und lasse Alec herein.

Er ist frisch geduscht, trägt ein schwarzes T-Shirt und schwarze Jeans. Sein Haar ist sorgfältig gekämmt, und auf seinem Kinn ist ein Bartschatten zu sehen. Augenblicklich steht meine Libido wieder auf und schwenkt die weiße Fahne.

Er bemerkt meinen Blick nicht, weil er auf die Stelle zwischen meinen Brüsten starrt, an der ich das Handtuch geschlossen habe. Ein Wassertropfen rinnt mir am Hals herab, und Alec sieht aus, als wollte er ihn ablecken. Mein Ego hält diesen Moment für das mentale Scrapbook fest.

»Weißt du, was eine *Thirst Trap* ist?«, frage ich ihn.

Abrupt richtet er den Blick auf mein Gesicht, und ich glaube, es dauert eine Sekunde, bis die Frage bei ihm ankommt.

»Ich bin dreiunddreißig, nicht achtzig«, entgegnet er schließlich. »Ich weiß wohl, was erotische Selfies sind.«

Ich deute auf seine Brust. »Tödlich.«

Er lacht. »Tatsächlich?«

Er hat etwas in der Hand, eine kleine schwarze Einkaufstüte. Sieht teuer aus.

»Was ist das?«

Offenbar fällt ihm die Tüte gerade wieder ein, denn er hält sie mir hin und lässt sie an einem schlanken Finger baumeln.

»Oh. Das ist für dich.«

»Du hast ein Geschenk für mich besorgt?«, frage ich, verbessere mich dann aber rasch: »*Wann* hast du ein Geschenk für mich besorgt?«

»Ich habe meine Assistentin gebeten, etwas bringen zu lassen.« Er deutet mit dem Kinn auf die Tüte, damit ich sie nehme. »Als wir gestern Abend im Fahrstuhl waren.«

Die Situation erinnert mich vage an *Pretty Woman,* und ich weiß nicht so recht, was ich davon halten soll. Dennoch nehme ich die Tüte an und spähe hinein. Was auch immer sich darin befindet, es ist in dickes schwarzes Seidenpapier eingeschlagen. Als ich es heraushole, bin ich gleichzeitig begeistert und entsetzt.

»Das Kleid ist zwar schön, aber ich wollte nicht, dass du ohne etwas darunter ins Flugzeug steigst.«

Ich starre ihn an, unterdrücke ein Lächeln.

Alec zuckt zusammen. »Es ist bizarr, stimmt's? Benehme ich mich bizarr?«

»Es ist unglaublich süß von dir«, sage ich lachend, »und höchstens ein kleines bisschen bizarr.« Es ist einfach, schön und praktisch ... so praktisch, wie ein Slip aus Spitze und Satin nur sein kann. »So was erlebe ich bei einem One-Night-Stand definitiv zum ersten Mal.«

»Hm ...« Er schürzt die Lippen und mustert mich mit einem finsteren Blick, als die Worte in sein Bewusstsein dringen. »Wie viele hattest du denn schon?«

Offenbar bereut er seine Worte sofort, aber ich frage in scherzhaftem Ton zurück: »Und wie viele hattest *du* schon?«

Alec mustert mich aus schmalen Augen. »Okay.«

»Vielen Dank dafür.« Ich recke mich auf die Zehenspitzen und gebe ihm einen Kuss auf die Wange. Wange fühlt sich sicher an.

Nicht nach festem Freund, flüstert mein Verstand.

Ich konzentriere mich lieber auf die Geste als darauf, dass seine Assistentin während seines unvorhergesehenen Zwischenstopps Damenunterwäsche in sein Hotelzimmer liefern lässt. Ob solche Anfragen häufiger vorkommen? Haben die Hotelangestellten auch nur mit der Wimper gezuckt?

Egal. Mein Unterwäsche-Dilemma ist gelöst, und ich beschließe, dankbar dafür zu sein.

»Jetzt werde ich mich im Flugzeug viel wohler fühlen, ganz ehrlich.«

»Da wir gerade von Wohlfühlen sprechen ...« Er zögert, dann deutet er mit dem Kopf auf die Tasche. »Da drin ist noch etwas.«

Alex kratzt sich im Nacken. Wieder ist seine Haut gerötet, seine Bewegungen wirken unsicher.

Ich taste in der Tüte herum und berühre ein Stück steifes Papier.

Es ist ein Ticket.

Ich spüre, wie ich blass werde. »Alec. Das ist zu ... *nein*. Du darfst mir kein Erste-Klasse-Ticket für einen Fug von Seattle nach *L. A.* schenken.«

»Es ist keine große Sache, Gigi.«

»Für mich schon. Eine sehr große sogar.«

Er tritt näher und nimmt mein Gesicht in beide Hände. »Du hast nicht geschlafen. Du warst auch vor der letzten Nacht schon erschöpft.«

»Ja, und genau deshalb würde ich sogar in einem Sitz in der Touristenklasse ohnmächtig werden!«

»Wenn du es nicht willst, hast du immer noch dein anderes Ticket.« Er beugt sich vor und küsst mich auf den Mund. Dieser Kuss stellt etwas Eigenartiges mit meinem Herzen an. Es ist zweifellos unser letzter. »Du hast mir ein riesiges Geschenk gemacht, indem du einfach hier warst.« Er löst sich von mir, tritt zurück und wirft einen Blick auf seine Uhr. »Wir werden getrennt zum Flughafen fahren. Ich muss noch ein paar Dinge erledigen. Aber ich habe dir für sechs Uhr einen Wagen bestellt.«

Mir ist das Herz in die Magengrube gerutscht. »Okay. Wow. Danke ... vielen Dank. Für den Wagen und das Zimmer. Und für die Dessous und das Flugticket.« Je länger die Liste wird, desto unbehaglicher ist mir zumute. »Und für die Drinks«, füge ich hinzu. Die nächsten Worte kommen aus meinem Mund, ehe ich sie zurückhalten kann: »Und für den großartigen Sex.«

Er lacht. »Es *war* großartig, einfach unglaublich!« Dann geht er rückwärts aus dem Badezimmer. »Pass auf dich auf, Gigi«, sagt er zum Abschied, bevor er die Tür schließt.

Obwohl ich es eigentlich nicht will, halte ich am Gate nach ihm Ausschau und werde immer unruhiger, als er nicht auftaucht. Sobald ich auf meinem Platz sitze, sehe ich jeden an, der vorbeigeht, und frage mich: *Haben Sie meinen Platz in der Touristenklasse ergattert? Schaffen auch Sie es dank Alexander Kim nach Hause? Wo ist er? Hat er mir sein eigenes Ticket geschenkt?*

Am Ende betritt Alec den Flieger als Letzter. Er trägt eine Baseballcap, eine Sonnenbrille und hält sich sein Handy ans Ohr.

Als er an meinem Sitz, 1B, vorbeigeht, schenkt er mir ein kleines Lächeln, bleibt aber nicht stehen, um mit mir zu reden.

Klar, Alecs kleine Ansprache im Bett heute Morgen war das erste Anzeichen dafür, dass mir etwas Wichtiges entgangen ist. Aber das zweite ist noch offensichtlicher: Innerhalb weniger Minuten, nachdem er Platz genommen hat, gehen alle drei Flugbegleiterinnen zu ihm und begrüßen ihn. Er sitzt zwei Reihen hinter mir auf der anderen Seite des Mittelgangs.

3C, schreit mein Verstand. Was bedeutet, dass er mich sehen kann, ich ihn aber nicht, es sei denn, ich drehe mich um.

Ich muss mich ablenken. Deshalb bücke ich mich und hole mein Handy heraus, um Eden eine Textnachricht zu schicken, bevor wir aufgefordert werden, den Flugmodus einzuschalten.

Hi. Bin endlich auf dem Heimweg.

Wie erwartet antwortet sie sofort. Das Smartphone ist an ihrer Hand praktisch angewachsen.

Hurra! Du fehlst mir. Können wir heute Abend etwas zusammen unternehmen? Bin jetzt weg.

Das ist eine gute Frage. Sie ist meine beste Freundin und Mitbewohnerin, arbeitet aber von Mittwoch bis Sonntag als Barfrau. Den heißen Teilzeitbeschäftigten bei *Coffee Bean and Tea Leaf* sehe ich öfter als Eden.

Kann sein, dass ich mitten im Satz einschlafe, aber bis ich ins Koma falle, bin ich dabei.

Ich drücke auf Senden und starre auf das Handy. Was ich erlebt habe, möchte ich mit ihr persönlich besprechen; niemand sonst würde verstehen, wie großartig gestern Nacht war – vor allem im Vergleich zu »Georgias wirklich beschissenem Jahr«. Aber die Art, wie Alec heimlich in den Flieger gestiegen ist, überzieht meine Erinnerungen mit einem seltsamen Gefühl von Unglauben, ebenso wie die Aufmerksamkeit der Stewardessen. Ja, er ist verdammt heiß, aber wer ist er überhaupt? Ist mir vielleicht etwas Entscheidendes entgangen? Um das herauszufinden, gehe ich im Geist – fast widerstrebend – noch einmal jeden Moment durch, den ich in der Bar mit ihm verbracht habe.

Also, tippe ich in mein Handy und drücke sofort auf Senden, um Edens Aufmerksamkeit weg von ihrer Viki-App und zurück auf unsere Unterhaltung zu lenken. Ich bin mir sicher, dass sie im Bett liegt und sich Kussszenen aus ihren asiatischen Lieblingsfilmen ansieht, und wenn sie damit erst mal angefangen hat, ist es fast unmöglich, ihre Aufmerksamkeit wiederzuerlangen. Ich hatte einen One-Night-Stand.

Weil ich der allerletzte Mensch auf dieser Welt bin, von dem sie so etwas erwarten würde, antwortet sie mit einer Reihe Ausrufezeichen, gefolgt von einem W A S ?

> Es war total verrückt, und ich erzähle dir alles, wenn ich wieder zu Hause bin. Aber er hat mir für den Rückflug ein Erste-Klasse-Ticket geschenkt, und als er heute Morgen als Letzter an Bord gekommen ist, sind die Stewardessen zu ihm gegangen und haben ihn begrüßt. Jetzt sitze ich im Flieger und frage mich die ganze Zeit: WER IST DIESER TYP?

Ja, wer ist der Typ???

Erinnerst du dich an meine Freundin Sunny, die weggezogen ist, als wir zwölf waren? Er ist ihr Bruder. Ich habe ihn wiedererkannt. Mein Teenager-Ich ist tot umgefallen.

OMG, kann ich mir vorstellen.

Er muss eine Million Flugmeilen haben, sie lieben ihn. Lol.

War es gut?, fragt sie.

Ich starre auf mein Handy. Einfach nur *Ja* zu schreiben, kommt mir wie eine Lüge vor, denn es war nicht einfach nur gut. Ich kann ihn immer noch fühlen.

Es hat mich verändert – Gott, wie kitschig! –, aber nicht auf die Art, dass ich ihn unbedingt wiedersehen will oder mehr davon brauche. Ich meine damit, dass es mich und meine beschissenen Denkmuster nach Spencer verändert hat. Es hat mich daran erinnert, dass eine echte, unverfälschte Verbindung zwischen zwei Menschen nicht nur ein seltener Glücksfall ist.

Ich wünschte, ich hätte ihm das heute Morgen ausführlicher erklärt, als ich ihm gesagt habe, dass diese Nacht genau das war, was ich brauchte. Mir gefällt die Vorstellung, dass dieser Gedanke Alec bei seiner nächsten Begegnung begleitet, wie auch immer sie aussehen mag. Ich meine, wen interessiert schon, ob ich mich lächerlich mache, indem ich so offen und freizügig bin? Ich werde ihn niemals wiedersehen, und so weiß er wenigstens, dass mir seine Fähigkeit, sich mir auf diese Art zu zeigen, etwas bedeutet.

Ich tippe Buchstabe für Buchstabe – es war absolut großartig, E – und lösche dann alles wieder, weil ich das Gefühl habe, etwas Heiliges zu verraten. Genau das habe ich gebraucht, versuche ich es erneut, lösche aber auch das wieder. Zu klischeehaft.

Ich schließe die Augen und lasse den Kopf an die Lehne sinken. Am liebsten möchte ich mich umdrehen und checken, ob er in diesem Moment zu mir herübersieht. Es fühlt sich so an. Ich brauche nur eine Sekunde Augenkontakt, um zu wissen, dass meine Erinnerung mich nicht täuscht. Aber ich kann ihn nicht ansehen, nicht ohne mich seltsam dabei zu fühlen oder ihm ein komisches Gefühl zu geben. Es war nur diese eine Nacht.

Also schreibe ich nur Jep, drücke auf Senden und schalte mein Handy gleich danach aus.

Alec hat mir das Ticket gekauft, damit ich schlafen kann, und die beste Art, ihm zu danken, besteht wahrscheinlich darin, es wenigstens zu versuchen. Sobald ich die Augen schließe, fühle ich mich benommen. Dasselbe Gefühl hatte ich bei den wenigen Gelegenheiten, bei denen ich so viel getrunken habe, dass mir schlecht wurde. Der Sitz unter mir dreht sich, und von den Rändern her dringt Schwärze in mein Sichtfeld ein.

Aber ich glaube, ich bin tatsächlich noch betrunken von Alexander Kim.

Ich versuche, mich zu erinnern, wie es war, wenn ich Sunny als Kind zu Hause besucht habe. Während mein Geist immer schläfriger wird, stelle ich mir die Veranda der Kims vor, das Wohnzimmer, den Geruch in der Küche, das dunkle Treppenhaus. Ich gleite in einen Traum …

Als die Räder des Flugzeugs aufsetzen, reiße ich die Augen auf und habe das Gefühl, gerade in ihrem Haus gewesen zu sein. Ich habe den kräftigen Geschmack von Frau Kims würzigem Tteokbokki auf der Zunge, spüre den sanften Sprühregen des Rasensprengers an meinen Beinen und höre Alec, der seinem Freund auf der Straße etwas zuruft.

Die Mitglieder der Familie Kim standen einander sehr nah, drückten ihre Zuneigung aber nicht offen aus. Doch im späteren Leben hat Alec offenbar gelernt, sich gefühlsmäßig auf die intuitive Art zu verständigen, die er im Hotel an den Tag gelegt hat, und nach allem, was hinter mir liegt, bedeutet mir das sehr viel.

Ich wollte nicht, dass du ohne etwas darunter ins Flugzeug steigst.

Wie viele hattest du denn schon?

Du hast nicht geschlafen, hat er gesagt. *Du warst auch vor der letzten Nacht schon erschöpft.*

Meiner Erfahrung nach sagen Arschlöcher so etwas nicht. Wenn es anders wäre, wüsste ich es. Zumindest hoffe ich, dass ich es wüsste. Ich habe in den vergangenen zwei Wochen so viele schreckliche Gespräche geführt. Gespräche über Männer, die, davon war ich nun überzeugt, Frauen unter Drogen setzten, sie vergewaltigten und die Tat filmten, um sie Freunden vorzuführen. Ich habe mit den Freunden gesprochen, die sich die Videos angesehen hatten, ohne sich groß Gedanken darüber zu machen. Ich bin Türstehern, Mitarbeitern und Gästen des Klubs begegnet, die alles gesehen hatten, ohne je auf den Gedanken zu kommen, etwas dagegen zu unternehmen.

Ich schließe fest die Augen. Ich hatte mir eine gewisse professionelle Distanz aufgebaut, aber die hat den Horror nicht überlebt, den ich in London aufgedeckt habe. Zudem hat mich, ganz hinten in meinem Rachen, der saure Nachgeschmack von Spencers Lügen während der gesamten Reise begleitet. Miese Typen überall.

Ich brauche noch einen Moment mit Alec. Er war ehrlich

zu mir. Zwar habe ich ihm für das Ticket, den Wein und den Sex gedankt, aber dafür nicht. Ich habe ihm nicht gesagt, dass er ein guter Mensch ist, und aus irgendeinem Grund habe ich jetzt das Bedürfnis, es auszusprechen.

Die Räder setzen auf, und ich schalte mein Handy ein, um Eden von meiner Angst zu schreiben. Vielleicht kann ich sie so zerstreuen.

Ich glaube, ich benehme mich ziemlich verrückt.

Wieso?

Ich möchte ihm sagen, dass die letzte Nacht super, aber das, was er heute Morgen getan hat, noch besser war.

Als die Gurt-Warnanzeige erlischt, stehen alle auf, um sich im Mittelgang ein wenig zu dehnen. Ich beuge mich über mein Handy, lese ihre Antwort.

Uff, Süße. Was hat er heute Morgen gemacht?

Erkläre ich dir später, tippe ich. Er hat sich einfach wie ein guter Mensch verhalten. Er hat sich um mich gekümmert.

Bist du noch betrunken?

Ich hole meine Tasche aus dem Fach über meinem Kopf und drehe mich zu Alec um. Er sitzt noch, scheint es nicht eilig zu haben, das Flugzeug zu verlassen. Unsere Blicke kreuzen sich nur für eine Sekunde, ehe sich jemand zwischen uns schiebt und mir die Sicht versperrt. Es ist zu kurz, um abzuschätzen, was er denkt.

Nein, antworte ich. Ich bin müde. Und sentimental. Vielleicht sollte ich einfach in ein Taxi steigen.

In ein Taxi steigen, anstatt *was* zu tun?

Anstatt auf ihn zu warten, texte ich.

Warte nicht auf ihn. Damit machst du dich nur verrückt.

Eden hat recht. Wenn ich mir auch nur einen Funken Hoffnung auf weiteren Kontakt gestatte, werde ich enttäuscht werden. Wir haben beide klar gesagt, dass diese Nacht eine einmalige Sache war, und Alec hat mehr als genug für mich getan.

Bei Reihe eins angekommen, bleibt mir nichts anderes übrig, als auszusteigen, sobald sich die Tür des Flugzeugs öffnet. Wenn er wollte, könnte er mit seinen langen Beinen zu mir aufschließen, nachdem wir beide das Flugzeug verlassen haben. Aber ein Schulterblick verrät mir, dass er nicht in der Traube der Passagiere ist, die die Gangway hinaufgehen. Auch beim Durchqueren des Terminals ist er nicht in der Menschenmenge hinter mir. Schon möglich, dass ich ihn aus den Augen verloren habe, aber das Flughafengebäude ist nicht sehr voll, und es wäre sowieso schwierig, einen Mann aus den Augen zu verlieren, der wie Alec Kim aussieht.

Was vielleicht erklärt, warum ich in der Ankunftshalle mindestens zweihundert Menschen erblicke – überwiegend Frauen –, die Schilder, Banner oder Klamotten mit seinem Namen darauf tragen.

5

Willkommen in Kalifornien, Alexander Kim!
SARANGHAE ALEXANDER KIM! I LOVE YOU!
HEIRATEN SIE MICH, DR. SONG
AMERIKA LIEBT JEONG JINWON

Ich blinzle ungläubig, während ich auf diese geheimnisvollen Zeichen starre und herauszufinden versuche, was sie bedeuten. Mit einem Mal habe ich das Gefühl, außerhalb meines Körpers zu schweben.

Schließlich ziehe ich meinen Rollkoffer mit hämmerndem Herzen hinter einen Pfeiler und tue, was ich wahrscheinlich bereits gestern Abend in der Hotellobby hätte tun sollen, bevor er mich in sein Bett getragen hat, bevor wir in der Bar etwas getrunken haben, ja bevor ich ihm auch nur nach oben gefolgt bin, um zu duschen.

Ich googele Alexander Kim.

Und, *Holy Shit*, Google spuckt sofort Unmengen an Fotos und Links zu Artikeln, Interviews und Fanseiten auf Koreanisch und Englisch aus. Fotos von ihm in Seoul, in London, in New York.

Doch dann sehe ich ein bestimmtes Bild, und mir wird klar, dass ich die größte Idiotin der Welt bin. Ja, ich habe ihn vermutlich erkannt, weil er Sunnys Bruder ist und mein erster Schwarm war, aber er kam mir nicht nur deshalb bekannt vor. Und ich hatte das Gefühl, ihn vor Kurzem erst gesehen zu haben, weil es *stimmte*. Sein Gesicht ist auf Werbeplakaten in jeder zweiten Station der Londoner U-Bahn zu sehen.

BBC-Manager, in die Staaten gereist, um mit amerikanischen Sendern über eine Serie zu verhandeln?
Das kommt der Wahrheit tatsächlich schockierend nahe.
Ernüchtert lehne ich mich an den Pfeiler hinter mir. Ich bin erstaunlich dumm.
Sie heißt The West Midlands.
Könnte ich den Boden des Flughafens dazu bringen, sich unter mir zu öffnen und mich zu verschlucken, ich würde es tun.
Hinter mir beginnt die Menge im Takt meines Herzschlags zu skandieren: *Alexander Kim! Alexander Kim!*
Die Stimmen werden lauter, und als Alec hinter vier Männern in schwarzen Anzügen das Terminal betritt, steigern sich die Rufe zu wildem Gebrüll. Sein Security-Team hält die Menge mit ausgestreckten Armen auf Distanz, sodass sich ein Durchgang bildet, vermutlich zu einem Wagen, der mit laufendem Motor am Straßenrand wartet.

Doch Alec bleibt wie angewurzelt stehen und betrachtet staunend die Szenerie. Klar, in Seattle konnte er sich weitgehend unbemerkt bewegen. Aber hat er denn wirklich vergessen, wie sehr Los Angeles seine Stars und Sternchen liebt?

Mit einem gewinnenden Lächeln nimmt er ein paar Gegenstände zum Signieren an, posiert rasch für einige Fotos und versucht sich dann durch die Menge zu schieben. Währenddessen stehe ich wie angewurzelt etwa zehn Meter von ihm und der ihn umringenden Menge entfernt. Mir wird bewusst, dass ich die Nacht mit einem Mann verbracht habe, den ich aus ganz anderen Gründen hätte erkennen müssen. Mir wird bewusst, dass ich anscheinend so tief in meiner journalistischen Nische stecke, dass ich einen der größten Stars von Korea und London, ja inzwischen der ganzen Welt, nicht erkenne. Mir wird bewusst, dass Alec mir hundertmal hätte erzählen können, wer er ist, es aber nicht getan hat. Er hat sich nicht die

Mühe gemacht, mir diesen Teil seines Selbst zu offenbaren, während ich endlos über meinen Job und Spence ...

Und diesem Menschen wollte ich gerade für seine *Aufrichtigkeit* danken!

Ich starre diesen Mann an, dessen Gesicht und Mund und Körper ich berührt und an dem ich mich erfreut habe, und mir wird klar, dass er genau das heute Morgen gemeint hat.

Es klingt sicher seltsam, aber ich denke, du wirst es später verstehen.

Ich meine es ernst, wenn ich sage, dass ich genau das gebraucht habe.

Ich bin wirklich froh, mit dir hier zu sein.

Genau so, wie es heute Nacht war.

Egal, wie es weitergeht, bitte versprich mir, das niemals zu vergessen.

Okay?

Tja, wie schön für ihn, dass er genau das bekommen hat, was er brauchte, auf die Art, wie er es wollte.

Ich weiß jetzt, wer er ist, texte ich Eden. Am Flughafen hat eine riesige Menschenmenge auf ihn gewartet.

Grundgütiger, ich wette, sie hätte es mir sagen können, wäre ich überhaupt auf die Idee gekommen, ihr seinen Namen zu nennen.

Moment mal, was?? Wie heißt er???

Alexander Kim.

Sie antwortet augenblicklich mit einer Reihe unzusammenhängender Buchstaben und Symbole. Es sieht aus, als hätte sie einfach mit den Händen auf eine Tastatur eingeschlagen.

Ich blicke von meinem Handy auf, als Alec den Kopf dreht

und ungläubig in die Ferne schaut, um die Größe der Menschenmenge abzuschätzen. Unsere Blicke treffen sich. Vor Scham und weil ich mich verraten fühle, treten mir Tränen in die Augen. Ich wende mich als Erste ab – genau in dem Moment, in dem sein Mund meinen Namen formt. Hastig drehe ich mich um und verschwinde durch die Türen direkt hinter mir.

Meine hektische Suche im Internet hilft mir auf dem Heimweg voller Staus kein bisschen, mich zu beruhigen. Ich schaffe es nicht mal, auf Edens immer hysterischer werdende Textnachrichten zu antworten, so fest bin ich entschlossen, mich dafür zu bestrafen, dass ich eine derartige Idiotin war.

Zum Beispiel: Ich wusste, dass er mit zweiundzwanzig von London nach Seoul gezogen ist, aber ich wusste nicht, dass er dort auf der Straße entdeckt und von einer Agentur unter Vertrag genommen worden ist. Genauso wenig wusste ich, dass er eine Schauspielausbildung absolviert und im Alter von fünfundzwanzig in einer romantischen Komödie über eine Gruppe von Skateboard-Profis mitgespielt hat. Seine Figur, der smarte zweite männliche Hauptdarsteller, verliebt sich in die Tochter einer Jaebeol-Familie, also eines großen koranischen Familienunternehmens. (»Fährst du immer noch Skateboard?«, habe ich ihn in der Bar gefragt, woraufhin er mit ungläubiger Miene, die ich mir nun natürlich erklären kann, zurückgefragt hat: »Ist das dein Ernst?«)

Seine zweite Rolle hat er in einem Fantasydrama gespielt. Er war ein Geist, der die Frau, die er liebt, nur berühren kann, wenn sie von ihm träumt. Um sie dazu zu bringen – Achtung, jetzt kommt's! –, spielt er Klavier.

Als ich das lese, stöhne ich laut auf, was mir einen schiefen Blick von meinem Fahrer einhandelt.

Ich weiß nun, dass Alec seine Schauspielkarriere mit achtundzwanzig unterbrechen musste, um seinen Wehrdienst abzuleisten. Sein Comeback hatte er mit einem Science-Fiction-Drama, das mäßige Kritiken bekam, doch darauf folgte ein Indie-Film mit dem Titel *Stille Verwüstung*, der in ganz Asien als Überraschungserfolg gefeiert wurde. In jenem Jahr gewann Alec damit fast alle wichtigen panasiatischen Filmpreise. Anschließend spielte er die Hauptrolle im beliebtesten Drama Koreas *My Lucky Year*.

Jetzt spielt er in der dritten Staffel der BBC-Erfolgsserie *The West Midlands* die Rolle des Dr. Minjoon Song. Der *Hollywood Reporter* erklärt mir praktischerweise, dass die kommende Staffel sich auf den stoischen Dr. Song konzentrieren wird, der sich – für ihn völlig untypisch – in die Liebe zu einer Frau stürzt, die er bei einem Autounfall während eines Schneesturms kennenlernt.

Herrgott noch mal!

Es kursiert das Gerücht, dass er mit seiner derzeitigen Filmpartnerin zusammen ist, obwohl beide es leugnen. Tatsächlich glaube ich ihnen, dass sie keine romantische Beziehung haben. Bei der Frau handelt es sich um eine französische Schauspielerin, die so schön ist, dass ich mir am liebsten mit der Faust ins Gesicht schlagen möchte. Auf der Suche nach Informationen über die beiden – eine Art von persönlicher Google-Recherche, die ich für ausgeschlossen gehalten hätte – finde ich eine Reihe von GIFs mit Kussszenen, die so heiß sind, dass sie mich gleichzeitig antörnen und mir leichte Übelkeit verursachen. Verständlicherweise erschüttern sie gleichermaßen die Welt koreanischer Dramen und aller BBC-Fangirls.

In einer GIF-Datei unterbricht Alec einen glühend heißen Kuss und erhebt sich auf die Knie, um sein Hemd auszuziehend. Auf dem Rücksitz des Lyft-Wagens sitzend, schaue ich mir die Bildfolge ungefähr siebzehntausend Mal an. Verdammt, sein Bauch sieht aus wie ein hübscher, symmetrisch angeordneter Steingarten, und es gibt auf YouTube so viele Ausschnitte davon, dass ich das Handy beiseitelege und mir die Hände vors Gesicht schlage.

Als der Fahrer vor dem Haus hält, in dem ich wohne, steht Eden davor und schreit mich an, noch ehe ich ausgestiegen bin. Ich bekomme einiges mit, während ich meine Tasche aus dem Kofferraum nehme – »Wieso hast du nicht gewusst, dass er Alexander Kim ist, verdammt noch mal? Warum hast du mir seinen Namen nicht in der Sekunde geschrieben, in der du die Suite betreten hast?« –, aber mit dem von Alec ausgelösten Chaos in meinem Kopf und nur wenigen Stunden Schlaf kann ich nicht gleichzeitig gehen und ihr beim Ausrasten zuhören. Ich will nur noch nach oben in die Wohnung, mich ins Bett legen und hundert Tage lang schlafen.

Leider lassen weder Eden noch meine Abgabetermine das zu. Jedes Mal, wenn ich während meines London-Aufenthalts mit Billy, meinem Redakteur, gesprochen habe, hat er sich weiter in die Jupiter-Story vertieft. Er will fünfhundert Wörter, ist aber bereit, den Artikel auf geradezu unerhörte fünfzehnhundert zu erweitern, wenn ich, wie er es ausdrückt, damit *ein richtiges Fass aufmache.*

Eden folgt mir ins Schlafzimmer und setzt sich auf mein Bett.

»Fang einfach ganz von vorne an«, fordert sie mich auf.

Ich stelle den Koffer in die Ecke und beschließe, ihn vorläufig zu ignorieren. Vielleicht für immer.

»Eden, ich habe eine Menge zu erledigen.«

»Zehn Minuten«, sagt sie. »Gib mir nur zehn Minuten. Du hättest mich auch während der Fahrt anrufen können, um Zeit zu sparen.«

»Ich wollte vor dem Fahrer nicht darüber sprechen.«

»Quatsch!«, versetzt sie, weil sie mich offenbar sofort durchschaut. »Du warst damit beschäftigt, ihn zu googeln, verdammt.«

Eden ist der einzige Mensch, der mich von meiner besten und meiner schlechtesten Seite kennt. Sie war auf dem College, nach dem College und nach Spence meine Mitbewohnerin und die einzige Person in unserem Freundeskreis, die sich nicht auf Anhieb mit Spence verstanden hat. Stattdessen hat sie mich sogar davor gewarnt, mit ihm zusammenzuziehen.

Ich traue ihm nicht über den Weg, und ich weiß nicht, wie er es vermasseln wird, George, aber ich befürchte, er wird es tun.

Eden blieb als Einzige auf meiner Seite und war zudem der Meinung, dass die fünf, die sich nach der Trennung für Spence entschieden, dringend eine Sekten-Deprogrammierung brauchten.

Eden Enger hat mich völlig fertig mit gebrochenem Herzen oder high auf Rockkonzerten erlebt, und nie hat sie mich für irgendetwas verurteilt. Aber in diesem Augenblick verurteilt sie mich, und zwar für meine Vergesslichkeit. Vermutlich werde ich es einfach schlucken müssen.

»Na schön, rede es dir von der Seele.« Ich setze mich auf den Rand der Matratze und lasse mich auf den Rücken fallen.

»Gigi Ross«, knurrt sie. »Wie kann es sein, dass du nicht wusstest, mit wem du da vögelst? Alexander Kim mit nacktem Oberkörper war ein halbes Jahr lang mein Hintergrundbild auf dem Computer!«

»Damals habe ich mit Spence zusammengewohnt«, rufe ich ihr ins Gedächtnis. »Also habe ich das Bild nicht gesehen.«

»Alexander Kims Gesicht ist in London doch überall zu sehen!«

Ich nicke. »Stimmt, fast in jeder U-Bahn-Station. Ich habe

auch keine gute Entschuldigung, ich bin einfach …«, beginne ich und schlage die Hände vors Gesicht. »Das Fernsehen ist nun mal nicht meine Welt. Und ich konnte in letzter Zeit an nichts anderes mehr denken als an diese schrecklichen Leute, die mit dem Nachtklub zu tun haben. Sei froh, dass ich ihm nicht dort begegnet bin. Und glaub mir: Ich komme mir auch ohne dein Zutun dumm genug vor.«

Sie schiebt meine Hände weg und legt sich neben mir auf die Seite, den Ellbogen aufgesetzt, den Kopf auf die Hand gestützt.

»Fang einfach von vorne an.« Ihre warmen braunen Augen wirken nun sanfter. »Wo hast du ihn zuerst gesehen?«

»Am Flughafen.« Ich erzähle ihr, wie mir klar geworden ist, dass ich ihn irgendwoher kannte, woraufhin sie schnaubt, sich aber sofort die Hand vor den Mund hält und mir mit einem Blick verspricht, sich zu benehmen. Ich erkläre, dass ich mich anfangs nicht erinnern konnte, wie er heißt, und dass ich ihn Alec genannt habe, als mir der Name im Hotel wieder eingefallen ist.

»Ich glaube, daran hat er gemerkt, dass ich ihn nicht aus dem Fernsehen kannte«, sage ich. »Und er hat ein paar Andeutungen fallen lassen, aber ich habe es einfach nicht kapiert … Oh Mann, bin ich bescheuert!«

»Ich wette, genau das ist der Grund«, sagt sie leise.

»Der Grund wofür?«

»Deswegen hat er dir erlaubt, seine Dusche zu benutzen. Deswegen hat er dir Drinks spendiert. Es ist der Grund für … einfach alles.«

»Du meinst, dass ich Sunny kannte?«

»Ja, und dass du *ihn* nicht erkannt hast.«

Dieser Satz klingt schrecklich für mich, und nur mit Mühe gelingt es mir zu verbergen, wie verletzt ich bin. Das Problem ist, dass ich tatsächlich das Gefühl hatte, ihn zu kennen. Ich hatte das Gefühl, Alec zeigen zu können, wer ich wirklich bin; und ich habe geglaubt, dass er sich mir ebenfalls gezeigt hat, wie er wirklich ist. Es hat sich angefühlt, als wären wir ehrlich zueinander, was aber offensichtlich nicht stimmte.

»Oh ... Nein, nein, nein. Diese Miene will ich nicht sehen.« Sie beugt sich vor und betrachtet aufmerksam mein Gesicht. »Lass uns über etwas anderes reden.«

»Ja bitte.«

Ich beschreibe, wie wir in Alecs Zimmer gegangen sind, die Dusche, die große Nervosität hinterher.

»Ich konnte ihn überall fühlen«, sage ich, woraufhin sie noch heftiger kichert. »Ich meine, sogar mit dem Rücken zu ihm hätte ich wahrscheinlich auf den Zentimeter genau sagen können, wo im Raum er sich befand.« Ich sehe sie an und zucke zusammen, denn ich weiß, dass es ihr nun endgültig das arme Fangirl-Herz brechen wird: »Alec hat eine unglaublich intensive Präsenz, es ist der absolute Wahnsinn.«

Sie schreit auf und verdeckt mit beiden Armen ihr Gesicht. »Das ist einfach *schrecklich*.«

Ich nicke. »Ja, das ist es tatsächlich.«

»Ich kann nicht glauben, dass meine beste Freundin mit Alexander Kim geschlafen hat.« Sie verstummt und lässt die Arme sinken. Ihre Augen weiten sich, als sie sich erneut dieser Tatsache bewusst wird. »George, du hattest *Sex*. Mit *Alexander Kim*.«

Ich seufze. »Ja, hatte ich.«

Schließlich setzt Eden sich auf und versucht, die Fassung wiederzugewinnen.

»Also«, sagt sie nach einigen tiefen Atemzügen mit erzwungener Ruhe, »war der Sex gut?«

Sofort sehe ich vor meinem geistigen Auge, wie Alec sich

auf mir bewegt, wie er quälend langsam in mich eindringt. Wie er das Gesicht zur Decke hebt, wie Schweiß auf seiner Oberlippe glänzt. Bei der Erinnerung drehe ich fast durch, und meine Brust spannt plötzlich unangenehm.

»Ja.« Mehr will ich nicht sagen, weil es sich zutiefst intim anfühlt, auch jetzt noch. Aber ich bin mir sicher, dass sie hört, wie dünn und zittrig meine Stimme ist.

»*Holy Shit*«, hat er gesagt. »*Was ist das für ein Sex?*«

Und ich weiß genau, was er meinte.

»Ich bin total erledigt«, murmele ich noch zur Bekräftigung.

Meine Freundin schlägt kräftig auf die Matratze und sagt: »Hab ich's doch gewusst!«

»Eden, spinn nicht rum.«

»Dir ist schon klar, dass du mit meinem Traummann geschlafen hast?«

»Ich gebe zu, dass ich mich ein bisschen schuldig fühle«, gestehe ich und nicke.

»Das solltest du auch! Ich bin seit zehn Jahren in Alexander Kim verliebt! Wenn ich dir erzählen würde, dass ich letzte Nacht mit diesem Redakteur der *New York Times* geschlafen habe, den du so scharf findest, würdest du mich dann etwa nicht nach allen schmutzigen Details der Geschichte ausfragen?«

»Ich glaube, wir wissen beide, dass in dieser Hinsicht nicht ich die Neugierige bin«, erinnere ich sie und blicke grinsend zu ihr auf.

»Und das aus dem Mund einer Journalistin ...«

»Da wir gerade davon sprechen ...« Ich lege ihr die Hände auf den Rücken und schubse sie vom Bett.

Eden blickt vom Boden zu mir auf. »Ich hasse es, dass du wegen dieser Sache nicht völlig hysterisch bist. Ich drehe fast durch, weil meine beste Freundin mit dem Mann geschlafen hat, der auf dem besten Weg ist, der größte BBC-Star des Jahrzehnts zu werden, und ich darf nicht mal Becky Juan davon erzählen, stimmt's?«

»Nein.« Ihre Kollegen in der Bar sind ein Haufen liebenswerter, klatschsüchtiger Dummköpfe, und mein Erlebnis mit Alec würde innerhalb einer Stunde als leicht verschärfter Beitrag auf Instagram landen. Aber ich verstehe, was sie meint. Ich bin weder aufgedreht, noch fühle ich mich herrlich verrucht, stattdessen bin ich vor allem müde und ein bisschen traurig. »Ich glaube, ich wäre überschäumender, wenn er mir ehrlich gesagt hätte, wer er ist.«

»Vielleicht hat es ihm ja gefallen, dass er bei dir anonym bleiben konnte.«

Ich nicke, kaue auf einem Fingernagel und denke erneut an seine Worte.

Ich bin wirklich froh, mit dir hier zu sein. Genau so, wie es heute Nacht war ... Egal, wie es weitergeht, bitte versprich mir, das niemals zu vergessen.

»Es kommt mir nur ein bisschen so vor, als hätte er mich benutzt.«

»Ich würde mich von Dr. Minjoon Song benutzen lassen, wie und wann immer es ihm gefällt, verdammt noch mal!«

Ich lache. »Ja, ich weiß. Und es tut mir leid, dir das sagen zu müssen, aber er ist tatsächlich all das, was du dir von ihm erhoffst.«

Sie lässt sich rückwärts auf den Boden fallen und spricht wie aus dem Grab zu mir, die Hände über der Brust verschränkt.

»Er hat dir Dessous und ein Flugticket geschenkt, und du willst ihn nicht einmal anrufen?«

»Das ist das Beste daran«, sage ich, beuge mich über die Bettkante und lächele schief. »Wir haben keine Nummern ausgetauscht.«

Ungefähr eine Stunde lang gehen mir so viele Gedanken durch den Kopf, dass ich kaum etwas zu Papier bringe. Die Tagung zum Arzneimittelrecht bildet eine Art langweiliges Rauschen im Hintergrund, während das Jupiter in meinem Kopf ein einziges verwirrendes Durcheinander anrichtet: zu viele Gesichter und Details und sich überschneidende Zeitachsen. Alec durchdringt alles – sein markantes Kinn, die Hitze seines Körpers, seine leise, tiefe Stimme –, aber auch Spence ist irgendwie da. Sein Betrug taucht in meinen Gedanken auf und verschwindet wieder. Eine verwirrende Mischung aus Wut, Lust und Entsetzen macht sich in mir breit, sodass es mir schwerfällt, objektiv zu sein.

Ich weiß, dass ich noch ein bisschen schlafen sollte, bevor ich mit dem Schreiben anfange, aber mir bleiben inzwischen nur noch gut dreißig Stunden, bis ich Billy beide Beiträge zur Redaktion schicken muss. Und einer davon ist nicht einfach nur eine »Story«, sondern meine erste große Chance, seit ich für die *Times* arbeite. Ich darf es einfach nicht vermasseln.

Also schreibe ich die langweiligen fünfhundert Wörter über internationales Arzneimittelrecht, schicke das Ding ab und arbeite dann bis kurz vor Mitternacht an dem Artikel über den Klub. Ich schlafe bis vier, dann quäle ich mich aus dem Bett, um den – wie ich weiß – ziemlich miesen Entwurf zu Ende zu bringen. Da mir nur noch ein halber Tag bleibt, fange ich im Anschluss sofort mit der Überarbeitung an.

Irgendwann habe ich meinen Rhythmus gefunden. Alle Notizen sind zusammengestellt und geordnet, ich lasse die Finger über die Tastatur fliegen und überarbeite komplette Absätze, füge die unzähligen Teile im Geist zu einer klaren Erzählung zusammen. Aber da der Journalismus nun mal Murphys Gesetz folgt, ploppt just in diesem Moment eine Textnachricht von Billy auf. Ich soll mich um neun Uhr morgens in einem Hotel auf dem Wilshire Boulevard mit einem Informanten zum Thema Jupiter treffen, was mich mindestens anderthalb Stunden kosten wird, und das kurz vor der Deadline. Doch er hat die Nachricht als DRINGEND markiert, und ich weiß, was das bedeutet: dass ich keine Wahl habe.

6

Eine auffallend große Frau kommt mir in der Lobby des Waldorf Astoria entgegen und erkennt mich offenbar sofort.

»Georgia?« Ihr abgehackter britischer Akzent passt zur Strenge ihres kupferroten, im Nacken zu einem straffen Knoten gebundenen Haars. »Yael Miller. Bitte, hier entlang.«

Ehe ich ihr die Hand geben kann, hat sie sich schon umgedreht und zwei große Schritte auf die Fahrstühle zu gemacht.

Ich bin beunruhigt wegen meines Mangels an Informationen, aber nicht übermäßig. Billy weiß, wo ich bin und mit wem ich mich treffe. Er würde mich keiner fragwürdigen Situation aussetzen. Und wenn er bereit war, meine Deadline um zwölf Stunden zu verschieben, ist die Sache offenbar wichtig.

Yael Miller drückt auf den Fahrstuhlknopf zum Penthouse, und wir fahren schweigend hinauf. Endlich gleiten die Türen auf, und wir treten in eine Mauernische hinaus, in der sich nur eine einzige Tür befindet. Sie zieht die Schlüsselkarte durch, öffnet die Tür und bedeutet mir mit einer Geste, den Raum dahinter zu betreten.

Was ich auch tue, aber sie folgt mir nicht. Mit einem dumpfen Geräusch fällt die Tür ins Schloss, und ich bin eingesperrt.

Gleich darauf rutscht mir das Herz in die Hose und von dort weiter auf den Fußboden. Vor dem Fenster, die Hände auf die Fensterbank gestützt, steht, ebenso leicht zurückgelehnt wie auch vor zwei Tagen im Fahrstuhl zu seinem Zimmer, Alec Kim.

Die ersten Worte kommen mir fast automatisch über die Lippen: »Du willst mich wohl verarschen.«

Sofort richtet er sich auf. »Geh nicht weg.«

Ich habe mich bereits halb umgedreht und bin mir sicher, dass mir der Fluchtinstinkt ins Gesicht geschrieben steht. Da kommt mir ein Gedanke, so bitter wie eine Tablette, die auf der Zunge zergeht.

»Moment mal. War das etwa deine Assistentin?«

»Ja.«

»Hat *sie* die Dessous für mich gekauft?«

Alec nickt.

»Okay, erinnere mich daran, ihr auf dem Weg nach draußen zu danken. Ich bin mir sicher, dass sie diese spezielle Aufgabe besonders gern erledigt.«

»Es war das erste Mal«, gesteht er.

»Sie muss ziemlich verärgert gewesen sein«, vermute ich und sehe mich um. »Zumindest hat sie auf dem ganzen Weg hierher kein Wort mit mir gesprochen.«

»So ist sie nun mal.« Er zieht die Brauen hoch, als er versteht, was ich damit sagen will. »Da ist keine Eifersucht im Spiel. Yael interessiert sich nicht auf diese Weise für mich.«

Ich atme tief durch und wende den Blick ab. Im Augenblick habe ich keine Ahnung, warum ich hier bin. Kann Alec mir tatsächlich etwas über das Jupiter erzählen? Und wenn ja, warum hat er dann nicht schon in Seattle angedeutet, dass er etwas weiß?

»Also«, sage ich und betrachte die Kunstwerke an den Wänden. Sie sehen teuer aus. Ich kann mich nicht erinnern, die Bilder in der Suite auch nur wahrgenommen zu haben. »Ich bin hier. Was willst du mir erzählen?«

Er atmet hörbar durch die Nase ein und nickt bedächtig. »Als du den Flughafen verlassen hast, war ich mir nicht sicher, was du empfindest ... aber jetzt ist die Wut in deiner Stimme nicht zu überhören.«

»Ich bin nicht wütend, Alec. Ich bin verärgert. Ich habe eine sehr intensive Nacht mit jemandem verbracht, der mir verheimlicht hat, wer er wirklich ist. Und jetzt werde ich kurz vor der Deadline hierher bestellt, ohne zu wissen, warum.«

»Für mich war es auch intensiv«, sagt er, den Rest meiner kleinen Ansprache ignorierend. »Aber wir wissen beide, dass es anders gelaufen wäre, wenn ich dir mehr von mir erzählt hätte.«

Vielleicht hat er recht, aber trotzdem war es mies, und das sage ich ihm auch.

»Du arbeitest für die Auslandsredaktion der *L. A. Times*, hattest keine Ahnung, wer ich bin, und jetzt soll es mir leidtun, dass ich dich nicht aufgeklärt habe?«

Mir fällt die Kinnlade herunter. »Du bist Schauspieler, kein Diplomat«, sage ich. »Ist dein Ego wirklich so groß?«

Stöhnend blickt er an die Zimmerdecke. »Komm schon, du weißt genau, dass es darum nicht geht. Also … du kannst entweder sauer sein, weil ich es dir nicht gesagt habe, oder dich darüber freuen, dass wir diese Nacht miteinander verbracht haben. Beides gleichzeitig geht nicht.«

»Beides gleichzeitig geht absolut. Aber es ist sowieso egal. Was vor zwei Tagen zwischen uns passiert ist, war nur Bullshit.«

Er sieht aus, als hätte ich ihn geschubst, und mich beschleichen Schuldgefühle.

»Warum sollte ich davon ausgehen, dass ich dir erklären muss, wer ich bin?«, fragt er. »Und warum sollte das eine Rolle spielen, jedenfalls zu Beginn? Du warst als Kind die beste Freundin meiner Schwester. Ich habe dich bei mir duschen lassen. Ich dachte, das war's, und dass du in mir nur Sunnys Bruder gesehen hast, hat für uns beide nichts geändert. Na ja, und als wir uns dann unterhalten, zusammen etwas getrunken und schließlich Händchen gehalten haben … je länger ich es dir verschwiegen habe, desto weniger Lust hatte ich, etwas daran zu ändern.«

»Du hast mich nach meinem Leben ausgefragt, dich aber bedeckt gehalten, was dich selbst betrifft«, erinnere ich ihn. »Du hättest wenigstens sagen können, dass du für eine Nacht dein wahres Leben vergessen willst oder keine Lust hast, dich damit zu befassen. Stattdessen hast du mir Halbwahrheiten erzählt, sodass ich das Gefühl hatte, wir wären beide in gleichem Maße offen zueinander.«

»Es hat mir tatsächlich gefallen, dass ich bei dir einfach nur ein Mann sein konnte. Dass ich keine Erwartungen erfüllen musste und du in meiner Gegenwart nicht nervös warst. Ich mochte, wie echt du warst. So was erlebe ich fast gar nicht mehr.« Für ein paar Sekunden starrt er mich nervös an. »Aber es tut mir leid, dass ich dich angelogen habe.«

Ich habe keine Ahnung, wie es jetzt für uns weitergehen soll. »Hast du mich wirklich hierher bestellt, um über uns beide zu reden? Über das Jupiter hast du mir nichts zu sagen?«

Er braucht ein paar Sekunden, um auf meine Frage zu antworten, und in der Stille beobachte ich, wie sich seine Kiefermuskeln an- und wieder entspannen.

»Doch«, sagt er endlich. »Ich habe Informationen für dich.«

Mein Gehirn schaltet sofort um. »Moment mal. Du weißt also etwas?«

Diese Story ist das reinste Pulverfass. Mein britischer Kollege Ian und ich haben die letzten zwei Wochen versucht herauszufinden, was tatsächlich im Jupiter vor sich geht. Dabei haben wir zwar brisantes Material gefunden, aber ohne Informanten, die bereit gewesen wären, mit uns zu sprechen, sind wir auch frustrierend häufig in Sackgassen gelandet.

Und Alec weiß etwas, das wichtig genug ist, um Billy anzurufen, damit er mich hierher schickt? Ich spüre, wie mir vor

Staunen die Kinnlade herunterfällt und sich gleich darauf wieder schließt.

Schweigend registriert er meine Reaktion. »Ich war mir nicht sicher, ob ich im Hotel darüber reden kann.« Alec sieht mir weiterhin in die Augen, zuckt aber kaum merklich zusammen. »Leider hat meine Quelle es sich inzwischen anders überlegt.«

Ein ungläubiges Lachen entringt sich meiner Kehle. »Erzähl doch keinen Mist!«

»Tue ich nicht. Es gibt eine Menge, was ich dir erzählen möchte, aber ich darf es nicht. Ohne das Okay des Informanten darf ich wirklich nicht darüber sprechen.«

»Wenn du am Ende in diese widerliche Sache verstrickt bist...«, bringe ich mit zusammengebissenen Zähnen hervor.

»*Gigi!*«, fällt Alec mir entsetzt ins Wort. »Du... du machst wohl Witze! Das ist...« Er schließt die Augen und atmet tief durch. »Ich habe nichts mit dem Jupiter zu tun, weder als Investor noch als Gast. Und ich wollte über etwas ganz anderes mit dir reden.«

Entweder ist er ein noch besserer Schauspieler, als ich gedacht habe, oder ich habe ihn tatsächlich an einem empfindlichen Punkt getroffen.

»Gut«, sage ich, nun ein bisschen sanfter. »Da bin ich sehr erleichtert.«

Er öffnet die Augen und schaut mich unverwandt an. »Ich dachte, ich hätte Informationen für dich, mit deren Hilfe du jemanden entlarven kannst, aber so ist es leider nicht.«

Der Adrenalinfluss in meinen Adern versiegt abrupt, auf einmal fühle ich mich benommen.

»Okay, dann sind wir hier fertig.« Ich steuere auf die Tür zu, aber Alec ruft mir ein scharfes »Warte!« hinterher. Ich halte inne, drehe mich aber nicht zu ihm um.

»Ich … Wir haben vergessen, unsere Handynummern auszutauschen«, sagt er.

Nun drehe ich mich doch um und starre ihn mit offenem Mund an. »Du bist wirklich unglaublich.«

»Komm schon. Ich versuche nur, die Dinge wieder in Ordnung zu bringen.«

Erstaunlicherweise zieht sich in meiner Herzgegend etwas zusammen. »Warum?«

»Weil ich in den letzten sechsunddreißig Stunden nur an dich gedacht habe.«

Seine Worte lassen einen schwarzen Vorhang vor jeden anderen Gedanken fallen. Ich vergesse die Story und für ein paar Sekunden sogar, dass ich wütend bin. Alles, was ich wahrnehme, ist die Art, wie er da steht, die Hände tief in die Taschen geschoben. Ich sehe, wie sein Adamsapfel auf und ab hüpft, als er noch einmal schluckt. Ich sehe, wie er sich nervös über die Lippen leckt und auf meine Antwort wartet.

»Warum?«, frage ich erneut, diesmal viel leiser.

»Es …« Er scheint nicht zu wissen, was er mir darauf antworten soll. »Ich musste dich noch einmal sehen.«

»Warum?« Offenbar kenne ich nur noch dieses eine Wort.

Ein ungläubiges Lächeln huscht ihm übers Gesicht. »Gigi, komm.«

»Wegen Sex?«, rate ich mit ausdrucksloser Stimme.

»Wegen dem, was da zwischen uns ist«, stellt er richtig. »Es fällt mir schwer, zu glauben, dass es nur mir so ging. War das zwischen uns etwa ganz normaler Sex? Die Art Sex, die du auch mit anderen schon gehabt hast?«

»Ich weiß nicht, ob das ein fairer Vergleich ist«, sage ich.

»Ich wette, meine Liste ist viel kürzer als deine.«

Er fährt sich mit einer Hand durchs Haar und wendet den Blick ab. Ich sollte mich wegen dieses miesen kleinen Seitenhiebs schuldig fühlen, aber ich bin zu abgelenkt vom Anblick seines mahlenden Kiefers, von der Art, wie sein Hals sich vor Zorn rötet. Dieser unbändige Hunger tief in meiner Magengrube schiebt alles andere beiseite.

»Okay.« Alec dreht sich wieder zu mir um. »Dann solltest du wissen, dass ich immer und überall Sex haben könnte, wenn es mir nur darum ginge.«

Genau, hallt eine tadelnde Stimme in meinem Kopf wider. *Die Assistentin, die Unterwäsche nach Seattle schickt, könnte problemlos eine Frau auftreiben, mit der er seine Gelüste befriedigen kann. Aber darum geht es nicht, und das weißt du genau, Gigi. Du bist feige.*

Zitternd atme ich aus. »Es tut mir leid. Ich hätte das nicht sagen sollen.«

»Stimmt.« Blinzelnd und mit gerunzelter Stirn schaut er aus dem Fenster. »Okay, ich denke, das wäre damit geklärt.«

»Was ist geklärt?«

»Dass es zwischen uns nur so war, weil du nicht wusstest, wer ich bin.«

Ich weiß nicht, warum diese Worte den Wunsch in mir wecken, mich zu verteidigen. »Das ist unfair.«

Überrascht starrt er mich an. »Warum ist das unfair?«

»Du musst akzeptieren, dass ich verletzt bin, weil ich aufrichtig war und du nicht.«

»Glaubst du wirklich, dass ich unaufrichtig war?«

Damit hat er mich. Und er weiß es.

Wir starren einander an, atmen schnell und tief, erregt.

»Und wenn ich einräume, dass ich dich verletzt habe«, sagt er leise, und als er ein schüchternes Lächeln unterdrückt, zeigt sich ein Grübchen in seiner Wange, »was dann?«

Ich beiße mir auf die Innenseite meiner Wange, um das Lächeln nicht zu erwidern. »Dann ... ach, keine Ahnung.«

»Komm her«, sagt er so sanft, dass es wie ein Schnurren klingt.

Um stehen zu bleiben, wo ich bin, muss ich mir einreden, meine Füße seien Betonblöcke. »Ich muss meinen Artikel überarbeiten.«

Er mustert mich, spannt den Kiefer an, dann nickt er. »Stimmt. Du stehst unter Zeitdruck.«

Und ... das war's? Er würde mich einfach gehen lassen? Ich fühle mich wie ein geplatzter Ballon. In mir tobt ein Wirbelsturm aus Erleichterung und Lust und Irritation und Ehrgeiz und Verliebtheit. Alec Kim hat eine irre chemische Wirkung auf mein Blut.

Ich meine ... eigentlich ist der Artikel ja schon geschrieben.

Er muss nur noch überarbeitet werden.

Und indem er mich herbestellt hat, hat er mir zwölf Stunden zusätzlich verschafft.

Die Ausreden stehen in meinem Geist Schlange, und Alec betrachtet mich immer amüsierter, je länger ich den Gang zur Tür hinausschiebe.

»Komm *du* doch her«, sage ich endlich.

Leise lachend kommt er auf mich zu, bis er so nahe vor mir steht, dass ich seine Wärme spüre.

»Und was dann?«

Ob er mein Herz schlagen hört? Ich könnte schwören, dass es das Lauteste in diesem Raum ist.

»Ich weiß es noch nicht«, gestehe ich.

Alec nimmt meine Hand und verflicht seine Finger mit meinen. »Das hier?«

»Vielleicht.« Jetzt kann ich mir das Lächeln nicht mehr verkneifen.

Er legt mir den anderen Arm um die Taille, zieht mich an sich und drückt mich fest an seine Brust; umarmt mich.

»Und das hier?«, fragt er.

Sein Körper fühlt sich derart vertraut an, und die Umarmung ist so verführerisch, dass es mir die Kehle zuschnürt. Erneut erinnere ich mich an jede Einzelheit unserer gemeinsamen Nacht.

Ich schlinge ihm den freien Arm um den Nacken und ziehe seinen Kopf zu mir herunter, bis seine Stirn meine berührt. Und dann stehen wir mit geschlossenen Augen da und atmen zitternd für ein paar Sekunden im gleichen Rhythmus.

Als ich die Augen öffne, stelle ich fest, dass er mich ansieht, und ehe ich es verhindern kann, verrät meine Miene, wie viel Zärtlichkeit ich für ihn empfinde.

Lächelnd löst sich Alec ein Stück von mir. »Wie wütend kannst du schon sein, wenn du mich so ansiehst?«

»Sehr wütend.«

Er unterdrückt ein Lachen. »Das klingt nicht sehr überzeugend.« Er küsst seine Fingerkuppen und streicht damit sanft über meine Herzgegend.

»Ich kam mir dumm vor«, gebe ich endlich zu. »Ich habe dir von Spence erzählt. Von meiner Arbeit.«

»Es war nicht fair«, sagt er und drückt mir die Lippen auf die Stirn. »Es tut mir leid. Ich hätte dir mehr erzählt, aber ... es war selbstsüchtig, ich weiß. Die Nacht war einfach perfekt, und ich hatte Angst, dass der Zauber verfliegt.«

»Was machen wir hier überhaupt?«, frage ich. »Wir kennen uns doch kaum noch.«

»Das stimmt nicht. Wir haben uns in den letzten vierzehn Jahren zwar sehr verändert, aber genau wie beim Renovieren ...«

Ich blicke grinsend zu ihm auf, als uns beiden klar wird, dass er tatsächlich diese kitschige Metapher benutzen will.

»... sind die Fundamente doch stehen geblieben?«, ergänze ich.

Er nickt und lacht selbstironisch. »Okay, das war echt schrecklich.«

»Nein, es war überraschend süß.«

Ich nehme mir einen Moment, um ihn wirklich anzusehen. Eigentlich sollte sein Anblick mich auf eine neue Bewusstseinsebene heben, seine Anwesenheit mich zittrig und nervös machen. Er war mein erster Schwarm, und jetzt ist er ein echter Promi. Aber was meinen Rücken prickeln lässt, ist weder Nervosität noch Unsicherheit; es ist nackter Hunger.

Alec beugt sich über mich und blickt auf meinen Mund, seine Lippen schweben nah über meinen. »Du riechst so gut.«

»Tatsächlich?«

»Mmhm. Ich wollte an jenem Morgen nicht duschen, damit mir dein Duft länger bleibt. Ich wollte dich noch ein bisschen länger überall spüren.« Er legt den Kopf schief und atmet an meinem Hals tief ein. »Du riechst nach Zucker und Sex.«

Seine Worte entfachen ein Feuer unter meiner Haut, und ich lasse eine Hand unter sein Hemd gleiten. Ich spüre seinen Körper, der mir sofort vertraut ist, doch das neue Anschauungsmaterial in meinem Kopf – das Bild von ihm auf der Insel Jejudo, auf dem sein Hemd über dem Gürtel hochgeweht und sein fester Bauch entblößt wird – und dazu der Umstand, dass er sich wegen seiner Größe zu mir herabbeugen muss, um mich zu küssen, und dass es auf jeder Fanseite einen Bericht über seine perfekten Proportionen gibt, katapultiert mich nun tatsächlich auf eine neue, höhere Bewusstseinsebene.

Und dieser Mund, der Objekt Tausender Nahaufnahmen ist, saugt an meinem Kinn, an meinem Hals ...

Ich schließe die Augen und ziehe mich abrupt zurück.

»Okay, das ist echt seltsam«, sage ich, und er versteht sofort, was ich meine.

»Nein.« Er hebt mein Gesicht an, sodass ich ihm in die Augen schauen muss. »Tu das nicht.«

Erneut schlinge ich ihm die Arme um den Nacken, fahre ihm mit den Fingern durchs Haar. Sein Mund ist nur einen Zentimeter von meinem entfernt ... Er legt den Kopf schief, wartet ab, überlässt mir die endgültige Entscheidung.

Ich recke mich auf die Zehenspitzen, nehme seine Unterlippe zwischen meine Lippen und sauge daran. Ein hilfloses Stöhnen entringt sich seiner Kehle, und er legt die Hände um meinen Hinterkopf. Dann vertieft er den Kuss mit Zunge und Zähnen, lässt die andere Hand an meinem Rücken hinunter und zu meinem Po wandern, wo er mich festhalten, mir die Fingerkuppen ins Fleisch graben kann.

»Das hier«, sagt er, als er sich zurückzieht, um Luft zu holen.

Was er meint, ist: *Es hat sich nichts geändert.*

Er geht rückwärts zum Bett und zieht mich mit. Dann setzt er sich auf den Rand der Matratze und lächelt, als ich mich rittlings auf seinen Schoß setze.

Ich beuge den Oberkörper zurück, umfasse mit beiden Händen sein Gesicht und betrachte aufmerksam seine Züge. Ich nehme sie auseinander und setze sie in meinem Kopf wieder zusammen, ganz aus der Nähe. Die warmen dunklen Augen. Seine perfekte gerade Nase. Weiche, volle Lippen, bei deren Anblick mir das Wasser im Mund zusammenläuft. Markantes Kinn, traumhafte Wangenknochen.

»Wie viel Zeit haben wir?«

Ohne den Kopf zu bewegen, späht er auf die Uhr an seinem erhobenen Arm. »In zwei Stunden gebe ich hier ein Interview.«

Zwei Stunden, das ist nicht allzu viel Arbeitszeit, die mir fehlen wird, denke ich. Okay, dann also das hier, anstatt zu essen oder zu putzen oder E-Mails zu beantworten.

Ich berühre mit einer Fingerkuppe seine linke Wange, und als er lächelt, lege ich sie in das Grübchen, das sich gebildet hat. Er beugt sich vor und küsst mich.

»Halt still«, sage ich, woraufhin er lautlos lacht.

Ich bahne mir den Weg von seiner Stirn und über die Nase hinunter bis zur Wölbung seiner Oberlippe. Alec bleibt geduldig sitzen, als ich mich im Anschluss daran seiner Unterlippe widme. Erneut nehme ich sein Gesicht in beide Hände und hebe es an, betrachte seinen Hals. Ich habe eine Schwäche für Männerhälse, und seiner bietet Stoff für Fantasien und Träume, aus denen ich schwitzend und heiß mit dem drängenden Gefühl von etwas Unvollendetem erwache.

Also widme ich meine Aufmerksamkeit zuerst seinem Hals. Ich fahre mit der Zunge daran hinauf und sauge an seinem Adamsapfel, der an meinen Lippen vibriert, als Alec aufstöhnt.

Danach sauge ich an seinen Lippen, lecke darüber, knabbere an der Unterlippe. Er fängt an, die Hüften unter mir zu bewegen, schiebt sie langsam hoch, während er auf meinem Rücken eine Hand unter mein Shirt gleiten lässt.

Ich küsse ihn auf die Wangenknochen, die Lider. Ich lege den Mund an seine Schläfe, atme den frischen Duft seines Shampoos ein. Seine Hand begibt sich unter meinem Shirt auf eine gemächliche Reise, fährt langsam an meinem Rückgrat hinauf. Mit einer geschickten Bewegung öffnet er den Verschluss meines BHs.

Als ich mich aufrichte, schlägt er die Augen auf und sieht mich unverwandt an. Ich fühle mich gefangen, verharre regungslos, während er direkt in mich hineinzublicken scheint.

Sein Blick wandert über mein Gesicht, und er streicht mir eine Haarsträhne aus der Stirn. »Siehst du? Ich hatte recht.«

»Wirst du jetzt etwa selbstgefällig?«

»Mmhm.« Er beugt sich über mich, und die Geduld, die wir in den letzten Minuten irgendwie aufgebracht haben, verlässt uns, als er mich küsst. Heiß berühren seine geöffneten Lippen die meinen mit demselben vibrierenden Verlangen, das auch ich empfinde. Erneut schiebt er seine großen Hände unter mein Shirt, lässt sie nach vorn gleiten und umschließt meine Brüste, während er etwas flüstert, was ich nicht verstehe.

»Was hast du gerade gesagt?«

Seine Lippen wandern an meinem Hals hinab. »Auf Koreanisch klingt es schöner, aber ich habe in etwa gesagt, dass mir die hier sehr gefallen.«

Ich lache. »Meine Titten?«

Auch er lacht und rollt mich so auf den Rücken, dass er mir das Shirt hochschieben, mir den Mund auf den Bauch drücken und sich küssend seinen Weg an meinem Körper hinaufbahnen kann.

»Es war ein viel netterer Ausdruck, um deine Kurven zu bewundern…«

Ich schmiege meine Hüften an seine, dränge mich an die Härte unter dem Stoff seiner Anzughose.

Er stößt ein leises, frustriertes Knurren aus.

»Wirklich ein dummes Versehen«, sagt er und knabbert an meiner Unterlippe.

»Wie bitte?«

»Das hier ist nicht mein Zimmer. Diesen Raum benutzen wir für Interviews.«

»Dann wird es nachher also richtig merkwürdig?«, frage ich lachend.

»Das bezweifle ich. Wir werden uns draußen in der Sitzgruppe aufhalten.« Stirnrunzelnd fährt er fort: »Im Moment ist meine größte Sorge, dass ich meine Tasche nicht bei mir habe.«

Es dauert einen Moment, bis ich verstehe, was er damit meint. Doch dann wölbt er mir erneut die Hüften entgegen, und ... *Oh.*

»Keine Kondome?«

»Keine Kondome.«

»Es gäbe da noch andere Möglichkeiten«, sage ich in den Kuss hinein.

»Vielleicht darf ich dich daran erinnern, dass wir letztes Mal schon bei der ersten Runde sehr gut klargekommen sind.« Alec nimmt meine Brust in den Mund.

Ich ziehe mein Shirt aus und befreie auch ihn von seinem Hemd. Dann legt er sich auf mich, seine Haut ist warm und glatt. Als er mich küsst, steigt das Fieber, wird stärker als mein Vorsatz, mir Zeit zu lassen und jede Sekunde auszukosten. Ich fahre ihm mit den Fingernägeln über den Rücken und weiß, dass Striemen zurückbleiben werden, aber das macht ihn nur noch heißer. Er kniet sich hin, zieht mir die Jeans aus und hält beim Anblick meines Slips inne.

Grinsend blicke ich zu ihm auf. »Keine Sorge: Ich habe ihn gestern gewaschen.«

Er lächelt, wirkt aber abgelenkt, als würde er immer stärker von seiner Erregung in Anspruch genommen.

»Gefällt er dir an mir?«

Er schiebt einen Finger unter den Stoff auf meiner Hüfte. »Ja.«

»Als ich ihn angezogen habe, musste ich an dich denken.«

»Aha«, sagt er und streicht über meine Haut, »dann hast du ihn also angezogen, obwohl du nicht wusstest, dass du mich besuchen würdest?«

»Korrekt.«

»Und obwohl du wütend auf mich warst.«

Ich nicke.

Mit dem Finger zeichnet er den Verlauf der Seide nach, lässt ihn über meinen Venushügel und hinunter zwischen meine Beine, über meine Perle gleiten. Alec schließt die Augen, kreist um meine Öffnung, taucht ein und stöhnt auf, als er die heiße Nässe rundherum verteilt. Dann zieht er sich zurück, bedeutet mir mit einer Geste, ans Kopfende des Bettes zu rutschen, und legt sich zwischen meine Schenkel.

Mein Verstand spielt verrückt, und allein bei der Vorstellung, was er gleich tun wird, dreht sich alles um mich herum. Ich brauche definitiv mehr Luft, bevor es losgeht.

»Warte.«

Er blickt zu mir auf. »Was?«

»Ich bin fast nackt.«

Er sieht mich fragend an, und ich spüre seinen heißen, ungeduldigen Atem an meinem Bauch.

»Du nicht.«

Er versteht, zieht sich zurück, stellt sich an das Fußende des Bettes und greift nach seinem Gürtel. Sofort erkenne ich meinen Fehler. Ihm dabei zuzusehen, wie er sich am helllichten Tag die Hose auszieht, wird mir nicht helfen, mich zu entspannen.

Die Schnalle klirrt leise, Metall auf Metall in dem stillen Raum. Das Geräusch, mit dem sich Zähnchen für Zähnchen sein Reißverschluss öffnet, ist geradezu obszön. Er beißt sich auf die Lippe und grinst, was zweifellos etwas mit dem Ausdruck zu tun hat, den mein Gesicht annimmt, während ich ihm zusehe.

Um mich zu revanchieren, lasse ich eine Hand an meinem Körper hinaufgleiten, umfasse eine Brust und massiere leicht den Nippel.

Alec stößt ein leises Knurren aus und erhöht den Einsatz in diesem Spiel, indem er die Daumen unter den Bund seines dunklen Slips hakt, ihn herunterzieht und den harten Schaft befreit, der darin gefangen war. Dann sieht er mir in die Augen, schließt eine Hand darum und fängt an, sich selbst zu streicheln.

Instinktiv bewege ich mich auf ihn zu. Mir läuft das Wasser im Mund zusammen, als ich am Fußende des Bettes sitze und meine Hände über seine Oberschenkel zu den Hüften hinaufwandern lasse. Ich ziehe ihn zu mir heran, damit ich seine Hand wegschieben und ihn festhalten kann, während ich langsam mit der nassen Zunge über seinen Schaft fahre.

Vor Überraschung stößt er einen leisen Fluch aus und stützt sich mit einer Hand auf meiner Schulter ab.

Glatt und hart fühlt er sich unter meiner Zunge an, und er schmeckt nach Lust. Ich blicke Alec ins Gesicht, um seine Miene zu beobachten, während ich die Lippen um die Spitze schließe und zu saugen beginne.

Stöhnend tritt er einen Schritt zurück, beugt sich vor und gibt mir einen Kuss aufs Kinn.

»Gigi?«

»Hm?«

Seine Lippen berühren meine. »Was hast du vor?«

»Wonach sieht es denn aus?«

»Du hast mich dazu gebracht, mich auszuziehen.«

Ich lache. »Und du hast mich gereizt, indem du dich selbst berührt hast. Gefällt es dir nicht, hier geküsst zu werden?«

»Es gefällt mir viel zu sehr«, sagt er und stöhnt, als ich ihn streichle. Während er mich ein weiteres Mal küsst, stößt Alec mich an den Schultern zurück aufs Bett. Er schließt seine Hand um meine, die ihn erneut umfängt, und bewegt sie ein paarmal auf und ab, dann hält er inne. »Noch nicht.«

Er schiebt mir die Hände unter die Achseln und zieht mich auf der Matratze nach oben, ehe er sich zwischen meinen Schenkeln niederlässt und meinen Oberkörper mit feuchten

Küssen bedeckt. Schließlich zieht er den Satinslip zur Seite, beugt sich über mich, spreizt mit dem Daumen meine Lippen und platziert einen sanften saugenden Kuss direkt über meiner Perle.

Keine Ahnung, wie ich das, was als Nächstes kommt, überleben soll. Sein offener, hungriger Mund mit den vollen Lippen saugt an mir, erkundet mich mit erfahrener, neugieriger Zunge. Seine Finger sind anfangs sanft, erst einer, dann zwei, schließlich drei, bis es nicht mehr neckend und verführerisch ist, sondern ein Fick. Ich sehe die Muskeln an seinem Arm arbeiten, als er tief in mir die Finger bewegt, bis ich nur noch aus Hitze und Licht bestehe, bis die Lust so intensiv ist, dass in meinem Bewusstsein nichts anderes mehr Platz hat, bis mir meine eigenen spitzen Schreie bewusst machen, wie laut ich bin, dass ich leise sein muss, ich muss, und ich drücke mir ein Kissen aufs Gesicht, um …

Doch Alec greift danach, wirft es grob zur Seite. Und so kommen meine Schreie ungehindert heraus; an die Decke gerichtet, erfüllen sie die Luft.

Keuchend liege ich da, verberge mit einem Arm mein Gesicht. Meine Brust hebt und senkt sich, während ich wieder zu Atem zu kommen versuche, aber er zieht sich noch immer nicht aus mir zurück, sondern küsst mich dort zärtlich mit geschlossenem Mund. Es ist wie eine weiche Landung nach einem langen, schnellen Fall. So habe ich mir Oralsex nicht vorgestellt. Um ehrlich zu sein, habe ich nicht einmal gewusst, dass es so etwas gibt.

Ebenso atemlos wie ich, schiebt sich Alec an mir hoch und bedeckt meinen Körper mit Küssen. Auf Höhe meiner Brüste hält er inne.

»Gut?«, fragt er und beschreibt dann mit der Zunge einen nassen Kreis um meine Brustspitze.

Ich nicke und lasse den Arm fallen.

»Sieh mich an«, flüstert er. »Sieh mich an, und sag es.«

»Ich bin tot.« Mühsam öffne ich die Augen, aber es dauert ein paar Atemzüge, bis ich die Worte herausbringe: »So hat es mir noch niemand besorgt.«

Seine Zunge blitzt hervor, er lässt sie immer weiter kreisen. »Wie meinst du das?«

Oh, er redet gern dabei.

»So wild und …«, ich blicke keuchend an die Decke, »… heftig.«

Ich spüre, dass er mir einen Moment ins Gesicht sieht, ehe er seine Aufmerksamkeit wieder auf meine Brüste richtet, sie leckt, an ihnen saugt. Das Geräusch, mit dem sein Mund sich von meiner Haut löst, lässt mich ebenso vor Verlangen erschauern wie sein leises Stöhnen. Dass ich zwei Minuten, nachdem ich derart heftig gekommen bin, schon wieder so gierig bin, ist einfach unglaublich. Ich weiß, was er vorhat, als er plötzlich über mir aufragt, sich auf meinen Brustkorb setzt und meine Brüste um seinen Schwanz zusammendrückt.

»Ist das okay?«

Ich nicke, aber er sieht mir ins Gesicht und zieht mit gespielter Genervtheit eine Braue hoch.

»Es gefällt mir«, sage ich grinsend.

Er spielt mit meinen Brüsten und beginnt, sich zu bewegen. Zum Glück habe ich genug Bewegungsfreiheit, um die Hände über seine Oberschenkel, seine Taille und seine Brust gleiten zu lassen. Als ich ihm mit den Fingernägeln sanft über die Brustwarzen fahre, stößt er einen langgezogenen, hungrigen Laut aus.

»Ja«, stöhnt er, als ich es ein weiteres Mal tue.

Dieses eine Wort verwandelt sich in einen geflüsterten Ruf und in eine Antwort, er wird immer fordernder, ich immer anspornender. Ich habe in meinem ganzen Leben noch nichts Erotischeres gesehen als Alec, der gierig seiner Lust nachjagt.

Ich streichle ihn überall und lege meine feuchte, schlüpfrige Hand schließlich auf seine. Er lässt zu, dass ich meine Brüste um ihn zusammendrücke, und greift nach dem Kopfende des Bettes.

»Gigi«, sagt er, und dann sehe ich, wie er schwer schluckt und sein Adamsapfel auf und ab hüpft. »Ich komme.«

Er schreit auf, einmal, noch einmal, und ich sehe ihm ins Gesicht, während die Lust aus ihm herausschießt, warm und nass über meine Brust und meinen Hals. In der keuchenden Stille, die darauf folgt, berühre ich die Nässe mit den Fingern und beobachte, wie er mich ansieht.

»Alles okay?«, fragt er und streicht mir sanft mit dem Daumen über die Unterlippe.

Ich nicke. »Du machst mich echt fertig. Solchen Sex werde ich nie wieder haben.«

»Ich auch nicht.«

»Oh bitte. Ein Mann, der leckt wie du, hat jede Menge guten Sex gehabt.«

»Ich glaube nicht, dass ich es schon mal auf diese Art gemacht habe. So wild, wie du es ausdrückst. Ich hatte Angst, dir wehzutun«, gesteht er.

Lächelnd blicke ich zu ihm auf. »Sehe ich etwa verletzt aus?«

»Nein.« Er rutscht ein Stückchen zurück und legt sich auf mich, die nächsten Worte sagt er dicht an meinem Mund: »Du bist schön.«

Und da sind sie, Glückseligkeit und Tragik, unauflöslich miteinander vereint. Er gibt mir das Gefühl, schön zu sein, obwohl ich verschwitzt in einem zerwühlten Hotelbett liege.

Er verlagert das Gewicht, steht auf und geht ins Badezimmer. Das Wasser läuft, und dann kommt Alec mit einem warmen, nassen Waschlappen zurück und beugt sich über mich, um meine Hände, meinen Hals und meine Brüste abzuwischen.

»Wenn ich daran denke, dass ich eigentlich wegen neuer Informationen hergekommen bin, und stattdessen passiert das hier …«, sage ich und streiche ihm mit der freien Hand die Haare aus der Stirn. »Ich bin nicht mal sauer wegen der zwei Stunden Arbeitszeit, die ich verloren habe.«

Alec hält kurz inne, dann dreht er den Waschlappen um und fährt mir mit der sauberen Seite erneut über den Hals. Dabei gibt er ein leises Knurren von sich, ein bestätigender Laut. »Ich verspreche dir, dass ich es dir sage, falls und sobald es möglich ist.«

Ich lege den Kopf schief und blicke zu ihm auf. »Offiziell kannst du mir dazu sowieso nichts mehr sagen. Schließlich kann von Objektivität keine Rede mehr sein.«

Alec deponiert den Waschlappen auf dem Nachttisch und legt sich neben mir auf die Seite, den Kopf in die Hand gestützt.

»Na ja, ich weiß nicht, ob es mir angenehm wäre, mit jemand anderem als dir darüber zu reden …«

»Alec, was ist los?« Ich habe die Frage kaum ausgesprochen, da klopft es ein Mal heftig an der Tür.

Er schreckt hoch und späht zur Tür, dann huscht sein Blick zu dem Wecker neben dem Bett. Ich mache mir nicht die Mühe, auch nur hinzusehen, denn ich bin mir auch so sicher, dass wir keine Zeit mehr haben.

Plötzlich ist mir unbehaglich zumute. Er wirkt aufgeregt, fast bestürzt. Zum ersten Mal habe ich das Gefühl, dass die Sache komplizierter ist. Hier geht es um mehr als darum, dass Alec jemanden kennt, der etwas weiß. Wenn er mir meine nächste Frage nicht beantwortet, wird Yael Miller mich an den Füßen aus diesem Raum zerren müssen.

»Hey«, sage ich und berühre ihn am Kinn, damit er mit seiner Aufmerksamkeit zu mir zurückkehrt. Ich versuche, ruhig zu klingen und das Zittern meiner Hände zu unterdrücken. »Sag mir wenigstens, dass ich mir keine Sorgen um deine Sicherheit machen muss.«

»Mir geht es gut«, versichert er mit Nachdruck. »Wirklich.« Es klingt überzeugend.

Sein Blick fällt auf seinen Zeigefinger, der Kreise auf meinem Schlüsselbein zeichnet. Es klopft erneut, zweimal jetzt.

»Aber das ist alles, was ich dir sagen kann, bevor Yael hereinkommt.«

7

Zu behaupten, ich sei zerstreut, als ich zu Hause ankomme, ist noch untertrieben. Alec hat Informationen zu der Story, an die ich seit einem Monat praktisch in jeder wachen Minute denke, und ich habe keine Ahnung, worum es geht, wann ich es zu hören bekomme oder ob jemand vor mir davon erfahren wird. Ich verstehe, dass er sich erst mit seiner Quelle absprechen muss, aber ich frage mich eben auch, ob die neuen Informationen womöglich alles zunichtemachen werden, was ich bereits geschrieben habe. Jedenfalls nehme ich an, dass es nicht um Kleinigkeiten, sondern um etwas Wichtiges geht. Etwas derart Wichtiges, dass seine Miene angespannt und verschlossen wirkte, sogar, als er mich zu Tür gebracht und zum Abschied geküsst hat.

Es war ein zögerlicher Kuss, doch fairerweise muss ich sagen, dass wir uns zu diesem Zeitpunkt bereits angezogen und unsere Rollen wieder eingenommen hatten – er die des glänzenden Schauspielers, ich die der hungrigen Journalistin –, zwischen uns das Gewicht einer Bombe unbekannten Ausmaßes.

»Versuch, ein bisschen zu schlafen«, hat er gesagt und hinzugefügt: »Mach dir keine Sorgen. Ehrlich, das musst du nicht.«

»Wann bist du heute Abend fertig?«

»Spät.« Und dann hat er mir ein schlankes iPhone in die Hand gedrückt. »Ich rufe dich morgen an, versprochen.«

Ich starre auf das Handy. »Das gehört mir nicht.«

»Ich möchte, dass wir andere Nummern als unsere üblichen

verwenden, wenn das okay ist. Meine Privatnummer steht hier in den Kontakten.«

Zuerst musste ich lachen, nannte ihn Casanova 007 und das Gerät mein Batphone. Doch mein Lächeln verblasste, als mir klar wurde, was Sache war: Mich weiter auf Alec einzulassen, obwohl ich wusste, dass er über brisante Informationen verfügte, würde eine Reihe persönlicher und beruflicher Konflikte mit sich bringen.

»Okay, ja, gute Idee.«

Er küsste mich flüchtig, dann ließ er Yael herein. Während ich den Fahrstuhl ins Erdgeschoss nahm, stürzten sie sich in die Arbeit, um Alec auf die anstehenden Interviews vorzubereiten.

Natürlich googele ich ihn zu Hause sofort ein weiteres Mal, aber jetzt suche ich nach etwas anderem. Beim letzten Mal wollte ich wissen, warum im Flughafen so viele Menschen auf ihn gewartet haben; diesmal suche ich nach Hinweisen, mit wem er seine Zeit verbringt, wo er von Fotografen und Fans erwischt wurde und wen er vielleicht kennt, der auch nur indirekt mit dem Jupiter in Verbindung steht.

Doch als ich in die Untiefen des Internets eintauche, stelle ich erleichtert fest, dass Alexander Kim nicht sehr häufig in der Öffentlichkeit erscheint. Und wenn, dann benimmt er sich offenbar sehr anständig. Meistens wurde er in Flughäfen, Museen, auf dem roten Teppich oder am Set fotografiert.

Es gibt nicht einmal den Hauch eines Zusammenhangs mit dem Klub.

Als mein Handy klingelt, rutscht mir der Magen in die Kniekehle.

»Hey Billy.« Ich lehne mich auf dem Bürostuhl zurück und schließe fest die Augen.

»Wie läuft's?«, erkundigt er sich.

»Der Artikel ist fertig. Ich muss ihn nur noch überarbeiten.«

»Mit den neuen Infos von heute Morgen?«, will er wissen.

Er klingt zerstreut und ein bisschen hektisch. Ich stelle mir vor, wie er mit Zweitagebart am Schreibtisch sitzt, kalten Kaffee trinkt und irgendetwas liest, während er mit mir spricht.

Ich zögere, atme tief durch. Natürlich könnte ich meine Beziehung mit Alec offenlegen, und wahrscheinlich *sollte* ich das auch. Aber ich weiß auch, was dann passieren würde: Billy würde mich von der Story abziehen und jemand anders damit beauftragen. Doch ich bin zu nah dran, um noch aufzugeben, und außerdem hat mir Alec ja sowieso nichts erzählt.

»Seine Quelle hat einen Rückzieher gemacht«, antworte ich deshalb. »Als ich dort ankam, durfte er mir schon nichts mehr sagen.«

»Mist«, knurrt Billy. »Was ist passiert? Hast du nachgehakt?«

Ich schließe die Augen. Schuldgefühle zerren an meinen Eingeweiden. »Ja, natürlich habe ich nachgehakt.«

»Vielleicht nehmen wir einfach, was du bis jetzt hast. Lass es uns kurz durchgehen.«

Ich richte mich auf dem Stuhl auf und rücke meinen Laptop zurecht. »Okay, in Ordnung. Wir fangen damit an, dass Frauen in den VIP-Räumen eines exklusiven Klubs belästigt wurden und mächtige Männer ihren Einfluss benutzt haben, um die Sache zu vertuschen. Dann erzählen wir die Vorgeschichte. In den USA hat wahrscheinlich noch niemand davon gehört, darum habe ich ein paar Hintergrundinfos zu dem Klub. Das Jupiter hat vor neun Monaten eröffnet – bla, bla, bla – und wird von einem Popstar und einer Gruppe erfolgreicher Geschäftsmänner betrieben, denen bereits mehrere Klubs in London gehören. Das Etablissement im Herzen von Brixton verfügt über eine Kapazität von über achthundert Gästen und mehrere VIP-Lounges. Und wie sich herausgestellt hat, sind die privaten Räume mit Videokameras ausgestattet.«

Ich starre auf den Artikel auf meinem Bildschirm und frage mich, wie viele Details Billy darin lesen will.

»Den Namen des Türstehers soll ich nicht nennen, oder?«, vergewissere ich mich. »Obwohl sein Twitteraccount öffentlich war, ehe er ihn gelöscht hat ...«

»Genau«, bestätigt er. »Vorsichtshalber. Es muss alles toplevel sein, so in der Art: Vor einigen Wochen erzählte ein Türsteher seinem Boss, dass in dem Klub Frauen belästigt wurden. Der Rausschmeißer wurde verprügelt und behauptet, es sei eine Vergeltungsmaßnahme gewesen. Er hat sich beim Vorgesetzten seines Vorgesetzten beschwert – und wurde gefeuert.«

»Dann verschwand sein Twitteraccount«, ergänze ich und nicke.

»Genau. Der gefeuerte Türsteher twittert seine Geschichte und postet dann Bildschirmaufnahmen, die ihm angeblich jemand aus diesen privaten Chatrooms geschickt hat und aus denen klar hervorgeht, dass die Klubbesitzer explizite Sexvideos teilen, die in den privaten VIP-Lounges aufgenommen wurden.« Er isst einen Bissen von irgendetwas und fragt anschließend: »Und weiter?«

»Dann verschwindet sein Account. Als ich ihn in London aufgespürt habe, war der Türsteher, also Jamil Allen, nicht bereit, mit uns zu reden. Überall nur Sackgassen. Wir wissen weder, wer die Onlinechaträume betreibt, noch, wer ihm die Bildschirmfotos geschickt hat. Ein paar Tage später sind Ian und ich in eine Kneipe gegangen, um unsere Notizen durchzugehen. Er hat einen Anruf von einer Frau erhalten, die seine Kontaktdaten von Jamil hatte. Leitende Angestellte des Jupiter waren auf sie zugekommen und hatten sie wie aus heiterem

Himmel gefragt, ob sie einen finanziellen Ausgleich akzeptieren würde.«

Ich warte auf Billys Reaktion.

»Moment mal«, sagt er nach einer Sekunde. »Wofür denn?«

»Genau, *wofür*. Wie sich herausgestellt hat, war sie von der Polizei in einem der in den Chatforen verlinkten Videos identifiziert worden, aber niemand hatte sie benachrichtigt. Auf dem Video ist zu sehen, wie sie angegriffen wurde, aber sie konnte sich daran überhaupt nicht erinnern.«

»*Holy Shit.* Die Cops haben also doch ermittelt, aber ihre Informationen an den Klub weitergegeben?«

»Sieht ganz so aus. Ihr Gesicht ist als Einziges zu sehen. Gut möglich, dass diese Videos alle so sind. Ich meine, wie wahrscheinlich ist es angesichts der vielen Filme, die sich im Besitz der Polizei befinden, dass sie die einzige Frau ist, die unter Drogen gesetzt wurde? Gering, oder? Und ich bin mir sicher, dass die Besitzer die Drahtzieher sind, Billy. Die Namen von vier Personen tauchten praktisch in jedem Gespräch auf, das wir geführt haben. Gabriel McMaster. Josef Anders. David Suno. Charles Woo. Die Kellnerinnen und Animierdamen – alles inoffiziell – konnten sie in den VIP-Bereichen jederzeit sehen, immer mit anderen Frauen. Ein paar Arbeiter haben mir sogar erzählt, dass Anders und McMaster aktiv auf die Bauarbeiten eingewirkt haben. Sie haben in allen Räumen Kameras installieren lassen. Und nicht nur Überwachungskameras, sondern ein paar echte Hightechdinger. Die Security-Firma, die sich um den Klub kümmert, gehört Sunos Vater. Ich weiß noch nicht genau, wie Woo da reinpasst, aber es würde mich nicht wundern, wenn auch sein Name demnächst öfter auftaucht.«

Ich höre, wie Billy mit der Faust auf den Tisch haut.

»Wir bringen das Ding jetzt raus!«, ruft er. »Hintergrund

des Klubs, die Geschichte des Türstehers, Screenshots der Videos, die in dem Onlineforum geteilt wurden, Kameras in den VIP-Räumen ... Die Geschichte einer anonymen Quelle, der man Geld für einen Übergriff angeboten hat, an den sie sich nicht mal erinnern kann. Recherchier weiter über die vier Eigentümer. Wir nennen keine hochkarätigen Namen, bis wir absolut sicher sein können und die Informationen offiziell bestätigt sind. Und das, was du vielleicht noch herausfindest, solange diese neue Quelle in der Stadt ist, verwenden wir für einen Folgeartikel. Pass auf, die Sache wird ihnen um die Ohren fliegen.«

Ich schiebe mein Unbehagen darüber, wie kompliziert es ist, Alec als Quelle zu benutzen, beiseite, denn die draufgängerische Gigi in mir strahlt förmlich. Meine erste große Story, und noch dazu die Möglichkeit eines Folgeberichts wenige Tage später? Ich kann meine Begeisterung kaum zügeln.

»Klingt super.«

Billy lacht, er liest in mir wie in einem Buch. »Eins nach dem anderen, Kindchen.«

Wir legen auf, und ich mache mich erneut an die Überarbeitung. Einige Stunden später lese ich die ganze Geschichte ein letztes Mal durch, halte die Luft an und drücke auf Senden. Ich glaube, die Story ist gut.

Nein, ich glaube, sie ist großartig!

Dann falle ich ins Bett, schlüpfe angezogen unter die Decke und schlafe innerhalb weniger Minuten ein.

Um drei Uhr nachts wache ich benommen und hungrig auf und trete die Bettdecke weg. Aus einer verrückten Hoffnung heraus checke ich mein neues Batphone.

Ich habe vier Textnachrichten von Alec. Mein Herz rast in einer Staubwolke davon.

Es wurden ein paar Termine verschoben, sodass ich morgen überraschend einen Tag freihabe.

Hast du vielleicht Lust, mit mir zum Strand zu gehen?

Ich merke gerade, dass du jetzt vermutlich arbeitest oder schläfst.

Ich hoffe, du schläfst.

Die letzte Nachricht wurde um Mitternacht gesendet, und wenn er um die Zeit noch auf war, ist er jetzt bestimmt noch nicht wieder wach. Andererseits: Wenn sein Körper noch auf Londoner Zeit eingestellt ist, denkt er, dass jetzt Mittag ist.

Um 03:17 Uhr kann ich nicht mehr anders. Ich mache mir eine Tasse Kaffee und schicke ihm eine Nachricht.

Ich habe den ganzen Tag Zeit, falls das Angebot noch steht.

Drei Pünktchen erscheinen auf dem Display und verraten mir, dass er gerade antwortet. Mir stockt das Blut in den Adern.

Du bist wach?

Lächelnd tippe ich: Nachdem ich meine Story abgeschickt habe, bin ich gegen acht ins Bett gefallen.

Schick mir deine Adresse. Ich hole dich um sieben ab, damit wir aus der Stadt kommen, bevor es voll wird.

Mein Lächeln ist zu breit für mein Gesicht. Konntest du ein bisschen schlafen?

Ein paar Stunden, antwortet er.

Du solltest dich heute lieber ausruhen.

Auf keinen Fall. Ich werde von der Sonne Kaliforniens, Koffein und Gigi leben.

Weil er mich abholt und ich ihn noch nie in etwas gesehen habe, das nicht luxuriös war, erwarte ich natürlich ein schickes Auto. Als ein kleiner knallroter Ford am Bordstein hält, muss Alec hupen, damit ich kapiere, dass er es ist. Die Hupe des Wagens klingt wie ein schrilles Lachen.

Entzückt steige ich ein. »Wow. Tolles Auto.«

»Ich habe dieses Schätzchen heute Morgen in der Nähe des Flughafens abgeholt.« Er fährt los und sieht mich lächelnd von der Seite an. »Wir sind inkognito unterwegs.«

»Ich hätte *dich* abholen können, weißt du? Was für eine Angelina wäre ich ohne Auto?«

Alec schüttelt den Kopf. »Ich fahre gern, und in London komme ich nie dazu.« Er biegt in den Washington Boulevard ein und wechselt geschickt auf die Spur, die auf den Freeway führt.

Musik an, Fenster runter, Alec neben mir... Für einen Moment lasse ich die Story, die Sorgen, die ganze Welt einfach hinter mir. Ich möchte nur seine Nähe genießen.

Er nimmt meine Hand, verschränkt unsere Finger miteinander und legt sie auf seinen Oberschenkel.

»Wohin fahren wir?«, frage ich.

»Zu meinem Lieblingsstrand.«

Ich betrachte ihn lange, wie er im schwarzen T-Shirt und mit Baseballcap neben mir sitzt. Sogar inkognito ist er nicht wirklich inkognito.

»Glauben Sie, dass ein öffentlicher Strand eine gute Idee ist, Dr. Minjoon Song?«

»An diesem wird mich niemand erkennen.«

Ich lache. »Klar. Erzähl das dem Mob am Flughafen.«

Grinsend blickt er auf die Straße vor uns. »Damit habe ich auch nicht gerechnet.«

»Dadurch bin ich übrigens auf die Idee gekommen, dich zu googeln.«

Er schaut mich kurz an, ehe er den Schildern in Richtung 405 South folgt.

»Tatsächlich? Ich habe Yael nämlich *dich* googeln lassen, als wir in der Warteschlange für die Zimmer standen.«

Oh, ich zweifle keine Sekunde daran, dass er das getan hat. Ich wette, er kannte meinen kompletten Hintergrund, ehe er mir seine Dusche angeboten hat.

»Tja, wenn *ich* erst mal einen Assistenten habe, der rund um die Uhr verfügbar ist, sollte ich meine One-Nights-Stands wohl auch besser *vor* dem Treffen googeln lassen«, kontere ich.

Er runzelt die Stirn. »Wir hatten keinen One-Night-Stand.«

»Okay«, lenke ich ein und lächle ihn an. »Two-Night-Stand.«

Alec blickt schmunzelnd auf die Straße. »Two-*Week*-Stand.« Er schaut mich von der Seite an. »Ich möchte dich so oft wie möglich sehen, solange ich hier bin.«

Nickend beiße ich mir auf die Unterlippe, um nicht auszusprechen, was mir auf der Zunge liegt: *Das klingt, als wäre es gerade lange genug, um so etwas wie eine Bindung aufzubauen.*

Ich wende mich ab und sehe den Freeway hinter dem Fenster auf der Beifahrerseite vorbeifliegen, den wolkenlosen blauen Himmel über uns, die Betonwüste, die gesprenkelt ist mit Jacarandas und Palmen, Bougainvillea und rosa Oleander, der zwischen den Leitplanken wächst. Und dann bemerke ich, dass wir in Richtung Süden unterwegs sind.

»Okay, aber wo fahren wir jetzt eigentlich hin?«, frage ich lächelnd. »Die schönen Strände liegen alle nördlich von meiner Wohnung.«

»Wir fahren nach Laguna.«

Ich starre ihn mit offenem Mund an. Das ist eine Autostunde entfernt.

Erneut wirft er mir einen Seitenblick zu. »Du hast gesagt, du hast deine Story abgeschickt und den ganzen Tag frei.«

»Das stimmt auch, aber Santa Monica ist *gleich da drüben*.«

Er lacht. »Ich will dir meinen Lieblingsstrand zeigen, und es ist wahrscheinlich schon zehn Jahre her, dass ich zuletzt in ein Auto gestiegen und selbst hingefahren bin.«

Er lässt den Blick schweifen, und ich frage mich, wie es sich wohl anfühlt, einen Großteil seines Lebens hier verbracht zu haben.

»Vermisst du Kalifornien?«

»Ja und nein. Ich meine, es stimmt mich nostalgisch, und es gibt hier vieles, was ich liebe. Aber ich bin seit fast fünfzehn Jahren weg und kann mir eigentlich nicht vorstellen, wieder hier zu leben.«

Ich weiß nicht, was ich darauf antworten soll. Eine seltsame Dunkelheit lässt sich in meiner Brust nieder – nur für eine Sekunde –, als mir klar wird, dass vor gerade mal einer Viertelstunde unser erstes richtiges Date begonnen hat und ich mich jetzt schon prächtig amüsiere. Doch in ein paar Wochen wird er nach England zurückkehren, und ich werde ihn vielleicht niemals wiedersehen.

Ein paar Minuten vergehen in einvernehmlichem Schweigen. Das Auto ist von leiser Musik erfüllt, und L. A. wird im Rückspiegel immer kleiner.

»Du bist auf einmal so still«, sagt er schließlich und blickt ein paarmal kurz zu mir herüber. »Alles in Ordnung?«

Ich schiebe das Gefühl von Schwere beiseite und nicke. »Ich mag übrigens deinen Akzent.«

»Ach ja?« Es klingt wie ein Knurren, und mich überläuft ein Schauer. Alec sieht an meinem Blick, was mit mir los ist. »Was hast du?«, fragt er und grinst.

»Ich weiß nicht, wie ich am Strand liegen soll, ohne dich zu berühren, wenn du mit dieser Stimme mit mir sprichst.«

»Wir tun eben unser Bestes. Für eine Weile werden wir uns doch beherrschen können.«

»Dafür gibt es keinen einzigen Beweis«, sage ich lachend.

Auch er lacht. »Yael weiß natürlich über uns Bescheid.«

»Ich schätze, der Dessouskauf war ein ziemlich deutlicher Hinweis.«

»Ja, allerdings. Aber wenn Melissa, meine Managerin, wüsste, dass ich ein Date habe und an meinem freien Tag abhaue und zum Strand fahre?« Er stößt einen Pfiff aus. »Da würde ich echt Ärger bekommen.«

»Du bist ein erwachsener Mann!«

»Sicher.« Er nickt. »Aber es gibt ein paar Freiheiten, die man aufgeben muss, wenn man im Licht der Öffentlichkeit steht, und manche Dinge müssen eben vorher geklärt werden. Vor allem, wenn ich mit einer Frau unterwegs bin – zu Hause würde ich mich niemals allein mit einer Frau in der Öffentlichkeit sehen lassen. Melissa mag keine Überraschungen.«

»Weiß sie über Seattle Bescheid?«

»Ja.«

»Wow, erfährt sie denn *alles* von dir? Sogar wenn du mit jemandem schläfst?«

»Na ja, wir sprechen natürlich nicht explizit darüber«, sagt er lachend, »aber ich habe ihr erzählt, dass ich Zeit mit jemandem verbracht habe, und zwar nachts. Da hat sie sicher zwischen den Zeilen gelesen.« Er zögert, wird wieder ernst. »Allerdings weiß sie nicht, dass wir uns in dem Hotel in L. A. noch einmal gesehen haben.«

Ich ziehe die Brauen hoch. »Ich bin also eine heimliche Geliebte.«

»Du bist eine *Freundin*«, korrigiert er mich augenzwinkernd. »Okay? Die beste Freundin meiner Schwester aus Kindertagen. Natürlich haben wir wieder Kontakt aufgenommen.«

»Wir werden ganz brav sein«, verspreche ich. »Ich werde dich nicht mal wie einen Promi behandeln. Wenn dir heiß wird, musst du dir selbst Luft zufächeln …«

»*Mir selbst* Luft zufächeln?«

»… und dein Handtuch selber tragen«, fahre ich ungerührt fort. »Ich werde dich in der Öffentlichkeit auch nicht befummeln.«

Alec lacht und wechselt die Spur, um in Long Beach abzufahren.

Ich starre ihn mit offenem Mund an. »Drehst du wirklich um?«

»Wir brauchen noch Proviant.«

Wir parken vor einem Walgreens abseits des Freeway, und ich blicke mit ausdrucksloser Miene auf den Eingang.

»Okay, mir ist natürlich klar, dass du ein Promi bist. Aber bist du dir wirklich sicher, dass du mit mir in einen Drugstore gehen willst? Vielleicht ist dieses Date doch zu schick für mich, Alec.«

Er lacht. »Komm, einen noch, bevor wir aussteigen.«

Ich will ihn gerade fragen, was er meint, da beugt er sich über die Mittelkonsole, nimmt mein Gesicht in beide Hände und berührt mit seinen Lippen sanft meinen Mund. Zuerst ist es nur ein Küsschen, ein hingehauchter Kuss, dem ein weiterer, noch sanfterer folgt, aber dann legt er den Kopf schief und küsst mich intensiver und länger, zieht meine Unterlippe in seinen Mund. Als er mir eine Hand in den Nacken legt und mich festhält, um mit mir zu tun, was er will, fehlt nur noch ein leises Stöhnen, und ich würde ihn auf den Rücksitz zerren.

Zum Glück scheint er das Stöhnen zu unterdrücken. Stattdessen haucht er mir ein fröhliches Lachen in den Mund, als ich mit den Zähnen seine Lippe streife. Ich erinnere mich an diese Art zu küssen. Ich weiß noch, wie erleichtert ich war, zum ersten Mal in meinem Leben auf jemanden zu treffen, der genauso küsst wie ich.

Bei dem Gedanken schrillen sämtliche Alarmglocken in meinem Gehirn. Zu dem, was hier geschieht, passt kein eindeutiges Etikett mehr. In Wahrheit haben wir eine Affäre und wissen beide, dass sie ein Verfallsdatum hat. Er hat mir ein geheimes iPhone gegeben, verdammt!

Aber bei einer Affäre verbringt man nicht jede freie Sekunde miteinander, und man küsst sich nicht heimlich bei jeder Gelegenheit. Vor allem aber denkt man bei einer Affäre ganz bestimmt nicht, wie großartig es ist, einen Kuss-Seelenverwandten gefunden zu haben.

Mein Herz füllt sich mit Sternen, die immer größer werden.

Alec lehnt sich leicht zurück und schaut mir auf den Mund. »Bereit?«

»Ja«, sage ich und zögere dann verwirrt. »Aber bereit wofür?«

Er lacht, glaubt offenbar, dass ich scherze, und gibt mir erneut einen flüchtigen Kuss. »Okay, gehen wir.«

In dem Laden besorgen wir uns Wasser, Müsliriegel, die Sonnencreme, die wir beide vergessen haben, billige Liegestühle und verschiedene bescheuerte Schwimmspielzeuge. Er kauft mir einen hässlichen Post-Malone-Hut und ich ihm eine Pilotensonnenbrille mit rosa schillernden Gläsern.

Sobald wir wieder im Wagen sitzen und beide unser jeweiliges Geschenk tragen, dreht er die Musik auf. Wir lassen die Fenster herunter und fahren ruhig und zufrieden dahin, wobei seine Hand leicht auf meinem Schenkel ruht.

Jedenfalls anfangs. Doch bald schon streicht sein Daumen im Rhythmus des Songs über den Stoff meiner über dem Knie abgeschnittenen Jeans. Kleine Kreise, die weiter und enger werden, weiter und enger. Endlich gönnt er mir eine Atempause und hebt die Hand, um die Lautstärke zu regeln, aber gleich darauf landet sie wieder auf meinem Bein, und diesmal ist es schlimmer, weil seine Fingerkuppen an dem ausgefransten Saum herumspielen. Allmählich stehlen sie sich unter den Stoff, berühren mich federleicht, tanzen scheinbar ziellos über die Haut auf der Innenseite meines Schenkels. Es ist beinahe, als wäre er sich dessen gar nicht bewusst, aber in mir tobt ein Inferno; Hitze knistert unter meiner Haut. Weiß er, was er da anrichtet, indem er die Haut berührt, die er geküsst hat; Haut, die seine Hüften berührt und sich an sein Gesicht gedrückt hat? Haut, die sich wund anfühlt vor Verlangen, von ihm selbst geweckt?

Ich nehme seine Hand, führe sie an meinen Mund und küsse den Knöchel seines Daumens. Als ich einen Blick in sein Gesicht riskiere, sehe ich, dass er ein Lächeln unterdrückt. Dieser Scheißkerl, er weiß es genau!

»Willst du mich den ganzen Tag lang auf diese Art anmachen?«, frage ich. »Du weißt schon, dass ich kurz davor war, mich auf dich zu stürzen.«

Er bricht in Gelächter aus, schaut mich an und wendet den Blick dann wieder ab.

»Du bist so weich. Mir war gar nicht klar, was ich da tue, bis du meine Hand weggenommen hast.« Er zögert, atmet durch. »Allmählich glaube ich, dass der Strand eine ganz schlechte Idee ist.«

»Sagte ich das nicht bereits?«

Erneut lacht er und drückt meine Hand. Da wir den Freeway bereits in Richtung der Badeorte verlassen, kommt seine Erkenntnis – die ich gleich nach dem Einsteigen ausgesprochen hatte – zu spät. Wenigstens lenkt mich das Wetter von meinen wollüstigen Gedanken ab. Es ist einer dieser geradezu lächerlich schönen Apriltage in Südkalifornien: leichter Wind, diesiger Morgenhimmel, Temperatur um die achtzehn Grad. Wenn der Dunstschleier über dem Meer abgezogen ist, wird es ein perfekter Strandtag sein.

Wir rasen über den Pacific Coast Highway, sind auf dem langen Küstenabschnitt praktisch allein. Dann biegt Alec in eine gewundene Straße ein, die zu einem Viertel mit schönen, auf einer Klippe gefährlich nah am Wasser thronenden Häusern führt. Am Bordstein parken die Autos Stoßstange an Stoßstange, und ich stelle mir vor, wie wir – beladen mit den albernen Sachen, die wir bei Walgreens gekauft haben – zwei Kilometer weit gehen. Aber dann sehen wir beide gleichzeitig die Stelle direkt neben der Treppe, die zum Crescent Bay Beach hinunterführt.

»Nun, das war einfach«, sagt er selbstzufrieden.

Ja, und genau das ist das Problem, denke ich. Alles daran scheint ein bisschen *zu* einfach zu sein. Die Art, wie er gedankenlos mein Bein gestreichelt hat. Wie ich aus dem Wagen gestiegen bin und ihm gedankenlos mein Portemonnaie gereicht habe, er es genommen und es, ebenfalls gedankenlos, in seinem Rucksack verstaut hat. Wie wir die Sachen ausgeladen und sie in stillem Einverständnis eingepackt haben, als hätten wir das schon tausendmal zuvor getan. Dabei sind wir tatsächlich heute zum ersten Mal bei Tageslicht miteinander unterwegs.

»Wann warst du das letzte Mal hier?«, frage ich.

Er geht vor mir, steuert auf die schmalen, steilen Stufen zu.

»Wahrscheinlich eine oder zwei Wochen vor unserem Umzug.«

»Vor dem Umzug nach London?«

Er nickt, während er vorsichtig die engen Holzstufen hinuntersteigt, die noch feucht vom Morgentau sind.

»Kommst du manchmal hierher?«, will er wissen.

»Du weißt doch, wie es ist. Die Fahrt dauert nur eine Stunde, aber Orange County könnte genauso gut New York sein.«

Das bringt ihn zum Lachen, und ich sehe, wie sich beim Abstieg die Muskeln seiner gebräunten Oberschenkel unter den schwarzen Badeshorts an- und wieder entspannen. Ich reiße mich von dem Anblick los und schaue in den Himmel, hinaus auf die endlose Weite des blauen Pazifiks.

Steig in ein Boot, denke ich. *Bleib mit diesem Mann für immer da draußen. Ihr könntet ausschließlich von Müsliriegeln leben.*

Am Fuß der Treppe biegt er links auf einen Streifen glatten weißen Sand ab, der bis an die felsig zerklüftete südliche Grenze des Strandes reicht. Er geht zielstrebig, wahrscheinlich steuert er auf seinen Lieblingsplatz zu.

Tatsächlich haben wir jede Menge Plätze zur Auswahl. Es ist erst halb neun. Am Strand ist zwar einiges los, aber es ist noch niemand da, der sich für den Tag im Sand niederlassen will. Stattdessen nutzen Surfer die kabbeligen Morgenwellen, Paare gehen zusammen spazieren, Leute joggen oder führen ihre Hunde aus. Die Brandung ist hoch. Die brechenden Wellen krachen machtvoll ans Ufer und zeichnen versetzte Halbmonde in den nassen Sand.

Wir legen unsere Sachen direkt an der Klippe ab, dorthin,

wo es mittags Schatten gibt. Nachdem Alec den klapprigen, gerade erstandenen Sonnenschirm und die Liegestühle aufgebaut und unsere Handtücher daraufgelegt hat, dreht er sich einmal um die eigene Achse, um den Platz zu begutachten. Derweil ziehe ich mein T-Shirt aus, drücke mir etwas Sonnencreme in die Handfläche und creme mir Brust und Bauch damit ein.

Es ist still, sehr still. Als ich aufschaue, ist Alecs Blick auf meinen Körper gerichtet. Ich will einen Witz über ihn und meine Brüste machen, aber er starrt mich derart konzentriert an, dass es mir die Sprache verschlägt. Dann streckt er eine Hand aus und richtet meine Kette, deren Verschluss nach vorn gerutscht ist, aber gleich darauf ruhen seine Finger auf meiner Haut, und mir ist, als ob alles um uns herum verschwimmen würde, während sein träumerischer Blick auf meinem Hals verweilt.

»Was ist?« Ich schaue nach unten, um zu sehen, was er sieht. Aber da ist nichts außer dem schwachen Schimmer der Sonnencreme.

»Ich denke gerade an etwas«, sagt er und lässt die Finger über mein Brustbein und zwischen meine Brüste gleiten.

»Woran denn?«

Er atmet tief durch. »Daran, dass ich dich hier gespürt habe. Dass ich dich hier gefickt habe.«

Die Worte entfachen unter meiner Haut ein Feuer, das er unter den Fingerkuppen spürt, da bin ich mir sicher. Er lässt die Hand noch tiefer wandern, so als wollte er sie in das Körbchen meines Bikinioberteils schieben, aber dann schließt er stattdessen die Faust um den Träger.

»Okay.« Ich lege ihm eine Hand auf die Brust, und er hebt den Kopf. »Ich glaube, wir brauchen heute ein paar grundlegende Regeln. Zum Beispiel …«

Er schluckt, während er darauf wartet, dass ich den Satz beende, und nun bin ich es, die vom Anblick seines langen, schlanken Halses abgelenkt ist.

»Zum Beispiel?«, hakt er schließlich nach.

»Also, erstens darfst du so etwas nicht sagen.«

Er grinst. »Nein?«

»Jedenfalls nicht, wenn wir nicht danach irgendwo allein sein können.«

Erneut atmet er durch, dann senkt er das Kinn auf die Brust, hebt es wieder und geht einen Schritt auf mich zu. Alec presst mich an die Klippe und nimmt mich zwischen seinen Armen gefangen. Ich spüre seine Körperwärme von Kopf bis Fuß und wende den Blick ab. Obwohl uns niemand beobachtet, habe ich das Gefühl, in einem Goldfischglas zu sitzen.

»Was machst du?«, flüstere ich.

»Nachdenken.«

»Du denkst innerhalb meiner persönlichen Komfortzone nach.«

»Soll ich wieder auf Abstand gehen?«

»Nein«, sage ich und lege ihm eine Hand auf den Bauch. »Ich mag es, wenn du in meinen persönlichen Bereich eindringst.«

Er hebt den Kopf und schaut mir in die Augen. »Ich werde jetzt sehr ehrlich zu dir sein.«

»Gut. Ich mag Ehrlichkeit.«

»Tatsächlich werde ich sogar schonungslos offen sein.«

»Noch besser.« Ein Bluff. Mein Herz macht gerade Anstalten, mir in die Kehle und von dort aus meinem Körper hinauszuhüpfen.

Er leckt sich die Lippen und sieht mich durchdringend an.

»Ich bin kein besonders lockerer Typ«, gesteht er leise.

»Eigentlich habe ich noch nie außerhalb einer längeren Beziehung mit jemandem geschlafen. Ich glaube, ich bin darin nicht sehr gut.«

»Okay.« Dieses Geständnis verstört mich. Es wäre alles sehr viel einfacher, wenn wenigstens einer von uns wüsste, wie man die Sache leicht und locker gestaltet.

»Ich habe Angst, dass ich mich an dich binde, wenn wir noch eine Nacht miteinander verbringen.«

Er löst den Blick von meinem Mund und sieht mir erneut in die Augen.

So, denke ich. *Genau so fühlt es sich an, wenn man sich verliebt.*

»Okay«, sage ich zögernd, »wenn es das ist, was du brauchst… Für mich ist es okay, die Nacht nicht mit dir zu verbringen.« Ich zeichne den Ausschnitt seines T-Shirts über dem Schlüsselbein nach. »Aber ich bin mir inzwischen ziemlich sicher, dass es schwer für mich wird, wenn du nach Hause fliegst – ganz egal, was wir bis dahin tun. Und ich glaube, zu wissen, dass du hier bist, dich aber nicht sehen zu können, wäre noch schwerer, als dich zu sehen und mir ins Gedächtnis rufen zu müssen, was es bedeutet.«

»›Was es bedeutet‹ im Sinne von: Wir sind uns einig, dass es nur das hier ist? Nur diese zwei Wochen?«

»Was könnte es sonst sein?«

»Stimmt«, murmelt er, beugt sich über mich und küsst mich.

Mein erster Impuls ist, ihn sanft wegzuschieben, um ihn daran zu erinnern, wo wir sind. Aber noch stärker ist der Impuls, mich an ihn zu schmiegen.

Er legt mir einen Arm um die Taille und zieht mich an sich. Doch auch nachdem er den Kuss beendet hat – schließlich sind wir in der Öffentlichkeit, und der Strand füllt sich allmählich –, hält er mich weiterhin fest.

Er stellt mich auf seine Füße, sodass wir uns Brust an Brust umarmen können, und ich lege ihm die Hände auf die Schultern.

»Ich dachte, wir wollten uns hier draußen nicht küssen.«

»Niemand kann uns sehen.«

»Jeder kann uns sehen, Dummkopf.«

Knurrend beugt er sich vor und tut so, als wollte er mir kräftig in den Hals beißen, doch es wird nur ein kleiner Kuss daraus.

»Vielleicht kann ich heute Nacht bei dir schlafen«, flüstert er.

»Wirklich?« Ich beuge mich zurück und lächle ihn an.

»Wirklich.«

8

Nachdem das geklärt ist, liegt auf einmal eine gewisse Spannung in der Luft. Wir lassen unsere Sachen zurück, schlendern zu dem wenige Meter entfernten Felsvorsprung und beobachten von dort aus, wie die Ebbe die berühmten Gezeitenbecken freilegt. Eine Stunde lang klettern wir auf den Felsen herum und zeigen einander unsere Entdeckungen: im Wind flatternde Anemonen, winzige felsartige Seepocken, silbrige Fische und Korallen. Als die Sonne hoch am Himmel steht, gehen wir zurück zu unserem Platz, breiten unsere Handtücher unter dem Sonnenschirm aus und blicken auf den unendlichen Kreislauf der Wellen hinaus.

Er zieht meine Hand auf seinen Schoß und dreht den Ring um, den ich am Ringfinger der rechten Hand trage. Es ist ein schlichter, rundum mit Saphiren besetzter Reif.

»Von wem hast du den?«

»Von meinen Eltern.«

»Hübsch.« Er berührt meine Finger, dreht meine Hand um und fährt mir mit dem Daumen über das Handgelenk. »Geburtsstein?«

Ich nicke. »6. September. Und du?«

»18 April.«

Fragend sehe ich ihn an. »Du hattest an dem Tag Geburtstag, an dem wir nach L. A. geflogen sind?«

Er nickt lachend. »Normalerweise mache ich keine große Sache daraus, aber Sunny muss es immer übertreiben.«

»Dann ist es gut, dass du eine Schwester hast, die dafür sorgt, dass du dich feierst.«

Bevor er mich loslässt, küsst er mein Handgelenk. »Hast du dir je Geschwister gewünscht?«

Ich nicke. »Ja, früher sogar sehr. Aber jetzt habe ich Eden: Die ist wie eine nervige jüngere Schwester, obwohl sie ein paar Jahre älter ist als ich.«

»Werde ich sie heute Abend kennenlernen?«

Blinzelnd schaue ich auf das Wasser hinaus und überlege, ob sie später zu Hause sein wird. Heute ist Mittwoch, da arbeitet sie normalerweise, und wenn wir gegen vier noch nicht zurück sind, verpassen wir sie.

»Nein, ich glaube nicht«, antworte ich deshalb.

»Dann hinterlasse ich ihr eine Nachricht.«

Ich lehne mich an ihn, Schulter an Schulter. »Sie wird vor Freude sterben. Ehrlich.«

Grinsend blickt er auf meine Hand.

»Was war bislang dein absolutes Lieblingsprojekt?«, frage ich.

Alec mustert mich mit hochgezogenen Brauen. »Ich dachte, du hast mich gegoogelt?«

»Es war nur Panik-Googeln. Ich habe die Einträge bloß überflogen. Das hat gereicht, um mich für die Frage, ob du noch Skateboard fährst, in Grund und Boden zu schämen.«

Wieder dieses Lachen mit offenem Mund, das ich so liebe. »Das hat mir in der Bar am besten gefallen, glaube ich.«

Ich beuge mich zu ihm und schlage ihm auf den Arm.

»Tatsächlich mochte ich alle Rollen, die ich gespielt habe«, sagt er, »aber *The West Midlands* liebe ich. Es macht Spaß, wenn sich bei der Arbeit allmählich Beziehungen zu den Filmpartnern entwickeln, und die Crew ist einfach unglaublich.« Erneut greift er nach meiner Hand, verflicht unsere Finger miteinander und legt sie auf seinen Oberschenkel. »An die Sachen vom Anfang habe ich nur noch verschwommene

Erinnerungen. Es war sehr aufregend, aber auch sehr verrückt. Ich hab die Rolle in *Saviors* bekommen, und ich weiß, es klingt wie ein Spruch, aber es war wirklich, als hätte sich über Nacht mein ganzes Leben geändert.«

»Gefällt es dir denn? Ist sicher cool, erkannt zu werden.«

»Ja und nein.« Alec lässt meine Hand los und greift in den Rucksack, um Wasser und Müsliriegel für uns herauszuholen. Er gibt mir meine Sachen und trinkt dann einen großen Schluck. »Zuerst war es aufregend, aber es kann auch ziemlich kraftraubend sein. Und die Presse in London ist gnadenlos.«

»Oh, daran habe ich gar nicht gedacht.«

Er zieht eine Braue hoch und mustert mich spöttisch. »Das macht es zum Beispiel schwer, eine Beziehung zu führen.«

Ich übergehe sorgfältig den persönlichen Aspekt dieses Minenfeldes. »Warst du nicht mit deiner Filmpartnerin zusammen?«

»Mit Park Jin-ae? Ja, das stimmt. Ein paar Jahre lang.« Er grinst mich an. »Wie ich sehe, hast du *diesen* Google-Eintrag sorgfältig gelesen.«

»Ich muss dir wahrscheinlich nicht sagen, dass ›Alexander Kim Freundin‹ die erste Option ist, die automatisch ergänzt wird.«

Das entlockt ihm ein Stöhnen. »Oh Mann, ja ... Wir mussten damals eine Pressemitteilung herausgeben«, erzählt er. »Bei jedem Interview kam das Thema auf den Tisch. Sie haben sogar unsere aktuellen und früheren Filmpartner ausgefragt. Schließlich haben wir zugegeben, dass wir zusammen waren. So etwas ist eine große Sache, und in der Regel mache ich persönliche Angelegenheiten nicht öffentlich.«

»Es ist bestimmt schwer, jemandem zu vertrauen.« Dieser Satz lässt ihn verstummen, und ich spüre, wie er mich anstarrt. Offenbar versucht er, schlau aus mir zu werden.

»Du siehst mich an, als ob du denkst, dass ich gerade von mir selbst spreche«, stelle ich fest.

Als er lacht, weiß ich, dass ich richtigliege. »Hast du nicht gesagt, dass du dich erst vor ein paar Monaten von deinem Ex getrennt hast?«

»Ja. Ist jetzt ein halbes Jahr her.«

»Wie lange wart ihr ein Paar?«

Ich zucke zusammen, weil ich schon weiß, wohin meine Antwort führen wird. »Ungefähr sechseinhalb Jahre.«

Wie erwartet verstummt Alec für eine Weile.

»Wow«, bringt er schließlich heraus.

Ich nicke. »Es ist einfach schrecklich, dass ich ihm so viel Zeit geschenkt habe. Ich glaube, als die Sache auseinanderging, war ich innerlich schon lange mit ihm fertig.« Ich trinke noch einen Schluck Wasser und räuspere mich. »Auf ihn bin ich nicht so wütend wie auf mich selbst.«

»Warum?«

»Weil ich mich so lange habe belügen lassen.«

Alec beugt sich vor, um mir in die Augen zu sehen. »Aber du warst nicht diejenige, die gelogen hat.«

»Nein«, bestätige ich und erwidere endlich seinen Blick. »Aber ich bin mir sicher, dir würde es genauso gehen, wenn du mit jemandem zusammen gewesen wärst, der dich ein Jahr lang angelogen hat. Mit jemandem, der eine Rolle gespielt hat, und du hast es aus irgendeinem Grund nicht mitbekommen. Du bist Schauspieler. Es ist dein Job zu wissen, wann jemand schauspielert. Ich bin Journalistin. Meine Aufgabe ist es, verborgene Geschichten zu erkennen. Es ist mir nicht gelungen.«

Sein Mund formt ein unhörbares *Ah*. »Verstehe.«

»Und es fällt mir schwer zu glauben, dass keiner unserer Freunde Bescheid wusste. Ich frage mich, ob nicht der eine oder andere versucht hat, Spence wieder auf die Beine zu helfen, ohne es mir zu sagen.«

»Autsch.«

Ich nicke. »Darum fällt es mir schwer, meinem Instinkt zu vertrauen.«

Eine Weile blicken wir schweigend auf das Wasser hinaus.

»Also«, sagt Alec. »*Mein* Instinkt sagt mir, dass es an der Zeit ist, in diesen Wellen dort zu spielen.«

Für diesen unkomplizierten Themenwechsel könnte ich ihn küssen. Wir nehmen ein paar Schwimmnudeln mit und wagen uns Zentimeter für Zentimeter in den eiskalten Pazifik vor. Sorgfältig weichen wir den hohen Wellen aus, tauchen unter ihnen hindurch oder schieben uns an den Brechern vorbei, bis wir in klares, ruhiges Wasser gelangen. Von hier aus sehen die Menschen am Strand wie winzige Punkte aus.

Wir klemmen uns die langen Schaumstoffzylinder unter den Arm, lassen uns einander gegenüber im Wasser treiben und kommen langsam wieder zu Atem. Ich möchte dieses Gefühl in Flaschen abfüllen, damit ich in den Tagen, Wochen und Jahren, die vor mir liegen, davon trinken kann. Ich versuche, diese Gedanken zu unterdrücken. Doch immer, wenn ich überhaupt nicht damit rechne, überkommt mich die Erkenntnis, dass Alec einfach perfekt ist, und verursacht ein schmerzhaftes Stechen in meiner Brust.

Auf einmal kreuzen sich unsere Blicke, und ich verspüre einen leichten Druck auf der Lunge, weil mir plötzlich sonnenklar ist, dass er mit mir hierher gefahren ist, um mit mir zu reden. Dabei hat mir unsere Laguna-Beach-Blase so gut gefallen.

»Ich habe jetzt die Erlaubnis, dir alles zu erzählen«, sagt er leise.

»Moment mal ... Warum denn? Was hat sich geändert?«

»Ich habe meiner Quelle gesagt, dass ich speziell mit dir

sprechen will, und sie meinten, es wäre okay, wenn ich die Infos weitergebe.«

»*Speziell* mit mir?«

Er nickt.

Ich verstehe gar nichts, aber ...

»So ungern ich es auch sage: Du darfst es mir nur als deiner Zweiwochenaffäre erzählen«, erkläre ich mit einem zaghaften Lächeln. »Interessenkonflikt, verstehst du?«

»Na ja, es ist sowieso inoffiziell.« Er taucht die Fingerkuppen ins Wasser und hebt dann die nasse Hand. Die herunterfallenden Tropfen fangen das Sonnenlicht ein. »Aber ich glaube, ich würde mich gut fühlen, wenn ich es jemandem erzähle, der es versteht. Und vielleicht helfen diese Informationen dir, etwas anderes herauszufinden, auch wenn du diese spezifischen Informationen nicht verwenden kannst.«

Eine Grauzone. Das Leben einer Journalistin.

»Erzähl mir einfach, was du erzählen möchtest.«

»Ich weiß nicht so richtig, wo ich anfangen soll.« Für eine Sekunde blickt Alec in den Himmel, dann nimmt er einen tiefen Atemzug. »Okay.« Beim Ausatmen bläst er die Wangen auf. »Ein alter Freund von mir aus der Studienzeit in England ist ein Mann namens Josef Anders.«

Er mustert mich, registriert die Reaktion, die ich, wie ich weiß, nicht verbergen kann. Mein Magen schlägt einen Salto, und ich spüre, dass meine Miene meine innere Schockstarre verrät.

Er lächelt traurig. »Ich entnehme deiner Reaktion, dass du diesen Namen schon einmal gehört hast.«

»Ja, habe ich. Oft. Er ist einer der Eigentümer. Sein Name steht über allem.«

Mit einer Hand schirmt Alec seine Augen gegen die Sonne ab und betrachtet mich blinzelnd.

»Ja, so ist es wohl.«

Donner. Der Herzschlag hinter meinem Brustbein fühlt sich wie Donner an.

»Auf dem College war ich in einer Clique. Wir standen uns alle sehr nahe«, erklärt Alec. »Und als ich aus Südkorea nach London zurückgekehrt bin, haben ein paar von uns wieder Kontakt miteinander aufgenommen. Okay, wir hatten alle viel zu tun, darum war es nicht mehr so eng wie früher, aber wir haben uns immerhin noch ungefähr einmal im Monat getroffen.«

»Ich könnte schwören, dass ich jedes einzelne Foto von Anders im Netz gesehen habe, aber auf keinem davon seid ihr beiden zusammen zu sehen«, sage ich verwirrt. »Auf diese Verbindung bin ich nirgendwo gestoßen.«

»Weil unsere Freundschaft älter ist als unsere Karrieren«, erklärt Alec. »Wir hatten ja keine Fototermine mit der Presse. Die Clique hat sich immer bei einem von uns zu Hause getroffen.« Er schluckt und blickt an mir vorbei. »So, wie ich meine Familie nicht zu Hause fotografieren lasse, schützen wir alle auch unsere alten Freunde.«

In meinem Bauch bildet sich ein Ball aus schwarzem Teer. Ich brenne darauf, alles zu erfahren, was Alec weiß, bin aber sozusagen vorsorglich am Boden zerstört wegen dem, was er mir womöglich über einen ehemals engen Freund erzählen wird.

»Ebenfalls um die Zeit meiner Rückkehr nach England herum hat Sunny begonnen, als Model zu arbeiten. Sie war gerade dabei, sich in der Branche einen Namen zu machen, und meine Freunde verbrachten Zeit bei uns zu Hause.« Er schluckt. »Irgendwann fingen Josef und Sunny an, miteinander auszugehen.«

»Oh, wow.« Im Geist gehe ich meine Akte über Anders durch. »Ich hatte ja keine Ahnung.«

»Nein, wie auch? Sunnys Privatleben ist noch besser abgeschottet als meins.« Er nickt, wobei sein Kinn ins Wasser eintaucht. »Das ist jetzt ungefähr zwei Jahre her. Natürlich kannten sich die beiden auch schon, als Josef und ich zusammen zur Uni gegangen sind, bei der ersten Begegnung mit ihm war Sunny dreizehn, es war schon ein bisschen seltsam.« Alec schaut mich an, wendet sich aber sofort wieder ab. »Zuerst haben sie es geheim gehalten, nicht mal die anderen Jungs wussten Bescheid. Wir trafen uns alle zum Dinner oder um ein Spiel zu sehen, und er hat es nie erwähnt. *Sie* war es, die mir schließlich davon erzählt hat, aber auch erst als sie schon mehrere Monate zusammen waren.«

»Warst du wütend?«

Er denkt eine Weile darüber nach. Wasser schwappt gegen sein Kinn und berührt seinen Mund. Dann taucht er unter die Wasseroberfläche, kommt wieder hoch und wischt sich die schimmernden Tröpfchen aus den Augen.

»Ehrlich gesagt war ich eher besorgt als wütend. Ich habe Josef als ziemlich anständigen Menschen kennengelernt, aber er hatte im Lauf der Jahre viele Freundinnen. Und er wusste, dass ich nicht wollte, dass meine Schwester sich mit jemandem einlässt, der nicht sorgsam mit den Gefühlen seiner Geliebten umgeht.«

»Das verstehe ich.«

»Aber wie dem auch sei, sie war erwachsen«, fährt Alec fort. »Im Grunde ging es mich also nichts mehr an, nicht wahr?« Er späht blinzelnd auf die Wellen, die hinter mir an den Strand krachen. »Wahrscheinlich weißt du, dass Josef in einer Band gespielt hat, bei den *Tilts*. Sie hatten einen Hit, bevor sie sich aufgelöst haben.«

Er fährt mit den Fingern durch das Wasser, und eine Minute lang lassen wir uns in angespanntem Schweigen auf dem Meer treiben. Alec fährt fort, Figuren ins Wasser zu zeichnen, und ich frage mich, ob er einen Namen schreibt. Obwohl er Schauspieler ist, kommt er mir vor wie jemand, der sich die Dinge, die er in einem schwierigen Moment wie diesem hier sagen will, zuerst aufschreibt.

»Aber Josef hat fast alle Songs geschrieben, und *Turn It Up* wird immer noch bei fast jedem größeren Sportevent in Großbritannien gespielt. Er hat eine Menge Geld damit verdient, und er hat es sehr klug investiert. Einen Teil der Einkünfte hat er ins Jupiter gesteckt.«

Diese Information habe ich bereits, dennoch fühlt es sich an wie ein Schlag in die Magengrube. »Stimmt.«

Er sieht mich an, streckt eine Hand aus und streicht geistesabwesend über die Gänsehaut, die sich auf meinem Arm gebildet hat.

»Als der Laden immer beliebter wurde, war er ständig dort«, fährt er fort.

Inzwischen scheint mein Magen in Flammen zu stehen. Ich möchte alles hören – morbide Neugier und berufliches Engagement halten mich bei der Stange –, aber gleichzeitig möchte ich, dass Alec so schnell wie möglich damit fertig wird, damit der Ausdruck nackten Entsetzens aus seinem Gesicht verschwindet.

»Er und Sunny waren vielleicht etwas über ein Jahr zusammen, als sie die Sache beendet hat, und das meiste davon passierte während des Aufbaus und der Eröffnung des Jupiter. Es gibt eine Menge, was Sunny mir nicht erzählt, vor allem jetzt nicht. Aber ich glaube, die Trennung hatte damit zu tun, dass er all seine Zeit in den Klub gesteckt hat. Dabei hatte ich das deutliche Gefühl, dass er mit ihr zusammenbleiben wollte. Wir spürten alle, dass er verzweifelt war.«

Er verändert seine Position auf der Poolnudel und blickt in

den Himmel hinauf. Ich betrachte sein Profil, die wie gemeißelt wirkende Vertiefung unter dem Jochbein, die im Kontrast zu seinen vollen Lippen steht. Ich spüre, wie sich sein Gesicht meinem Gedächtnis einprägt.

»Vor ungefähr vier Monaten bekam Sunny ihren ersten wirklich bahnbrechenden Modelvertrag ... mit Dior«, fährt er fort. »Es schien, als müsste sie nicht mehr auf jedem Catwalk erscheinen, der sie haben wollte, sondern, als würde sie zu einem echten Supermodel werden. Sie war in U-Bahn-Stationen zu sehen, auf Plakatwänden und in Illustrierten. Es war eine riesige Sache.« Für einen Moment entspannt sich seine Miene, und er sieht mich lächelnd an. »Total cool.«

»Allerdings«, pflichte ich ihm bei. »Ein echter Hammer.«

»Ja.« Erneut verlagert Alec das Gewicht, schlingt unruhig die Arme um die Poolnudel und legt das Kinn darauf. »Obwohl sie sich von Josef getrennt hatte, betrachtete sie ihn nach wie vor als Freund der Familie, weißt du?« Er schluckt zweimal und beißt die Zähne zusammen. Dann sieht er mir unverwandt ins Gesicht und fragt leise: »Ist das hier wirklich inoffiziell?«

»Absolut.« Ich schlucke den Kloß in meiner Kehle hinunter. »Versprochen.«

Er senkt den Blick wieder aufs Wasser. »Vor ein paar Monaten hat Lukas, ein anderer Kumpel aus dieser Gruppe, bei mir übernachtet. Er ist nach Berlin gezogen, aber als er mal wieder in der Stadt war, wollte er sich das Jupiter ansehen, um herauszufinden, was Josef da vorhatte. Ich hatte keine Lust dazu, aber er ist mit ein paar anderen aus der Clique hingefahren. Einige Stunden später hat Lukas mich angerufen und mir erzählt, dass Sunny in dem Klub aufgetaucht ist, er sie aber in den letzten Stunden nicht mehr gesehen hat. Sie schien wohl schon beim Hereinkommen ziemlich betrunken zu sein.

Er dachte, ich würde vielleicht hinfahren und sie abholen wollen.«

Ich fühle mich, als hätte mir jemand einen Faustschlag versetzt. »Oh nein.«

»Sunny trinkt nicht viel, weil sie mit Alkohol nicht besonders gut umgehen kann.« Er schweigt lange, und ich lege ihm eine Hand auf den Rücken, massiere ihn sanft.

»Du kannst es mir auch später erzählen.«

»Nein, schon gut. Ich muss es tun.« Er fährt sich mit der Hand über den Mund, und alles Weitere kommt heraus wie von selbst. »Am Anfang war ich noch nicht beunruhigt. Wie gesagt, es war seltsam, dass sie viel getrunken hatte, aber andererseits war sie beruflich sehr erfolgreich. Vielleicht wollte sie einfach nur mit Josef feiern… Schließlich waren sie immer noch Freunde. Ich bin trotzdem hingefahren, um nach ihr zu sehen. Dort habe ich Josef angerufen: keine Antwort. Also rief ich Sunny an: Ihr Handy war ausgeschaltet, sodass ich sie nicht einmal orten konnte.« Erneut reibt er sich das Gesicht. »Ich habe Lukas angerufen, der daraufhin auch kam, und zusammen haben wir angefangen, in den VIP-Räumen nach ihr zu suchen.«

»Oh, *Shit*«, flüstere ich.

»Ja. Wir haben sie gefunden. Es war eine riesige Party, aber mein Blick fiel sofort auf Sunny, die ohnmächtig auf einer Couch lag. Sie war…« Er verstummt, schüttelt den Kopf. »Als ich hineingegangen bin, liefen alle auseinander wie die Kakerlaken. Ich habe sie aufgehoben und ihre Klamotten gesucht. Dann habe ich sie zur Damentoilette gebracht. Sie war bewusstlos. Ich habe sie…«

Er schluckt, blinzelt in die Brandung, ohne etwas zu sehen, unfähig, den Satz zu beenden. Aber ich weiß, was er mir sagen will: Er musste ihr helfen, sich wieder anzuziehen.

»Und ich habe ihr Wasser ins Gesicht gespritzt. Wir haben lange dort gesessen. Ich weiß nicht, wie lange, aber ein paar Leute haben an die Tür geklopft. Ich habe mein Handy ausgeschaltet und einfach mit ihr geredet. Ich habe ihr gesagt, dass sie in Sicherheit ist und aufwachen soll. Irgendwann war sie wach genug, um gehen zu können, wenn auch nur mit Mühe. Ich habe ihr meinen Mantel umgelegt, bin mit ihr zum Hintereingang raus und habe sie ins Krankenhaus gebracht.«

Erneut verstummt er, und ich sehe, wie seine Kiefer mahlen.

»Hinterher konnte sie sich an den Abend nicht mehr erinnern. Dafür bin ich zwar einerseits dankbar, andererseits: Wenn es keine Videoaufzeichnungen gibt, werden wir vielleicht nie erfahren, was genau da passiert ist. Keine Ahnung, ob ich mir das wünschen soll.« Erneut fährt er sich mit einer zitternden Hand über das Gesicht. »Sie ist natürlich untersucht worden …«

Für einen Moment verstummt er schmerzerfüllt, ehe er nickt.

Es fühlt sich wie ein weiterer Schlag auf meinen Solarplexus an. »Oh mein Gott, Alec.«

Ich verstehe, warum er es mir hier draußen erzählen wollte, wo er alles laut aussprechen kann, weil der Ozean seine Worte verschluckt.

»Am nächsten Tag ging es ihr sehr schlecht«, fährt er fort. »Man hat einen ganzen Cocktail an Wirkstoffen in ihrem Organismus gefunden … und zwar mit Sicherheit nichts, was sie an der Bar bestellt hat. Josef hat morgens angerufen.« Alec sieht mich an, eine schmerzliche Leere liegt in seinem Blick. »Er war sehr besorgt und hat gemeint, er wisse nicht, wohin Sunny verschwunden ist. Naiv, wie ich war, habe ich ihm erzählt, was ich in dem Raum gesehen hatte, und er zeigte sich schockiert. Er war echt überzeugend.«

Mir ist schlecht.

»Ehrlich gesagt war ich nicht mehr in der Lage, irgendetwas oder irgendjemanden wahrzunehmen, nachdem ich Sunny auf dieser Couch entdeckt hatte. Ich bin gar nicht auf die Idee gekommen, dass Josef sie in dem Zustand gesehen haben könnte, denn dann hätte er ihr doch sicher geholfen, oder? Seiner Ex? Meiner Schwester?«

»Alec ...«

Er schüttelt den Kopf und sieht an mir vorbei. »Später an dem Tag hat sich Lukas telefonisch bei mir gemeldet. Er musste über die Sache reden, weil er selbst traumatisiert war. Als ich ihm von meinem Gespräch mit Josef berichtet habe, ist er wütend geworden. Er sagte: ›Alec, Kumpel, Josef war dabei. In der Sekunde, in der du hereingekommen bist, ist er abgehauen.‹ Er ist *dabei gewesen*, Gigi!«

Ich habe es kommen sehen. Ich wusste es. Aber das macht es nicht leichter, ihm zuzuhören.

»Als Josef dich angerufen hat, wollte er also herausfinden, was du gesehen hast?«, schlussfolgere ich. »Und was Sunny noch wusste?«

»Ich nehme es an, ja.«

Die schreckliche Wahrheit schwebt zwischen uns in der Luft, löst sich nur langsam auf. »Will Sunny, dass Anklage gegen die Männer erhoben wird?«

Alec schüttelt den Kopf. »Es ist zwei Monate her. Aber sie zögert, Anzeige zu erstatten. Weil sie sich nicht erinnert. Weil sie nicht durch die Boulevardpresse geschleift werden will. Weil sie sich zu Recht Sorgen um ihren Ruf macht und weil sie freiwillig dorthin gegangen ist.«

»Ich wette, du würdest ihm gern richtig in den Arsch treten.«

Er lacht auf, doch es klingt bitter. »Und ob!« Die Wut in

diesen Worten, die er mit zusammengebissenen Zähnen herausbringt, ist nicht zu überhören. Er wendet den Blick ab und atmet tief durch, um sich zu beruhigen. »Was muss man für ein Monster sein, um so etwas zu tun und mich am nächsten Tag anzurufen und das Unschuldslamm zu spielen? Er war mindestens Zeuge dessen, was mit Sunny passiert ist, wahrscheinlich steckt er sogar hinter der ganzen Sache. Ich kam mir so unglaublich dumm vor.«

»Du hast deinem Freund einen Vertrauensvorschuss gegeben. Das ist nicht dumm, sondern etwas, was anständige Menschen nun einmal tun.«

»Vermutlich hast du recht.«

»Und niemand vom Klub hat bei der Polizei gegen ihn ausgesagt?«

Er schüttelt den Kopf. »Gigi, wahrscheinlich haben hundert Menschen jede Woche gesehen, wie Frauen in den Klub gegangen und unter Drogeneinfluss wieder herausgekommen sind, aber keiner von ihnen hat etwas gesagt.«

Genau diese Frage hatte ich mir nicht beantworten können. Wie konnte etwas in dieser Größenordnung in dem Klub passieren, ohne dass jemand erwischt wurde?

»Ich habe mich hilflos gefühlt. Einerseits wollte ich Sunny nicht drängen, den Vorfall zu melden, andererseits habe ich befürchtet, dass es dann ewig so weitergehen würde. Ich fand das alles verdammt zynisch – bis ich neulich im Hotel das Feuer in deiner Stimme gehört habe.« Alec sieht mir in die Augen, und ich halte seinem Blick stand. »Vermutlich weißt du, worauf ich hinauswill. Das Einzige, was du offiziell für mich tun musst, ist weiter Druck machen und Josef Anders' Aktivitäten im Auge behalten.«

Es bricht mir beinahe das Herz, ihn so zu sehen. »Das werde ich, versprochen.«

Er schließt die Augen, und als er sie wieder aufschlägt, versucht er zu lächeln.

»Das ist alles, was ich weiß«, endet er.

»Das ist sehr viel.« Ich strecke eine Hand aus und streiche ihm vorsichtig das Haar aus der Stirn. »Bist du okay?«

Alec schmiegt die Wange an meine Hand. »Ehrlich gesagt ist diese Sache das Schlimmste, womit ich in meinem ganzen Leben zu tun hatte.«

»Oh, das kann ich mir vorstellen.«

»Die Sorge um Sunny, das Wissen, was ihr in dieser Nacht zugestoßen ist… Nichts ist mir wichtiger, als sie so zu unterstützen, wie sie es braucht. Gibt es Videoaufnahmen davon? Wer war noch in dem Raum? Ich bin froh, dass sie nicht mehr weiß, was passiert ist, aber ich frage mich, ob es ihr nicht letztlich doch wieder einfallen wird.«

Ich kaue auf meiner Unterlippe herum und überlege, ob ich es ihm sagen soll. Nicht weil es ein Geheimnis wäre – es wird morgen sowieso in meinem Artikel stehen –, sondern weil ich weiß, dass es ihn schwer treffen wird.

Alec sieht es meinem Gesicht an. »Sag's einfach.«

»Na schön. Einer der Frauen, die in dem Video auftaucht, hat man Geld angeboten, eine Art Vergleichsangebot. Davor hat sie nicht einmal gewusst, dass sie belästigt wurde.« Ich warte, während er diese Info mit geschlossenen Augen verarbeitet. »Das heißt also, obwohl die Polizei die Videoaufnahmen aus dem Klub konfisziert hat, gibt jemand Informationen an diese Typen weiter. Selbst wenn schließlich Anklage erhoben werden sollte, werden die Täter die Beweise zuerst in die Hand bekommen.«

»Mist.« Er pustet seinen Atem ins Wasser. »Dann gibt es also wahrscheinlich ein Video, auf dem Sunny zu sehen ist?«

»Ich weiß es nicht. Aber möglich ist es.«

»In den letzten Wochen habe ich mir um all das Gedanken gemacht. Es ist einer der Gründe, warum ich ein paar Tage später abgereist bin als der Rest der Crew. Ich war mir nicht sicher, ob ich Sunny allein lassen konnte.«

»Ist jemand bei ihr?«, frage ich.

»Ja, sie ist bei unseren Eltern.«

»Wie geht es ihr?«

Er wiegt den Kopf von einer Seite zur anderen. »So weit ganz gut. Natürlich weiß sie, dass ich darüber rede, inoffiziell. Es hat sie viel Überwindung gekostet, mir das zu erlauben.«

Weil ich sehe, dass er um Fassung ringt, paddle ich auf ihn zu, bis ich mich an ihn schmiegen kann.

»Das tut mir sehr leid.«

Alec nickt und richtet die Poolnudeln so aus, dass er mich in die Arme nehmen kann. Dann drückt er sein Gesicht an meinen Hals, aber selbst als ich ihm die Beine um die Taille schlinge, ist es nichts Sexuelles. Wir halten einander einfach im Arm und treiben ziellos und schweigend im Wasser umher.

Doch dann spüre ich, wie sich seine Lippen an meinem Hals bewegen.

»Danke, dass du dir all das angehört hast«, sagt er. »Und ich bin sehr froh, dass wir nicht von Haien gefressen wurden.«

Ich lache. »Vielen Dank, dieses Bild werde ich so schnell nicht wieder los. Aber im Ernst: Danke, dass du mir die Geschichte erzählt hast. Es tut mir sehr leid für dich und Sunny.«

»Ich habe noch nie mit jemandem darüber geredet.«

Ich lehne mich zurück und schaue ihn an. »Mit niemandem?«

Er schüttelt den Kopf.

»Schatz«, sage ich und streichle sein Gesicht, »mit so etwas kann man nicht allein fertigwerden.«

Alec hält inne, und dann breitet sich langsam ein Grinsen auf seinem Gesicht aus.

»Was ist?«, frage ich.

»Du hast mich ›Schatz‹ genannt.«

»So nenne ich jeden«, lüge ich.

Skeptisch runzelt er die Stirn. »Du kommst mir absolut nicht vor wie jemand, der *jeden* ›Schatz‹ nennt.«

Ich küsse ihn aufs Kinn. »Komm, interpretier nicht zu viel hinein. Du weißt doch: nur zwei Wochen.«

Er legt mir eine Hand in den Nacken und schiebt mir die Finger ins Haar. An meiner sonnenwarmen Wange fühlt sich seine Handfläche kühl an. Er beugt sich vor und drückt seine Lippen auf meine, sie sind salzig und nass.

Minuten später – *viele* Minuten später –, als unsere Hände vom Wasser schrumpelig und wir selbst voller Verlangen sind, schwimmen wir ans Ufer zurück. Nach einer Weile schlafen wir auf unseren Handtüchern unter dem Sonnenschirm ein, über uns den strahlend blauen Himmel und meilenweit entfernt von Stress, Verantwortung und jedem, der nach uns sucht.

9

Natürlich entgleiten meiner Freundin die Gesichtszüge, als ich mit Alexander Kim im Schlepptau die Wohnung betrete. Ihre braunen Augen werden erst ganz groß, dann schmal, und schließlich tut sie das, was ich von der frechen, stets kampfbereiten Eden Enger am allerwenigsten erwartet hätte: Sie dreht sich um und – geht einfach weg.

Ich breche in Gelächter aus. »Eden!«

»Ich kann nicht!«, ruft sie über die Schulter.

»Komm zurück!«

Ich blicke Alec an, lächle amüsiert und gleichzeitig entschuldigend. Hastig ziehe ich ihn in die Wohnung, bevor ich Eden über den Flur folge.

Als ich sie eingeholt habe, lege ich ihr eine Hand auf den Unterarm und drehe sie zu mir herum. Ihre Wangen sind gerötet, ihr Blick wild.

»George«, faucht sie leise. »Du hättest mich anrufen und mir sagen sollen, dass du …« Hilflos deutet sie in Richtung Eingang. »… *das da* mitbringst!«

»Heute ist Mittwoch. Ich dachte, du arbeitest. Tut mir leid!«

»Es haben schon Leute für weniger lebenslänglich gekriegt.«

Ich beuge mich vor, führe ihre Fingerknöchel an meinen Mund und drücke leise lachend einen Kuss darauf.

»Es tut mir leid«, entschuldige ich mich. »Eigentlich habe ich damit gerechnet, dass er abhaut, weil ihm klar ist, dass er nicht einfach mitkommen kann. Und ich habe dir absichtlich nichts gesagt, weil du sonst geputzt hättest wie eine Irre.«

»Alexander Kim ist in unserer Wohnung«, sagt Eden, »und

ich bin ungeduscht und trage ein Lakers-T-Shirt und eine alte Jeans. Da ist der Zustand unseres allzeit aufgeräumten Wohnzimmers meine geringste Sorge.«

»Du siehst hinreißend aus«, versichere ich ihr, und das stimmt. Ihr dickes schwarzes Haar ist zu einem unordentlichen Knoten zusammengebunden, und ihre dunklen Augen schimmern. Jeder, der Eden kennenlernt, liebt sie, weil sie auf kompromisslose Weise sie selbst ist. »Komm schon. Wir sind verschwitzt und müde und voller Sand«, sage ich und bedenke sie mit meinem besten Dackelblick. »Und er ist so süß. Entspann dich. Sieh ihn einfach als Alec, vielleicht hilft das.«

Sie legt die Fingerkuppen an die Lippen, als träfe sie erneut die Erkenntnis, wer da in ihrem Wohnzimmer sitzt. »Ich schwöre, ein Teil von mir hat geglaubt, dass du dir die Sache nur ausgedacht hast und er es gar nicht ist.«

»Das war mir klar.«

»Aber er ist tatsächlich *da*, Gigi«, flüstert sie und zeigt in den Flur.

»Er wird ein bisschen hier abhängen, wenn das okay ist?« Ich lege den Kopf schief und schenke ihr ein gewinnendes Lächeln. »Na komm. Leistest du uns Gesellschaft?«

Mit Eden im Schlepptau gehe ich zurück ins Wohnzimmer. Alec steht dort in der schwarzen Jeans, die er angezogen hat, bevor wir zu mir gefahren sind. Die Hände friedlich in die Taschen gesteckt, sieht er sich um. Ich bin dankbar, dass Eden und ich ziemliche Sauberkeitsfanatikerinnen sind und die Wohnung immer in Ordnung halten, trotzdem fällt es mir schwer, die Räume nicht mit seinen Augen zu sehen.

Das Apartment ist klein und mit den bunt zusammengewürfelten Möbeln eingerichtet, die wir im Laufe der Jahre angesammelt haben: ein gelbes Sofa, ein bequemer blauer Sessel ... Den niedrigen Couchtisch haben wir ein paar Wochen vor meiner England-Reise mit Fliesen dekoriert, und die Wände sind mit einem Sammelsurium aus Gemälden lokaler Künstler sowie gerahmten Fotos von unseren Familien und uns selbst übersät. In Alecs Londoner Wohnung würde unsere dreimal hineinpassen.

Ich frage mich, was er beim Anblick der Räume denkt. Merkt er, dass etwas fehlt? Spürt er die Geister der geliebten Kunstwerke und gerahmten Fotografien vom College und aus der Zeit danach? Wir haben sie in Kisten verstaut, weil wir uns einig waren, dass sie es nicht verdienen, diese Wände zu zieren.

»Eden, das ist Alec.«

Er dreht sich um und zeigt sein echtes Lächeln. Das Lächeln, das man instinktiv erwidert, selbst wenn es nur auf einem Fernsehbildschirm auftaucht.

Ich beobachte, wie Eden die Fassung zu wahren versucht, während seine Grübchen einen spektakulären Kurzauftritt hinlegen. Sie muss die Stirn runzeln, um nicht breit zu grinsen. Ihre Augen werden schmal, und sie brummt etwas Unverständliches.

»Alex, oder?«

»Hör auf.« Ich schlage ihr auf den Arm, und Alec bricht neben mir in Gelächter aus. »Alec, das ist meine Mitbewohnerin Eden.«

»Freut mich sehr, dich kennenzulernen.« Er schüttelt ihr die Hand. »Gigi hat mir tolle Sachen von dir erzählt.«

»Er lügt«, sage ich und grinse die beiden an. »Ich habe ihm erzählt, dass du ein schreckliches Biest bist.«

Sie schüttelt ihm die Hand, und ich kenne sie gut genug, um zu wissen, dass sich sämtliche Blutmoleküle dicht unter ihrer Haut versammelt haben. Ich wette, ihre Hand fühlt sich in diesem Augenblick wie ein glühendes Stück Kohle an.

»Ich muss es jetzt einfach sagen«, verkündet sie energisch.

»Ich werde mein Bestes tun, um ganz cool zu bleiben. Aber ich habe alles – wirklich alles! – von dir gesehen, und es fällt mir schwer, nicht auszurasten, weil du jetzt hier in meiner Wohnung stehst.«

Er lächelt freundlich. »Das verstehe ich. Ich werde auch immer noch nervös, wenn ich einen Schauspieler sehe, den ich mag.«

Sie gibt ein lustiges Geräusch von sich – halb Stöhnen, halb Jaulen – und hält sich die Hände vors Gesicht.

»Was kann ich tun, damit du dich wohler fühlst?«, fragt er.

Sie lacht hinter ihren Händen hervor. »Wahrscheinlich gar nichts«, antwortet sie und dreht sich dann ruckartig um die eigene Achse. Offenbar weiß sie nicht, wohin mit sich. »Okay, ich möchte etwas trinken.«

»In Ordnung«, sagt er. »Dann trinke ich auch etwas. Und falls dir das hilft: Ich habe vor Gigis Augen schon unglaublich alberne und peinliche Sachen gemacht.«

Mir entfährt ein Lachen. »Ach, bitte. Wann denn?«

»Einmal bist du reingekommen, als ich in Unterwäsche zu Eminem getanzt habe.«

Ich starre ihn mit offenem Mund an. »Wann war das?«

»Ich glaube, du warst damals ... sieben? Und ich dreizehn. Es war schrecklich.«

»Daran habe ich überhaupt keine Erinnerung«, sage ich ehrfurchtsvoll. »Ich bin zutiefst enttäuscht von meinem unterdurchschnittlichen Gedächtnis.«

Alec lacht. »Und ich dachte, ich hätte dich traumatisiert.«

»Nein, hast du eindeutig nicht.«

»Und dann der Hip-Hop bei der Larchmont-Talentshow«, erinnert er sich und zuckt zusammen.

Ein Bild taucht aus meinem Gedächtnis auf, und ich schlage mir eine Hand vor den Mund.

»Stimmt! Wie konnte ich das nur vergessen?«

»Hip-Hop?«, fragt Eden.

Alec nickt und sieht sie an. »Ein paar Freunde von mir und ich waren uns ziemlich sicher, dass wir in der Hip-Hop-Szene von L. A. die nächste große Nummer sein würden, als wir …« Er blickt an die Zimmerdecke. »Himmel, wie alt waren wir? Sechzehn? Gigi und Sunny haben uns monatelang nach der Schule beim Proben zugesehen.«

»Sie waren sehr schlecht«, bestätige ich, als mir das Programm wieder einfällt, das sie sich ausgedacht haben. Jede Menge aggressiver Hüftschwünge und Pausen, die sie mit gemurmeltem »Yo, yo, yo« und zweifelhaften Breakdance-Versuchen gefüllt hatten. »Wow, mach weiter, das ist super!«

»Ich denke, das sollte vorerst reichen.«

»Du hast mir sehr geholfen.« Eden holt tief Luft, um sich zu beruhigen. »Ich muss nicht ohnmächtig werden, egal, was als Nächstes kommt. Aber ich glaube, Alec kann ich dich trotzdem nicht nennen.«

»Okay.« Er unterdrückt ein bezauberndes Lächeln, was die Grübchensituation allerdings nicht verbessert. »Wie willst du mich denn nennen?«

Sie mustert ihn eingehend. »Frank.«

»Sehe ich wie ein Frank aus?«, fragt er und zieht eine Braue hoch.

Sie nickt, und ich bemerke bereits, wie sie sich entspannt. »Du bist Frank, der Freund meiner Mitbewohnerin.«

»Klingt gut«, sagt er und nickt energisch. »Kann Frank Pizza für Gigis Mitbewohnerin Lucy bestellen?«

»Bekommt Gigi auch einen neuen Namen?«, frage ich.

»Nein«, versetzt Eden.

Alec stimmt ihr leichthin zu. »So viele neue Namen können wir uns nicht merken.«

Ich drehe mich um und gehe in die Küche.

»Ihr beiden scheint klarzukommen«, stelle ich fest. »Wer möchte ein Bier?«

»Bring einfach das ganze Sixpack mit. Ich schätze, damit werden wir spielend fertig.«

Sie hat recht. Wir trinken das Sixpack in der Zeit aus, die wir brauchen, um vier Runden Poker zu spielen, die ich allesamt verliere. Wir zischen die Bierchen nicht nur, weil sie super zu Pizza passen, sondern weil die beiden Witzbolde, mit denen ich meine Zeit verbringe, scheinbar in einer Verbindung waren und sich bloß aus den Augen verloren haben. Jedenfalls verwandeln sie den Abend in ein einziges Trinkspiel.

Keine Ellbogen auf dem Tisch.

Bier nur in einzelnen Schlucken trinken.

Der Letzte, der sich an die Nase fasst, wenn das Wort *love* in einem Song von der Spotify-Playlist auftaucht, muss trinken.

Ich stelle fest, dass eine Trinkstrafe auf die unschuldige Frage steht, ob wir wieder Studienanfänger sind. Und natürlich wird bestraft, wer die Namen Alec und Eden benutzt. Da die beiden noch keine Zeit hatten, sich an den echten Namen des jeweils anderen zu gewöhnen, bin ich diejenige, die am meisten trinken muss.

Trotzdem wird mir irgendwann klar, dass es Alec hervorragend gelungen ist, Edens Fangirl-Anspannung aufzulösen, während sie ihn unwissentlich von der Schwere dessen ablenkt, was wir heute am Strand besprochen haben. Ich bewundere die beiden dafür.

Er stellt seine dritte leere Flasche auf den Tisch und stöhnt. »Ich glaube, so viel Bier habe ich seit Jahren nicht mehr getrunken.«

»Wie könntest du auch, wenn du dieses Sixpack behalten willst?« Eden blinzelt, und ich merke, dass sie im Stillen seine Muskelpäckchen zählt. »Oder ist es ein Twelvepack?«

»Okay, Lucy: Trink.« Ich schließe ein Auge und blicke sie über den Tisch hinweg an. »Neue Regel: Immer wenn Lucy sich an dich ranmacht, muss sie einen Schluck nehmen.«

Eden lacht und hebt die Flasche an den Mund. »Allmählich hast du den Dreh raus.«

»Und was ist, wenn *ich* mich an jemanden ranmache?«, fragt Alec.

»Frank«, sage ich und zeige auf ihn, »darf sich durchaus ranmachen, aber nur an mich.«

Er zögert kurz, dann beugt er sich vor und küsst mich, lässt seinen Mund auf meinem verweilen. Als ihm klar wird, was er da gerade tut, öffnet er die Augen und löst sich langsam von mir.

Eden, die uns am Tisch gegenübersitzt, bleibt der Mund offen stehen.

»Du hast gerade …«, beginnt sie. Dann setzt sie die Flasche an den Mund und nimmt vorsorglich einen weiteren Ranmach-Schluck.

Als Alec die Karten mischt, sind seine Wangen gerötet, entweder vom Bier oder von dem Kuss oder von beidem.

Er dreht seine Cap herum, und ich kann den Blick nicht von ihm abwenden. In diesem Augenblick ist Alec Kim tödlich. Schwarzes T-Shirt, schwarze Jeans, Basecap verkehrt herum auf dem Kopf. Seine Grübchen sind zum Sterben schön und ständig zu sehen, weil er beschwipst ist. Alec ist eindeutig ein hinreißender Betrunkener.

Erneut sehe ich die Erkenntnis in Edens Miene: *Alexander Kim. Er ist hier.* Aber die Art, wie er sie hinter seinen Karten hervor herausfordernd anlacht, die Art, wie er schlecht mitsingt, die Art, wie der professionelle Schauspieler in unserer Wohnung Bier trinkt und plötzlich kein Pokerface mehr hat ... all das macht ihn zu einem ganz normalen Menschen.

»Wir spielen jetzt *Trash*«, sagt er und teilt für jeden zehn Karten aus.

»Ich weiß nicht, wie *Trash* geht«, gebe ich zu.

»Dann wirst du oft verlieren. Jedenfalls geht es um Trash-TV-Szenen.« Er grinst mich an, und Eden lacht entzückt. »Und wir spielen *Speed-Trash*. Hier die Regeln: Wenn du dran bist und länger als zwei Sekunden brauchst, um loszulegen, trinkst du. Der Sieger jeder Runde ist in der folgenden Runde von den Regeln ausgenommen. Schimpfwörter ziehen eine Strafe nach sich, die der Gewinner der vorherigen Runde bestimmt. Kapiert?«

Ich kann nicht aufhören, ihn anzulächeln.

»Nicht die Bohne«, gebe ich zu, aber Eden nickt, und darum spielen wir weiter.

Die beiden gleichen sich wie ein Ei dem anderen. Alec trommelt mit den Fingern auf den Rand des Tisches. Eden lässt die Knöchel knacken. Sie starren einander nieder, stoßen an, und los geht's.

Ich habe keine Ahnung, wie die Regeln lauten oder was wir tun sollen, aber das ist auch unwichtig. Obwohl das Spiel allmählich Fahrt aufnimmt, vergeht die Zeit für mich langsamer. Die Musik scheint lauter zu werden, und ich sehe zu, wie meine beste Freundin und dieser halb Fremde, halb Geliebte eine Meinungsverschiedenheit in Sachen Karten mittels *Schere, Stein, Papier* beilegen. Ich sehe ihn mit offenem Mund lachen, als sie ihn schlägt und aufspringt, um einen Siegestanz zu vollführen. Ich sehe, wie er die Karten schneller als sie auf den Tisch knallt und sich lachend auf dem Stuhl zurücksinken lässt. Ich sehe, wie sie für immer längere Zeitspannen vergisst, für wen sie ihn hält, während sie sich in Gesellschaft desjenigen befindet, der er tatsächlich ist.

Ich denke: *Dies ist ein Moment, an den ich mich für den Rest meines Lebens erinnern werde. Egal, was danach passiert, diesen Abend werde ich unter »Glück« ablegen.*

Wir machen uns in der Küche auf die Suche nach weiteren Getränken. Eden holt Keksteig aus dem Kühlschrank, während Alec sich an den Küchentresen lehnt und mich von hinten an sich zieht, bevor er einen Klumpen Teig von ihrem Löffel klaut. Er beißt hinein, gibt mir auch etwas und drückt mir seine Kekslippen in den Nacken.

»Immer noch seltsam«, murmelt Eden, während sie mit dem Löffel kleine Teighäufchen auf ein Backblech setzt.

Zumindest scheint sie sich nicht mehr auf unsicherem Terrain zu bewegen. Tatsächlich klingt ihre Stimme neckend, als wäre der Fall jetzt völlig klar: Alec und Gigi als Einheit sind nicht mehr seltsam.

Aber stimmt das? Ist diese Situation nicht doch ziemlich merkwürdig? Kaum fünf Tage von dem, was auch immer wir miteinander haben, sind vergangen, und ich hatte kein einziges Mal das Gefühl, ihm etwas vorspielen zu müssen, um ihn zu beeindrucken. Vielleicht, weil ich davon ausgehe, dass die Sache ohnehin begrenzt ist – etwas, was wir heute noch einmal festgestellt haben. Warum also Dinge vortäuschen? Wenn ihm nicht gefällt, was er sieht, wird er die Sache schlimmstenfalls eher als vorgesehen beenden. Natürlich werde ich am Boden zerstört sein, aber dazu wird es auf jeden Fall kommen, das ist mir inzwischen klar.

Mit einem Teller warmer Plätzchen und Tee gehen wir ins Wohnzimmer zurück, und Eden schaltet eine Comedyshow mit John Oliver ein. Ich fläze mich auf die Couch, und ehe ich mich im Schneidersitz auf das Kissen setzen kann, dringt

Alec zärtlich in meinen persönlichen Raum ein, indem er seinen Kopf in meinen Schoß legt. Er beißt in einen Keks und kaut, wobei er bereits überlegt, wo er als Nächstes abbeißen wird.

Instinktiv fahre ich ihm mit einer Hand ins Haar und streiche es ihm aus der Stirn. Es fühlt sich wie Seide zwischen meinen Fingern an, und ich erinnere mich, dass ich es berührt habe, als er in Seattle mit mir geschlafen hat. Und als er mich gestern erst zwischen den Schenkeln geküsst hat. Und als ich es ihm heute im Wasser aus dem Gesicht gestrichen habe.

Er brummt leise und nimmt den zweiten Bissen. Unsere Blicke kreuzen sich.

»Auch einen?«, fragt er, obwohl ich durchaus selbst in der Lage bin, den Teller zu erreichen.

Ich schüttele den Kopf und kämpfe darum, die Welt außerhalb dieser Wohnung aus meinen Gedanken zu verdrängen, denn dort liegen mir seine Wirklichkeit, die Umstände und die Unmöglichkeit eines »Wir« wie ein Gewicht auf der Brust. Stattdessen versuche ich, mir ins Gedächtnis zu rufen, was er will, warum er *hier* ist. Er ist hier, um einfach ein Typ zu sein, dessen Kopf auf dem Schoß eines Mädchens liegt.

»Frank, wie kommt es, dass jemand wie du auf einer Reise wie dieser einen ganzen Tag frei hat?«, fragt Eden von ihrem Platz auf dem Boden aus. »Wenn etwas abgesagt wird, gibt es dann nicht tausend andere Dinge, um die du dich kümmern musst?«

Ich fühle sein Nicken in meinem Schoß. »Ich habe darum gebeten, keine neuen Termine zu bekommen«, erklärt er. »Ich brauchte wirklich einen freien Tag. Es ist der erste seit...« Er verstummt, denkt nach. »Ich kann mich nicht erinnern, wann ich das letzte Mal nichts auf dem Zettel hatte.«

Sein erster freier Tag seit wer weiß wie langer Zeit, und er hat ihn mit mir verbracht. Es fühlt sich an, als wäre mein Herz zu groß für meinen Körper.

»Wissen deine Leute, dass du mit ihr zusammen bist?«, fragt Eden und dreht den Kopf zu mir.

»Nein«, sagt Alec. »Aber sie wissen, dass ich hier in der Gegend aufgewachsen bin. Also nehmen sie vermutlich an, dass ich mich mit alten Freunden treffe.«

»Was ja auch stimmt«, sage ich.

Er starrt mir von unten ins Gesicht. In meinem Inneren wächst eine weitere Ranke und wickelt sich um mein wild schlagendes Herz.

»Was ja auch stimmt«, bestätigt er.

10

Ich suche unter dem Waschbecken nach einer Zahnbürste für ihn, und als ich mich wieder aufrichte, steht er direkt hinter mir. Seine lächelnden Augen begegnen meinen im Spiegel.

Mit schaumbedecktem, grinsendem Mund putzen wir uns die Zähne. Fühlt er sie auch, diese Vorfreude? Es ist ein bisschen, als wäre ich zehn Jahre alt, und jemand würde mir vor einem Süßwarenladen eine Zwanzigdollarnote in die Hand drücken. Die Zukunft hält etwas Köstliches für mich bereit, und ich habe keine Ahnung, an welcher Stelle ich zuerst hineinbeißen soll.

Als ich mich vorbeuge, um die Zahnpasta auszuspucken und mir den Mund auszuspülen, legt er mir sanft einen Arm um die Taille, und seine Finger suchen nach der Haut unter meinem Shirt. Als wir die Position tauschen und er sich vorbeugt, spuckt und spült, schlinge ich beide Arme um seine Mitte und mache mich innerlich ganz leer. Ich halte ihn nur fest und spüre die harte Fläche seines Rückens an meiner Wange.

Im Schlafzimmer zieht er mir in aller Ruhe die Klamotten aus, als wäre ich ein verführerisch verhülltes Geschenk, das nun ausgepackt wird. Es ist nicht das erste Mal, dass wir einander berühren und betrachten, aber zum ersten Mal höre ich dabei keine Uhr ticken.

Und er?

Ich ziehe ihm das Hemd über den Oberkörper. »Wann musst du morgen früh aufbrechen?«

Er unterbricht die Erkundung meiner Brust und wirft einen Blick auf seine Uhr. »Gegen sechs.«

Ich spähe auf die Uhr auf dem Nachttisch. Es ist kurz vor elf. Damit kann ich arbeiten.

Er kostet meinen Hals, lässt die Hände über meine Brüste gleiten.

»Was hast du morgen vor?«, frage ich.

»Ein paar Werbeaufnahmen.« Sanft massiert er eine meiner Brustspitzen zwischen Daumen und Zeigefinger. »Ein Treffen mit Fans und gegen halb zwei eine Autogrammstunde, glaube ich.« Er richtet sich auf, sieht mich an und lässt endlich zu, dass ich ihm das Hemd komplett ausziehe. »Hast du ein Büro, das du aufsuchen musst?«

Ich schüttele den Kopf. »Ich habe zwar einen Schreibtisch, bin aber nur selten dort.«

»Arbeitest du morgen?«

»Ich werde wahrscheinlich ein paar Anrufe erledigen«, sage ich unbestimmt. »Vielleicht auch noch ein paar Dinge nacharbeiten.«

Ich spreche den Namen Josef Anders nicht aus, dennoch macht er sich in dem Raum zwischen uns breit wie ein dunkler Fleck auf einer Fotografie. Mein Herz beginnt vor Angst heftig zu pochen. Der Druck, nur ja keinen Fehler zu machen, ist riesig.

Alec knöpft seine Jeans auf und lenkt mich von der drohenden Panik ab, indem er sich ihrer entledigt. dann zieht er mich auf das Bett und auf sich drauf.

Ich blicke auf ihn hinab, zeichne mit einer Fingerkuppe sein Kinn nach. Leise stöhnend schließt er die Augen, und aus dieser günstigen Stellung heraus wird mir klar, dass ich deshalb so gern auf ihm sitze, weil ich dann sehen kann, wie er sich seiner Lust hingibt.

Er öffnet die Augen und beobachtet, wie ich ihn ansehe. Der stille Moment des Verstehens löst ein tiefes Verlangen in mir aus. Alec verlagert unter mir das Gewicht und zieht sich die Boxershorts aus.

Es ist, als hätte ich mich danach gesehnt, seit ich gespürt habe, wie er unter Wasser hart wurde, wie er sich in nutzloser Schwerelosigkeit aufrichtete, während wir in der tiefen Brandung des Ozeans trieben. Der Hunger wurde größer, als er neben mir auf dem heißen Sand friedlich schlief, auf der Heimfahrt, als er schweigend die Erkundung meiner Schenkel wieder aufnahm – wobei er mir gelegentlich eine Hand zwischen die Beine schob und sie dann zurückzog, um mich zu necken. Einen fieberhaften Höhepunkt hat mein Verlangen erreicht, als ich sah, wie mühelos er sich in mein Leben mit Eden einfügte.

Nun lege ich mich auf ihn, klemme seinen Schaft zwischen uns ein. Ich nehme ihn nicht in mich auf, bewege mich nur auf und ab.

»Ich bin schon den ganzen Tag so scharf«, gestehe ich.

Erneut schließt er lächelnd die Augen.

»Ich auch«, flüstert er, während er die Hände um meine Brüste schließt.

Ich möchte diesen Anblick am liebsten filmen, ihn in mein Langzeitgedächtnis einbrennen: Alec auf meinem Bett, Alec unter mir. Die lange Linie seines Halses, die Wölbung seines Adamsapfels, die maskuline Form seiner Schlüsselbeine. Er hat eine kleine Verletzung auf der Brust, die wie eine Bissspur aussieht, von gestern oder dem Mal davor; ich weiß es nicht. Sie ließe sich mühelos unter einem Shirt verstecken, aber ich sehe sie vor mir wie unser perfektes kleines Geheimnis, und das Wissen darum erhellt mich innerlich wie ein Sonnenaufgang.

»Gigi«, sagt er und öffnet die Augen. »Nimm mich in dich auf.«

Er leckt und saugt an meiner Brust, als ich mich über ihn

beuge, um in mein Nachtschränkchen zu greifen. Ich spüre, wie er für den Bruchteil einer Sekunde erstarrt, als er hört, wie ich eine neue Packung Kondome aufmache. Und ich sehe das Lächeln in seinen Augen, als ich die Folie aufreiße. Er sieht mich immer noch an, während ich meine Aufmerksamkeit auf eine Stelle weiter unten richte und ihm das Kondom überstreife, langsamer und weniger anmutig, als er es beim ersten Mal selbst getan hat.

»Warum lächelst du?«

»Du weißt, warum«, flüstert er.

Ich kann nicht anders. Ich liebe es, wie schwer er in meiner Hand liegt. Wäre da nicht die Last meines eigenen Verlangens, ich würde mit ihm spielen, ihn necken, mit Fingern und Zunge berühren. Aber ich bin ungeduldig, und er ist es auch. Alec wölbt die Hüften, seine Hände drängen mich vorwärts, heben mich auf ihn.

Zum zweiten Mal erst ist er in mir, und als ich mich auf ihn sinken lasse, muss ich ihm eine Hand auf den Mund legen, weil er stöhnt. Ich beiße mir auf die Lippe, um nicht aufzuschreien.

Den Kopf tief ins Kissen gepresst, beherrscht er sich so sehr, dass die Sehnen an seinem Hals hervortreten. Es ist, als wäre nun jeder Teil meines Gehirns eingeschaltet. Mein Körper verwandelt sich in eine Art Präzisionsmaschine, als ich seinen harten Schaft immer wieder in mich aufnehme, mich auf ihm bewege und herausfinde, was sich gut anfühlt.

Nachdem wir einen gemeinsamen Rhythmus gefunden haben, blickt er mit dunklen Augen zu mir auf, und sein Mund formt eine lautlose Frage. *So?* Ein stummes *Fuck*, begleitet von einem Lächeln.

Ich starre ihm auf die Lippen, während ich mich bewege, sehe zu, wie er die Zunge darübergleiten lässt. Ich höre, wie er leise Geräusche der Lust von sich gibt, die in ein schmutziges kleines Knurren übergehen.

Dieser Fokus führt dazu, dass die Lust mich von der Seite angeht, wie ein Schiff, das aus der Dunkelheit auftaucht und den tiefsten Teil meines Selbst berührt. Sie steigt an meiner Wirbelsäule hoch und erfüllt meine Brust mit einem Schrei, den ich dort einschließe. Meine Lippen sind versiegelt, mein Kopf in den Nacken gelegt, und für eine Sekunde weiß ich nicht mehr, was er tut, denn ich falle. Ich fühle nur noch meine eigene Erlösung, während eine Art wilder Silberstreif durch meinen Körper rast.

Ich komme gerade wieder zu mir, da setzt er sich auf, als hielte er es nicht mehr aus. Er schiebt mir eine Hand ins Haar, und seine Lippen nähern sich meinem Mund. Alec dreht uns beide um und übernimmt erneut die Führung.

Da kommt mir ein Gedanke, der sich wie Prahlerei oder Verrat anfühlt. Ich denke nämlich, wenn andere ihn jemals so sehen würden, müssten sie verrückt werden, denn er ist hinter verschlossenen Türen genau so, wie die Welt es von ihm erwartet.

Ich liebe sein atemloses Lachen … dieses Geräusch, das ich inzwischen als Ausdruck ungläubigen, begeisterten Staunens kenne.

»Pst«, flüstert er, und dann verstehe ich, worüber er gelacht, was ihn glücklich gemacht hat: dass ich unter ihm dahingeschmolzen bin. Die kleinen rhythmischen Schreie, die ich ausgestoßen habe, weil ich nicht mehr wusste, wo wir sind, und vergessen habe, dass uns nur zwei Wände von meiner Mitbewohnerin trennen. Er legt mir eine Hand auf den Mund und drückt mir einen Kuss auf die Wange, reduziert seine Bewegungen auf winzige aufreizende Hüftschwünge. »Oder willst du die ganze Nachbarschaft wecken?«

Ich drehe den Kopf und drücke meinen Mund an seinen Hals, flüstere eine Entschuldigung, die ich nicht ernst meine und die er nicht hören will.

»Ich beobachte dich genauso gern dabei, wie du still zu sein versuchst, wie ich dich zum Schreien bringe«, sagt er. Dann mustert er mich prüfend, stützt sich auf den Händen ab und bedenkt mich mit einem scherzhaft warnenden Blick, bevor er zu langen, harten Stößen übergeht.

Doch irgendwann werden unsere fieberhaften Bewegungen ruhiger. Während er auf mir liegt und mich festhält, während sein offener Mund meinen Hals berührt, verfalle ich in eine lustvolle Trance. Das hier ist Sex ohne Ziel, wir bewegen uns zusammen, geben uns gemeinsam der Sache hin. Nie zuvor habe ich mich mit einem anderen Menschen so sehr verbunden gefühlt, es ist, als erlebten wir beide dasselbe High.

Ich schlinge die Arme um ihn und versuche, mich auf jede kleinste Empfindung zu konzentrieren. Darauf, wie seine Brust über meine gleitet. Auf das leise Geräusch seines Atems an meinem Hals. Auf die Reibung seiner Hüften an meinen Schenkeln und auf die Art, wie er in mich eindringt und sich zurückzieht, nur um dann noch tiefer in mich einzutauchen.

Sehr viel später hält er keuchend auf mir inne, schweißglänzend und erschöpft. Er lässt sich neben mir auf die Matratze sinken und schaltet das Licht ein. Dann zeichnet er mit den Fingerkuppen meinen Haaransatz bis hinunter zum Kinn nach und sieht mich an. Er berührt meine Rippen, den Abdruck, den seine Zähne auf meiner Brust hinterlassen haben, lässt die Hand über meinen Bauch hinabgleiten und hält zwischen meinen Schenkeln inne.

»Du bist so warm. Bist du wund?«

»Nein.« Schläfrig streiche ich ihm über das Schlüsselbein. »Morgen vielleicht.«

Er löst den Blick von meinem Gesicht und schaut auf die Stelle, an der seine Hand liegt und an der ich noch immer meinen fieberhaften Puls spüre.

»Ich kann nicht aufhören, dich zu berühren.«

»Ich weiß«, sage ich und schließe die Augen. Es kommt mir vor, als würde ich nachts in einer anderen Welt leben als tagsüber. Am liebsten will ich dieses Bett nie wieder verlassen. »Es gefällt mir.«

Langsam umkreisen seine Fingerkuppen meine Perle. »Ich mag diesen winzigen weichen Teil von dir. Mir gefällt dein Gesichtsausdruck, wenn ich dich hier berühre.«

»Ach ja, wie ist er denn?«, frage ich schläfrig und und sehe ihn an.

»Ich muss mir ein Wort dafür ausdenken. Es ist eine Art erleichtertes Betteln.« Ich lache, als er sich auf einen Ellbogen stützt, um mir besser ins Gesicht sehen zu können. Wäre ich wacher, wäre ich verlegen. Ganz sicher wäre ich verlegen, wenn es nicht Alec wäre. »Du bist so schön, dass ich eine Art süßer Angst empfinde. Ich bin verrückt nach dir, Gigi.«

»Verrückt nach mir? Ach komm. Ich bin eine sichere Bank.«

Ein zerstreutes Lächeln huscht über sein Gesicht.

»Bevor ich nach London zurückkehre, möchte ich zu Protokoll geben, dass ich Anspruch auf diese Unterlippe erhebe.« Er berührt mich an der Schulter und fährt fort: »Aber auch auf diese einzelne Sommersprosse hier. Ich habe überall gesucht, aber du hast nur diese eine.«

Er mustert mich nachdenklich.

»Deine Augen, wenn du lachst ... die gehören auch mir. Die Wölbung deines Rückens, wenn du kommst. Die weiche Haut deiner Schenkel an meinem Hals.« Seine Hand kehrt zurück und umschließt die Stelle zwischen meinen Beinen. »Und das hier, genau das. Ich bin gierig danach.«

»Ich bin dran«, sage ich und zeichne nun meinerseits seine Lippen nach. »Ich erhebe Anspruch auf *deine* Unterlippe.«

Ich spüre seinen Atem an meinen Fingern. »Du musst dir etwas Neues aussuchen.«

»Pst. Du machst nicht die Regeln.« Ich fahre ihm mit den Fingerkuppen über das Kinn, dann tiefer hinunter. »Deinen Hals. Ich habe eine Schwäche für Hälse, und deiner ist perfekt. Deinen Nacken.« Ich bewege mich weiter nach unten. »Das Schlüsselbein. Diesen Muskel hier«, sage ich und streiche über seinen Hüftknochen. Offenbar ist er kitzelig, denn er weicht zurück. Ich hebe seine Hand hoch, küsse die Handfläche. »Und deine Hände.«

Er lacht. »Natürlich, meine Hände.«

Blinzelnd sehe ich ihm ins Gesicht. »Ich würde ja sagen, auch deine Grübchen, aber das sagt vermutlich jeder.«

»Ach ja?«, fragt er, aber er weiß es.

»Es gibt einen Twitteraccount namens AKGrübchen, der hat ungefähr dreihunderttausend Follower, und er besteht praktisch nur aus Fotos von deinen Grübchen, wenn du lächelst.«

Erneut lacht er. »Das hast du dir ausgedacht.«

»Habe ich nicht, und das weißt du genau.«

»Woher willst du das überhaupt wissen?«, fragt er. »Du siehst dir ja nicht mal meine Serie an.«

»Eden hat ihn mir gezeigt.« Ich atme tief durch und lege ihm eine Hand auf die Brust. »Sie folgt ihm. Und sie hat mich gefragt, ob sie wirklich nach Zucker schmecken.«

Er braucht eine Sekunde, um das zu verarbeiten.

»Sie hat dich gefragt, ob meine *Grübchen* nach Zucker schmecken?« Nun ist sein Lachen ein leises Schnauben, und er wirkt ein bisschen entsetzt. »So was fragen sich die Leute?«

»Das ist wahrscheinlich noch das Unschuldigste, das sie sich vorstellen.«

Er runzelt die Stirn, und ich küsse seinen hübschen vollen Mund.

»Und, tun sie das?«, fragt er, nun endlich grinsend.

»Tun sie *was*?«

»Nach Zucker schmecken.«

»Nein.«

»Wonach schmecken sie denn?«

»Nach Glück.«

Auf einmal verstummt er. Jetzt ist das Ganze irgendwie schräg. Wir waren albern und lustig, bis ich allzu aufrichtig wurde. Ich muss diese neuen Frühlingsgefühle besser vor ihm verbergen, denn sie sind zu überschwänglich. Sie wollen ausbrechen und in den Himmel aufsteigen.

»Ich werde einen Account namens Gigis Unterlippe anlegen«, sagt er endlich, und ich lache erleichtert auf.

»Du wirst nur einen einzigen Follower haben.«

»Auf keinen Fall. Warte, bis du mein Profilbild siehst.«

»Weißt du überhaupt, wie man Twitter benutzt?«

Sein »Pst!« heißt so viel wie Nein, aber er winkt ab. »Ich werde mehr Follower haben als dieser Typ auf deinem neuen Hut.«

»Du brauchst nur einen Follower: AKGrübchen. Sie sind bereits gut miteinander bekannt.«

»Stimmt«, sagt er und gibt mir einen Kuss auf das Kinn. »Sogar beste Freunde.«

Etwas Fremdes greift nach meinem Herzen und verdreht es in seiner Faust.

»Warst du schon mal richtig verliebt?«, frage ich aus heiterem Himmel.

Aber die Frage scheint ihn nicht im Geringsten zu überraschen.

»Ich weiß es nicht.« Er blickt auf seine Hand, die an meiner

Taille hinaufwandert und sanft auf meiner Brust landet. »Und du?«

Ich schließe die Augen und ziehe seinen Kopf an meinen Hals.

»Ich weiß es auch nicht«, sage ich, kurz bevor mich der Schlaf übermannt.

Alecs Wecker klingelt um fünf, und wir öffnen die Augen, tun alles, was wir am Abend zuvor getan haben, in umgekehrter Reihenfolge. Ein paar Minuten lang kuscheln wir schlaftrunken, berühren uns langsam mit Händen, die noch schwer vom Schlaf sind. Dann stehen wir in meinem Badezimmer am Waschbecken, putzen uns die Zähne und ziehen vor dem Spiegel schaumige Zahnpasta-Gesichter.

Schließlich tappen wir in die Küche, wo ich darauf bestehe, ihm einen Kaffee zu machen, bevor er geht.

»Du solltest noch im Bett liegen«, flüstert er, sorgfältig darauf bedacht, Eden nicht zu wecken, die zwei Türen weiter den Flur hinunter in ihrem Zimmer schläft. »Du musst nicht mit mir aufstehen.«

»Dann würde mir aber Zeit mit dir entgehen«, sage ich, »und du könntest meinen Kaffee nicht probieren.«

»Er ist also gut?«

Während ich den Wasserkocher auffülle, denke ich nach. »Vielleicht sollte ich nicht so angeben. Ich wette, du hast einen Roboter, der deine Kaffeebohnen per Hand verliest und sie vor dem Aufbrühen auf Bestellung röstet.«

»Normalerweise trinke ich irgendetwas, was Yael mir bringt oder was es am Set eben so gibt. Ich bin nicht sehr wählerisch.«

Ich deute auf einen Hocker am Küchentresen, schalte den Wasserkocher ein und greife nach der Dose mit den Kaffeebohnen.

»Musst du den Wagen heute zurückbringen?«, erkundige ich mich. »Wenn du willst, erledige ich das für dich.«

Er schüttelt den Kopf. »Ich glaube, Yael hat ihn gestern Abend abgeholt.«

»Was?«

Alec kann mein Erstaunen definitiv nicht nachvollziehen.

»Warum *was*?«, fragt er irritiert.

»Sie ist hierhergekommen, während du gestern Abend bei uns warst, und hat bei Nacht und Nebel den Mietwagen zurückgebracht?«

»Sonst hatte sie doch gestern kaum etwas zu tun«, sagt er lachend. »Sie hat sich mehr darüber geärgert, dass ich abgehauen bin, als darüber, dass ich ihr um ... sieben Uhr abends einen Auftrag gegeben habe. Schließlich habe ich sie nicht gebeten, nachts um drei nach San Diego und zurück zu fahren.«

»Vermutlich hast du recht.« Ich messe ein paar Kaffeebohnen ab und lasse sie in die Mühle fallen. »Halt dir die Ohren zu.«

Er zieht die Schultern hoch, als könnte der Mahlvorgang tatsächlich sein Gehör schädigen. Das scharfe Knacken und das metallische Surren durchschneiden die Stille, dann gebe ich das Kaffeemehl in den Filter und blicke Alec über die Schulter an.

»Yael«, sage ich zögernd. »Wie ist sie eigentlich so?«

Alec brummt etwas, nimmt einen Stift aus einem Becher auf dem Tresen und fängt an, etwas auf die Rückseite einer Werbebroschüre zu kritzeln.

»Sie ist unglaublich«, antwortet er nachdenklich. »Ziemlich reserviert, schüchtern. Aber obwohl es eine Weile dauert, bis man sie richtig kennengelernt hat, ist sie absolut loyal. Allerdings macht sie keine Verrenkungen, um jemandem zu gefallen, den sie nicht kennt.«

Was vermutlich die schweigsame Fahrt im Aufzug neulich erklärt.

»Wie lange arbeitet sie schon für dich?«

»Ungefähr fünf Jahre«, sagt er, und als ich ihn ansehe, erklärt er: »Sie ist nach Korea gezogen, nachdem ich den Militärdienst abgeleistet hatte. Aber ich kenne sie schon, seit sie etwa vierzehn ist.«

»Wow.«

Er nickt. »Ihre Mutter war Haushälterin bei meinen Eltern. Sie war oft bei uns.«

»Dann ist sie ungefähr so alt wie Sunny und ich?«

»Ja, ungefähr.« Er zögert, scheint die nächsten Worte mit Bedacht zu wählen. »Yael hat eine Zeit lang gemodelt, als sie und Sunny achtzehn und neunzehn waren, aber es hat ihr nicht gefallen. Sie ist gut organisiert und ein bisschen herrisch, dabei aber schüchtern, wie gesagt.« Er zeichnet eine Reihe konzentrischer Kreise auf den Rand einer Postwurfsendung von Trader Joe's und fährt fort: »Ich glaube, sie passt besser hinter die Kulissen als vor die Kamera.«

»Weiß sie, dass ich dich von früher kenne?«

Er nickt.

Die nächste Frage bringe ich nur mit Mühe über die Lippen, aber es muss einfach sein.

»Habt ihr beiden je ...?«

Alec sieht mir in die Augen, und als er begreift, was ich meine, lacht er amüsiert auf.

»Nein. Darum ging es zwischen uns beiden nie.« Lächelnd fügt er hinzu: »Yael ist lesbisch.«

Der Kessel pfeift, und ich gehe hin, gieße sorgfältig das Wasser auf den gemahlenen Kaffee und sehe zu, wie er in die Kanne sickert. Die Stille fühlt sich geladen an. Es ist, als würde er Worte hinunterschlucken, die er eigentlich aussprechen will.

»Das sieht toll aus«, sagt er.

»Ist es auch. Sei beeindruckt und dankbar.«

Alec lacht. »Oh, das bin ich.« Als ich ihm einen dampfenden Becher reiche, nimmt er ihn entgegen, stellt ihn aber gleich auf der Theke ab. Dann greift er nach mir und zieht mich zwischen seine Oberschenkel. »Danke, Georgia Ross, du beeindruckende Barista.«

»Gern geschehen.« Ich küsse ihn und kämpfe den Drang nieder, mich an ihn zu schmiegen. »Wie magst du ihn am liebsten?«

Alecs Hand verschwindet unter meinem T-Shirt. »Wie auch immer du willst.«

Ich schnippe ihm leicht gegen die Stirn. »Ich meine den Kaffee.«

»Milch und Zucker. Je mehr es nach Eiscreme schmeckt, desto besser.«

Stöhnend drehe ich mich zum Kühlschrank. »Dieser Kaffee ist an dich verschwendet.«

»Gar nicht«, protestiert er, nimmt lachend die Milch, die ich ihm reiche, und gießt eine großzügige Menge in seinen Becher. »Ich verspreche dir, ihn zu genießen.«

»Wenn der Wagen nicht mehr hier ist, wie kommst du dann zum Hotel?«

Alec hebt den Arm. »Ich werde in ungefähr zehn Minuten abgeholt.«

»Von Yael?«

Er nickt.

»Und dann hast du den ganzen Tag zu tun?«

Erneutes Nicken. »Du solltest zu der Autogrammstunde mit der Crew kommen.«

»Ich sehe mir die Sendung ja nie an«, sage ich, füge aber schnell hinzu: »*Noch* nicht! Ich verspreche dir, dass ich bald damit anfange. Aber ich möchte keinem Fan die Eintrittskarte wegnehmen.«

Aus irgendeinem Grund bringt ihn das zum Lachen. »Du brauchst keine Eintrittskarte, Gigi. Ich meinte nicht, dass du mit den anderen um ein Autogramm anstehen sollst. Du wärst mein Gast. Bring Eden mit.«

Ich halte ihm den Mund zu. »Pass auf, was du sagst. Gestern Abend hat sie sich überraschenderweise sehr zurückgehalten. Wenn du sie heute einlädst, kommt sie womöglich in einem T-Shirt mit deinem Porträt darauf. Oder, schlimmer noch, in einem T-Shirt mit deinem Oberkörper darauf.«

»Das ist mir egal«, versichert er, »solange ihr klar ist, dass die Grübchen bereits vergeben sind.«

Ich nehme sein Gesicht in beide Hände und drücke ihm einen Kuss auf jede Wange.

»Gigis Unterlippe ist einverstanden.«

11

Ungefähr eine Stunde nach Alecs Abreise bekomme ich eine Nachricht von einer unbekannten Nummer. Die Kürze des Textes verrät mir, dass sie von Yael kommt:

> Treffen am Seiteneingang des Ace Hotel von der Blackstone aus, Punkt eins. Nach Ankunft bitte Text an diese Nummer.

Mit diesen Infos komme ich in Edens Zimmer getänzelt. Sie liegt auf dem Rücken im Bett und balanciert ihren Laptop auf den Knien. Aus den Boxen dringt Alex' Stimme, die irgendwie blechern und schockierend unwirklich klingt.

»Was siehst du dir an?«

»*The West Midlands.*« Sie mustert mich kurz und grinst. »Dein Typ wird gleich in einen Autounfall verwickelt.«

Ich lege mich neben sie. »Und? Wird mich das traumatisieren?«

»Nö, der Zusammenstoß nicht, aber die Küsserei.«

»Ach.« Ich winke ab. »Ich habe mir auf der Heimfahrt in dem Lyft bereits die ganzen GIF-Dateien angeschaut.«

»Wusste ich's doch, du kleines Miststück.«

»Okay, bring mich auf den aktuellen Stand«, sage ich beschwichtigend.

»Du willst es dir *jetzt* ansehen?«

»Na ja, wir gehen heute schließlich als Alecs Gäste zu einer Autogrammstunde.« Ich grinse sie an. »Da sollte ich wenigstens ein bisschen was über den Rest der Serie wissen.«

Sie starrt mich an, ohne zu blinzeln. »Was?«

»Das Event findet im Ace Hotel statt. Oh«, sage ich, weil es mir gerade erst einfällt, »du musst dich bei der Arbeit krankmelden. Alecs Roboterassistentin hat befohlen, dass wir uns am Nebeneingang einfinden sollen.« Ich deute auf meine Brust. »Hab neuerdings Connections in Hollywood, weißt du?«

Eden stößt einen ohrenbetäubenden Schrei aus und stürzt sich auf mich. Irgendwo knallt ihr Laptop an eine Wand.

»Werde ich sie alle kennenlernen?«, ruft sie aufgeregt.

»Ich nehme es an.«

Erneut schreit sie auf, und ich schlinge die Arme um ihren drahtigen Körper.

Ausnahmsweise ist sie mal zufrieden mit mir, denn im Allgemeinen bin ich, zumindest in ihren Augen, ein hoffnungsloser Fall. Allerdings muss sie mir eine komplette Zusammenfassung der Serie geben, denn ich kann nur auf Gesichter deuten und sagen: »Der kommt mir bekannt vor«, oder: »Oh, der war doch in dem Film, in dem kurz ein Schwanz aufgeblitzt ist, oder?«

Am Ende dieses kurzen Überblicks kann ich jedoch drei Dinge mit absoluter Sicherheit sagen:

Diese Serie scheint dramatisch und süchtig machend zu sein.

Ich kann absolut verstehen, warum die ganze Welt gern glauben möchte, dass er mit Elodie Fabrón, seiner Filmpartnerin, schläft. Zwischen den beiden scheinen wirklich die Funken zu sprühen.

Damit zusammenhängend muss ich unbedingt dafür sorgen, dass Alec Kim heute Abend in meinem Bett landet.

Wir brechen früh auf. Um kurz nach zwölf parken wir weiter unten an der Straße und treiben uns vor dem Seiteneingang herum. Es ist tierisch heiß, und bald drängt mich Eden, Yael eine Textnachricht zu schicken. Ich kenne Yael nicht, dennoch weiß ich, dass sie fähig wäre, Eden anzuschnauzen, dass sie die Klappe halten soll. Wir werden ihr also um exakt dreizehn Uhr schreiben und nicht eine Sekunde früher.

Immerhin können wir von unserem Platz aus die Schlange beobachten, die sich fast komplett um den Häuserblock herumzieht. Ich weiß, dass viele der Fans hier anstehen, um den berühmten *Doctor-Who*-Darsteller zu sehen, der in *The West Midlands* den Mädchenschwarm spielt, oder die Sexbombe aus der DC-Superhelden-Serie. Aber viele, wahrscheinlich sogar *sehr* viele, sind vor allem gekommen, um Alec zu sehen.

Ich muss ohnehin noch ein paar Fragen mit dem Redakteur klären, bevor mein Artikel in den Druck geht, und ich muss mit Ian über das sprechen, was er in London ausgegraben hat, darum bin ich dankbar für die kleine Auszeit vor dem Event. Trotzdem ist es eine surreale Erfahrung, meinen Job inmitten von Hunderten, ja Tausenden Menschen zu erledigen, die sich vermutlich alle einen Tag freigenommen haben, um ein paar berühmten Leuten persönlich zu begegnen. Sobald ich die letzte E-Mail abgeschickt habe, verstummen Eden und ich vor Erstaunen über das Ausmaß der Veranstaltung und lauschen den atemlosen Gesprächsfetzen um uns herum.

Ich liebe die Fangirl-Seite meiner besten Freundin, und ich liebe es, wie rückhaltlos und unbefangen Eden die Dinge liebt, die sie nun mal liebt. Aber ich selbst habe diese Begeisterung nie geteilt, nicht einmal in Momenten, in denen sie aussah, als hätte sie einen Riesenspaß. Wenn man von meiner Arbeit einmal absieht, bin ich nicht in der Lage, mich kopfüber in etwas hineinzustürzen und stundenlang an nichts anderes zu denken.

Aber als ich die Leute hier beobachte, wenn ich die Gespräche derjenigen belausche, die in der Schlange warten, die sich an der Blackstone entlang und wieder an uns vorbei zieht, wird mir klar, dass diese Fans hier wahrscheinlich mehr über Alecs Leben wissen als ich. Einige Frauen in unserer Nähe reden über die Kulis in seiner Lieblingsfarbe (Rot), die sie mitgebracht haben, und fragen sich, ob er ihre Shirts signieren wird. (Offenbar ist Alec das einzige Mitglied der Filmcrew, das keine Gegenstände am Körper eines Fans signiert.) Sie reden über sein Lächeln und darüber, dass er immer ein paar Minuten braucht, bis er sich wohlzufühlen scheint. Sie wissen, dass es in der Schlange zu ihm immer am längsten dauert, weil er mit jedem einzelnen Fan kurz spricht. Sie diskutieren, ob er auf der Comic-Con anwesend sein wird, und zitieren Insidersprüche, die vermutlich Dialoge aus einer seiner Sendungen sind.

Sobald sie ihre Handys herausholen und ihre Lieblingsfotos und -grafiken öffnen, blende ich die Leute aus. Auf mehr als der Hälfte davon ist Alec mit nacktem Oberkörper zu sehen, davon bin ich überzeugt. In meinem Kopf ziehen seltsame dunkle Schatten auf, als ich mir vorstelle, dass sie seinen nackten Körper betrachten.

»Ist das komisch für dich?«, fragt Eden leise, als hätte sie meine Gedanken gelesen.

Ihr gutes Timing bringt mich zum Lachen. »Ja, sehr.«

»Fangirls können echt heftig sein.«

»Dagegen habe ich nichts«, sage ich und meine es auch so. »Ich sehe es gern, wenn du dich für etwas begeisterst. Ich komme mir nur fehl am Platz vor. Mir ist bewusst, dass diese Frauen wahrscheinlich mehr über ihn wissen als ich.«

Ich spüre, dass sie mich ansieht und mir insgeheim zustimmt, und meine Laune driftet noch weiter in Richtung Unbehagen ab. Nach wie vor möchte ich Alec in seinem Element sehen, aber ein Teil von mir befürchtet, dass ich in dieser Menge untergehen werde, dass er mich vielleicht sogar übersieht – obwohl ich weiß, dass das absolut untypisch für ihn wäre. Trotzdem ist da diese Angst, dass er mich in dieser Umgebung sieht und plötzlich bemerkt, dass ich nichts Besonderes bin.

Dieses Gefühl hatte ich noch nie. Keine Sekunde lang habe ich mir um so etwas Sorgen gemacht, dazu kommt es erst jetzt, als ich von Hunderten seiner Fans umgeben bin. Warum vermischen wir unsere Leben auf diese Art?

Aber für einen Rückzieher ist es jetzt zu spät: Eden vibriert förmlich neben mir. Es würde mir nicht im Traum einfallen, sie hier wegzuzerren.

Da musst du jetzt durch, denke ich.

Um eins schreibe ich endlich an Yael: Wir sind da.

Sie antwortet nicht, aber ein paar Minuten später öffnet sich eine Tür, und sie streckt den Kopf heraus. Für eine Sekunde sieht sie mir prüfend in die Augen, bevor sie uns hereinwinkt.

Hinter mir höre ich ein paar Frauen murren, und noch weiter hinten erheben sich Rufe – »Nimm uns mit!« –, dann schließt uns die schwere Stahltür in einen langen, kahlen Flur ein.

Yael mit ihren meterlangen Beinen führt uns rasch hindurch und bleibt vor einer unbeschrifteten Tür stehen.

»Wartet einfach hier, okay?«, sagt sie kurz angebunden. »Alexander kommt und begrüßt euch, sobald er kann.«

Vermutlich ist das der Code, der ausdrücken soll: *Belästigt das große Talent nicht,* aber darüber muss sie sich ohnehin keine Sorgen machen. Kaum haben wir den Aufenthaltsraum der Crew betreten, bereue ich, hergekommen zu sein. Ungefähr vierzig Leute laufen durch die Gegend oder unterhalten sich, und alle sehen aus, als hätten sie von Geburt an professionelle Pflege genossen.

Eden trägt allen Ernstes ein T-Shirt mit der Aufschrift *My Lucky Year* und Alecs Gesicht darauf, während ich mich für schwarze Jeans und ein schwarzes Tanktop entschieden habe. Mein Haar ist hochgesteckt, und ich bin minimal geschminkt, weil ich dachte, dass mich sowieso niemand anschauen würde.

Gründlicher hätte ich mich nicht irren können. Als wir hereinkommen, blicken alle auf und starren schweigend und mit offenem Mund die beiden Frauen an, die eindeutig *nur Fans* sind. Die Gespräche geraten auf unangenehme Art ins Stocken, bis die Crewmitglieder zu dem Schluss kommen, dass wir uninteressant sind, woraufhin sie uns sofort vergessen. Irgendwie führt das dazu, dass ich noch befangener bin als vorher. Jede Bewegung könnte die Aufmerksamkeit der anderen erneut auf uns lenken.

Ich erkenne ein paar Gesichter aus Film und Fernsehen, einschließlich Alecs Bildschirmfreundin Elodie Fabrón. Dann endlich entdecke ich Alec auf der anderen Seite des Raums. Er ist mit jemandem ins Gespräch vertieft, den ich nicht kenne. Tatsächlich ist er so sehr in Anspruch genommen, dass er und der andere Mann wohl die Einzigen sind, die bei unserem Erscheinen nicht aufgeschaut haben.

Eden und ich drücken uns an der Wand entlang und suchen nach einem Platz, an dem wir niemandem im Weg sind. Meine beste Freundin befindet sich definitiv im Fangirl-Himmel – sie sieht aus, als hätte ihr Leben in diesem Augenblick erst begonnen –, aber mir ist so unbehaglich zumute, als stünde ich splitterfasernackt mitten in einer fremden Stadt. Mir ist bewusst, dass jeder in diesem Raum etwas mit der Show zu tun hat – jeder außer uns.

Wir lungern in einer Ecke bei einem Tisch mit Snacks

herum, aber dann möchte sich jemand etwas nehmen, also verziehen wir uns auf die andere Seite. Dort haben die Schauspieler allerdings ihre persönlichen Sachen abgelegt, und wir werden gebeten, uns einen anderen Platz zu suchen. Alec unterhält sich immer noch mit dem Mann – vielleicht ein Regisseur – und hat uns noch nicht einmal wahrgenommen.

Warum sind wir hier?, würde ich ihm am liebsten von dem Batphone aus schreiben, das mir bislang wie ein lustiges Gadget für Geheimagenten vorkam, nun aber ein leicht schäbiges Gefühl gibt. Ich würde mir viel lieber später in der Abgeschiedenheit seines Zimmers oder meiner Wohnung von ihm erzählen lassen, wie das Event gelaufen ist. Aber wenn ich an Edens Alec-Shirt ziehe und versuche, sie zur Tür zu bugsieren, wird sie in Flammen aufgehen und mich bei lebendigem Leib verbrennen, das weiß ich.

Plötzlich kommt es an der Tür zu einem Aufruhr. Eine Frau steigt auf einem Stuhl und klatscht in die Hände.

»Hallo, alle zusammen!«, ruft sie. »Bitte schenkt mir für einen Moment eure Aufmerksamkeit.«

Langsam kehrt eine dumpfe Stille ein.

»Der Einlass hat bereits begonnen«, fährt sie fort. »In ungefähr zehn Minuten gehen wir raus, und zwar in dieser Reihenfolge: Dan, Alexander, Elodie, Ben, Gal, Becca und Dev. Das Format ist eine moderierte Frage-und-Antwort-Runde, und euer Gastgeber ist …«, sie deutet lächelnd zur Seite, »… dieser Typ hier.«

Ich kann *diesen Typen hier* nicht sehen, aber alle brechen in lauten Beifall aus, und Pfiffe ertönen, darum nehme ich an, dass es jemand Bekanntes ist. Erst als sich Eden zu mir beugt und flüstert: »Trevor Noah«, wird mir klar, wie viel Prominenz sich tatsächlich mit uns in diesem Raum befindet.

Als die Frau mit ihrem Gelaber fertig ist, steigt sie von dem

Stuhl, und alle nehmen ihre Gespräche wieder auf, aber die Energie im Raum hat sich verändert. Vom Flur her höre ich leise Geräusche: Applaus, Schreie, den vibrierenden Missklang vieler Menschen auf engem Raum. Ich sehe mich um, und als mein Blick zu der Ecke huscht, in der Alec steht, begegnet sein suchender Blick dem meinen.

Sein Mund formt ein überraschtes »*Da bist du ja*«, und gleich darauf verabschiedet er sich von seinem Gesprächspartner und schiebt sich durch den Raum auf uns zu. Er trägt ein schmal geschnittenes schwarzes Button-down-Hemd und dunkle Jeans, aber das beste Accessoire von allen ist sein Lächeln, so breit, dass sich Fältchen um seine Augen bilden. Mir rutscht das Herz in die Kniekehle.

Ein paar Leute nehmen erneut von uns Notiz. Ihre Blicke lassen meine Haut prickeln, und ich widerstehe dem Drang, mich hinter Eden zu verstecken.

Alec kommt zu uns, schüttelt uns die Hände – auch das ist sehr seltsam – und lächelt uns warmherzig an.

»Ihr habt es also geschafft!«

Eden antwortet irgendetwas Schrilles, Unverständliches, und Alec zieht sie mit sich, um sie ein paar Leuten in der Nähe vorzustellen. Großartig, jetzt bin ich hier allein!

Doch eine Minute später ist sie bereits begeistert in ein Gespräch mit einer sehr berühmten amerikanischen Schauspielerin vertieft, und Alec kommt zu mir zurück. Sein Lächeln hat sich verändert. Es fühlt sich jetzt an, als wäre es ein Geschenk nur für mich.

Ich ignoriere die Blicke, die ihm folgen, denn ich möchte nichts anderes wahrnehmen als seinen Gesichtsausdruck und das Geheimnis zwischen uns. Einen halben Meter vor mir bleibt er mit dem Rücken zum Raum stehen und gönnt sich den Luxus, meinen Körper lange von Kopf bis Fuß zu taxieren.

»Hey.«

Ich setze ein höfliches Lächeln auf, das meine Augen nicht erreicht. »Hi.«

»Warum hast du mir nicht geschrieben, dass du hier bist?«

»Du bist im ... äh ...« Ich verhaspele mich. »Du bist im Promimodus.«

Er saugt die Unterlippe ein und betrachtet mich aus schmalen Augen. »Du findest es schrecklich, stimmt's?«

»Geht so.«

Alec lacht. »Ich wollte dich hier haben, aber du fühlst dich offensichtlich unwohl. Das war egoistisch von mir.«

Ich spähe in den Raum hinter ihm. »Mir geht's gut, ehrlich. Ich finde nur ...« Erneut sehe ich ihn an und muss lachen. »Wahrscheinlich haben wir nicht mehr als eine Minute, bevor du da rausmusst.«

»Mir reicht es, zu wissen, dass du hier bist«, sagt er. »Ergibt das einen Sinn?«

Ich nicke. Ja, das tut es. *Alles* an ihm ergibt Sinn.

Er sieht aus, als wollte er mich küssen. Seine Wangen sind gerötet, und seine Augen strahlen. Aus dem Augenwinkel sehe ich, wie die Frau, die gerade auf dem Stuhl gestanden hat, Trevor Noah aus dem Aufenthaltsraum führt, und wenige Sekunden später wird es laut. Ich höre Leute schreien, *Frauen*. Es klingt wie ein Schwarm Bienen, ein wütender Schwarm.

Ich glaube, ich bin noch nicht bereit, der Realität seiner Berühmtheit wirklich ins Auge zu sehen. Außer auf dem Flughafen in L. A. waren wir bis jetzt immer allein miteinander. Er als Mann, ich als Frau. Zu zweit sind wir in etwas hineingestolpert, von dem wir beide noch nicht wissen, wie wir es nennen sollen. Ich bin nicht der Typ, der sich so etwas wünscht. Mit einem Promi zusammen zu sein, ist nicht meine geheime Sehnsucht. Ich will das Hotel in Seattle und das in L. A. Ich will unseren Tag am Strand; ich will gestern Abend, die Blödeleien mit Eden. Ich will später mit ihm im Bett liegen und noch einmal von ihm hören, dass er sich ein neues Wort für meine Miene ausdenken muss, wenn er mich berührt. Ich möchte noch einmal von ihm hören, dass er verrückt nach mir ist.

Alec umfasst mein Kinn mit Daumen und Zeigefinger und dreht mich zu sich, sodass ich ihm in die Augen sehen muss.

»Nicht«, sagt er bittend.

»Wie denn?« Lachend schüttle ich den Kopf. »Ich wusste es, aber trotzdem war es mir nicht *klar*.«

»Sieh mir ins Gesicht.« Er blickt mich an, und sein Blick ist derart durchdringend, dass der Lärm der Schreie in meinen Ohren allmählich verebbt. Am Rand meines Gesichtsfelds wird alles milchig weiß. »Ich muss dich etwas Wichtiges fragen.«

Angesichts seiner ernsthaften Aufrichtigkeit muss ich mir ein Lächeln verkneifen. »Okay.«

»Du musst mir nicht sofort antworten, aber ich bekomme heute wahrscheinlich keine weitere Gelegenheit mehr, dich zu fragen.«

»In Ordnung.«

Er beugt sich zu mir herab, und seine Lippen sind so nah an meinem Ohr, dass ich sie beinahe fühlen kann.

»Ich finde, du solltest während meines restlichen Aufenthalts zu mir in die Suite ziehen«, wispert er.

In meinem Ohr knackt es, als mein Gehirn das Gleichgewicht wiederherstellt. Mit geweiteten Augen richtet Alec sich wieder auf und versucht, meine Reaktion abzuschätzen, ehe er sich erneut zu mir beugt.

»Du kannst dort arbeiten«, fährt er fort, »und wir müssen uns keine Gedanken um die Presse oder den Hin- und Rückweg machen. Auf diese Art holen wir das meiste aus der Zeit heraus, die uns noch bleibt.«

»Damit es noch schwerer wird, wenn du schließlich gehst?« Die Worte kommen aus meinem Mund, ehe ich es verhindern kann.

Stirnrunzelnd sieht er mir in die Augen, dann senkt er den Blick auf meinen Mund. Dabei leckt er sich über die Lippen, als überlegte er, wie es wohl wäre, mich zu küssen. Instinktiv imitiere ich die Geste.

»Genau das ist der Grund, warum du mir nicht sofort antworten sollst«, sagt er schließlich. »Schick mir einfach eine Textnachricht. Wenn die Antwort Ja lautet, gebe ich dir einen Schlüssel.«

Die Schauspieler werden hinausgeführt, und wir anderen folgen als großer, chaotischer Haufen. Eden und ich haben keine Anweisungen bekommen, wo wir uns hinstellen oder was wir tun sollen. Doch sobald wir in den Veranstaltungsraum hinausgehen, vergesse ich ohnehin, mir um so etwas Gedanken zu machen, denn nun kann ich mich nur noch auf die Wand aus Schall, auf das Meer von Menschen konzentrieren.

Der Saal ist riesig und verfügt über viele Sitzreihen. Offenbar ist kein Feuerwehrmann in Sicht, denn auch an den Seitenwänden und hinten halten sich überall Leute auf.

Vorne steht ein langer Tisch mit Stühlen für jeden geladenen Gast; auf dem weißen Tischtuch sind Namensschilder aufgestellt. Als die Gruppe einmarschiert und das Team von *The West Midlands* auf seine Plätze zusteuert, beginnt der Saal förmlich zu beben. Es dauert mehr als eine Minute, bis jeder seinen Platz gefunden hat und Trevor die Schauspieler vorstellen kann. Darauf folgt eine kurze Frage-und-Antwort-Runde, bevor die Autogrammstunde beginnt.

Die meisten Fragen sagen mir nicht viel. Sie beziehen sich auf frühere Staffeln oder auf Hinweise, was als Nächstes in der Serie passiert. Ein oder zwei Fragen sind ziemlich persönlich, obwohl die Fans gebeten wurden, auf solche Äußerungen zu verzichten.

Ist Ben mit dieser Sängerin zusammen? Er ruft dem Publikum ins Gedächtnis, dass er verheiratet ist.

Sind Alexander und Elodie auch im wahren Leben ein Paar? Beide antworten ausweichend, aber ich verstehe, warum sie das tun: Die Gerüchte halten die Zuschauer bei der Stange.

Ich konzentriere mich weniger auf seine Antworten als auf die Tatsache, dass Alec vor einer derart großen Menschenmenge völlig locker bleibt. An seiner Stelle wäre ich ein hektisches, stammelndes Desaster. Selbst wenn er eine unfassbar intime Frage beantwortet, scheint er den Rücken zu straffen und völlig ruhig und gelassen zu bleiben. Seine tiefe, leise Stimme bekommt dann einen funkelnden, flirtenden Unterton.

Er will, dass ich zu ihm in sein Hotelzimmer ziehe. Wäre das verrückt? Ich giere längst nach jeder Sekunde, die ich mit ihm verbringen kann, aber wenn ich ihn jetzt anschaue, scheine ich mich in ein hungriges Monster zu verwandeln, das sich überlegt, wie es sich unter den Tisch schleichen und seinen Stuhl hinter den BBC-Netflix-Vorhang zerren kann, um ihn überall zu berühren.

Gerade als ich das denke, erklingt neben mir eine Stimme: »Diese Reise ist ein Novum für ihn.«

Ich blicke zur Seite und stelle überrascht fest, dass Yael einen knappen halben Meter neben mir steht.

»Wie bitte?«

»Alexander.« Sie deutet mit dem Kinn auf den Mann, der in diesem Moment die erste Gruppe von Fans am Signiertisch begrüßt. »Diese Reise verläuft anders als die anderen. Er verbringt Zeit mit dir.« Sie mustert mich mit hochgezogenen Brauen, als wüsste ich nicht, was sie meint. »Normalerweise hat er keine Zeit für Beziehungen.«

Es verschlägt mir nur selten die Sprache, aber in diesem Moment weiß ich nicht, was ich sagen soll.

»Er ist sicher sehr beschäftigt.«

»Das stimmt.« Sie zögert, dann kommt sie endlich zur Sache: »Ich möchte nicht, dass du dir falsche Hoffnungen machst, Georgia.«

Noch immer um Worte verlegen, nicke ich nur kurz, damit sie weiß, dass ich sie gehört habe.

Hoffnungen? Ich habe keine Ahnung, was das soll. Schließlich hat er mich gerade eingeladen, für den Rest seines Aufenthalts bei ihm im Hotel zu wohnen. Vielleicht sollte sie erst mal mit ihm reden statt mit mir.

Als Yael weggeht, stehe ich da und sehe Alec an, der sich vorbeugt, um zu verstehen, was ein Fangirl im Teenageralter zu ihm sagt. Er begibt sich auf Augenhöhe zu ihr. Ich weiß genau, wie sie sich unter dem warmen Blick seiner braunen Augen fühlt: Dieses Mädchen kommt sich gerade vor, als wäre sie der einzige Mensch im ganzen Saal. Für mich hingegen ist es, als hätte dieser Saal gerade angefangen, sich um mich herum zu drehen. Alec hat mich hierher eingeladen. Mich gebeten, mit ihm in seiner Suite zu wohnen, und nun kommt seine Assistentin und sagt mir, ich soll ihn in Ruhe lassen. Natürlich will ich in seiner Nähe sein, aber gleichzeitig will ich ihm auf keinen Fall schaden.

»Soll ich so tun, als hätte ich das nicht gehört?«, fragt mich Eden von der anderen Seite.

»Nein.«

Sie atmet hörbar durch die Zähne ein. »Autsch.«

»Ich glaube, mein Verhalten deutet nicht darauf hin, dass ich mir einbilde, die Sache zwischen uns könnte weitergehen.«

»Und ich glaube, sie wollte dir mitteilen, dass Alexander Kim will, dass die Sache zwischen euch weitergeht«, versetzt Eden. »Und das passt ihr absolut nicht.«

Während ich ihre Worte verarbeite, sehe ich, wie Alec ein selbstgemachtes Geschenk von einem Fan entgegennimmt. Ein Mitarbeiter macht Anstalten, es in einen Karton zu legen, aber Alec schüttelt den Kopf: Es soll bei ihm auf dem Tisch bleiben.

»Er hat mich gebeten, zu ihm ins Hotel zu ziehen.«

»Im Ernst?«

Ich nicke.

»Und wirst du das tun?«

»Ich möchte ja gern, aber ich glaube, genauso gut könnte ich mir neun Tage lang einen heißen Spieß ins Herz rammen.«

»Himmel, bist du dramatisch!«

Ich sehe sie an. »Würdest *du* es tun?«

»Du kennst die Antwort. Aber ich würde wahrscheinlich auch einen Job als Alexander Kims Stiefelputzerin annehmen, wenn er mir angeboten würde.«

Ich kaue auf meiner Unterlippe und betrachte seinen langen, schlanken Hals, als er sich über den Tisch beugt und einem Mädchen im Rollstuhl die Hand gibt. Ich kann mir mühelos vorstellen, wie er sie freundlich und aufmerksam ansieht. Ich sehe vor mir, wie sich seine Grübchen vertiefen, als er sie anlächelt und ihr für ihr Kommen dankt.

Aber genauso leicht kann ich mir das Geräusch vorstellen, das er später machen wird, wenn er die Schuhe abstreift. Wenn er erschöpft und zufrieden in seiner Suite auf das Sofa fällt. Ich kann mir vorstellen, wie er mich auf seinen Schoß zieht und an meinem Nacken leise und freudig knurrt.

Vielleicht bestellen wir uns das Abendessen aufs Zimmer. Er wird mir einen Bissen von seinem Gericht anbieten und zufrieden nicken, wenn er sieht, dass es mir schmeckt. Er wird mich fragen, was ich im Fernsehen anschauen möchte. Trotzdem würde er mich mit Mund und Händen ablenken, bis wir aufgeben und uns stattdessen lieben.

Bei diesem Ausdruck schaltet mein Gehirn ab. *Lieben.*

Natürlich ist es nicht das, was wir tun. Aber selbst wenn es so wäre … würde ich es wollen. Ja, ich will es, selbst wenn es nur für ein paar Tage ist.

Okay, tippe ich in das Batphone und versuche zu ignorieren, wie sich mein Magen verkrampft, während ich mir vorstelle, wie Yael auf den Rest der Nachricht reagieren wird. Ich ziehe zu dir in die Suite.

12

Ich wusste, dass die Nachricht heute kommen würde, aber als Billy mir um halb vier nachmittags per Textnachricht mitteilt, dass meine Story bereits vor der morgendlichen Druckausgabe online gestellt werden wird, befällt mich eine zittrige Übelkeit, wie ich sie bisher nur selten empfunden habe. Ich sitze in einem Uber, das zum Waldorf Astoria in Beverly Hills fährt. In meiner Tasche brennt der Schlüssel zu Raum 1001 wie ein angezündetes Streichholz, und in einer halben Stunde wird meine erste große Story in der *L. A. Times* online gehen.

Alec wird wahrscheinlich noch mindestens zwei Stunden lang Autogramme geben. Ich konnte den Einzelheiten nicht ganz folgen – blaue, grüne und rote Armbänder, VIP-Fanpakete –, aber als sie eine Pause einlegten, um die Armbandgruppen zu wechseln, kam er zu mir, drückte mir einen Schlüssel in die Hand und bat mich, ins Hotel zu fahren, wann immer ich wollte; er würde später nachkommen. Ein paar Sekunden lang zog ich in Erwägung, ihm zu sagen, dass Yael nicht begeistert sein würde – dass sie mich in Yael-Sprache aufgefordert hatte, mich verdammt noch mal zu verziehen, wobei sie unter »verziehen« exakt das Gegenteil von »zusammenziehen« verstand –, aber er kennt sie seit fast fünfzehn Jahren und weiß zweifellos genau, woran er bei ihr ist.

Auf dem Weg durch die glitzernde Hotellobby rechne ich sekündlich damit, aufgehalten und gefragt zu werden, ob ich Hilfe oder eine Wegbeschreibung brauche. Ich bin in Santa Monica aufgewachsen und mit den Kindern von Prominenten zur Schule gegangen. In den schickeren Gegenden L. A.s komme ich mir deshalb zwar nicht fehl am Platz vor, dennoch bin ich das Kind von Eltern, die mir notfalls zwar helfen, mich aber nicht mehr finanziell unterstützen. Ich sorge selbst für meinen Lebensunterhalt, und das bedeutet, dass ich einen ganzen Monat von dem lebe, was viele Leute in diesem Hotel für einen Wochenendtrip nach Kalifornien ausgeben. Mein Koffer ist wahrscheinlich weniger wert als eine Packung der Strohhalme, die sie in der Bar verwenden, und ich trage nach wie vor die Klamotten, die ich für die Autogrammstunde angezogen habe. Nach einem schwülwarmen, verschwitzten Tag sind die Träger meines schwarzen Tanktops, wie vorhergesehen, weniger stabil als die Träger meines BHs und scheinen mir abwechselnd von der Schulter rutschen zu wollen.

Aber als ich Alecs klimatisierte, ruhige Suite betrete, kommt es mir vor, als verließe ich das L. A., das ich von Kindesbeinen an kenne. Ich meine, zu keinem Zeitpunkt meines Erwachsenenlebens werde ich ein Hotel auf diese Art erleben – es sei denn, ich komme wegen eines Interviews.

Ein vergoldetes Schild an der Tür verkündet, dass es sich um eine Villensuite handelt. Der Flur führt zu einem großen, kreisförmigen Wohnzimmer mit seegrünen Möbeln, goldfarbenen und weißen Dekokissen, mit Lampen und einem Couchtisch, dessen Preis vermutlich meine Monatsmiete übersteigt. Ein Esszimmer ist durch ein offenes, mit Kuriositäten übersätes Bücherregal abgeteilt. Mein Blick steift eine schwarzweiße Art-déco-Vase, eine Pferdestatue aus gebürstetem Messing, Kunstbücher und gerahmte Schwarz-Weiß-Drucke.

Ich lasse eine Hand über den Esstisch wandern, betrachte das asiatisch anmutende Sideboard, die zarten Golddrucke an den Wänden und die luxuriösen weißen Sessel. Es sind sechs, so als wollten wir eine Dinnerparty geben. Die Fenster erstrecken sich über die hintere Wand des Ess- und Wohnzimmers, folgen dem Umriss des Gebäudes und geben einen unwirklichen Blick auf die riesige Terrasse und die Hollywood Hills dahinter frei. Dieses Panorama sehen die Leute vor ihrem geistigen Auge, wenn sie an Los Angeles denken. Nicht die von Autos verstopften, mit Reklametafeln gespickten Abschnitte des Sepulveda Boulevard nördlich des internationalen Flughafens oder das Gewirr von Autobahnen mitten in der Stadt. Nein, sie sehen das hier: einen weiten Himmel, saftig grüne Hügel und von Palmen gesäumte breite Straßen.

Ich hole mein Handy heraus und schreibe Eden eine Textnachricht. Habe gerade einen Pretty-Woman-Moment.

Geht's etwas genauer?, antwortet sie. Haben sie dich aus einer Boutique geworfen, oder nimmst du ein Schaumbad?

Weder noch. Aber diese Suite ist unfassbar.

Das will ich doch hoffen.

Ich lächle über ihre Bewunderung für Alexander Kim und lasse das Handy in meine Handtasche fallen, die im Esszimmer an einer Stuhllehne hängt. Dann erkunde ich den Rest der Suite.

Ich habe diesen Mann in mir gehabt und fast jeden Zentimeter seines Körpers geküsst. Dennoch bricht mir der kalte Schweiß aus, als ich das riesige, sorgfältig gemachte Himmelbett voll dicker weißer Kissen sehe. Dieses Schlafzimmer ist geradezu absurd malerisch, und mir geht der Gedanke nicht aus dem Kopf, dass dies ein Bett für ein Paar in den Flitterwochen ist. Es ist ein Bett, in dem etwas besiegelt wird, und wir werden darin schlafen. Von vier Nächten haben wir bereits zwei miteinander verbracht, und nun ist *das hier* unser Bett.

Ich denke an mein Schlaflager zu Hause, ein im Vergleich winziges Doppelbett. Es war viel zu kurz für ihn, aber das spielte keine Rolle. Ich weiß jetzt, dass Alec sich am liebsten zusammenrollen und die ganze Nacht in Löffelchenstellung mit mir verbringen würde. Noch lieber würde er einfach auf mir schlafen.

Als ich gerade das Badezimmer betrete und die wahrhaft riesige Badewanne mit Blick auf die Hills entdecke, explodiert mein Handy förmlich vor Textnachrichten und E-Mails. Für ein paar Minuten hatte ich vergessen, dass dieser Raum heute nicht die einzige Veränderung in meinem Leben ist.

Der Artikel ist erschienen.

Ich höre das Geräusch des Schlüssels, der sich im Schloss dreht, und dann, wie Alec den Flur entlanggeht.

»Gigi?«, ruft er.

Erleichterung und Aufregung treffen mich mit der Präzision eines Laserstrahls mitten in die Brust. Um mich von den Kommentaren, die online hereinkommen, sowie von den Reaktionen der Community und der Kollegen bei der *L. A. Times* abzulenken, lese ich ein Buch, aber als Alec im Wohnzimmer der Suite auftaucht, lege ich es sofort auf den Couchtisch.

»Du bist da.« Sein Gesicht verzieht sich zu einem erleichterten Lächeln.

Ich beiße mir auf die Lippe und unterdrücke den Drang, vor Glück zu schreien. Obwohl er noch die Klamotten von der Autogrammstunde trägt, sieht er aus, als hätte er sich umgezogen. Alles an ihm ist irgendwie entspannter, er wirkt geradezu erleichtert.

»Hey.«

Er lässt den Blick durch den Raum wandern und entdeckt am Ende des Flurs meine Schuhe. Meinen Koffer, der an der Wand steht, und mein umgedreht auf dem Tisch liegendes Buch.

»Gut«, sagt er leise. »Du hast deine Sachen gleich mitgebracht.«

Was für ein komisches Gefühl das ist. Wir werden zusammenwohnen. Zusammen*leben*, in dieser Suite. Essen und schlafen und duschen und arbeiten. Darüber hinaus können wir uns nicht festlegen, aber wenigstens darauf haben wir uns eingelassen. Begrenztes Zusammenwohnen bei unbegrenzter Verliebtheit.

Er kommt auf mich zu und stützt sich auf der Lehne der Couch ab, als er sich vorbeugt, um mich zu küssen.

»Bin gleich wieder da.« Er verschwindet im Badezimmer, und ich höre Wasser laufen. Alec Kim würde mich nicht mal im Traum mit schmutzigen Händen anfassen.

Doch als er zurückkommt, ziehen wir uns nicht sofort aus. Anstatt hitzig und getrieben ist die Atmosphäre luftig und offen, wir haben genug Raum und Zeit. Er durchquert das Zimmer, geht bis zur Minibar und bückt sich, um zwei Flaschen Wasser herauszuholen.

»Wie war dein Nachmittag?«, erkundigt er sich.

»Mein Artikel ist erschienen.«

Er dreht sich um, macht große Augen. »Moment mal ... *heute*?«

Ich nicke, strahle ihn an.

Alec holt sein Handy aus der Tasche. »Schick mir den Link.«

Ich tue es und sehe ihm dabei zu, wie er die Geschichte überfliegt, zum Anfang zurückscrollt und von vorne beginnt.

»Der ist gut«, lautet sein Urteil.

Stolz wärmt mich wie ein Sonnenstrahl. »Danke.«

Er kommt weiter auf mich zu. »Ich finde, es ist eine richtig gut geschriebene Story zu dem Thema. Informativ, aber nicht voyeuristisch.«

Ich unterdrücke den Impuls, das Kompliment zurückzuweisen, und sage nur: »Freut mich.«

»Wie sind die Reaktionen?«

»Bisher sehr gut. Mein Handy explodiert förmlich vor Nachrichten, und ich war schon ganz kribbelig. Darum habe ich es weggelegt und draußen auf der Terrasse eine Weile gelesen.« *Aber dann bin ich wieder reingegangen, weil ich wusste, dass du bald kommen würdest*, ist das, was ich denke, aber nicht sage.

Alec blickt auf. »Es ist schön, oder?«

»Draußen auf der Terrasse? *Schön?*«, frage ich lachend. »Ja, es ist schön dort.«

Er lässt sich neben mich auf die Couch fallen, dreht den Verschluss seiner Wasserflasche ab und wirft ihn auf den Tisch.

»Auf einer Skala von ›Es war perfekt‹ bis ›Fast hätte ich dich nie wieder angerufen‹: Wie schlimm war die Autogrammstunde heute für dich?«, fragt er.

»Es war überhaupt nicht schlimm«, behaupte ich und zupfe ihm ein Fitzelchen Konfetti vom Kragen.

»Lügnerin.«

»Nein, wirklich nicht«, versichere ich. »Ich bin es gewöhnt, von wichtigen Leuten umgeben zu sein, aber nur in beruflichen Zusammenhängen. Bei deinem Event habe ich mich ein bisschen …« Ich suche nach dem passenden Wort. »Ich habe mich irgendwie unwillkommen gefühlt, weil ich ›nur‹ als Fan dort war. Das war ein bisschen merkwürdig.«

Alec nimmt einen großen Schluck und nickt. »Das verstehe

ich. Es ist das, was mir an dem ganzen Kult am wenigsten gefällt.«

»Dein Promistatus ist jedenfalls *nicht* der Grund, warum ich mit dir zusammen bin.«

Seine dunklen Augen leuchten, als er mich lächelnd anschaut.

»Und warum bist du mit mir zusammen?«, will er wissen.

Ich stupse sein Grübchen an und streiche mit einem Finger über seine Lippen, dann an seinem Hals hinunter.

»Ah ... natürlich.« Sein Lachen vibriert an meiner Fingerkuppe, und er richtet sich auf, um nach dem Buch zu greifen, das auf dem Tisch liegt. »Was liest du da?«

Ich antworte nicht, weil er bereits selbst nachsieht. »Ist es gut?«

»Ich habe erst fünfzehn Seiten gelesen«, sage ich schulterzuckend. »Aber bisher gefällt es mir.«

Während er den Text auf dem Schutzumschlag studiert, fahre ich ihm mit den Fingern durch die Haare an seiner Schläfe.

»Wie war der Rest des Events?«

»Gut. Pressefotos.« Er legt das Buch wieder auf den Tisch und massiert sich die Wangen.

»Zu viel gelächelt?«

Alec lacht, nickt und streckt sich auf dem Sofa aus, sodass er den Kopf in meinen Schoß legen kann. Dann blickt er zu mir auf.

»Ich bin so froh, dass du Ja gesagt hast.«

Ich sehe zu, wie er Luft holt und sich anschließend zehn Sekunden Zeit nimmt, um vollständig auszuatmen.

»Ich auch«, sage ich.

Als mir klar wird, dass er über meine Anwesenheit erleichtert ist, fühle ich mich, als hätte ich Champagner getrunken: Mein ganzer Körper kribbelt.

»Ich glaube, bevor ich dich gesehen habe, war mir gar nicht klar, wie sehr ich dich hier haben wollte.«

»Okay...« Ich beuge mich vor, um ihm einen Kuss auf die Stirn zu geben. »Das freut mich.«

»Kannst du hier arbeiten?«

Ich nicke. »Es ist ruhiger als bei mir zu Hause. Diese Woche wird total irre, darum ist es gut, dass ich hier meinen Job machen kann, während du als Englands Frauenschwarm unterwegs bist.«

»Oh.« Auf einmal ist sein Interesse geweckt. »Was ist los?«

»Billy ist total begeistert. Er hat bereits geahnt, dass die Story einschlagen würde wie eine Bombe. Deshalb hat er unseren Londoner Korrespondenten hinzugezogen, der sich um die Folgeberichte kümmern wird. Das heißt zwar, dass der Artikel unter unser beider Namen erscheinen wird, aber von hier aus könnte ich das Ganze sowieso nicht allein bewerkstelligen. Dieser Typ, Ian, ist normalerweise für die Politikredaktion zuständig, darum ist er super dafür geeignet. Er ist noch mal hingefahren und hat sich die Gästeliste und das Videomaterial angesehen. Dabei hat er herausgefunden, was ich eigentlich schon wusste, nämlich dass nicht dokumentiert ist, wer den Klub an den Abenden, an denen die Chatroom-Videos aufgezeichnet wurden, betreten oder verlassen hat. Und auch nicht in der Nacht, in der du Sunny da rausgeholt hast.«

»Wirklich?«, fragt Alec stirnrunzelnd.

»Sie haben die Unterlagen ›verlegt‹«, sage ich und zeichne Anführungszeichen in die Luft. Mit erhobenem Zeigefinger und stolzem Grinsen fahre ich fort: »Neben dem Klub steht ein Hotel, das *Maxson*. Das Parkhaus, in dem die Klubgäste gern parken, ist nicht mit dem Hotel verbunden. Es handelt sich um ein separates Gebäude, das näher am Eingang des Jupiter liegt. Und die Firma, die dort für die Überwachung zuständig ist, hat nichts mit der Security des Klubs zu tun, die dem Vater eines der Eigentümer gehört, wie du sicherlich weißt. Wie sich herausgestellt hat, bewahrt diese andere Sicherheitsfirma ihre Videoaufnahmen für ein halbes Jahr auf, und niemand hat sich die Mühe gemacht, danach zu fragen.«

Alec richtet sich auf dem Sofa auf und dreht sich zu mir.

»Und was bedeutet das konkret?«, fragt er leise, aber sehr deutlich.

»Es bedeutet, dass wir zwar keine Gästeliste des Jupiter für die Zeit haben, in der die Videos gedreht wurden, Ian aber in der Lage war, Filmmaterial aus dem Parkhaus aufzutreiben, in dem die meisten Klubgäste ihre privaten Fahrzeuge abstellen. Das ist nicht ideal. Wegen der Zeitstempel wäre es besser, wenn wir Videos davon hätten, wie die Gäste den Klub betreten oder verlassen. Aber wenn Josef oder einer der anderen Eigentümer oder ihnen nahestehende Promis in diesem Gebäude geparkt haben, können wir uns Zugang zu den Daten verschaffen. Dann kennen wir die Uhrzeiten, zu denen sie möglicherweise in dem Klub waren.«

»Das ist großartig«, flüstert er.

»Und obwohl die Überwachung des Klubs lückenhaft ist, kooperiert das *Maxson* mit uns, sodass wir die Aufnahmen aus der Hotellobby mit dem Material aus dem Parkhaus abgleichen können«, füge ich freudestrahlend hinzu. »Wenn wir also sehen, dass Josef seinen Wagen dort abgestellt hat, aber nicht im *Maxson* aufgetaucht ist, kann er schwerlich behaupten, er habe die Hotelbar besucht.«

»Wie viele Stunden Filmmaterial müsst ihr durchsehen?«

Ich lache. »*Sehr* viele Stunden.« Erneut fahre ich ihm mit den Fingern durchs Haar, ehe ich weiterrede: »Willkommen in der Welt des Journalismus. Aber es hilft, dass wir ein paar konkrete Daten haben, mit denen wir anfangen können. Ian hat Praktikanten, die sich darum kümmern. Sie schicken uns potenziell aussagekräftige Abschnitte, die wir uns morgen noch einmal ansehen und mit den Namen abgleichen wollen. Ich werde sie von hier aus nur unterstützen, während ich mich in erster Linie auf Josef Anders konzentriere.«

Alec blickt zu mir auf und nickt. Ich muss ihn nicht erst fragen, um zu wissen, wie viel ihm meine Hilfe in dieser Sache bedeutet.

»Dann bist du also für heute Abend mit der Arbeit fertig?«

»Ja, für heute Abend war es das.«

Er beugt sich zu mir und zieht mich rittlings auf seinen Schoß. »Bist du hungrig?«

»Jetzt ja.«

»Ich meine, ob du hungrig auf Essen bist«, sagt er lachend. »Seit dem Kaffee heute Morgen bei dir zu Hause habe ich nur einen halben Muffin gegessen. Im Augenblick könnte ich die Minibar leerfuttern.«

»Zimmerservice?«

»Du kannst Gedanken lesen.« Alec greift an mir vorbei und tastet nach der Speisekarte, die auf dem Couchtisch liegt. Er nimmt sie und hält sie so, dass wir sie zusammen lesen können, aber ich schmiege den Kopf an seinen Hals.

»Such mir einen Salat aus«, bitte ich ihn.

»Du meinst so etwas wie einen Caesar Salad oder einen Teller gegrilltes Gemüse mit Naturreis?«

»Ja, so was in der Art.«

Ich höre ihn leise brummen und spüre die Vibration an meinen Lippen, weil ich seinen Hals mit Küssen übersäe.

»Das klingt wirklich gut. Wenn ich mir eine Pizza Margherita bestelle und dir ein Stück abgebe, bekomme ich dann ein bisschen Gemüse von dir?«

»Ja.«

»Gut, dann haben wir's.« Er schiebt mich auf das Kissen zurück, geht zum Zimmertelefon und bestellt. »Ist es okay, wenn ich kurz dusche?« Als ich nicke, wirft er mir die Fernbedienung zu. »Such schon mal einen Film für uns aus.«

Ein Film. Das Essen auf dem Couchtisch, sitzen wir im Schneidersitz nebeneinander auf dem Boden und lachen über die albernen Sprüche in *Alles Routine*. Während er den Blick auf den Bildschirm gerichtet und den Mund zum Lachen geöffnet hat, nimmt Alec sich Essen von meinem Teller, ohne um Erlaubnis zu fragen. Ich liebe es. Er füllt mein Weinglas auf, und kaum ist er mit dem Essen fertig, küsst er mich zerstreut auf die Schulter, als wäre es verdammt noch mal sein Job, mich auf die Schulter zu küssen, sobald sie sich in Reichweite befindet.

Nach dem ersten Film schalten wir *Spotlight* ein – kaum zu glauben, dass er den Streifen noch nicht gesehen hat – und machen es uns auf der Couch bequem. Alec streckt sich aus und zieht mich auf sich, sodass unsere Oberkörper und Beine aufeinanderliegen und er mir die Arme um die Taille legen kann.

»Du bist das bequemste Bett, das ich mir vorstellen kann«, flüstere ich an seiner Brust.

Er lacht. »Soll das ein Kompliment sein?«

»Ich mag feste Matratzen.«

Er küsst mich zärtlich, fast ein bisschen scheu. Ich lege den Kopf auf seine Brust, höre mit dem einen Ohr den Film, mit dem anderen seinen Herzschlag. Und in dieser Haltung schlafe ich ein.

Ich wache im Bett auf, die Überreste eines Traums noch in meinen Gedanken wie ein Fotonegativ. Ich bin Spence in die

Arme gelaufen, in irgendeinem Café, wo ich gerade Scones aß und Eistee trank –, und er war erstaunt, dass ich mich nicht freute, ihn zu sehen. Er hatte keine Ahnung, wovon ich sprach; Verletztheit, Schock und schließlich Zorn färbten seine Stimme, bis es mir vorkam, als hätte ich mir alles nur ausgedacht. Als hätte ich all den Schmerz, die Isolation und den Verrat nur erfunden.

Der dünne Film von Verletztheit bleibt, und es dauert ein paar verwirrende Sekunden, bis mir klar wird, dass ich mich nicht in meinem Bett befinde, sondern Alec hinter mir liegt, sein Arm schwer auf mir ruht und seine Vorderseite meinen Rücken bedeckt. Er scheint nur einen Slip zu tragen, aber ich habe noch meine Lounge Pants und ein Tanktop an und kann mich nicht daran erinnern, dass er mich ins Bett getragen hat.

Alec atmet langsam und tief, er scheint fest zu schlafen. Ich werfe einen Blick auf die Uhr und stelle erstaunt fest, dass es erst Mitternacht ist. Sehr lange kann ich also noch nicht geschlafen haben. Im Traum wurde ich von meinem Ex offen unter Druck gesetzt, und mein schlafendes Gehirn war darauf vorbereitet, seine Worte stoisch an mir abprallen zu lassen, aber es war nicht real. In Alecs Armen bin ich sicher.

Etwas zerrt heftig in meiner Mitte, so, als wäre ich Papier, das in zwei Hälften gerissen wird. Mitten in der Nacht bin ich immer empfindlich, aber das hier ist besonders intensiv. Ein Abend mit Zimmerservice und Filmen ist schön und gut, aber trotzdem geht es zwischen uns vor allem um Sex. Zumindest muss ich mir das einreden, wenn ich weiterhin den Kopf hoch- und meine Gefühle fest in meinem Inneren verschlossen halten will.

Aber jetzt wohnen wir hier zusammen. Wir bewegen uns in der Suite wie zwei Menschen, die die Gegenwart des jeweils anderen auch aus Gründen genießen, die über das rein Körperliche hinausgehen.

Und nun? Warum lasse ich erneut den Schmerz in mein Leben?

Vorsichtig löse ich mich aus seiner Umarmung und schleiche leise ins Bad.

Ich putze mir die Zähne und spritze mir Wasser ins Gesicht. Dann gehe ich in die Hocke und stütze den Kopf in die Hände. Meine Gedanken kreisen, während ich mein wild pochendes Herz zu beruhigen versuche. Es ist bereits gebrochen. Warum mute ich ihm erneut solche Dinge zu? Schließlich habe ich es gerade erst wieder aus seinen Einzelteilen zusammengesetzt.

Ich denke kaum noch an jenen finalen Tag, an dem ich es in Stücke gerissen habe. Jenen Tag, an dem ich beschloss, Spence mitzuteilen, dass ich dort im Park war, und hinter dem Baum hervorzutreten. Ich hatte ihm eine Textnachricht geschrieben, ihn gefragt, wie sein Tag lief. Und ich hatte zugesehen, wie er mir genau dort auf der Bank antwortete, mir ein Märchen von einem Meeting und einem nervigen Kollegen auftischte. Ganze zehn Sekunden stand ich vor ihm, bis er meine Anwesenheit bemerkte und seine Miene mir verriet, dass er verstanden hatte.

Danach gab es eine Menge zu regeln. Während ich mein Leben von seinem trennte, fühlte ich mich, als trüge ich in einem löchrigen Eimer den Inhalt eines Ozeans den Berg hinauf. Gemeinsame Rechnungen, geteilte Habseligkeiten. Abwechselnd packten wir unsere Sachen zusammen und verständigten uns per Notizzettel darüber, was noch erledigt werden musste.

Nach jenem Tag im Park habe ich seine Stimme nie wieder gehört. Bis heute nicht. Seitdem könnte ich seine Nähe kaum ertragen. Es war sogar schrecklich, seine Sachen zu berühren und beiseitezuschieben, um an meine eigenen heranzukommen. Jeder Kontakt mit einem Teller, einem Kissen oder einer Jeans von ihm hat sich angefühlt wie ein Messerstich, bei dem mir jemand ins Ohr schreit: *Wieso hast du es nicht gewusst?*

Ich habe keine Ahnung, warum ich nichts gemerkt habe. Spencer hat mich nicht nur einmal belogen, er log, sobald er den Mund aufmachte. »Mir geht's gut« war eine Lüge, »Gute Nacht« war eine Lüge, und »Ich liebe dich« war die größte Lüge von allen.

Am tiefsten Punkt meines Liebeskummers habe ich zu Eden gesagt – und ich bin heute noch derselben Meinung –, dass es leichter für mich gewesen wäre, wenn er eines Abends mit einer anderen Frau nach Hause gekommen wäre. Selbst wenn er es nur einmal getan hätte und danach nicht wiedergekommen wäre, wenn er beschlossen hätte, dass ich die schlechtere von zwei Optionen war, hätte er mich damit weniger verletzt als mit dieser Fähigkeit, mir tagein, tagaus ins Gesicht zu lügen.

Aber wir können uns nicht aussuchen, auf welche Weise man uns das Herz bricht, und natürlich wissen wir auch nicht, was womöglich noch schlimmer gewesen wäre. Mit Sicherheit können wir nur sagen, dass wir keine Ahnung haben, was hinter der nächsten Ecke auf uns wartet.

Was habe ich also hier zu suchen? Warum reiße ich mir das Herz aus dem Leib und lege es fein säuberlich auf den Hackklotz? Alec wird mich nicht mit Lügen zerstören – ich spüre es in jeder Faser meines Körpers, dass er mich nicht mit dieser Art von Betrug verletzen wird –, aber genau das ist das Problem. Der zukünftige Kummer ist eine Unbekannte, vor deren Ausmaß ich mich fürchte. Ja, das hier ist neu, aber Schmerz ist und bleibt nun einmal Schmerz.

Warum bin ich nur so dumm?

Einen Sekundenbruchteil nachdem sich ein Schatten vor das Licht geschoben hat, spüre ich einen warmen Körper hinter mir. Er ist in die Hocke gegangen. Seine Beine umschließen meine, und er beugt sich über meinen Rücken, schließt die Arme um mich und nimmt mich zärtlich gefangen.

»Hey.«

Ich schlucke einen heftigen Schluchzer hinunter. »Hey.«

»Alles in Ordnung?«

Es ist dunkel hier drin; tiefe Nacht umgibt uns, nur schemenhafte Umrisse sind zu sehen. Die Zeit für Zurückweisung und Leugnung ist der helle Tag. In diesem Augenblick bin ich dazu nicht in der Lage.

»Ich flippe nur gerade ganz leise aus.«

Er drückt mir die Lippen auf den Hals.

»Warum?«, fragt er an meiner Haut.

»Du weißt, warum.«

Alec schweigt eine Weile. »Ja, ich weiß es.« Er atmet tief durch. »Um ehrlich zu sein, habe ich geglaubt, du wärst gegangen.«

»Ich weiß nicht, ob ich das hier kann«, gestehe ich.

»Warum?«

»Weil es eigentlich nur Sex sein sollte.«

»Gigi ... ich glaube nicht, dass es jemals nur Sex war«, sagt er leise.

Angesichts dieser offensichtlichen Wahrheit überrollt mich eine doppelte Druckwelle aus Erleichterung und Verlegenheit.

»Ich glaube, mir ist heute Abend erst klar geworden, dass wir nicht mal so tun, als ob«, erkläre ich.

»Verstehe.«

»Seit Seattle sind erst vier Tage vergangen«, sage ich nachdenklich. »Gefühle entstehen nicht einfach so.«

Seine Antwort ist Schweigen.

»Vier Tage sind nichts«, fahre ich fort. »Das ergibt überhaupt keinen Sinn. Es ist ... Ich meine, es fühlt sich einfach zu gut an, um wahr zu sein.«

Hinter mir steht er auf und legt mir die Hände auf die Schultern. »Komm wieder ins Bett.«

Er hilft mir beim Aufstehen, und im Dunkeln tasten wir uns ins Schlafzimmer zurück. Ich schiebe mich zwischen die Laken und sehe, wie sein Schatten mir folgt. Er greift nach mir, zieht mich an seinen warmen, festen Körper und legt sein Kinn auf meinen Kopf. Dann schiebt er eine Hand unter den Saum meines Tops, lässt sie einfach dort auf meinem unteren Rücken liegen.

»Es ist für uns beide wahrscheinlich der schlechteste Zeitpunkt, uns auf jemanden einzulassen«, räumt er ein, und ich spüre die Vibrationen seiner Stimme auf meiner Kopfhaut. »Du hast gerade etwas mit einem schlechten Ausgang hinter dir gelassen, und ich bin total von dem in Anspruch genommen, was mit Sunny passiert. Yael und ich hätten diese Reise beinahe abgesagt.«

Ihre Worte hängen zwischen uns in der Luft.

Er hat keine Zeit für Beziehungen. Ich möchte nicht, dass du dir falsche Hoffnungen machst.

»Das auch, ja«, gebe ich zu. Ich will nicht zu viel sagen, ihm aber doch mitteilen, dass sie unseretwegen besorgt ist. »Sie scheint ...« Ich frage mich, wie ich mich ausdrücken soll, damit er nicht glaubt, dass ich schlecht über sie reden oder sie verpetzen will. »Yael scheint das für keine gute Idee zu halten.«

»Na ja«, sagt er und drückt mir einen Kuss auf den Scheitel. »Im Grunde geht es sie nichts an.«

»Ich weiß, aber sie ist wichtig für dich.«

»Das stimmt, aber in diesem Fall ist es kompliziert.« Er atmet tief durch, und wir schweigen beide für ein paar Sekun-

den. »Ja, sie ist wichtig für mich«, gibt Alex schließlich zu. »Und außerdem ist sie schon sehr lange in Sunny verliebt.«
Als mich die Erkenntnis trifft, schließe ich die Augen. »Oh.« Er schluckt. »Ich weiß nicht, ob Sunny jemals ...« Er hält inne, wählt seine Worte mit Sorgfalt. »Ich weiß nicht, ob die Sache zwischen ihnen intimer Natur ist oder nicht. Manchmal glaube ich, dass es so ist, aber ich weiß es nicht genau, und im Grunde geht es mich auch nichts an. Egal, Yael wollte jedenfalls, dass ich in London bleibe. Damit ich mich um Sunny kümmern und herausfinden kann, was tatsächlich in jener Nacht mit Josef passiert ist. Ich konnte diese Reise nicht absagen, aber der Plan war, dass wir hierherkommen, unsere Promotion-Verpflichtungen erfüllen und gleich wieder nach Hause zurückkehren.« Erneut hält er inne, dann fragt er: »Hat sie etwas zu dir gesagt?«

»Ja, aber das ist schon okay. Inzwischen ergibt das Ganze absolut Sinn.«

Ich bin dankbar, dass er mich nicht nach Details fragt.

»Für Yael bist du wahrscheinlich eine emotionale Komplikation, für die uns schlicht die Zeit fehlt«, ist alles, was er sagt.

Ich schlucke den dicken Kloß in meinem Hals hinunter. »Verstehe.«

»Aber ich sehe die Sache anders. Ja, es sind erst ein paar Tage, und tatsächlich gibt es eine ganze Menge Dinge, die wir nicht voneinander wissen. Aber an meinen Gefühlen für dich hat sich seit Seattle nichts geändert. Und ich weiß nicht, wie ich damit umgehen soll.« Langsam beschreibt er Kreise auf meinem Rücken. »Normalerweise ist meine Menschenkenntnis ziemlich gut, aber normalerweise verliebe ich mich auch nicht auf die Art, wie ich mich in dich verliebt habe.« Er lacht leise. »Diese Kombination ist ein bisschen verwirrend.«

»Ja«, stimme ich zu und lächle an seinem Hals.

»Ich schätze, instinktiv versuche ich, einfach einen Fuß vor den anderen zu setzen, bis wir zu einer Entscheidung gezwungen werden. Aber was machen wir, wenn wir bei meiner Abreise noch mehr füreinander empfinden als jetzt?«

Ich schüttele den Kopf und drücke mein Gesicht an ihn. Diese Möglichkeit ist gleichzeitig das Worst- und das Best-Case-Szenario.

»Jetzt ist vermutlich der richtige Zeitpunkt, um dir zu sagen, dass ich nicht sehr gut mit einer Fernbeziehung umgehen könnte«, sage ich. »Obwohl du *absolut nicht* wie Spence bist und ich mich selbst als ziemlich vernünftigen Menschen betrachte, käme ich mit der Entfernung im Moment wohl nicht zurecht. Ich wäre ein Bündel aus Angst und Nervosität.«

Diese Wahrheit lässt sich zwischen uns nieder wie eine dritte Person.

»Das verstehe ich.« Alec beugt sich leicht zurück, um in der Dunkelheit auf mich herabzublicken. »Und wenn du heute Abend nach Hause fahren willst, verstehe ich das auch. Für dich war es ein emotional sehr anstrengender Tag. Obwohl es mir lieber wäre, wenn du bleiben würdest. Ich bin ... also, ich fühle mich offensichtlich sehr zu dir hingezogen, aber darüber hinaus *mag* ich dich auch. Ich möchte so viel Zeit wie möglich mit dir verbringen, bevor ich wieder aufbreche.«

Er zieht die Hand unter meinem Shirt hervor und berührt meine Wange.

»Ich verstehe auch, warum du heute Abend in Panik geraten bist«, fährt er dann fort. »Es fühlt sich so an, als wäre es noch zu früh für so ein Gespräch. Aber wenn man bedenkt, wie wir miteinander umgehen und wie natürlich alles ist, weiß ich nicht, ob es tatsächlich zu früh ist. Wahrscheinlich ist es gut, darüber zu reden.«

Ich nicke und sehe ihm in dem schwachen Licht, das zwischen den schweren Vorhängen hereindringt, in die dunklen, funkelnden Augen. Ich stelle mir vor, in ein Taxi zu steigen, nach Hause zu fahren und in dem Wissen, dass er hier liegt, allein in meinem Bett zu schlafen. Bei dem bloßen Gedanken daran übersäuert mein Blut.

»Ich bleibe heute Nacht hier«, verspreche ich.

Er gibt mir einen Kuss auf die Stirn. »In Ordnung.«

In mir gibt es einen Wortschatz für Gefühle und Gedanken, überall liegen kleine Häufchen nicht zueinanderpassender Wörter herum. Ein heftiger Schauer überläuft mich, und chaotische Gefühle drücken gegen meine Rippen, klopfen von innen an meine Haut.

»Tut mir leid, dass ich dich geweckt habe«, entschuldige ich mich. »Ich weiß, dass du morgen einen harten Tag vor dir hast.«

»Es muss dir nicht leidtun.« Er legt eine Hand auf meine Hüfte und drückt sie sanft.

An der Stelle, an der mein Shirt aus dem Bund des Slips gerutscht ist, zeichnet er mit einem Finger langsam kleine Ovale. Sein Hals ist sehr nah an meinem Mund, einladend und warm. Ich drücke die Lippen auf den Punkt, an dem es unter der Haut pulsiert, und höre ihn scharf einatmen. Seine Hand schließt sich um meine Hüfte, greift instinktiv zu. Tief in meinem Bauch flammt der vertraute Hunger auf und verdrängt alles andere.

»Willst du?«, frage ich.

»Ich will immer.« Alecs Stimme ist so tief, dass mein Blut zu kochen beginnt. »Aber wirst du dich dann besser oder schlechter fühlen?«

Darüber habe ich nicht nachgedacht.

Ich lege ihm eine Hand auf die Brust, und er zieht die Hüften zurück. An meiner Handfläche spüre ich sein Herz verlässlich schlagen. Doch nicht nur sein Herz, sondern auch alles andere an ihm ist verlässlich. Er lässt nichts unausgesprochen, will mich immer besser kennenlernen. Er ist zu mir ins Badezimmer gekommen und wusste, warum ich dort war. Er wusste es, weil ihm der Gedanke gekommen war, dass ich vielleicht gegangen sein könnte.

»Komm her.« Er zieht mich auf sich, aber es geht nicht um Sex. Auf dieselbe Art haben wir auf der Couch gelegen, sein Körper als feste Matratze unter mir, seine Schulter als mein Kissen. Auch diesmal stöhnt er angesichts dieser Ganzkörperumarmung erleichtert auf. »Lass uns schlafen.«

»Ich habe schlecht geträumt«, sage ich nach ein paar schweigsamen Sekunden.

»Was hast du denn geträumt?«, fragt er, und seine tiefe Stimme vibriert an meiner Schläfe.

»Spielt keine Rolle.«

Er streichelt meinen Rücken und flüstert: »Weißt du, ich werde dich niemals anlügen.«

Ich schließe die Augen und drücke mein Gesicht an seinen Hals. Keine Ahnung, wohin mit meinen Gefühlen, aber ich werde eine Lösung finden müssen. Ich glaube nicht, dass ich meine Ausreden und diese klaren, drängenden Empfindungen noch länger verstecken kann, wenn sein sanftes Licht die dunklen Ecken meines Geistes ausleuchtet.

13

Ohne Alec kommt mir das Hotelzimmer riesengroß vor. Es ist gespenstisch ruhig. Tageslicht strömt herein und zeichnet ein goldenes Band auf die untere Hälfte des Bettes. Ich strecke die Beine aus, schiebe die Zehen in den Streifen aus Wärme.

Die Fenster sind so gut isoliert, dass sie den Straßenlärm komplett abhalten. Die Laken unter mir riechen noch nach der Seife, mit der Alec gestern Abend geduscht hat. Ich rolle mich in sein Kissen ein, begebe mich in eine Alec-Isolierkammer.

Eine Zeit lang habe ich zu lesen versucht; eigentlich wollte ich auch etwas schreiben, aber ich war unkonzentriert und nervös. Warum habe ich ihn gestern Abend nicht auf mich gezogen? Warum wollten wir unbedingt schlafen?

Ich muss dringend anfangen, zwischen den Informationsblöcken von Ian an einem neuen Artikel zu arbeiten, muss meine Tage besser nutzen. Wenn ich den ganzen Tag ohne Alec in dieser Suite bleibe, werde ich sonst nur kribbelig und ungeduldig.

Ich streichle meinen Bauch und wünsche mir, er täte es.

Neben mir auf der Matratze vibriert das Batphone.

Das Herz hämmert mir gegen die Rippen, als ich den Anruf annehme und mir das Handy ans Ohr halte.

»Du bist doch längst noch nicht fertig, oder?«

Er brummt bestätigend. »Was machst du gerade? Du klingst ein bisschen schläfrig.«

»Du erwischst mich beim Relaxen in diesem riesigen Bett.«

Er lacht, dann stöhnt er.

»Tut mir leid, ich bin echt bescheuert«, murmle ich.

»Was, um alles in der Welt, tut dir denn leid?«

»Dass du durch Los Angeles läufst, während ich am helllichten Tag in deinem Hotelzimmer chille.«

Wenn ich mich recht erinnere, ist Alec um drei wegen eines Interviews via Satellit für *Good Morning America* aufgestanden, dann zu einer Aufzeichnung von *James Corden* nach Burbank gefahren und hat gleich ein Fotoshooting für *Vanity Fair*, bevor es nachher zu irgendeinem Galadinner weitergeht.

»Es ist auch dein Schlafzimmer«, sagt er, »und wenn ich könnte, wäre ich sofort bei dir und würde zusammen mit dir in diesem Bett relaxen.«

»Eben«, sage ich lachend. »Genau deswegen tut es mir leid.«

»Ach komm. Nach allem, was in den letzten Wochen bei dir los war, bist du bestimmt erschöpft.«

Ich dehne mich, vor Euphorie zittern mir die Glieder.

»Da hast du nicht ganz unrecht«, räume ich ein.

Es wird still in der Leitung.

Du fehlst mir, denke ich.

»Geht es dir gut?«, fragt er. »Tut mir leid, dass ich mich nicht eher melden konnte.«

Ich drehe mich auf die Seite und blicke zu dem breiten Fenster hinaus. Wie erwartet ist es bei Tageslicht sehr viel leichter, mit derart großen Gefühlen umzugehen. Eigentlich müsste mir mein Zusammenbruch von gestern Abend peinlich sein, aber vielleicht ist ja genau das Alecs Superkraft: *Gefühle* klingt bei ihm nicht wie ein schmutziges Wort.

»Mir geht's gut«, versichere ich und rücke mir das Kissen unter dem Kopf zurecht. »Ich bin froh, dass du angerufen hast. Ich habe dich vermisst.«

»Wirklich?«

»Ich wünschte, ich wäre gestern Abend nicht einfach eingeschlafen. Es kommt mir vor, als hätte ich mir eine Gelegenheit entgehen lassen.«

Erneut Schweigen in der Leitung.

»Du liegst also im Bett und denkst an mich.« Seine Frage ist halb Frage, halb Erkenntnis.

Sein Tonfall hat sich verändert, seine Stimme ist leiser geworden. Innerhalb einer Sekunde ist mein Körper hellwach.

»Ja«, bestätige ich. »Und wo bist du?«

»Auf dem Weg zu einem Wagen, der mich von einem Ort zum anderem bringt.« Erneut Pause, dann fragt er mit einem neckischen Unterton in der Stimme: »Hast du was an?«

Ich blicke auf das Frotteehandtuch hinab, das ich mir um die Körpermitte geschlungen habe.

»Ich war fertig mit der Arbeit, habe geduscht und dachte, ich lege mich noch mal zehn Minuten hin«, sage ich. »Darum habe ich nur ein Handtuch an.«

»Und nichts darunter?«

Meine Hand gleitet über meinen Bauch. Ich spüre, wie sich die Muskeln erwartungsvoll anspannen.

»Nein.«

Ich höre sein leises Stöhnen, seine Schritte, das Klappern eines Einkaufswagens.

»Bist du allein?«, frage ich.

»Im Augenblick ja. Ich verlasse das Gebäude durch die Hintertür und treffe mich mit meinem Fahrer.«

»Ah.« Ich beiße mir auf die Lippe, stelle mir vor, wie er mit langen, zielstrebigen Schritten einen Flur entlang und durch eine kleine Gasse zu einem Privatwagen geht. Ich erinnere mich, was er heute Morgen angezogen hat: eine schwarze Hose und ein schlichtes weißes Button-down-Hemd. Noch im Halbschlaf habe ich dabei zugesehen, wie er sein Spiegelbild gecheckt hat, Hände in den Taschen, Hände wieder draußen.

»Wenn du allein bist«, setzt er an und holt mich aus meinen Gedanken, »allein und ... angetörnt ... Woran denkst du dann?«

Ich grinse, und meine Wangen werden heiß. »Echt jetzt?«

»Echt.«

Ich schließe die Augen und denke nach. »Ehrlich gesagt habe ich das schon eine Weile nicht mehr gemacht.«

»Denk einfach an mich«, versetzt er leise und fügt dann hinzu: »Erzähl mir von dem Mal, das dir am besten gefallen hat.«

»Das ist eine unmögliche Bitte.«

»Such dir was aus. Ohne nachzudenken.«

Vor meinem geistigen Auge blitzen seine vollen Lippen auf.

»In dem ersten Hotelzimmer in L. A.«, antworte ich.

»Warum das?« Ich kann ihn lächeln hören. Er klingt, als würde er die Antwort bereits kennen.

Ich streichle meine Brüste. Ich war noch ein bisschen wütend auf ihn, hitzig und grob. Ich erinnere mich, wie er die Rundung meiner Brüste geküsst, wie er gestöhnt hat. Das nasse, beschwichtigende Kreisen seiner Zunge um die Spitze herum, dann die tödliche Hitze seiner Lippen, die an meinem Körper hinabwanderten.

»Du hast mich mit dem Mund verwöhnt.«

Ich höre, wie ein anderer Mann ihn begrüßt, dann schließt sich eine Wagentür.

»Bin gerade eingestiegen«, sagt er leise. Förmlich. »Von jetzt an musst du die Führung übernehmen.«

Meine Hände liegen noch immer auf meiner Brust. »Du ...« Ich öffne die Augen und schaue blinzelnd an die Zimmerdecke. »Du willst, dass ich es mir selbst mache, während du nur zuhörst?«

»Ja.«

Hitze flutet meine Wangen. »Normalerweise rede ich dabei aber nicht.«

»Ich kann dir gar nicht sagen, wie begeistert ich von dieser Zusammenarbeit bin«, sagt er mit einem Lachen in der Stimme.

»Scheiße.« Ich lache ebenfalls. »Ist das dein Ernst?«

»Absolut.«

Ich schlucke hörbar. »Ich bin ein bisschen verlegen.

»Das ist in Ordnung«, sagt er. »Lass dir Zeit.«

Tue ich das hier wirklich?

Ich schließe die Augen und lasse mich vom ruhigen Nachhall seiner Stimme an einen Ort entführen, an dem ich so tun kann, als wäre er meine Hand, als säße er nicht irgendwo in einem Wagen und lauschte auf jeden Laut von mir.

»Weißt du noch, wie ich an dem Tag auf deinem Schoß gesessen habe?«, frage ich.

»Ja.«

»Ich habe dich gebeten stillzuhalten, damit ich dein ganzes Gesicht küssen kann.«

»Hm-hm«, macht er zustimmend.

»Ich glaube, ich wollte mich davon überzeugen, dass du echt bist.«

»Ja?«

»Ja. Und du hast es zugelassen. Aber du hast mir die Hände unters Shirt geschoben.«

Er zögert. »Ja, ich erinnere mich.«

»Ich liebe die Art, wie du mich mit deinen großen Händen festhältst.«

»Und wo hat es dir besonders gut gefallen?«

»An den Brüsten.«

»Sehr schön.« Seine Stimme klingt bedächtig und professionell, und irgendwie wird mir davon warm.

»Du hast dich auf mich gelegt«, sage ich und reize meinen Nippel. »Du liebst meine Brüste.«

»Stimmt.«

»Warum?«

Er räuspert sich – *sehr gut!* –, aber dann antwortet er trotzdem.

»Sie haben die ideale Größe.«

Ich lache ins Handy. »Das klingt nach Porno. Ich wette, jetzt hört der Fahrer zu.«

»Das bezweifle ich.« Auch Alec lacht leise. »Mach weiter.«

»Magst du den Geschmack meiner Haut?«

»Ja, sehr«, sagt er mit täuschend gleichmütiger Stimme.

Meine Hand wandert tiefer. »Ich wünschte, du wärst hier und würdest mich küssen.«

»An welcher Stelle im Drehbuch bist du gerade, wenn ich fragen darf?«

»Du küsst meinen Bauch.«

»Okay, mach weiter.«

Ich greife tiefer und atme hörbar ein. »Ich bin nass.«

Er kann ein leises Stöhnen nicht unterdrücken.

»Das habe ich zuletzt …« Noch einmal atme ich tief durch, stelle mir vor, dass er das hier fühlt. »… in London getan. Vor dir.«

»Gut so.«

»Ich stelle mir vor, was du empfindest, wenn du mich hier berührst.«

Am anderen Ende der Leitung bleibt es stumm.

»Wie weich es sich anfühlen muss.«

»Sehr.«

»Wenn du mich hier berührst, willst du dann sofort in mich eindringen?«

»Ja«, sagt er leicht gepresst und wiederholt dann leiser: »Ja.«

Ich lege den Kopf zurück, streichle mich weiter. »Es fühlt sich gut an.«

»Erklär mir das bitte genauer, wenn es dir nichts ausmacht.«

»Ich stelle mir vor, dass du mich hier küsst.« Meine Haut wird noch wärmer und beginnt, kaum merklich zu vibrieren. »Und wie du mich anfangs nur geküsst, dann aber geleckt hast.«

»Das klingt nach einer guten Entwicklung.«

Ich liebe das tiefe Grollen in seiner Stimme.

»Du warst so zärtlich«, sage ich. »Aber als du deine Finger in mich ...«

Er schweigt, und ich kann beinahe hören, wie er anstrengt lauscht, um ja nichts zu verpassen.

Meine Lust wird größer. »Du hast mich einfach *gefickt*.«

»Georgia.« Ein deutlicher, atemloser Tadel, aber er entlockt mir nur ein Stöhnen.

»So heftig«, flüstere ich. »Du warst wild.«

»Ja, ich weiß.«

»Oh Gott, es hat dir gefallen, stimmt's? Wie viele Finger waren es?«

»Sag du es mir.«

»Drei.« Meine Finger kreisen, und in meinem Rückgrat baut sich Spannung auf. »Ich habe meine Beine so weit wie nur möglich gespreizt.«

»Ich weiß.«

»Bist du hart?«

»Zweifellos.« Eine Tür schlägt zu, und ich höre ihn gehen. Er atmet kurz und abgehackt. Sehr leise bringt er heraus: »Berühr mit der anderen Hand deine Brüste.«

Ich tue es und verdrehe die Augen. Erneut entringt sich ein Stöhnen meiner Brust.

»Ich bin kurz davor«, keuche ich.

»Noch nicht.« Offenbar durchquert er ein Gebäude. Ich höre, wie er leise »Vielen Dank« zu jemandem sagt.

»Es fühlt sich so gut an«, flüstere ich.

»Mach weiter.«

»Aber nicht so gut, wie du dich anfühlst.«

Ein leises Lachen. »Freut mich sehr, das zu hören.«

Ich konzentriere mich auf diesen winzigen Punkt, atme ein, atme aus. Dabei stelle ich mir seinen Kopf zwischen meinen Beinen vor, sein seidiges dunkles Haar, das mir durch die Finger gleitet.

»Ich will dir in die Haare greifen.«

»Damit bin ich einverstanden.«

»Ich will mich bewegen, deinen Mund ficken.«

Erneut lacht er atemlos. »Ich wünschte, du tätest es.«

»Ich bin ganz kurz davor.«

Ein leiser Piepton, dann: »Noch nicht, Gigi.«

Aber ich bemerke, dass der Piepton ein Echo hat; ich höre ihn an zwei Orten.

Auf dem Handy … und hier.

In der Sekunde, in der ich mir dessen bewusst werde, schlägt die Tür zu, und gleich darauf steht er im Schlafzimmer. Alec knöpft sich bereits das Hemd auf, als er mich mit angezogenen Beinen und gespreizten Schenkeln auf dem Bett liegen sieht … wo ich exakt das tue, was ich gerade beschrieben habe.

»*Holy* …« Er reißt sich das Hemd vom Leib und legt sich auf mich, küsst mich stöhnend mit offenem Mund. Dann richtet er sich kurz auf und blickt auf unsere Körper herab, hält meine Hand fest, damit ich sie nicht wegziehen kann. »Zeig's mir.«

Er sieht zu, wie ich mich selbst berühre, und macht Anstalten, seine Gürtelschnalle zu öffnen. Der Gürtel schlägt mir auf den Schenkel, als Alec mit dem Knopf kämpft, den Reißverschluss herunterzieht und sich endlich befreit. Ich will seine Zunge in meinem Mund spüren, seine Laute sollen in meiner Kehle vibrieren. Mit einer Hand ziehe ich seinen Kopf zu mir herunter, und durch die Bewegung nähern sich auch unsere Körper einander an. Seine Faust prallt immer wieder gegen meine Hand, während er sich schneller und schneller streichelt ...

Schließlich löst sich Alec von mir und beginnt, sich mit wilden Küssen einen Weg an meinem Körper hinabzubahnen, dabei greift er nach meiner Hand und führt sie an sein Haar. Ehe ich auch nur seinen Namen herausbringe, ist sein Mund bereits am Ziel angelangt, offen und drängend, und er küsst und saugt mir förmlich die Seele aus dem Leib. Als ich ihm die Hüften entgegendränge, stößt er ein gieriges, anfeuerndes Stöhnen aus. Für einige perfekte Sekunden lebe ich meine Fantasie aus und ficke diesen süßen, üppigen Mund, und als ich spüre, wie er mich küsst, als ich sein Gesicht zwischen meinen Schenkeln sehe, wölbe ich den Rücken. Der Orgasmus rast durch meinen Körper. Ich bäume mich derart heftig auf, dass Alec mir eine Hand auf die Hüfte drücken muss, um mich auf dem Bett zu halten.

Erschöpft lasse ich die Beine zur Seite fallen, und er presst die Stirn an meine Hüfte, während seine freie Hand an meiner Seite hinauf und zu meiner Brust gleitet. Ich bin so benommen, dass ich ein paar Sekunden brauche, bevor mir klar wird, was er da tut. Dann stützte ich mich auf den Ellbogen, um zu sehen, wie sich seine Hand bewegt, schnell und immer schneller. Ich fahre ihm mit einer Hand durchs Haar, und seine Faust steht still, als er mit einem leisen Stöhnen kommt.

Eine Weile ringen wir schweigend nach Luft.

»Eigentlich wollte ich es ...«, bringe ich endlich heraus und hoffe, dass ihm klar ist, was ich meine. Sein seidiges Haar gleitet mir durch die Finger.

»Ich weiß«, versichert er und wendet das Gesicht ab. Dann küsst er meinen Schenkel, ehe er nach seinem Hemd auf dem Fußboden greift und uns beide säubert. »Ich habe nicht viel Zeit, und wenn du es gemacht hättest, hätte ich mir gewünscht, dass es länger dauert.«

Nachdem er mir geholfen hat, auf die Füße zu kommen, kickt er seine Klamotten aus dem Weg, bückt sich, um sich die Socken auszuziehen, und führt mich ins Badezimmer. Dort beugt er sich vor und stellt die Dusche an.

»Komm mit mir rein.«

Er steigt in die Kabine und zieht mich sanft hinterher. Das Wasser ist lauwarm und perfekt für meine überhitzte Haut. Doch als er das Kinn hebt und den Wasserstrahl über seine Haare laufen lässt, gebe ich vor zu schmollen.

»Mir gefiel die Vorstellung, dass du heute Abend mit völlig zerzaustem Haar bei diesem Dinner erscheinst.«

Lachend nimmt er meine Hand und drückt einen Klecks Shampoo hinein, ehe er sie auf seinen Scheitel legt. »Ich hätte nach Sex gerochen.«

»Na und?« Ich wasche ihm die Haare, während er mich einseift.

»*Und* ich sollte einen Happen essen und mich umziehen, bevor ich mich um sechs mit Yael treffe.«

Offenbar hat er es wirklich eilig.

»Glaubst du, sie weiß nicht, dass du deswegen hierher zurückgekommen bist?« Seine Antwort besteht in Schweigen, und ich erkenne meinen Irrtum. »Yael weiß nicht, dass ich hier wohne, stimmt's?«

»Ich bin mir sicher, dass sie es vermutet, aber das ist so eine Sache zwischen uns. Wenn wir etwas nicht wissen wollen, fragen wir einfach nicht.«

»Hm.« Erneut drücke ich seinen Kopf sanft nach hinten

unter das Wasser. Ich spüle das Shampoo aus und greife dann nach dem Conditioner. »Ach, da fällt mir ein ...«

Er scheint ganz darauf konzentriert zu sein, meine Brust so gründlich wie nur möglich zu waschen. Unaufhörlich lässt er die Daumen kreisen ...

Ich beuge mich vor und flüstere: »Du machst das sehr gut, aber ich habe erst vor ungefähr einer Stunde geduscht.«

Ertappt gibt er auf und lehnt sich lachend zurück, um sich noch einmal das Haar auszuspülen.

»Was wolltest du gerade sagen? Was ist dir eingefallen?«

»Weiß Sunny, dass ich diejenige bin, der du als Quelle dienst?«

»Ja«, sagt er und dreht mich so, dass mir das Wasser den Schaum von der Haut wäscht. »Ich habe erwähnt, dass ich dir zufällig begegnet bin, und auch, dass du an diesem Artikel arbeitest. Hätte ich es nicht getan, hätte Yael das übernommen, davon bin ich überzeugt.«

»Stimmt.« Ich kaue auf meiner Unterlippe. »Was hat Sunny gesagt?«

»Na ja, wir haben nicht sehr ausführlich über unsere Begegnung gesprochen, denn ...«

»Es wäre ein peinliches Gespräch geworden.«

»Genau.« Er seift sich rasch ein, und ich helfe ihm, aber nur in dem Sinn, dass ich die Hände immer wieder um die Muskelpakete an seinen Schultern kreisen lasse. »Aber sie fand es gleichzeitig seltsam und großartig.«

»Seltsam und großartig?«

»Das waren ihre Worte«, versetzt er lachend. »Sie lässt dich grüßen. Wollte ein vollständiges Update, was dich betrifft. Ich habe ihr gesagt, sie soll dich mal anrufen.«

»Guter Plan.«

Ich sehe zu, wie er sich rasch mit eingeseiften Händen über

Brust, Bauchmuskeln und Schwanz fährt, dann über Arme und Schultern. Als er mich gewaschen hat, war er langsam, nahezu ehrfurchtsvoll ...

Er ertappt mich dabei, wie ich ihn anstarre. »Du schaust mich an, als wolltest du mich fressen.«

Ich nicke mit ernster Miene. »Irgendwie habe ich das Gefühl, ich sollte mich revanchieren.«

Erneut lacht er und greift hinter sich, um das Wasser abzustellen. Dampf hüllt uns ein, und Wassertropfen fallen ihm wie Kristalle von den Wimpern.

Alec leckt sich über die nassen Lippen. »Du kannst mich später fressen, versprochen«, sagt er.

Dann küsst er mich zärtlich, und sein leises Stöhnen saugt mich in einen Strudel aus Verlangen. Allzu rasch löst er sich von mir und wirft einen Blick auf seine Uhr, die hoffentlich wasserdicht ist.

»Mist. Mir bleibt eine Dreiviertelstunde, um im Smoking in Santa Monica zu erscheinen.«

Ich sitze im Schneidersitz auf dem Bett und sehe zu, wie Alec sich fertig macht. Er holt einen Kleidersack aus dem Schrank, legt ihn über einen Stuhl und zieht den Reißverschluss auf.

»Ich bin ganz aufgeregt!«, trällere ich.

Er beugt sich vor und holt den Anzug heraus. »Warum?«

»Gleich sehe ich dich im Smoking!«

Er wirft mir einen amüsierten Blick zu. »Und das ist aufregend?«

»Stell dich nicht dumm. Du wirst wie der schärfste Tortenaufsatz der Welt aussehen.«

Darüber muss Alec lachen. »Ich habe keinen Ersatzsmoking dabei, Elodie sollte also besser nicht ihren Wein darüber verschütten.« Er steigt in die Hose und streift das Hemd über.

»Eigentlich war es nur ein Scherz«, sagt er, während er die Knöpfe schließt. »Aber inzwischen hat sie mich bei drei verschiedenen Anlässen mit ihrem Drink bekleckert.«

»Will diese Frau dich etwa zwingen, dich auszuziehen?«

»Nein, sie ist einfach notorisch ungeschickt.«

Lachend zupfe ich einen Faden von der Bettdecke. »Wie süß.«

»Das stört dich doch nicht, oder?«

Mit geweiteten Augen blicke ich zu ihm auf. Er hat sich zu mir gedreht. »Was denn?«

»Elodie«, erklärt er. »Und unsere ...«

»Eure Flirts in der Öffentlichkeit?«, rate ich. Er nickt und richtet seine Aufmerksamkeit wieder auf die Knöpfe. »Nein. Ich weiß ja, dass es ein Teil der Promotion ist. Und wenn du sie wolltest, wäre vermutlich sie in diesem Zimmer und nicht ich.«

Er grinst. »Allerdings.«

»Bei wem auch immer du am Ende landest«, sage ich und sehe zu, wie er sorgfältig das Hemd in die Hose steckt, »sie wird in dieser Hinsicht sehr cool sein müssen.«

Er brummt zustimmend und greift nach seinen Manschettenknöpfen auf dem Nachttisch.

»Soll ich dir helfen?«, frage ich, denn ich komme mir nackt und faul vor, weil ich zusehe, wie er sich nach einem langen Arbeitstag für einen Abend ununterbrochenen Small Talks zurechtmacht.

Knurrend lehnt er ab, dann deutet er mit dem Kinn auf die Fliege auf dem Kleiderbügel. »Aber die da kann ich nicht binden.«

»Eine Schleife?«

Alec reagiert auf meinen Sarkasmus mit einem spielerisch tadelnden Blick.

»Eine *Fliege*.«

Ich stehe auf, nehme ein abgelegtes Hemd von einer Stuhllehne, ziehe es an und knöpfe es planlos zu. »Ich möchte mich nützlich machen.«

Als ich den Kopf hebe, starrt Alec mich an. »Willst du mir den Aufbruch noch schwerer machen?«

Das offensichtliche *Ja* liegt mir bereits auf der Zunge, aber tatsächlich habe ich keine Ahnung, wovon er spricht. »Wie bitte?«

»Indem du meine Klamotten anziehst, wenn ich gleich gehen muss?«

Ah. Sogar Alec ist auf wunderbare Weise berechenbar, so wie alle Männer.

»Würde es dir leichter fallen, wenn ich nackt wäre?«

Er grinst auf mich herab. »Nein.«

»Na schön.« Ich öffne YouTube und gebe »*Fliege binden*« in die Suchleiste ein.

»Was machst du?«

»Das Ding da binden.« Ich deute mit dem Kinn auf seinen Hals. »Ich muss nur auf YouTube nachsehen, wie es geht.«

»Yael kann das auch vor Ort erledigen.«

»Aber dann beraubst du mich der Gelegenheit, dir ein paar Minuten lang auf den Hals zu schauen.« Ich sehe ihm nicht ins Gesicht, denn ich weiß auch so, dass er lächelt. Stattdessen fädle ich das Band der Fliege durch seinen Kragen, blicke auf das Display meines Handys, das auf dem Bett liegt, und folge sorgfältig den einzelnen Schritten.

Mein erster Versuch ist nicht besonders erfolgreich, also versuche ich es noch einmal.

Nachdem er mein Hemd hochgeschoben hat, legt Alec mir die Hände um die Taille, um meine nackte Haut zu berühren.

»Ich wünschte, ich könnte dich mitnehmen.«

Stirnrunzelnd blicke ich auf meine Hände und denke, dass es die Sache deutlich erleichtern würde, wenn ich vier anstatt zwei davon hätte.

»Ein wunderbarer Gedanke, aber ich komme auch gut allein klar, versprochen.«

»Ich weiß.« Geduldig bleibt Alec vor mir stehen. Er riecht nach Seife und Zahnpasta und strahlt die Wärme der Sonne aus. »Was machst du heute Abend?«

»Eigentlich wollte ich total faul sein«, verrate ich. »Aber meine Eltern sind heute Morgen von einer Reise zurückgekehrt, und ich werde wahrscheinlich kurz zu ihnen rübergehen.«

Er hält inne, und ich hebe den Kopf, als ich seinen Blick auf meinem Gesicht spüre.

»Was ist?«

»Deine Eltern sind wieder in der Stadt?«

Ich recke mich auf die Zehenspitzen und küsse ihn aufs Kinn.

»Alec, du musst meine Eltern nicht kennenlernen«, versichere ich, doch er scheint das anders zu sehen.

»Sollte ich ihnen nicht wenigstens Hallo sagen?« Er beugt sich vor, greift nach seinem Handy und öffnet den Kalender. »Wir könnten uns zum Dinner ... hm ... wir könnten uns am Montag zum Lunch mit ihnen treffen, was meinst du?«

Ich trete einen Schritt zurück, betrachte prüfend mein Werk und brauche eine Sekunde, um diesen seltsamen Kloß aus Angst hinunterzuschlucken. Dann beschließe ich, mich von dem großen Chaos in meinem Inneren durch das kleinere vor meinen Augen ablenken zu lassen. Yael wird die Fliege zweifellos neu binden, wenn sie sie sieht, aber ich glaube, besser bekomme ich es nicht hin.

»Ernsthaft, du musst dir dafür nicht extra Zeit nehmen«,

sage ich und klopfe ihm sanft auf die Brust. »Ich werde Mom und Dad einfach von dir grüßen.«

Als er geht, weiß ich, dass er etwas anderes aus meiner Antwort heraushört. Er glaubt, ich will nicht, dass er vorbeikommt. Er glaubt, dass ich ihn vor meinen Eltern verstecke.

Doch die Wahrheit ist, dass sie fröhlich, gastfreundlich und warmherzig sind, und Alec ist charmant, liebevoll und lustig. Sie würden ihn sehr mögen, und ich möchte nur, dass in Los Angeles wenigstens zwei Menschen übrig bleiben, die seine Abwesenheit nicht bedauern, wenn er die Stadt verlässt.

14

Wegen Alecs chaotischen Zeitplans stolpern wir atemlos durch die nächsten Tage. Am Samstag bekomme ich ihn kaum zu Gesicht und gehe mit Eden wandern, ehe ich mich mit meiner Mom in ihrem äthiopischen Lieblingsrestaurant zum Dinner treffe. Endlich kann sie einer verständnisvollen Person gegenüber ihrem Unmut darüber Luft machen, dass mein verspannter, auf genaueste Planung versessener Vater auf ihrer gemeinsamen Reise die reinste Plage war. Ihr Bedürfnis, sich abzureagieren, macht es mir leicht, das Gespräch nicht auf Alec zu lenken.

Wenn ich mit meiner Mom zusammen bin, ist es, als würde ich meine Batterie wieder aufladen. Sie ist die Version meines erwachsenen Ichs, der ich eines Tages zu begegnen hoffe: verantwortungsbewusst und liebevoll, aber nicht so verantwortungsbewusst und liebevoll, dass sie keinen Mist bauen würde, wenn die Situation es erlaubt.

Ich setze sie zu Hause ab, gebe meinem Dad einen Kuss und fahre dann zurück zum Waldorf, wo ich beim Hineingehen Julie begrüße, meine Lieblingshotelangestellte. Weit nach Mitternacht, als ich schon längst im Bett liege, spüre ich, wie Alecs großer, warmer Körper hinter mich gleitet.

»Bin wieder da.« Er schmiegt sich an mich und schiebt mir eine kühle Hand unter das Tanktop. Ich versuche, mein Gehirn aus dem Tiefschlaf zu holen. Seine Hände sind noch ein bisschen feucht, nachdem er sie gewaschen hat, und sein Atem riecht nach Zahnpasta, als er über meine Schulter hinweg fragt: »Bist du wach?«

Ich murmle ein schläfriges »Nein« in mein Kissen und drehe mich um, sodass ich die Wärme seiner nackten Brust im Gesicht spüre. Er küsst mich auf den Haaransatz, die Stirn, den Mund. In Satzfetzen reden wir darüber, wie unser jeweiliger Tag war, bis er mitten im Satz einschläft. Schon vor Sonnenaufgang ist er wieder verschwunden.

Am Sonntag hole ich Arbeit nach und bekomme überraschend eine Stunde mit Alec geschenkt, als er ins Zimmer gestürmt kommt, um sich rasch für ein Dinner mit ein paar Leuten aus der Branche umzuziehen. Ich folge ihm durch die Suite, während er sich auszieht, seine Klamotten überall verstreut und dabei reihenweise lustige Anekdoten über seinen Kurzauftritt in einem Musikvideo erzählt, die wie Beispiele aus dem Lehrbuch für dreiste Hollywood-Streiche klingen.

Danach sehe ich Alec erst am Montag wieder. Er wacht auf, weil ich mich mit der Zahnbürste im Mund rittlings auf ihn gesetzt habe.

»Warum bist du hier?«, frage ich. »Hast du verschlafen? Hast du vergessen, dir den Wecker zu stellen?«

Er reibt sich das Gesicht und schaut blinzelnd zu mir auf.

»Ich habe bis heute Abend frei.« Er zieht ein Kissen unter seinem Kopf hervor und drückt es mir ins Gesicht, um meinen glücklichen Aufschrei zu ersticken.

Ja, wir lieben uns, aber anstatt den restlichen Tag im Bett zu verbringen oder auf jeder ebenen Oberfläche der Suite Sex zu haben, womit ich eigentlich gerechnet habe, schleichen wir uns anschließend mit Mütze und Sonnenbrille hinaus, um Donuts zu kaufen. Auf dem Rückweg geht Alec spontan in einen Shop für Computerspiele und kauft eine komplette Nintendo-Konsole. Wir laden Eden (die die Einladung annimmt) und Yael ein (die rundheraus ablehnt), und zu dritt verbringen wir einen großen Teil des Tages in der Suite. Wir blödeln herum oder spielen in halsbrecherischem Tempo *Mario Kart*, auf dem Tisch eine offene Tüte Chips und überall verteilt Bierflaschen.

Am späten Nachmittag schleppt sich Alec betrunken unter die Dusche und kommt danach auf die Terrasse heraus, wo Eden und ich zu Klatsch und Tratsch übergegangen sind und noch ein bisschen Sonne tanken.

»Ich muss jetzt los.« Er beugt sich über mich und gibt mir einen Kuss auf die Stirn.

Eden stöhnt protestierend.

»Bleib doch noch«, bittet sie ihn. »Gigi ist bei Videospielen total schlecht.«

»Glaub mir, ich würde viel lieber hier bei euch auf der Terrasse bleiben«, beteuert Alec.

Als er sich wieder aufrichtet, blicke ich blinzelnd zu ihm auf und halte mir schützend eine Hand über die Augen. Er tritt in die Sonne, spendet mir Schatten.

»Was steht denn heute Abend wieder an?«

»Dinner mit den Kollegen und dem lokalen Netflix-Team.« Im Gegenlicht sieht er aus wie eine Marmorstatue, die das Sonnenlicht reflektiert.

»Wann kommst du zurück?«

Ich vermeide bewusst den Ausdruck »nach Hause«, aber im Geist hören wir alle drei genau das.

»Spät«, sagt er. »Du musst nicht wach bleiben und auf mich warten.«

»Weckst du mich?«, frage ich leise. Er nickt und küsst mich ein weiteres Mal.

Alec verabschiedet sich von Eden und verschwindet in der Suite. Wenige Sekunden später höre ich die Tür ins Schloss fallen.

Obwohl ich mein Gesicht gen Himmel richte und die

Augen geschlossen halte, spüre ich, dass meine beste Freundin in dem nun folgenden Schweigen ihre Aufmerksamkeit auf mich richtet.

»Es ist erst eine *Woche*«, sagt sie.

»Ich weiß.«

Das *Aber* schwingt wie ein Pendel durch die Luft, und zum Glück spricht sie ihre restlichen Gedanken nicht laut aus. Sie sind mir ohnehin in sämtlichen Kombinationen bekannt.

Aber wenn man euch beide zusammen sieht, scheint es schon länger zu gehen.

Und er wird nächsten Sonntag wieder verschwinden.

Es ist alles nicht echt, Gigi. Reiß dich zusammen.

Stattdessen schlendern wir gemütlich wieder in die Suite, bestellen den Zimmerservice und reden über die süßen, banalen Details unseres Lebens, die nichts mit Alec zu tun haben. Als sie geht, ist es plötzlich seltsam still in dem Raum.

Ich räume die Überreste unseres Gaming- und Junkfood-Gelages auf. Dann dusche ich, mache das Bett und packe für den Wäscheservice ein paar unserer Kleidungsstücke in eine Tasche. Anschließend checke ich meine beruflichen E-Mails, aber Ian hat sich heute ebenfalls freigenommen, und es gibt nichts Neues zu lesen. Ich bin hellwach, aber in den sozialen Medien zieht nichts meine Aufmerksamkeit auf sich, und im Fernsehen kommt auch nichts, was ich mir gern ansehen würde. Trotzdem schalte ich den Fernseher ein und navigiere wie auf Autopilot zu Netflix, zu *The West Midlands*. Bei Folge eins drücke ich auf Play.

Als Alec nach ein Uhr nachts in die Suite kommt, habe ich mir sechs Folgen angesehen und stecke bereits tief in Dr. Minjoon Songs erster Liebesgeschichte – die definitiv nicht gehalten hat, denn die Frau wird nicht von Elodie gespielt. Google verrät mir, dass diese Figur namens Eleanor DiMari am Ende der ersten Staffel bei einem Flugzeugabsturz ums Leben kommt, und sofort ärgere ich mich über meine Unfähigkeit, auf Spoiler zu verzichten, denn nun bin ich förmlich am Boden zerstört.

»Sie *stirbt*?«, jammere ich.

Alec legt seine Jacke auf die Lehne der Couch, stützt sich darauf ab und beugt sich über mich, um mir einen Kuss auf die Wange zu geben.

»Was siehst du dir denn …? Oh. Ja.«

Ich bin entzückt, dass er mitten in einer Knutschszene zurückkommt, in der seine Filmpartnerin – die, wie mir Google ebenfalls verrät, Mariana Rebollini heißt – zu allem Überfluss oben ohne ist.

»Das sind ja wirklich interessante Aufnahmen«, sage ich. »Siehst *du* eigentlich Brüste, wenn ihr so etwas filmt?«

»Sie trägt Aufkleber«, sagt er, und als ich über die Schulter blicke, deutet er kurz auf seine Brust und schaut dann auf die Uhr. »Himmel, warum bist du überhaupt noch wach?«

»Konnte nicht schlafen.«

Er geht zu dem Kühlschrank in der kleinen Küchenzeile und holt eine Flasche Mineralwasser mit Kohlensäure heraus.

»Wow, wir haben heute ja eine Menge Bier vernichtet.« Er dreht den Verschluss auf und setzt sich zu mir auf die Couch.

»Kein Wunder, dass ich so kaputt bin.«

»Auf einer Skala von eins bis ›Außerhalb des Sets will ich nicht darüber sprechen‹: Wie unangenehm ist es, solche heißen Szenen zu filmen?«, frage ich und deute mit dem Kinn auf den Fernseher.

Alec legt mir einen Arm um den Nacken.

»Kommt drauf an.« Er setzt die Wasserflasche an den Mund und nimmt einen Schluck. »Manchmal ist es unangenehm, wenn jemand neu ist oder sich sehr unwohl fühlt …«

»Fühlst du dich manchmal unwohl?«

»Eigentlich nicht«, sagt er und stellt dann richtig: »Jedenfalls lasse ich es mir nicht anmerken. Wenn es ein Double ist, das du noch nicht kennst, kann es unangenehm sein. Aber normalerweise sind Sexszenen reine Routine. Am Set befindet sich nur wenig Personal, und es gibt eine unausgesprochene Übereinkunft, dass wir alle Profis sind und die Sache einfach ein Teil des Jobs ist. Diese Szenen sind dermaßen gestellt, dass es für die Schauspieler ziemlich unromantisch ist.« Er lehnt seinen Kopf an meinen. »Ich bin immer wieder überrascht, wie erotisch sie nach der Bearbeitung wirken.«

»Aber die hier«, sage ich und zeige auf den Bildschirm. »War die toll oder schrecklich?«

»Diese Szene war super.« Erneut nimmt er einen Schluck. »Ich war deprimiert, als die Figur aus der Serie gestrichen wurde. Mariana war witzig.«

»Du sagst das, als wäre jemand anders weniger witzig.« Als er mich fragend ansieht, ich lehne ich mich hinüber und küsse ihn auf die Wange. »Hat Elodie heute Abend ihren Drink über meinen Freund verschüttet?«

Er dreht sich zu mir, sein Blick wirkt schutzlos und überrascht. *Mein Freund.*

Normalerweise würde ich die Worte zurücknehmen oder sie bedeutungslos erscheinen lassen, aber es ist spät, und ich fühle mich total energiegeladen.

Alec stellt die Wasserflasche auf den Tisch. Dann zieht er mich nach hinten, sodass ich der Länge nach auf dem Sofa lande, und manövriert seine Hüften zwischen meine Schenkel.

»Nein.« Seine Lippen liegen auf meinem Mund, sein Atem kitzelt mich.

»Gut«, murmle ich.

»Ich bin zu müde, um jetzt noch darüber zu reden ...« Bei jedem Wort drückt er mir einen Kuss auf das Kinn, den Nacken, in die Kuhle unten an meinem Hals. »Aber morgen oder am Mittwoch ... wenn wir mal Zeit haben ... sollten wir darüber reden, was wir tun werden.«

»Tun?«

»Nach Sonntag.«

Nach Sonntag.

Die beiden Worte fallen auf mich wie eine Marmorplatte.

»Du meinst ... du und ich?«, hake ich nach, während er an meinem Schlüsselbein knabbert.

»Du und ich.« Er sieht mir wieder ins Gesicht und nickt. »Okay?«

Ich nicke ebenfalls und recke mich, um ihn zu küssen. »Okay.«

Aber am Dienstag fehlt uns die Zeit zum Reden. Ich habe morgens eine Besprechung mit Ian, und bevor ich damit fertig bin, ist Alec schon weg. Am Mittwoch steht er vor Sonnenaufgang auf, diesmal wegen eines Livestreams in Korea, den er vom Wohnzimmer der Suite aus erledigt, und ich weiß, dass ich mich nicht mal im Bett umdrehen darf, um bloß keine Geräusche zu machen. Kaum fünf Minuten nachdem er fertig ist, holt Yael ihn ab, was bedeutet, dass ich mich mit einem flüchtigen Abschiedskuss begnügen muss.

Ich rufe mir ins Gedächtnis, dass es immer noch mehr ist, als ich bekommen hätte, wenn ich in meiner Wohnung geblieben wäre. Hier kann ich ihn wenigstens sehen. Als ich mir vorstelle, die ganze Woche ohne Alec zu verbringen, fühlt es sich an, als trocknete etwas Lebenswichtiges in mir aus. Ich tue mein Bestes, um jeden Gedanken an das »Leben nach Sonntag« zu verdrängen.

Natürlich verbringe ich viel Zeit allein in der Suite, aber inzwischen habe ich mich daran gewöhnt. Auf diese Art kann ich wenigstens intensiv mit Ian an der Folgestory arbeiten. Und tatsächlich erweist sich dieser Mittwoch als Jackpot für den investigativen Journalismus. Nachdem Alec mit Yael verschwunden ist, erfahre ich, dass Ian es geschafft hat, eine vollständige Abschrift der Inhalte des Chatforums für die zwei Monate zu besorgen, in denen die unzweideutigen Videos dort geteilt wurden, und dazu die Benutzernamen all derer, die die Aufnahmen weitergegeben oder sich auf andere Weise damit beschäftigt haben. Diese Scheißkerle nennen die Frauen in den Filmen »Bambis«, verdammt noch mal, und noch nie zuvor habe ich größere Lust gehabt, jemanden fertigzumachen. Nicht mal bei der Sache mit Spence.

Es mag wenig überraschen, dass unsere erste Story zu Ermittlungen wegen Beamtenbestechung geführt hat, und Londons Metropolitan Police Service, auch bekannt als *The Met*, steckt mittendrin. Durch einen Abgleich der Aufnahmen aus dem Parkhaus mit denen des Maxson-Hotels können wir nachweisen, dass mindestens drei der Klubeigentümer – Gabriel McMaster, David Suno und Charles Woo – an den Tagen, an denen die Videos gedreht wurden, dort waren. Leider ist es nach wie vor schwierig, Josef Anders aufzuspüren. Er ist so wenig greifbar wie ein Gespenst.

Aber am Donnerstagmorgen schlägt die Bombe ein.

Als Alec mich anruft, sitze ich auf dem Bett und starre angestrengt auf den Bildschirm meines Laptops. Mir zittern die Hände … sie zittern bereits seit fast einer halben Stunde.

»Hi.«

»Hi, ich …« Er verstummt, vermutlich, weil meine Stimme schon beim ersten Wort verraten hat, wie angespannt ich bin. »Alles okay?«

»Kommt drauf an, was du unter ›okay‹ verstehst.« Während ich aufstehe und in der Suite auf und ab laufe, rauscht das Adrenalin durch meine Adern. *Holy Shit*, wir haben es tatsächlich geschafft!

»Erzähl's mir.«

»Bist du sicher, dass du genug Zeit hast?«

»Ja, ungefähr eine Viertelstunde. Eigentlich wollte ich mich nur mal bei dir melden.«

»Okay, gut.« Ich atme tief durch, um mich zu beruhigen. »Ungefähr vor einer halben Stunde hat die *Times* eine E-Mail von einer anonymen Quelle erhalten. Es steht nichts darin, aber es gibt einen Anhang: ein nur vier Sekunden langes, aber qualitativ gutes iPhone-Video von einem Paar, das auf einer Sitzbank Sex hat.«

»Okay«, sagt Alec gedehnt. Offenbar interessiert es ihn, aber er ist vorsichtig.

Ich erkläre, dass die Aufnahme offenbar heimlich von jemandem gemacht wurde, der sich in dem Raum aufhielt. Die Frau reagiert in dem Clip überhaupt nicht. Ihr Kopf liegt schief in einem seltsam spitzen Winkel, ihre Arme sind gebeugt und ruhen schlaff neben ihrem Kopf. Hämmernde Musik übertönt die meisten Geräusche, aber die bereinigte Audiodatei zeigt, dass während der kurzen Aufnahme niemand im Raum etwas sagt.

Bei 0:02:53 Sekunden erscheint am rechten Bildrand jemand mit polierten schwarzen Schuhen, bei 0:03:12 Sekunden taucht ein Becherglas mit einer klaren Flüssigkeit in der linken unteren Ecke auf. Offenbar befindet sich das Glas in der freien Hand der Person, die die Szene aufnimmt. Einzelheiten, die mit der Einrichtung des Jupiter übereinstimmen, sind im Hintergrund mühelos zu erkennen.

»Aber, Alec ... Okay, bist du bereit für das hier?«

»Soll ich mich lieber setzen?«

»Es geht nicht um Sunny«, versichere ich ihm rasch und schließe fest die Augen. Mein Puls rast. »Aber wir haben ein Gesicht.«

»Was? Wer ist es?«

»Josef Anders ist eindeutig als der Mann zu identifizieren, der den Geschlechtsakt vollzieht.«

»Oh mein Gott.«

»Und ein Tattoo auf seiner Hüfte war auf einer Reihe von Bildschirmfotos aus den Videos zu sehen, die in dem Chatforum geteilt wurden. Hier ist es zum ersten Mal eindeutig mit einem Gesicht verbunden.« Ich zögere. »Verstehst du, was das bedeutet? Wir haben ihn. Leider wissen wir nicht, wer die Frau ist, und wir haben keinen Beweis dafür, dass sie unter Drogen gesetzt wurde. Wir wissen auch nicht, ob der Sex einvernehmlich war, aber wir haben nun den Beweis, dass Josef in all diesen Videos zu sehen ist.« Ich blicke auf das Handydisplay, um sicherzugehen, dass er noch in der Leitung ist. »Alec?«

»Schreib es auf.«

»Oh, das werden wir, sobald wir …«

»Ich meine Sunnys Geschichte«, fällt er mir ins Wort. »Nimm sie mit in den Bericht auf.«

Ich erstarre. »Was? Ich dachte, sie will, dass die Informationen inoffiziell bleiben.«

»Sie hat mir neulich gesagt, dass sie mit der Veröffentlichung einverstanden ist, solange unsere Anonymität gewährleistet bleibt. Ich wusste nicht, ob oder inwiefern das hilfreich sein würde, aber das hier … Du musst nur auf alle Details verzichten, die auf ihre Identität hinweisen könnten. Keine Namen. Nichts über meine Freundschaft mit Josef. Nichts über ihn und Sunny. Nichts über Lukas. Schreib einfach, dass ein Mann von einem Freund gewarnt und aufgefordert wurde, eine gemeinsame Freundin abzuholen. Dass sie betäubt und vergewaltigt wurde. Schreib auf, was ich gesehen habe. Kannst du das tun?«

»Ich weiß nicht, ob ich Informationen von einer Quelle benutzen möchte, mit der ich ins Bett gehe.«

»Aber das ist doch nicht illegal, oder?«

Nein, ist es nicht, da hat er recht. Allerdings wird es nicht gern gesehen, vor allem bei einer derart großen Sache.

Doch vielleicht ist genau das der Punkt: Es *ist* eine große Sache. Und mit unserem neuen Beweis dafür, dass Anders der Täter ist, müssen aufgrund von Sunnys Geschichte – selbst ohne Angabe einer Quelle – die Vorgänge in jedem Video als potenzielle Vergewaltigung betrachtet werden.

Wir legen auf, und angesichts der Ungeheuerlichkeit dessen, was wir in der Hand haben, schlägt mir das Herz bis zum Hals. Ian und ich schicken der Met in London eine Kopie des Videos. Ich füge meinem Artikel Alecs anonyme Angaben hinzu. Es sind nur etwa hundert zusätzliche Wörter, aber er hat recht – sie machen die Sache erst rund. Ian und ich kontaktieren uns kurz über FaceTime, um das ganze Ding noch einmal durchzugehen.

Es ist ein schrecklicher Skandal, furchtbar grausame Dinge sind geschehen. Und so stolz ich bin, diejenige zu sein, die ihn aufdeckt, so schlecht fühle ich mich beim Gedanken an das, was diese Frauen durchgemacht haben. Darum empfinde ich am Ende so etwas wie Erleichterung, als unsere Blicke sich treffen und Ian kaum merklich nickt. Diese Story wird allen die Augen öffnen, und wir haben dafür gesorgt.

Aus professioneller Höflichkeit schicken wir den Text vorab an Alec. So etwas ist nicht üblich, aber in diesem Fall habe ich das deutliche Gefühl, dass er Gelegenheit haben sollte, sein

Einverständnis mit dem Wortlaut zu erklären, bevor der Artikel in Druck geht. Obwohl er noch durch die Produktion muss, ist er fertig, und er ist gut.

Ich lasse mich auf dem Bett zurücksinken. Mein Laptop rutscht von mir herunter, und ich blicke an die Decke. Zum ersten Mal habe ich das Gefühl, knallhart meinen Job zu machen. Ich habe das Gefühl, mein Leben endlich in die richtige Richtung zu lenken, und trotz meiner Angst vor einer Fernbeziehung hoffe ich, dass aus Alec und mir vielleicht etwas werden kann.

Mein normales Handy klingelt. Ich nehme es in die Hand und sehe auf dem Display Billys Gesicht.

»Rufst du mich an, um mir zu sagen, dass ich großartig bin?«

»Nein, ich rufe an, um dich zu fragen, was du heute Abend vorhast.«

Ich runzele die Stirn, denke nach. Ich kann mich nicht erinnern, dass Alec gesagt hätte, was er heute Abend tun will, aber da er mir nicht ausdrücklich gesagt hat, dass ich auf ihn warten soll, wird er vermutlich weg sein.

»Entweder bei meinen Eltern abhängen oder laufen gehen, schätze ich«, sage ich also. »Oder beides.«

»Meredith fühlt sich nicht wohl, und sie sollte mich zu der AP-Gala begleiten. Hast du Lust, an ihrer Stelle mitzukommen?«

Eine Gala der Associated Press? Mit meinem Boss? Verdammt noch mal, ja! Ich springe auf.

»Moment mal, ist das dein Ernst?«, frage ich dann.

»Hast du ein Abendkleid?«

Mit leerem Blick starre ich die Wand an. Mein schönstes Stück ist das rote Jerseykleid, das Alec und ich *Das nackte Kleid* getauft haben.

»Wann geht es los?«

»Ich komme um sechs bei dir vorbei.«

Ich löse das Handy von meinem Ohr, um auf die Uhr zu sehen. Es ist kurz vor zwei.

»Um sechs werde ich ein Abendkleid tragen«, versichere ich.

»Heute ist ein Wahnsinnstag für dich, Mädchen«, sagt Billy lachend. »Du wirst noch Großartiges leisten, da bin ich mir sicher. Also, bis heute Abend.«

Ich drücke mir das Kissen aufs Gesicht und schreie.

Alec kommt in die Suite zurück, als ich gerade meine Handtasche packe und mich zum Aufbruch bereit mache. Im Hereinkommen ruft er mir zu: »Ich habe deine E-Mail mit der Story gesehen und werde sie heute Abend lesen, wenn ich unterwegs...« Er legt seine Brieftasche und den Zimmerschlüssel in die Schale an der Tür und erstarrt, als er sieht, dass ich mich gerade auf den Weg machen will. »Wo gehst du hin?«

»Billy hat mich zu einer Veranstaltung eingeladen und holt mich später hier ab«, sage ich, immer noch atemlos und beschwingt, »aber vorher muss ich mir noch ein schönes Kleid besorgen.«

Alec macht ein langes Gesicht. »Ich habe ein paar Stunden Zeit, bis ich bei der AP-Gala sein muss. Ich hatte gehofft, wir könnten...«

Ich breche in Gelächter aus. »Das glaub ich jetzt nicht.«

Alec runzelt die Stirn. »Äh... doch?«

»Ich gehe mit Billy zur AP-Gala.«

»Wir nehmen an ein und demselben Event teil?« Er lässt die Schultern hängen, und ich verstehe sofort, warum.

»Ohne miteinander reden zu können«, ergänze ich und nicke. »Oder in einer Ecke rumzuknutschen.«

»Kauf dir ein total hässliches Kleid«, sagt er im Befehlston.

»Auf keinen Fall! Ich werde mir etwas Nuttiges besorgen.«

»Etwas aus Wolle und mit Rollkragen.«

»Lang genug, um ins Kloster zu gehen.« Ich grinse ihn an. »Stell dir nur den Sex vor, den wir später haben werden, nachdem wir einander den ganzen Abend lang bewusst ignoriert haben.«

Er kommt auf mich zu und nimmt mich in die Arme. »Du bist eine schreckliche Nervensäge.«

»Das liebst du doch an mir.« Ich hebe den Kopf, damit er mich küssen kann, und er gibt mir einen lauten Schmatzer.

»Es ist nur eins von vielen Dingen, die ich an dir liebe.« Ein weiterer Kuss, dann: »Und nun geh. Ich lese jetzt deinen Artikel.«

15

Am Ende kommt es im Kampf nuttig gegen zurückhaltend zu einem Kompromiss. Eden und ich finden bei Neiman Marcus ein bodenlanges schwarzes Chiffonkleid mit einem V-Ausschnitt, der genau über meinem Solarplexus endet. Das Kleid gibt so viel preis, dass ich dankbar bin für sein rutschfestes Innenfutter. Der Grund für die Wahl dieses Kleides ist zweifellos der, dass Alec Kim alles gefällt, was mit meinem Ausschnitt zu tun hat.

Eden und ich entscheiden uns für baumelnde Ohrringe und offenes Haar, auf eine Kette verzichte ich. Dann übe ich das Gehen auf Edens acht Zentimeter hohen Heels. Es klappt einigermaßen, und zum Glück muss ich ja auch nicht auf den Laufsteg.

»Fühlt man sich immer so, wenn man eins siebzig groß ist?«, frage ich Eden. »Ich bin berauscht von meiner Macht. Die Luft ist dünner hier oben.«

Sie lacht. »Warte, ich suche dir eine Clutch aus. Deine riesige Schultertasche kannst du nicht nehmen.«

»Entschuldige mal«, rufe ich ihr hinterher, »diese Schultertasche ist ein täuschend echt wirkendes Burberry-Imitat.«

Ein paar Sekunden später kommt Eden mit einer eleganten – und ebenfalls sehr überzeugend gefakten – Yves-Saint-Laurent-Clutch zurück und öffnet den Verschluss, damit ich meine Handys und Schlüssel, den Hotelzimmerschlüsselund einen Lippenstift hineinfallen lassen kann.

»Denk an die Regeln«, ermahnt sie mich.

Ich nicke pflichtbewusst. »Für gutes Licht sorgen. Nicht zu

viel trinken. Und wenn ich Chris Evans sehe, stecke ich ihm deine Nummer zu.«

»Und starr Alec nicht den ganzen Abend an.«

»Das kann ich dir nicht versprechen.«

Sie küsst mich auf die Wange und bugsiert mich gerade zur Tür, da ertönt am Bordstein eine Hupe.

Billy unternimmt einen heldenhaften Versuch, meine Brüste zu ignorieren, als ich auf dem Beifahrersitz Platz nehme.

»Gut«, sagt er nur – vermutlich, um mir mitzuteilen, dass mein Kleid schick genug ist –, dann fährt er los.

Während der Fahrt informiere ich ihn in groben Zügen über den Inhalt meines Artikels, und seine Fingerknöchel, die immer weißer werden, weil er das Lenkrad immer fester umklammert, verraten, wie aufgeregt er ist.

»Wann können wir das Ding endlich bringen?«, fragt er, als ich geendet habe.

»Ich würde gern das Okay von Mr Kim für den Teil einholen, der mit seinem Hinweis zusammenhängt.«

Er nickt. »Einverstanden.«

Mein Magen rebelliert. Die Sache zwischen Alec und mir ... mit jedem Tag, der vergeht, fühlt sie sich weniger wie eine flüchtige Affäre an. Bisher mag es okay gewesen sein, mich mit einem vorübergehenden Interessenkonflikt herauszureden, ihn damit zu rechtfertigen, dass Alec sich erst als Quelle gemeldet hat, nachdem wir bereits miteinander geschlafen hatten. Aber an diesem Punkt sollte ich es Billy wenigstens erzählen.

Er späht zu mir herüber, und als sich unsere Blicke begegnen, schrumpft der Wagen auf Fingerhutgröße zusammen. Wie immer ist Billys Blick scharf und einschüchternd. Zweifel tröpfeln in mein Blut wie Eiswasser, und das Geständnis bleibt mir in der Kehle stecken.

»Übrigens wird Alec Kim heute Abend dort sein«, fährt er ahnungslos fort und blickt auf die Straße vor uns. »Wenn er uns grünes Licht gibt, kann der Artikel morgen erscheinen. Schick ihn mir zu.«

Es dauert ein paar Sekunden, bis ich den Mut aufbringe, ihm zu widersprechen. Das Loch in meiner Magengrube ist der Instinkt, dem ich folgen muss, und hier geht es nicht nur darum, dass Alec mein heimlicher Geliebter ist. Es geht um gesellschaftliche Umgangsformen.

»Ich glaube kaum, dass ich Mr Kim bei einer Gala auf die Vergewaltigung seiner Schwester ansprechen kann.«

Billy mustert mich erneut, dann blickt er wieder nach vorn.

»Aha. Also keine Halsabschneiderin.« Seinem Ton kann ich nicht entnehmen, ob es sich um eine schlichte Feststellung oder eine Kritik handelt. »Na schön. Schick mir die Story einfach so, wie sie ist, George.«

Mir ist klar, dass er mich kein zweites Mal bitten wird, darum öffne ich meinen E-Mail-Account und leite sie an ihn weiter.

»Gib sie nicht weiter, bevor ich es sage.« Die Worte sind heraus, bevor ich es mir anders überlegen kann.

Billy lässt die Forderung ein paar Sekunden auf sich wirken, dann blickt er mich an, als hätte ich etwas sehr Dummes gesagt. Er könnte mich für meine Aufmüpfigkeit zusammenfalten, tut es aber zum Glück nicht. Stattdessen begnügt er sich mit einem trockenen und zugleich amüsierten »Mache ich nicht«.

»Tut mir leid«, murmle ich.

Zweifellos wird Billy den Artikel auf dem Handy lesen und den größten Teil des Abends darüber nachdenken. Währenddessen werde ich neben ihm stehen, so langsam wie möglich meinen Wein trinken und auf den passenden Moment warten, um beiläufig zu erwähnen, dass ich mit meiner Quelle geschlafen habe. Aber wenigstens habe ich dabei die Gelegenheit, Leute zu beobachten und Alec auszuspionieren, wenn er total in seinem Element ist.

Nachdem wir geparkt haben, weichen wir dem roten Teppich und den lauernden Fotografen aus und melden uns an. Die Party selbst ist so glitzernd und edel, wie man es von einer Gala im Beverly Hilton erwarten kann. Es läuft pulsierende, fröhliche Musik, die die Gespräche nicht übertönt; die Erlöse an der Bar gehen an Human Rights Watch, und an den Wänden ziehen sich Sitzgruppen entlang.

Billy und ich holen uns etwas zu trinken. Dann deutet er auf eine Seite des Raums, von der aus wir einen guten Blick auf den Eingang und die Bar haben, an der sich bald die meisten Gäste versammeln werden. Ich bin mit seiner Wahl auch deshalb einverstanden, weil das Licht dort sehr vorteilhaft ist. Im Geist gibt Eden mir ein High Five.

Er trinkt einen Schluck und holt, wie erwartet, sein Handy heraus.

»Ich wusste es.«

»Was wusstest du?«, fragt Billy, ohne aufzublicken.

»Dass du der Versuchung nicht widerstehen kannst, ihn zu lesen, sobald wir uns im Hotel befinden.«

»Das würde dir genauso gehen.« Er überfliegt die Worte und stößt einen leisen Pfiff aus. »Krass. Echt krass.« Er verstummt, trinkt einen Schluck Bier. »Wer hat den Teil über diesen Technikfreak geschrieben ... diesen Sano?«

»Ich.«

Er nickt und deutet mit der Flasche auf mich. »Super gemacht. Genaue Aufschlüsselung seiner Zeitachse. Diese Typen sind am Arsch.«

Ich öffne den Mund, um zu antworten und meinem Boss

für sein seltenes Lob zu danken, aber in dem Moment wandert mein Blick zu Alec hinüber, der mit Yael an seiner Seite hereinkommt. Während ich ihn von Kopf bis Fuß mustere, höre ich auf zu atmen. Er muss sich heute einen neuen Smoking gekauft haben. Dieser ist modern, schmal geschnitten und tiefschwarz. Auch sein Hemd ist schwarz, und der obere Knopf steht offen, sodass die glatte Haut seines Halses zu sehen ist. Keine Fliege. Lange, schlanke Beine. Haare aus der Stirn gekämmt. Er sieht aus, als wäre er von Wissenschaftlern erschaffen worden, um bei Frauen einen spontanen Eisprung auszulösen.

»Wo schaust du …?« Billy verstummt und folgt meinem Blick. Alec bewegt sich weiter in den Raum hinein, und die Gäste drehen sich nach ihm um. »Oh.«

Ich spüre, dass mein Boss mich ansieht, und mir ist klar, dass mein Schweigen seltsam wirken muss. Hastig versuche ich, meinen Gesichtsausdruck unter Kontrolle zu bringen.

»Mr Kim ist da«, weise ich schließlich auf das Offensichtliche hin.

»Mhm«, brummt Billy und fügt hinzu: »Ich sehe es.«

Warum habe ich Billy auf dem Weg hierher nicht einfach alles erzählt? Jetzt ist es ein eklatantes Versäumnis, noch dazu ein absichtliches.

Ein Vorstandmitglied von AP nähert sich Alec. Obwohl er strahlt, erkenne ich die Förmlichkeit in seinem Lächeln. Ich sehe, wie er körperlich auf Distanz bleibt, indem er dem Mann die Hand gibt, anstatt ihn zu umarmen. Mein Gehirn holt ein Bild hervor und deutet mit hämischer Dringlichkeit darauf: Alec, der mich in unserer Suite in die Arme nimmt, mich eine Nervensäge nennt und mir einen lauten, spielerischen Schmatzer gibt.

Widerstrebend löse ich den Blick von ihm.

»Kann es sein, dass es in deinem Kopf gerade einen Interessenkonflikt gibt?«, fragt Billy, und bei diesen Worten schießt mir so viel Adrenalin ins Blut, dass meine Lust augenblicklich abflaut.

Ich fühle, wie mir heiß die Angst an den Armen hinabkriecht. Okay, diesen Ausgang stelle ich mir jedes Mal vor, wenn das Thema Alexander Kim zwischen Billy und mir auftaucht, aber bisher haben wir Alecs Informationen nicht für die Story benutzt.

Und wenn Alec und ich es tatsächlich miteinander versuchen, wird Billy es zwangsläufig irgendwann mitbekommen. Er wird mich deswegen nicht gerade feuern, aber die Tatsache, dass ich mit der Quelle für eine derart große Story schlafe – die ich nun auch noch zurückhalte –, könnte die Dynamik zwischen meinem Boss und mir durchaus verändern. Sie könnte Einfluss darauf haben, welche Themen er mir in Zukunft anvertraut.

Ich schlucke schwer und beschließe, dass jetzt der richtige Zeitpunkt ist.

»Billy…«, setze ich an, aber er boxt mir spielerisch gegen den Arm und lacht.

»Komm schon, George. Ich ziehe dich doch nur auf.«

»Nein, tatsächlich muss ich dir…«

»Du bist hier drin nicht die Einzige, die in ihn verknallt ist.« Mit einem genervten Augenrollen erinnert mich Billy daran, dass wir keine persönlichen Hintergrundgeschichten bringen. »Entspann dich, Kleines.«

Damit ist die Gelegenheit vorüber. Ich spähe blinzelnd zu Alec hinüber, und mein Herz gerät vor lauter Nervosität ins Stolpern. Mir wird klar, dass Billy durchaus recht hat: Mindestens fünf Leute stehen in Alecs Nähe herum und warten auf eine Chance, ihn anzusprechen. Während sie so tun, als wären sie mit etwas anderem beschäftigt, beobachten sie ihn tatsächlich mit Adleraugen.

Eine mir bisher unbekannte Art von Adrenalin überschwemmt mein Blut, eine eifersüchtige Sorte. Am liebsten würde ich mich wie ein besitzergreifender Captain Kool-Aid durch die Menge drängen und mir seinen Arm um die Schultern legen.

Ist er nicht großartig? Er mag mich. Wir schlafen miteinander.

Als hätte er gespürt, dass ich ihn ansehe, hebt Alec den Kopf, und unsere Blicke treffen sich. Ich kann nicht anders, ich muss breit grinsen; er reagiert, indem er ein Lächeln unterdrückt. Dabei sehe ich, wie er mein Kleid betrachtet und sein Blick über meinen Körper wandert. Dann lenkt er seine Aufmerksamkeit langsam auf meine rechte Seite, wo Billy ein kleines bisschen zu nah neben mir steht. Das tut er nur, damit ich ihn über den misstönenden Lärm hinweg hören kann, aber trotzdem: zu nah.

In diesem Augenblick packt mich mein Boss bei den Schultern und dreht mich um, sodass ich mit dem Rücken zum Raum stehe. Auf diese Weise will er mir spielerisch zu verstehen geben, dass ich offenbar Hilfe brauche, um meinen Fokus neu auszurichten. Und das bedeutet, dass ich niemals erfahren werde, ob ich mir die aufflackernde Röte in Alecs Gesicht nur eingebildet habe oder nicht.

Gleich darauf schaltet Billy in den Geschichtenerzählermodus um, und als einige Kollegen zu uns stoßen, muss ich schon bald so sehr lachen, dass ich Alec vergesse, der auf der anderen Seite des Raumes steht, flirtend und mit einem Drink in der Hand.

Aber dann schließt sich eine kühle Hand um meinen Arm und dreht mich sanft um.

Es ist Yael, und von Nahem erkenne ich, wie fantastisch sie

heute Abend aussieht. Wie eine Statue. Ihr Haar, das sie normalerweise zu einem straffen Knoten zusammenbindet, ist offen und wild, dazu trägt sie einen Hauch blutroten Lippenstift.

»Alexander Kim bittet Sie um einen Moment Ihrer Zeit.«

Sofort schlägt mir das Herz bis zum Hals. »Äh... selbstverständlich.«

Billy schiebt mich förmlich weg und flüstert: »Hol dir seine Erlaubnis.«

Ich folge Yael, die mich durch den Raum, hinaus in die Lobby und einen Flur entlangführt, und frage mich, ob seine Erlaubnis alles ist, was ich bekommen werde.

Schweigend entfernen wir uns von der murmelnden Menge und biegen um eine Ecke.

»Ist alles in Ordnung?«, frage ich.

»Ich nehme es an.«

Eines muss ich Yael lassen: Sie ist diejenige, die am Ende dieser Reise wahrscheinlich den Geht-mir-am-Arsch-vorbei-Preis gewinnen wird, und es ist schwer, einer Frau den Respekt zu verweigern, die sich nicht verbiegt, um in L. A. Freunde zu finden. Sie führt mich zu einer privaten Damentoilette, die aussieht, als würde sie bei Hochzeiten den Angehörigen der Braut zur Verfügung stehen, ansonsten aber nicht benutzt werden. An zwei Wänden sind Waschtische und Spiegel angebracht, auf der anderen Seite des Raums steht Alec und blickt in Richtung Tür.

Yael winkt mich herein. Sobald ich den Waschraum betreten habe, schließt sie die Tür.

Langsam gehe ich auf Alec zu und genieße seinen Anblick. Ihm so nah zu sein, während er diesen Smoking trägt... ich glaube, ich brauche mein Riechsalz.

»Wünschen Sie ein offizielles Interview mit der *L. A. Times*?«

»Ich habe deine Story gelesen.«

Das Herz hämmert mir in der Brust. »Und?«

»Sie ist knallhart.« Seine dunklen Augen blitzen vor Stolz. »Ich habe sie an Sunny weitergeleitet, und ich denke, morgen früh kann ich dir eine Antwort geben.«

Ich weiß, das sind nicht die Nachrichten, die sich Billy wünscht. Aber Alecs Teil der Geschichte kennt niemand sonst, und da er erst heute beschlossen hat, damit an die Öffentlichkeit zu gehen, kann ich ihn schlecht zur Eile drängen. Ich hoffe, dass Billy der Familie Kim weitere zwölf Stunden Zeit gewährt.

»Okay.«

Alec zieht mich an sich und legt mir eine Hand auf den nackten Rücken. Sofort bin ich wie berauscht. Vor seiner Berührung war mir nicht klar, wie sehr ich mich bisher zusammengerissen habe.

»Du siehst fantastisch aus«, sagt er.

»Du auch.«

Er streicht mir mit der Nase über den Nacken. »Dieses Kleid.«

»Gefällt's dir?«

»Mmhm.« Er küsst mich aufs Kinn. »Den fehlenden Rollkragen lasse ich dir dieses Mal noch durchgehen.«

Seine Stimme hat sich verändert, klingt leiser, starrer.

»Alles okay?«, frage ich.

Alec löst sich von mir und richtet seinen Kragen. »Wer ist der Mann, mit dem du gerade zusammen warst?«

Ah.

»Der da hinten?« Ich deute mit dem Daumen über die Schulter. »Das ist Billy. Ich sollte dich ihm vorstellen.«

»Klar.« Besitzergreifend fährt er mir mit den Fingerkuppen

über das Schlüsselbein und die Schulter. »Ist er dein Boss?«, fragt Alec, den Blick auf mein Dekolleté gerichtet.

»Ja«, bestätige ich. Dann recke ich mich und küsse ihn aufs Kinn. »Er ist muffelig und perfektionistisch, und er braucht keinen Schlaf, aber er ist großartig.« Ich spüre die Worte, die er nicht ausspricht, wie ein immer straffer gespanntes Gummiband. »Alec?«

»Hm?«

»Bin ich hier, weil du eifersüchtig bist?«

Er blickt mir offen ins Gesicht. »Vielleicht ein bisschen.«

»Ist das dein Ernst?« Ich kann nicht anders, ich muss lachen. »Ehrlich gesagt bin ich überrascht, dass du mich überhaupt bemerkt hast.«

»Ich habe keine dreißig Sekunden gebraucht, um dich zu bemerken. Aber es hat ziemlich lange gedauert, bis du zu mir herübergeschaut hast.«

»Das stimmt nicht«, widerspreche ich. »Ich habe dich mit Yael hereinkommen sehen.«

»Mir ist inzwischen klar, dass diese Story dir viel Aufmerksamkeit einbringen wird.« Er streicht mir mit einem Finger über die Unterlippe. »Und dort ist ein Saal voller Männer, mit denen du vielleicht ausgehen wirst, sobald ich weg bin.«

Ich nehme sein Gesicht in beide Hände und schaue ihn an. Ist das sein Ernst? Ich kann mir nicht vorstellen, dass irgendein anderer Mann an ihn heranreichen könnte. Vor Alec wäre mir diese Art von Verbundenheit wie eine erfundene Geschichte vorgekommen, noch dazu wie eine völlig absurde Geschichte. Nun befürchte ich an jedem Morgen, dass dies die letzte große Liebesgeschichte meines Lebens sein könnte – was umso niederschmetternder ist, weil sie in wenigen Tagen zu Ende gehen wird.

Ich versuche, diese Gedanken in Worte zu fassen, aber es

gelingt mir nicht. Ich bin ein Gefäß aus dünnem Glas mit zu vielen flüchtigen Emotionen darin. Also verlege ich mich stattdessen darauf, ihn zu necken.

»Wie kannst du es wagen, eifersüchtig zu sein? Hast du dich selbst mal angesehen?«

Aber Alec spielt nicht mit. »Hast *du dich* mal angesehen?« Er fasst mich an den Schultern und dreht mich um, sodass ich in den Spiegel schaue.

Der Anblick, der sich mir bietet, verschlägt mir den Atem. Sicher, wir haben beim Zähneputzen nebeneinandergestanden, wir sind auf dem Weg aus dem Hotelzimmer an einem Spiegel vorbeigekommen und in unterschiedliche Richtungen davongegangen, und draußen auf der Terrasse sind wir von blitzsauberen Fenstern umgeben. Ich weiß also durchaus, wie unser Spiegelbild aussieht. Aber jetzt, beide komplett schwarz gekleidet, mit Spiegeln vor und hinter uns, die in immer kleineren Rahmen tausend Versionen eines Paares in Abendgarderobe reflektieren, sehen wir zusammen ... einfach *verdammt gut aus*!

Ich reiche ihm bis zur Schulter, und seine große Hand umfängt mich besitzergreifend an der Taille. Sein Teint ist goldbraun, meiner olivfarben. Seine Haare sind sorgfältig zurückgekämmt; meine fallen mir glatt und glänzend über den Rücken hinab. Seine Augen sind dunkel und gefühlvoll, meine nussbraun und funkelnd. Zusammen sind wir perfekt.

Und in diesem Moment, der vielleicht nur ein paar Sekunden dauert, weiß ich, dass wir beide dasselbe erleben: Wir sehen einander Seite an Seite in einem Film über die Zukunft. Wir begrüßen Freunde an der Haustür, gehen Hand in Hand durch L. A., stehen am Bett eines geliebten Menschen, vor dem Altar ...

Ich blinzle, und die Bilder sind verschwunden. Jetzt gibt es nur noch uns zwei vor tausend Abbildern in einem von goldenen Lichtern eingerahmten Spiegel. Doch ich erkenne an seiner Miene, dass er dasselbe gesehen hat wie ich.

Er schiebt meine Haare beiseite und beugt sich über mich, um mich auf den Hals zu küssen, und ich kann den Blick nicht von unserem Spiegelbild abwenden. Ich sehe, wie er eine Hand an meiner Seite hinauf und über meine Brust gleiten lässt, wie er sie auf dem tiefen V-Ausschnitt des Bustiers spreizt und meine Brust umfasst.

»Ich schwöre, ich bin nicht besitzergreifend«, sagt er leise. »Meistens jedenfalls.« Wir blicken beide auf das Spiegelbild seiner Fingerkuppen, die über dem Abendkleid träge Kreise um meine Nippel beschreiben. »Warum empfinde ich dann so?«

»Ich weiß es nicht. Sag du es mir.«

»Ist es verrückt, nach nur elf Tagen so zu empfinden?«

»Ich meine es ernst«, sage ich. »Warum *fühlst* du so?«

Er sieht mir in die Augen. »Hast du nicht richtig hingeschaut?«

»Ach komm.« Ich halte seine Hand auf meiner Brust fest. »Was mein Aussehen betrifft, bin ich durchaus selbstsicher, aber schöne Frauen gibt es überall. Das ist nicht der Grund, warum du ausgerechnet für mich solche Gefühle hast.«

Es ist seltsam, wie die Frage in meinem Geist auf die Größe eines Heißluftballons anzuschwellen scheint, der jeden anderen Gedanken mit sich nimmt. Warum ich? Warum jetzt? Und Himmel, warum ist es, wie es ist?

Er schließt die Augen, küsst mich auf die Schulter.

»Okay.« Er nickt, scheint über meine Worte nachzudenken. »Abgesehen von der Chemie zwischen uns? Mir ist bewusst, dass du wirklich erstaunlich bist. Du bist nach London gegangen, um für eine Story zu recherchieren, die du zufällig auf

Twitter gesehen hast, und du hast den Mut, am Ball zu bleiben, obwohl die ganze Geschichte echt düster ist.«

Er hebt den Kopf, sieht mir in die Augen.

»Dein langjähriger fester Freund hat dich ein ganzes Jahr lang in einer extrem wichtigen Angelegenheit belogen, und du hast die Stärke besessen, ihn vollständig aus deinem Leben zu streichen«, fährt er fort. »So vollständig, dass du, nachdem du von seiner Lüge erfahren hast, erstens nicht mehr mit ihm gesprochen und dich zweitens von all euren Freunden getrennt hast, die dir einreden wollten, dass du ihm verzeihen sollst. Du hast mir die Hölle heißgemacht, weil ich dir nicht gesagt habe, wer ich bin, und du lässt dir von Yael nicht ihren Willen aufzwingen. Du bist witzig und verletzlich und ehrlich. Du starrst dein Spiegelbild nicht an, es sei denn, ich weise dich darauf hin. Du bist realistisch und selbstsicher. Du weißt, woher ich komme und wer ich war, bevor ich Alexander Kim geworden bin. Im Bett legst du eine Leidenschaft an den Tag, die ich nie zuvor erlebt habe, und jedes Mal, wenn ich etwas Neues über dich erfahre, scheine ich noch mehr zu f...« Er verstummt, sein Mund formt langsam ein Wort, ehe er fortfährt: »Ich scheine dann immer mehr für dich zu empfinden.«

Um mein Lächeln zu unterdrücken, beiße ich mir auf die Lippe.

»Ich nehme an, diese Antwort ist akzeptabel?«, fragt er und mustert mich mit glänzenden Augen.

Lachend drehe ich mich zu ihm um und umarme ihn.

»Ja, diese Antwort ist akzeptabel«, bestätige ich.

»Ich kann dich mindestens einmal im Monat nach London holen«, sagt er, und erneut wandert sein Blick über mein Gesicht. »Ich möchte mit dir zusammen sein.«

»Ich möchte auch mit dir zusammen sein.«

Und damit ist es beschlossene Sache.

16

Mehrere Stunden und eine beträchtliche Anzahl an Drinks später lasse ich Billy im Gespräch mit einigen Kollegen zurück und gehe hinaus. Am Bordstein vor dem Hotel wartet eine Reihe von Wagen, die sich die gesamte Straße entlangzieht. Mein Ziel ist die Uber-Schlange auf der anderen Straßenseite, doch auf einmal fällt mir eine große Gestalt in einem schwarzen Anzug ins Auge. Ein wilder Schopf roter Haare fällt ihr über die Schultern. Diese erneut überraschende Version von Yael lehnt an der Beifahrertür und liest etwas auf ihrem Handy. Als hätte sie mich in der Menschenmenge instinktiv wahrgenommen, blickt sie auf und signalisiert mir mit einer Geste, zu ihr zu kommen.

Lächelnd bleibe ich vor ihr stehen. »Ich hab's dir vorhin nicht gesagt, aber deine Haare sehen echt toll aus.«

Sie nickt, gibt aber erwartungsgemäß keinen Kommentar dazu ab. Ich rechne mit einer Strafpredigt oder einem Update, vielleicht auch Anweisungen, wie ich in die Suite zurückkehren soll, ohne Alec zu begegnen. Vielleicht wird sie mir sogar befehlen, heute Abend nach Hause zu fahren. Aber zu meiner Überraschung öffnet sie die Tür zum Fond des Wagens und fordert mich mit einer Handbewegung zum Einsteigen auf.

»Er besteht darauf.«

Alec sitzt auf der Rückbank, sein Gesicht liegt zum Teil in der Dunkelheit verborgen. Ich möchte ihn fragen, was, um alles in der Welt, er sich dabei denkt, mich vor der Location eines AP-Events zum Einsteigen in seinen Wagen aufzufordern. Ich bin zwar kein Promi, aber wir sind an einem Ort, an dem jeder, den es interessiert, schnell herausfinden kann, wer ich bin. Und dann ist es leicht, die Verbindung zu dem Artikel in der *L. A. Times* herzustellen. Auch wenn sein Beitrag noch nicht veröffentlicht wurde, ist Alecs Privatsphäre in Gefahr, und es sind immer noch mindestens vierzig Personen hier, die Yael als diejenige erkennen könnten, die sie ist.

Yael steigt auf den Beifahrersitz und sagt dem Fahrer leise, dass wir abfahrbereit sind. Stille macht sich im Wagen breit.

Alec legt seine Hand auf meine, aber das ist der einzige Kontakt, den wir riskieren. Ohne zu reden, sitzen wir aufrecht da und schauen nach vorne. Ich glaube, wenn ich ihn noch einmal in diesem Smoking ansehe, werde ich die Anwesenheit der missbilligend dreinblickenden Yael ebenso vergessen wie den Umstand, dass der arme Fahrer garantiert nicht sehen möchte, wie ich auf der Rückbank rittlings auf Alec sitze. Der hat den Blick auf sein Handy gesenkt und tippt mit einer Hand etwas ein, während ich mein vibrierendes Batphone aus der Clutch hole.

Ich wollte nicht ohne dich schlafen.

Lächelnd blicke ich auf das Display und antworte: Es wäre echt deprimierend, allein zu sein und dich in der Nähe zu wissen.

Noch drei Nächte. Ich werde mir keine entgehen lassen.

Anstelle einer Antwort drücke ich ihm die Hand und schlucke die Traurigkeit hinunter, die in mir aufsteigt. Langsam zieht er unsere Hände auf seinen Oberschenkel.

»Hast du dich noch gut amüsiert, nachdem wir miteinander

gesprochen haben?«, erklingt seine Stimme in dem betretenen Schweigen.

Ich zucke überrascht zusammen, sehe erst ihn und dann Yael an. Zweifellos ist sie die strenge Lehrerin, und ich bin die widerspenstige Schülerin, die ständig die Regeln bricht, während der Musterschüler – mein Mittäter – jedes Mal ungeschoren davonkommt.

»Erstaunlicherweise ja. Eigentlich hasse ich solche Events.«

Es ging vor allem darum, mit anderen Journalisten in Kontakt zu kommen, Geschichten auszutauschen und neue Informationen zu bekommen. Es war lustig und ziemlich anstrengend – das Übliche also, nur in schickeren Klamotten.

Er zieht meine Hand höher, sodass sie oben auf seinem Schenkel liegt. In dem dunklen Wagen wirkt die Geste wie eine Aufforderung.

Ich sehe ihn forschend an, aber er blickt nach vorn, zieht nur kurz amüsiert eine Braue hoch. Also begnüge ich mich damit, den kleinen Finger abzuspreizen und über seinen hinter dem Reißverschluss halb erigierten Schwanz zu streichen. Aus dem Augenwinkel sehe ich, wie sich seine Brust hebt, als er scharf einatmet.

Ich bin immer noch aufgewühlt, weil ich ihn auf der anderen Seite des Raumes mit Promis und Nobodys gesehen habe, die allesamt ein kleines bisschen von seiner Aufmerksamkeit wollten. Und ich bin aufgewühlt von unseren gestohlenen gemeinsamen Minuten auf der halb privaten Damentoilette.

»Ich habe mich übrigens auch amüsiert«, sagt er nach längerem Schweigen. »Vermutlich weil ich wusste, dass du dort warst.«

Ich mustere ihn mit großen Augen und lege den Kopf schief.

Warum flirtest du in Yaels Anwesenheit derart ungehemmt mit mir?

Sein Lächeln ist wie weggewischt, als ich meine Hand noch ein Stückchen höher schiebe und nun mit drei Fingern über seinen Schaft streiche. Er ist hart, und jetzt ist er es, der mich schockiert anstarrt. Dabei hat er meine Hand selbst dort hingelegt. Hat er etwa erwartet, dass ich seine Erektion ignorieren würde?

Während ich ihn auf diese flüchtige Art berühre, führen wir auf dem Rücksitz ein nichtssagendes Gespräch. Der Fahrer folgt der Standardroute zurück zu Alecs Hotel, aber anstatt davor anzuhalten, fährt er weiter und lenkt den schnittigen schwarzen BMW in eine enge Gasse, die bis auf die gelben Lichtkegel der Straßenlaternen dunkel ist.

Nachdem er den Wagen vor zwei schweren Stahltüren geparkt hat, steigt er aus, öffnet die Tür für Alex und geht anschließend um das Auto herum zu mir. Dann gibt er am Dienstboteneingang etwas in eine Tastatur ein, woraufhin die Tür sich öffnet, und kehrt zum Wagen zurück.

Yael folgt uns. Sie rauscht förmlich in das Gebäude hinein und scheint genau zu wissen, wohin wir gehen.

Hier ist deutlich zu sehen, dass in diesem Hotel gearbeitet wird. Ich sehe von breiten Karren zerkratzte Wände und Farbe, die durch häufige Zusammenstöße mit Reinigungsgeräten an manchen Stellen abgeplatzt ist. Yael marschiert uns voran zu einem Lastenaufzug und drückt auf den Knopf für das zehnte Stockwerk.

Beim Hineingehen nimmt Alec meine Hand, und Yael tut so, als bemerkte sie es nicht. Offenbar beeindruckt mich sein Eingeständnis, dass wir hinter verschlossenen Türen ein Paar sind, mehr, als mich ihre Missbilligung einschüchtert. Dennoch wiegt ihr Urteil schwer. In angespanntem Schweigen fahren wir nach oben und verlassen den Fahrstuhl in derselben steifen Stille.

»Seid vorsichtig«, sagt Yael, ehe sie in die entgegengesetzte Richtung zu ihrem eigenen Zimmer davongeht.

Normalerweise würde ich nun darüber witzeln, wie sehr sie mich zu mögen scheint und dass sie jetzt vermutlich weiß, dass ich bei ihm im Hotel wohne. Ich würde scherzhaft anmerken, dass ich den mürrischen Schwiegervater offenbar noch von mir überzeugen muss, aber die Atmosphäre zwischen uns ist nach der Rückfahrt extrem aufgeheizt. Ich kann an nichts anderes denken als an seine Härte unter meinen Fingern, an das »Wir sehen uns später«, das er an meinem Hals geflüstert hat, bevor ich die Damentoilette verlassen habe, und an seine durchdringende, hungrige Präsenz in diesem Augenblick.

Er zieht die Schlüsselkarte durch das Lesegerät, stößt die Tür auf, und sobald wir allein sind, löst sich unsere Zurückhaltung in Luft auf. Wir sind uns offenbar einig, dass jeder seine Klamotten so schnell wie möglich loswerden sollte. Während ich ihm in die Augen sehe, löse ich den Verschluss in meinem Nacken und lasse das Kleid auf den Boden fallen. Mit einem Ruck öffnet er den obersten Knopf seines Hemdes, dann mit geschickten Griffen auch die restlichen Knöpfe.

Rückwärtsgehend streife ich Edens High Heels ab, schiebe mir den Slip über die Hüften hinunter und lasse ihn irgendwo im Flur liegen.

Mit einem spielerischen Knurren packt Alec mich an der Taille, während er seinen Slip zur Seite tritt.

»Komm her!«, flüstert er lachend in meinen Mund und hebt mich hoch.

Seine harte Brust gleitet über die weichen Rundungen meiner Brüste. Dann dreht er sich um, drückt mich an die Wand und legt sich meine Beine um die Taille.

Keuchend dringt er mit einem einzigen tiefen Stoß in mich ein und stöhnt leise vor Erleichterung.

»*Holy Shit*, fühlst du dich gut an.«

Ist es wirklich erst ein paar Stunden her, dass ich ihn das letzte Mal gespürt habe? Es kommt mir vor wie eine Ewigkeit. Ich möchte jedes Gefühl, das er in mir weckt – Glück, Sicherheit, Verlangen –, in eine Berührung verwandeln und es in seinen Körper zurückfließen lassen.

Schon nach wenigen Stößen merke ich, dass es diesmal anders ist, und zwar so gut, dass mich eine paradoxe Welle aus Verzweiflung und Euphorie überkommt. Gefangen zwischen seinem Körper und der Wand, spüre ich, wie sich meine Welt mit jedem Atemzug ausdehnt und wieder zusammenzieht.

Alec ist wie Samt, der sich in mir bewegt, und ich bin wild. Mit beiden Händen umklammere ich seinen Rücken, bringe sinnlose, flehende Worte heraus, weil er mit solch weicher Haut über solch unglaublicher Härte in mich eindringt. Obwohl er mir bereits alles gibt, bin ich gierig und will mehr. Wir sind hart und weich, steif und nass, *oh Gott*, so nass. Alles fühlt sich schlüpfrig an ...

Alec hält inne, sein Atem geht unregelmäßig und heftig.

»Warte. *Shit*.«

Und in diesem Augenblick weiß ich es: Es gibt nur noch uns. Nur noch ihn, der in mir ist, ohne Barriere. Ohne Kondom. Wie konnten wir das vergessen? Und wie ist es möglich, dass diese kleine Unterlassung die Gefühle beim Sex mit ihm derart grundlegend verändert?

»Warte«, sagt er erneut, sanfter diesmal, und ich höre eine andere Bedeutung aus den beiden Silben heraus. *Warte* bedeutet in diesem Fall nicht *Stopp*. Es ist seine Bitte an mich, ihn noch einen Moment länger so verweilen zu lassen, schließlich hat auch er mich noch nie auf diese Art gespürt.

Alec hält still, was ihn offensichtlich große Mühe kostet, denn seine Arme zittern. Mit jedem heftigen Atemzug dringt er ein Stück in mich ein und zieht sich dann kaum merklich wieder zurück. Wenn er in mir ist, so heiß und hart, spüre ich jedes winzige Detail. Tief in mir berührt er die Stelle, die sich schmerzlich nach ihm sehnt. Ich weiß, wenn ich die Augen schließe, mich auf den Druck seines Körpers konzentriere und mich um ihn zusammenziehe, werde ich kommen.

Es ist der reine Wahnsinn, wie er mich ausfüllt. Aber er ist so hart und sein Körper derart hungrig, dass es mich fast überwältigt, und ich verfüge nicht über seine Disziplin. Ich schiebe ihm die Hände ins Haar und wiege mich an ihm, schließe langsam die Fäuste und öffne sie wieder. Zärtlich liebkose ich seinen Adamsapfel mit der Zunge, koste die salzige Süße seiner Haut. Ich liebe es, wie er schmeckt! Ich glaube, gleich nach seiner tiefen, leisen Stimme wird mir die Wärme seiner Haut an meinen Lippen am meisten fehlen.

Alec stöhnt, als meine Zähne seinen Hals streifen, und ich stehe kurz vor einer so gewaltigen Explosion, dass ich erleichtert bin, von ihm gehalten zu werden. Ich bin sicher, meine Beine werden unter mir nachgeben.

So nah. Ich spüre, wie er noch größer und härter wird, und meine eigene Erlösung kommt näher, füllt jede leere Stelle in mir aus.

»Gigi!« Seine Stimme ist eine heisere Warnung, dass er nicht mehr lange durchhalten wird.

»Ich bin ganz kurz davor«, flüstere ich mit zitternder Stimme. »Ich komme gleich.«

Stöhnend drückt er die Stirn an meinen Hals und hält meine Hüften umklammert. »Wenn du so weitermachst, komme ich auch.«

Ich drehe den Kopf, sodass meine Lippen seine Schläfe berühren. Soll ich dafür sorgen, dass wir aufhören, oder die Worte aussprechen, die mir die Kehle zuschnüren?

Die Worte gewinnen.

»Ich verhüte«, sagte ich. »Das weißt du.«

Er hat die Packung auf der Ablage im Bad gesehen, hat gesehen, wie ich die Pille eingenommen habe.

»Ich weiß.«

Alec schaut mir lange ins Gesicht, dann trägt er mich ins Schlafzimmer. Er setzt mich auf dem Bett ab, und wir ziehen die Decken zurück, legen uns nebeneinander auf die frischen, sauberen Laken. Gierig ziehe ich ihn an mich. Er ist überall warm und weich und gleichzeitig hart.

Als ich ihn umschlinge und an seinem Hals glücklich Worte der Erleichterung murmle, greift er auf den Nachttisch und schaltet die Lampe ein. Seine Haut ist in gedämpftes Licht getaucht, und das Spiel aus Licht und Schatten bringt das Relief seiner Muskeln wunderschön zur Geltung. Alec Kims Körper ist das atemberaubendste Kunstwerk in Los Angeles und weit darüber hinaus.

»Ich hatte noch nie Sex ohne Kondom«, gesteht er.

Seine Hand um meine Brust fühlt sich vertraut an. Er beugt sich darüber und küsst sie. Dennoch kühlt sich mein wollüstiges Gehirn sofort ab.

»Wir können eins benutzen, wenn du dich unwohl fühlst. Ich hätte dich nicht unter Druck setzen dürfen...«

»Nein«, sagt er und lässt eine Hand an meiner Taille hinunter und über die Wölbung meiner Hüfte wandern. »Ich versuche nur, mich ein bisschen zu bremsen.«

Ich sehe, wie sich sein Gesichtsausdruck verändert, als er dem Pfad seiner Hände mit dem Blick folgt. Er umfasst mich in der Kniekehle und legt sich das Bein um die Hüfte. Sein Mund öffnet sich, als er zwischen uns greift und in mich eindringt.

Und dann kann ich die Augen nicht mehr offen halten.

Wenn wir miteinander schlafen, denke ich jedes Mal: *Ja, das ist es, mehr kann ich nicht empfinden. Das hier ist der Gipfel des Verlangens.* Aber ich habe vergessen, wie Sex ohne Kondom sein kann, dafür ist es zu lange her. Irgendwie fühlt sich einfach alles nach *mehr* an.

Er dringt so tief wie möglich in mich ein, während er eine Hand spreizt und besitzergreifend auf meinen unteren Rücken legt.

»Mach noch mal dasselbe wie gerade eben.«

Mund an Mund, offen und fieberhaft, hungrig und nass, wiege ich mich an ihm. Ich ziehe mich in einem Rhythmus um ihn herum zusammen, der neckend beginnt, dann aber immer heftiger wird, bis ich seinen Namen schreie, ihn um Hilfe anflehe und mich für einen Orgasmus wappne, der so intensiv wird, dass ich in einem lautlosen Schrei gefangen bin.

Alec sieht zu, wie mir die Röte über Brust und Hals kriecht, meine Wangen flutet. Indem er beginnt, sich langsam in mir zu bewegen, lockt er die Lust aus mir heraus und verlängert sie, bis endlich erneut ein Schrei aus meiner Kehle hervorbricht, heiser und verzweifelt diesmal.

Alec erstickt ihn mit seinem Mund, schluckt ihn hinunter, bis ich keuchend und atemlos neben ihm zur Ruhe komme. Dann legt er sich auf mich, streicht mir das Haar aus der verschwitzten Stirn und küsst mich. Seine Augen sind dunkel und schimmern wild. Schließlich packt er mich mit seinen großen Händen an den Hüften und zieht mich mit sich. Er erhebt sich auf die Knie, lässt sich auf die Fersen sinken und legt meine Beine auf seine Oberschenkel. Vorsichtig greift er über meinen Kopf hinweg nach einem Kissen und schiebt es mir unter den Rücken.

»Okay?«

Ich nicke, bin noch benommen, meine Lippen und Zehen

kribbeln. Als er nach unten greift und sich selbst anfasst, schließe ich meine Hand um seinen Unterarm, denn ich will die hypnotisierende Anspannung der Muskeln dort fühlen.

Und so starrt er hingerissen nach unten, während er mich mit der harten, geschwollenen Spitze neckt, bevor er ein kleines Stück in mich eindringt, nur um sich gleich wieder zurückzuziehen.

»Sieh dich an.« Er beißt sich auf die Unterlippe, seine Nasenflügel beben vor Begierde. »Du bist nass bis zu den Schenkeln.«

Er hebt das Gesicht zur Decke, atmet tief durch und richtet den Blick dann wieder nach unten, um dasselbe noch einmal zu tun.

»Muss ich etwa da runtergehen und dich mit der Zunge sauber machen?« Boshaft lächelnd schaut er mir ins Gesicht. »Siehst du, wie nass ich von dir bin? Sieh hin, Gigi.«

Aber ich kann nicht, schließe fest die Augen. Erneut fühlt sich in meiner Brust alles eng und chaotisch an. Wie schafft er es nur, mich so schnell in ein ursprüngliches, ungezähmtes Wesen zu verwandeln? Neben meinem Herzen ist eine heulende Bestie eingesperrt, die um sich tritt und nach seiner vollen Länge verlangt.

Fick mich, denkt die Bestie. *Mit der Zunge, dem Schwanz, deiner Hand. Ist mir egal. Schieb alles in mich hinein*, bettelt sie. *Egal, was.*

Stattdessen dringt Alec ein weiteres Mal kaum spürbar in mich ein und zieht sich wieder zurück. Es ist wie in unserer ersten Nacht, aber diesmal ist da nur seine Haut, seine unglaubliche Hitze. Und diesmal ist da auch Gefühl, roh und zerbrechlich, aber echt.

Außerdem weiß ich diesmal, dass er länger so weitermachen wird. Er wird mich fertigmachen, indem er mich neckt. Sich zurückhält und Zentimeter für Zentimeter seinem eigenen Point of no Return nähert.

Ich bin gerade erst gekommen. Ich sollte ausgelaugt und unglaublich erleichtert sein, aber stattdessen fühle ich mich erneut hohl, angeschwollen und schwer. Ich versuche, ihm ins Gesicht zu sehen, mich auf das Vergnügen zu konzentrieren, das er an der Beherrschung hat, doch tief in meinem Innern sehne ich mich verzweifelt danach, dass er grob und so tief in mich eindringt, dass es mir den Atem verschlägt. Sobald seine Schwanzspitze mich ein bisschen dehnt, zieht er sich wieder zurück und stößt ein raues Knurren aus. Bei jedem weiteren Mal dringt er wenige Zentimeter weiter in mich ein, und ich habe inzwischen jeden Halt verloren.

»Du machst mich verrückt«, bringe ich flüsternd heraus.

»Ich weiß.« Er streicht mit dem Daumen über meine Perle und umkreist sie dann mit der harten Spitze seines Schwanzes. »Du bist wie nasse Seide. Ich kann nicht anders, ich muss dich ficken.«

»Ja, bitte!«

»Gleich«, krächzt er, »noch kann ich nicht aufhören, mir das hier anzusehen. Ich denke ständig...«, sagt er und schluckt, »... *nur noch einmal. Einmal noch, dann halte ich es nicht mehr aus. Aber dann will ich es doch noch mal sehen. Der Anblick, wie ich in dich eindringe...*«

Er verstummt und senkt erneut den Blick.

Sein Gesicht fasziniert mich. Alecs Miene ist geradezu hypnotisch, während er immer wieder dasselbe tut – leicht in mich eindringen, sich zurückziehen, mit der Schwanzspitze um meine Perle kreisen, dann wieder zurück, leicht eindringen, wieder hinaus. Die pralle, weiche Rundung seiner Lippen, der strenge Ausdruck seiner gerunzelten Stirn... es ist fast zu viel. Ich sollte die Augen schließen, um mich in diesem

Moment auf dem Bett und auf dieser Erde zu verankern, aber ich kann ebenso wenig den Blick abwenden wie er.

Ich weiß, warum er nicht damit aufhören kann, denn inzwischen bin ich eine Expertin für Alec Kim als Liebhaber geworden: Er liebt es, die Dinge auf diese Art hinauszuzögern. Er versteht es, seinen Körper warten zu lassen und dann regelrecht zu explodieren. Doch während ich zusehe, wie er die Erfahrung konzentriert und Zentimeter um Zentimeter auskostet, wird mir klar, dass dahinter noch etwas anderes steckt, etwas Zärtlicheres, Aufrichtigeres: Das hier ist ein erstes Mal. Es wird immer wieder markerschütternd sein, sich gegenseitig auf diese Art zu spüren, aber nie wieder werden wir dieses Gefühl zum ersten Mal erleben. Und so trete ich mit ihm in diesen Kreislauf ein: Nur noch einmal möchte ich die wilde Erleichterung des Eindringens sehen, den schönen Verlust, wenn er sich zurückzieht, die angespannte Erwartung, wenn er sich mir erneut nähert.

»Ich bin kurz davor«, flüstert er angespannt, als spräche er mit sich selbst. Er zieht die Luft durch die Zähne ein, streichelt seine Erektion und schließt fest die Augen. »Gigi, ich bin überall nass von dir.«

Der sichtbare Riss in seiner Entschlossenheit macht mich fertig, und nun ist die gierige Bestie wieder da, lauter als zuvor, heftiger um sich tretend. Immer wieder sage ich ihm, dass ich kurz davor bin, *ich bin so weit*. Ich stoße ein gotteslästerliches Flehen aus, bettle ihn an, mich zu ficken, aber er neckt uns beide ein weiteres Mal, und noch einmal, immer wieder, bis ich spüre, wie ich den Verstand verliere und mir eine Träne über die Schläfe ins Haar läuft. Dennoch weiß ich genau: Wirklich verrückt werde ich erst, wenn er aufhört.

Ich bin so kurz davor.

Abrupt stößt er einen Laut aus, und ich blicke ihm ins

Gesicht. Schweiß glänzt wie Sternenstaub auf seiner Stirn, seinen Lippen, seinem Hals.

»Oh Gott«, flüstert er, und seine Stimme bricht. »Ich kann nicht ...«

Nur wenige Zentimeter weit ist er in mich eingedrungen, und ich brauche ihn ganz, doch schon wieder zieht er sich zurück und reizt meine Perle. Alec knurrt vor Ekstase, sein Kiefer mahlt, die Augen blitzen.

»Oh *Shit*!« Seine Stimme klingt noch angespannter, als er den Unterkörper senkt und nach vorne bringt. Flach und abgehackt atmend, fickt er mich mit winzigen wiegenden Bewegungen. Er schließt die Augen, dringt tiefer in mich ein. »Oh ... Oh mein Gott.«

Bitte, flehe ich lautlos. *Bitte, gib dich endlich hin.*

Aber auch: *Bitte, hör niemals damit auf.*

Ein vertrautes heftiges Stöhnen verrät mir, dass er gleich kommt, aber er zieht sich noch einmal zurück und keucht: »Nein«, streichelt den Wahnsinn zwischen meinen Beinen und tippt mich mit seinem unglaublich harten Schwanz an. Ich stehe an der Schwelle, fühle, wie mein Orgasmus unaufhaltsam näherkommt, aufsteigt wie der Mond ...

Ich kann das Schluchzen nicht unterdrücken, das sich meiner Kehle entringt, eine Flut von Emotionen schwillt an und tritt über die Ufer. Ich bin so weit. Ob er vollständig in mich eindringt oder nicht, ich komme. Nur durch die neckenden Streicheleien, durch die reine Erwartung hat mein Körper seine Belastungsgrenze erreicht. Ich heiße die heftigen Zuckungen willkommen, ich *will sie*, ich will sie so sehr!

Während Alec endlich ein Stückchen weiter in mich eindringt, gerade genug, um mich über den Rand zu stoßen, beobachtet er mich und verliert seinerseits die Kontrolle. Grob stößt er bis zum Anschlag in mich hinein und schreit in dem

Augenblick erlöst auf, in dem ich heftig komme. Er gibt mir alles, was er hat, und die Lust rast auf mich zu wie ein Zug, sodass alles in meinem Blickfeld schwarz wird.

Ich verpasse den Augenblick, in dem auch er so weit ist, aber an seinem Keuchen einige Sekunden danach erkenne ich, wie heftig es war. Alec lässt sich zur Seite fallen und zieht mich an seine Brust, küsst mich auf die nassen Wangen, auf den Hals.

»Gigi.« Er hält inne, streichelt erneut meine Wange. »Weinst du?«

»Zu kaputt«, bringe ich mühsam heraus. »Kann nicht sprechen.« Meine Arme sind schwer wie Beton, als ich sie um seine Schultern legen will. Ich gebe den Versuch auf. »Geht nicht.«

Er lacht atemlos. »Gib mir eine Sekunde, dann bringe ich uns unter die Dusche.«

»Bring die Dusche lieber hierher.« Meine Stimme klingt wie unter Wasser. »Habe ich das gerade laut gesagt?«

Er fährt mir mit einer Hand über den Bauch und hinauf zwischen die Brüste. Ich bin nass geschwitzt, aber vielleicht ist es auch sein Schweiß. Wahrscheinlich eine Mischung aus beidem.

»Du behauptest, es gefällt dir nicht, auf die Folter gespannt zu werden. Und dann lasse ich dich warten, und du kommst dermaßen heftig.«

»Das war gemein.«

Er lacht erneut und fährt sich mit einer Hand über das Gesicht. »Ich wäre fast ohnmächtig geworden.«

»Ich glaube, ich *bin* ohnmächtig geworden.«

Er gibt mir einen Kuss aufs Kinn. »Möglicherweise stimmt das.«

Alec steht auf und verschwindet. Ich höre Wasser in die

Badewanne laufen, höre, wie er mit einer Hand darin herumplanscht. Dampf dringt ins Schlafzimmer. Dann kommt er wieder herein, nimmt mich vorsichtig auf die Arme und hebt mich hoch.

»Ich kann selber gehen«, sage ich ohne große Überzeugung und verberge mein Gesicht an seinem Hals. »Du wirst mich noch dazu bringen, dass ich dich liebe.«

Er gerät nicht aus dem Gleichgewicht, ihm stockt nicht der Atem. Er sagt nur: »Ich werde es auf jeden Fall versuchen.«

17

Es ist entweder ein Wunder oder der sechste Sinn, was mich in der Nacht um kurz nach zwei die Augen aufschlagen lässt. Eigentlich habe ich angenommen, dass ich nach dem, was Alec mit mir angestellt hat, mindestens achtundvierzig Stunden lang fix und fertig sein würde. Doch obwohl es stockdunkel im Raum ist, bin ich plötzlich hellwach.

Alec hat sich um mich zusammengerollt. Seine Wange liegt an meinem Nacken, und ich spüre seine tiefen, gleichmäßigen Atemzüge auf der Haut. Bevor er geht, möchte ich dieses Gefühl einfangen und es anschließend in einem Medaillon um den Hals tragen.

Bei diesem Gedanken versinke ich nicht in Traurigkeit. Ich bin zuversichtlich, dass wir es miteinander versuchen werden, und vielleicht gelingt es uns sogar.

Ein Rest Adrenalin schießt mir in die Blutbahn, als ich daran denke, dass wir den Artikel heute veröffentlichen können. Die Jagd nach dieser Story wird zweifellos eine der befriedigendsten Momente meiner Karriere bleiben, egal, was mir im Leben sonst noch bevorsteht. Aber je tiefer meine Gefühle für Alec werden, desto mehr zweifle ich daran, ob ich mich weiterhin mit dieser Sache befassen sollte. Den Gedanken, die Welt darüber zu informieren, finde ich genauso gut wie die Vorstellung, das ganze Ding von nun an Ian und Billy zu übergeben.

In der Welt des Journalismus ist man zunehmend der Überzeugung, dass die Moral tot ist. An der Uni lernen wir eine Menge darüber, was Journalisten nicht tun *sollten*, bekommen aber nur selten zu hören, dass es Dinge gibt, die wir nicht tun *dürfen.* Sex mit Alec fiel von Anfang an in diesen tiefgrauen Bereich.

Das war's, denke ich. *Ich mache den Artikel fertig, gebe ihn ab, erzähle Billy von Alec und mir. Und dann bin ich frei.* Der Interessenkonflikt ist ein immer stärker werdender scharfer Geschmack hinten auf meiner Zunge.

Es ist falsch, aber ich kann nicht anders: Ich nehme mein Arbeitshandy vom Nachttisch und schaue darauf. Es überrascht mich kein bisschen, dass Billy gegen halb zwei in der Nacht eine Textnachricht geschickt hat.

Haben wir das Okay, um weiterzumachen?

Als ich die Worte lese, habe ich erneut das Gefühl, dass ein Schatten über mich hinwegzieht und das grelle Licht der gestrigen Aufregung verdrängt. Vermutlich hat Alec von Melissa, seiner Managerin, inzwischen eine Antwort bekommen. Ich könnte ihn wecken und danach fragen. Wir könnten den Artikel rechtzeitig zum morgendlichen Sturm in den sozialen Medien veröffentlichen.

Aber ich habe zu hart dafür gearbeitet, um jetzt etwas zu tun, womit ich die Story aufs Spiel setzen könnte – und mit unserer Beziehung tue ich genau das. Das Letzte, was ich will – das Letzte, was Journalisten im Allgemeinen wollen –, ist, selbst zu einer Geschichte zu werden, die das ursprüngliche Thema überschattet. Die Demontage des Jupiter ist einfach zu wichtig, um ein derartiges Risiko einzugehen.

Wir haben auch ohne Alecs und Sunnys anonyme Darstellung genug in der Hand. Da ist das Interview mit der Frau, die bestochen wurde und nicht einmal wusste, dass sie vergewaltigt worden war. Und da sind Bildschirmfotos von demselben tätowierten Mann aus zahlreichen Videos. Chatprotokolle, in denen die Frauen als »Bambis« bezeichnet werden, als unschuldige *Beute*. Und schließlich Josef Anders' eindeutig identifiziertes Gesicht und seine Tätowierung in einem belastenden Video.

Ja, Sunnys Bericht ist der endgültige Beweis, dass diese Aufnahmen keine einvernehmlichen Akte zeigen, aber wir *brauchen* ihn nicht. Wir müssen sie nicht in die Sache hineinziehen, wenn wir Anders auch ohne sie zur Strecke bringen können.

Es wird Folgeberichte zu diesem ersten Artikel geben, und in der Wartezeit werden Alec und Sunny die Gelegenheit haben, zu entscheiden, was sie zur Aufklärung beitragen wollen, wenn der Staub sich gelegt hat. Doch diese Aufgabe kann Billy einem anderen Redakteur zuweisen. Auf diese Weise sind die Kims abgeschirmt, und meine Integrität ist geschützt.

Ich starre an die Decke und achte auf mein Bauchgefühl, warte darauf, dass aus Zuversicht Ambivalenz wird. Zehn, zwanzig, dreißig Sekunden vergehen, und ich empfinde immer noch pure Erleichterung. Also beantworte ich Billys Frage ...

> Ja, leg los, aber ohne die Details aus dem Bericht der anonymen Quelle.

> Wirklich? Er hat Nein gesagt?

> Wir kommen auch ohne ihn klar, antworte ich ausweichend.

Dann lege ich mein Handy beiseite und kuschle mich wieder in Alecs Arme, drücke mein Gesicht an die vertraute Wölbung seiner Brust.

Ich fühle mich gut mit dieser Entscheidung. Erleichterung durchströmt mich, und ich schlafe mühelos wieder ein.

»Ich weiß nicht, wie ich es ausdrücken soll«, sage ich am nächsten Morgen und lasse mich wieder auf das Bett fallen, »aber es fühlt sich echt an, E.«

Eden holt tief Luft, das bekomme ich sogar durch die Kopfhörer mit. »Oh Süße.«

Als ich aufgewacht bin, war Alec schon weg, aber er hat mir einen Apfel, etwas Wasser und folgende Notiz dagelassen:

Aufgeregt wegen deinem großen Tag.
Melissa hat ihr Okay gegeben. Halt mich auf dem Laufenden.
Letzte Nacht war unglaublich. XX – A

Der Artikel ist seit einer Stunde draußen, und auch ohne Sunnys Beitrag war das Feedback absolut krass. Tausende von Kommentaren sind online; #JupiterSkandal und #JosefAnders befinden sich international auf dem Vormarsch. Das Jupiter ist geschlossen, solange die Ermittlungen laufen, und Aufnahmen von Anders, der zur Vernehmung abgeführt wird, waren auf fast allen Sendern zu sehen. Laut Billy hat die Redaktion den ganzen Tag lang Anrufe erhalten, und sie hoffen, dass ich diese Woche die Runde durch die Morgennachrichten machen kann.

Heute Abend möchte ich diesen Sieg mit Alec feiern, ihn zum Dinner einladen. Vielleicht können wir zusammen Sunny besuchen und wenigstens für einen Moment unser Wiedersehen und die Erleichterung genießen. Vielleicht planen wir meine erste Reise nach London, zu Alec. Vielleicht kann ich nach dieser Geschichte zum ersten Mal seit Jahren wieder Urlaub machen.

Die Zukunft fühlt sich an wie eine helle, glitzernde Straße, die sich vor uns bis ins Unendliche erstreckt.

»Bei ihm muss ich nicht mal meine Sätze zu Ende bringen«,

erzähle ich Eden. »Wir hatten während der Gala gestern ein langes Gespräch...« Bei der Erinnerung muss ich lachen. »Wir müssen die zwei größten Dramaqueens sein, die sich endlich gefunden haben: erst ein paar Tage zusammen und schon total hin und weg.«

Eden gibt ein leises, frohes Glucksen von sich.

»Ich habe dir gar nicht von meinem ersten Abend hier erzählt. Er hat mitten in der Nacht nach mir gesucht, weil er geglaubt hat, ich wäre gegangen. Dabei war ich nur im Badezimmer und bin fast ausgeflippt.«

»Warum?«

»Weil wir einen Film geschaut haben und dabei eingeschlafen sind. Weil es sich wie eine Beziehung angefühlt hat.«

Eden lacht. »Ich habe euch zusammen gesehen. Ihr *habt* eine Beziehung.«

»Ich weiß. Gestern Abend haben wir es sozusagen beschlossen.«

Daraufhin schweigt sie so lange, dass ich schon fragen will, ob sie noch da ist.

»*Holy Shit*«, flüstert sie endlich.

»Sehe ich genauso. Ist es nicht idiotisch, dass wir es überhaupt versuchen?« Ich halte mir eine Hand vor die Augen. »Wir haben nur noch zwei Abende, und ...«

»*George.*«

Abrupt setze ich mich auf. Bei der Trennung von Spence habe ich Eden eine Menge Energie abgezogen. Ich habe mir geschworen, so etwas kein zweites Mal zu tun, und jetzt sitze ich hier und rede nur über mich selbst.

»Mist. Tut mir leid. Ich bin ein egozentrisches Monster.«

»*Georgia.* Halt den Mund«, faucht Eden.

Sie spricht mich nie mit vollem Namen an. Das heißt, ich kann mich nicht erinnern, dass sie mich im Lauf unserer zehnjährigen Freundschaft ein einziges Mal Georgia genannt hätte. Mir rutscht der Magen in die Kniekehle.

»Was ist?«

Ihre Stimme zittert, als sie betont langsam sagt: »Check Twitter.«

Neben mir auf dem Bett vibriert das Batphone.

»Oh, Alec ruft gerade an«, sage ich, und dann überkommt mich ein diffuses Unbehagen. *Sein Tag heute ist ein Marathon – warum meldet er sich bei mir?*

»Ruf mich sofort zurück, wenn du mit ihm geredet hast«, sagt Eden.

Verwirrt runzle ich die Stirn. »Was?«

»Nun mach schon.« Sie legt auf, und ich greife nach dem anderen Handy.

»Hey, was machst ...«

»Du musst deine Sachen packen.« Seine Stimme klingt energisch und so angespannt, als stieße er die Worte zwischen flachen Atemzügen hervor.

Ich erstarre. »*Was?*«

»Ich kann jetzt nicht sprechen«, sagt er, und es klingt, als wäre er zu Fuß unterwegs. »Pack einfach deine Sachen, und fahr nach Hause. Nimm den Hinterausgang, den wir gestern Abend benutzt haben, fahr mit dem Lastenaufzug. Schaffst du das?«

Ich bekomme keine Luft mehr, mein Herz beginnt zu rasen. Was ist hier los? Geht es um den Artikel? Keine einzige von Alecs Informationen taucht darin auf. Das Echo war riesig, und er ist nicht enttarnt worden, das kann also nicht der Grund für seine Aufregung sein. Ich bin wie erstarrt, so sehr verwirrt mich das alles.

»Gigi!«

»Was?«, frage ich überflüssigerweise erneut.

»Bist du schon auf den Beinen? Sag mir, dass du aufgestanden bist und deine Sachen packst.«

Mein Gesicht wird heiß, meine Kehle ist wie zugeschnürt. Ich stolpere ins Bad und werfe meine Sachen in den Kulturbeutel. Gestern Abend hat er mich noch mit inniger Hingabe unter der Dusche eingeseift, und nun fordert er mich unmissverständlich auf, nach Hause zu fahren?

»Ich verstehe das nicht. Geht es dir gut?« Das Einzige, was ich höre, ist das Hallen von Schritten und hektisches Gemurmel im Hintergrund. »Alec, was ist los?«

Er spricht kurz mit jemandem, dann höre ich Yael sagen: »Bleib hier.«

Gleich darauf ist Alec wieder am Handy. »Yael holt dich am Hinterausgang ab. Sie bringt dich nach Hause.«

»Alec, was ...«

»Warum hast du meine Infos nicht für die Story benutzt?«

»Was?«, frage ich begriffsstutzig. Innerlich bin ich wie erstarrt.

»Der Artikel. Du hast nichts von dem benutzt, was ich dir erzählt habe.«

»Weil es nicht nötig war«, sage ich, noch atemlos von dieser unerklärlichen Panik. »Ich wollte dich schützen. *Uns* schützen. Wir haben schon genug ...«

»Ist egal«, fällt er mir ins Wort. »Wir haben keine Zeit. Bist du schon am Packen?«

Der Raum um mich herum ist leer und still, doch in meinem Kopf tobt das Chaos. Ich nehme meine Kulturtasche und gehe wieder ins Schlafzimmer, wo ich die Landschaft betrachte, die unsere über einer Stuhllehne hängenden Klamotten bilden. Ich nehme mein Zeug und stopfe es in meine Tasche.

»Bist du ...?«

»Gigi, bist du schon am Packen?«

Ich starre auf den offenen Koffer, aus dem meine Kleidung herausquillt. So viele ungetragene Sachen, weil ich hier fast nur in Unterwäsche herumlaufe oder seine T-Shirts trage.

»Ja, aber ich verste...«

»*Gigi!*«, schreit er, und seine Stimme ist kaum wiederzuerkennen. »*Fuck.* Pack einfach... bitte! *Beeil dich.* Pack deine Sachen und verlass den Raum.«

Beeil dich. Pack deine Sachen und verlass den Raum.

Mein Handy fängt an zu beben. Meine Hand zittert so heftig, dass ich es kaum noch halten kann. Ich konnte mir nicht vorstellen, wie es sich anfühlt, wenn er wütend auf mich ist. Ein kräftiger Rempler könnte nicht schmerzhafter sein.

»Okay«, bringe ich mühsam hervor, aber mein verwirrtes Schluchzen verstümmelt das Wort. »Ich weiß zwar nicht, was ich getan habe, aber es tut mir leid.«

»Mist!«, stößt er hervor und setzt mit brechender Stimme erneut an: »Ich weiß nicht...« Auf einmal wendet er sich ab und spricht mit jemandem im Hintergrund, dann sagt er: »Ich muss Schluss machen.«

Ich höre eine Tür aufspringen, der Wind pfeift, und um ihn herum erhebt sich lautes Stimmengewirr.

Eine einzelne Stimme ist deutlich zu hören. Es ist die scharfe Stimme einer Frau, die das Chaos übertönt.

»Alexander! Was haben Sie mit dem Skandal um das Jupiter zu tun?«

Dann ist die Leitung tot.

18

Als ich meinen Koffer auf die Laderampe hinauszerre, erwartet Yael mich bereits. Ausnahmsweise unternehme ich nicht einmal den Versuch, nett zu sein. Nachlässig werfe ich meine Tasche in den Fond des Wagens, nehme auf dem Beifahrersitz Platz, lasse den Sicherheitsgurt einrasten und beuge mich wortlos über mein Handy. Ich will herausfinden, was Eden auf Twitter gesehen und was Alec womöglich in Panik versetzt hat.

Ich finde es sofort in den Top Trends und spüre, wie mir das Blut aus dem Gesicht weicht.

Eine miese britische Boulevardzeitung hat sieben Bilder gepostet, auf denen zu sehen ist, wie Alec eine Frau durch die Hintertür eines Klubs bugsiert, und der Post ist bereits zigtausendmal retweetet worden. Auf jedem Foto hält er die Frau im Arm, und es ist deutlich zu erkennen, dass sie kaum laufen kann. Die Perspektive sorgt dafür, dass es aussieht, als verfrachte er die willenlose, fast bewusstlose Frau in einen Wagen, der in der finsteren Seitengasse geparkt ist. Jemand hat ihr einen Mantel über den Kopf geworfen. Es ist nicht zu erkennen, wer die Frau ist.

Fox, CNN und die BBC bringen die ihnen zugespielten Bilder von Alexander Kim, der eine bewusstlose Frau aus dem Jupiter zerrt. Weil der Standort eindeutig ist – der Name des Klubs steht in dicker schwarzer Schrift auf dem Dienstboteneingang direkt hinter ihm – und weil mein äußerst belastender Artikel vor einer Stunde erschienen ist, haben die Bluthunde im Internet Alecs und Josefs gemeinsame Vergangenheit im

Nullkommanichts aufgespürt. Den Zusammenhang hat Twitter-User @AlanJ140389 hergestellt. Er hat das Programm einer Abschlussfeier am King's College ausgegraben und ein Bild abfotografiert, auf dem Alec und Josef einander freundschaftlich den Arm um die Schulter legen.

Wer auch immer die vermummte Frau sein mag, für Twitter steht fest, dass sie ein Opfer ist. *Alecs* Opfer, um genau zu sein.

> @rosestachio Ich bin am Boden zerstört. Ich liebe AK in West Midlands, aber ich sehe es mir nie wieder an. Schaut euch das Pic an und lest die Geschichte. Mir ist schlecht. #AlexanderKim #JosefAnders #JupiterSkandal
> *Link to: L.A. Times, Inhaber des Jupiter auf Video in VIP-Sexskandal gefilmt*

> @tacomyburrito Das ist der Grund, warum wir so viel Schlimmes erleben müssen. Praktisch jeder Mann ist ein Jäger. Lest auch den Artikel in der L.A. Times, einfach irre. #AlexanderKim #JupiterSkandal

> @4KJules2000 Diese Typen sind ABSCHAUM. #AlexanderKim #JosefAnders #TheTilts #JupiterSkandal

Meine Worte werden benutzt, um Alec fertigzumachen.

»Er hat doch nur Sunny geholfen«, stoße ich zwischen zusammengebissenen Zähnen hervor.

»Ja«, versetzt Yael.

»Ich verstehe das nicht. Kann er sich nicht melden und sagen, dass er zwar dort war, aber nur jemandem geholfen hat, aus dem Klub herauszukommen?« Ich scrolle die Hashtags #JupiterSkandal und #AlexanderKim durch.

»Wenn er keinen Namen nennt, wird ihm niemand glauben. Schließlich behauptet jeder, der bei so etwas erwischt wird, einen guten Grund für seine Anwesenheit zu haben.«

»Er könnte doch erklären, dass er seine *Schwester* aus dem Klub geholt hat, die dort unter Drogen gesetzt wurde.« Ich blicke Yael ins Gesicht. »Es dauert nur zwei Sekunden, die Sache in Ordnung zu bringen. Wir haben alles aufgeschrieben; wir könnten einfach *Namen* nennen. Innerhalb von zehn Minuten könnte er erklären, was passiert ist und worum es geht. Er ist der Held, nicht der Schurke.«

Ich hole mein Batphone heraus und texte: Alec, du musst dieser Sache zuvorkommen!!

Das Senden dauert ewig. Ich warte zehn Sekunden, in denen ich mit dem Blick ein Loch in das Handy brenne.

Ich will dir helfen!, schiebe ich schließlich nach, doch keine der Nachrichten geht raus. Offenbar hat Alec sein Gigiphone ausgeschaltet.

Trotzdem rufe ich ihn an, immer wieder. Ich wähle die Nummer der Suite, die jetzt vermutlich *seine* Suite ist. Mir bleibt fast die Luft weg bei dem Gedanken, dass er heute Nacht vielleicht gar nicht mehr dort schläft, sondern bereits in einem Flugzeug nach London sitzt.

Erneut rufe ich sein Handy an, lande aber sofort auf der Mailbox.

Es ist mir egal, dass Yael jedes Wort hört. Ich bin verzweifelt, panisch.

»Alec«, spreche ich ein letztes Mal flehend auf die Mailbox. »Ruf mich zurück. Ich kann dir helfen, diese Sache aus dem Weg zu räumen.«

Dann beende ich den Anruf, lege das Handy auf den Sitz und lehne den Kopf zurück.

»Mist«, flüstere ich. Verzweifelt sehe ich Yael an. Nun bin

ich tatsächlich bereit, vor ihr zu kriechen. »Kannst du ihn nicht für mich anrufen? Auf seinem normalen Handy?«

Endlich löst sie den Blick von der Straße und mustert mich von der Seite. Ihre schönen Augen schimmern in demselben rötlichen Braun wie ihre Haare.

»Georgia, er hätte die Nachricht kontrollieren können, wenn du seinen Bericht in dem Artikel berücksichtigt hättest. Dann hätte er sich einfach als anonyme Quelle geoutet, als jemand, der einer guten Freundin helfen wollte und natürlich nicht kooperiert hätte, wenn er zu den Tätern gehören würde. Aber wir haben den richtigen Zeitpunkt dafür längst verpasst, jetzt geht es nur noch um Schadensbegrenzung.«

Die kurze Rede umfasst mehr Worte, als ich von Yael je zuvor auf einmal gehört habe.

»Wir können die Sache immer noch in Ordnung bringen«, ist das Einzige, was mir dazu einfällt.

»Vielleicht wäre das möglich. Aber Alec wird Sunnys Namen nicht nennen. Am Ende wird ihnen vielleicht niemand glauben, und dann kämen sie beide in Verruf.«

»Warum sollte man ihnen nicht glauben?«

»Die Enthüllung, dass Sunny angegriffen wurde, wäre für die amerikanische Presse vielleicht kein großes Ding, aber im Vereinigten Königreich ist das etwas anderes. Und ich weiß nicht, wie die Nachricht an sich aufgenommen würde. Sehr häufig gibt man dem Opfer die Schuld, und so, wie die Dinge stehen, glaube ich kaum, dass er sie in eine solche Lage bringen wird.«

»Aber...«

»Er wird sie nicht in diese Lage bringen«, wiederholt sie unnachgiebig.

»Das heißt, er will lieber als Krimineller dastehen?«

»Wenn es um Sunny geht, ja.«

»Kannst du mich bei der *Times* absetzen? Ich muss ins Büro.«

Sie nickt und wechselt die Spur.

Zwei Fäuste schließen sich um meine inneren Organe und drücken zu. »Und jetzt?«

»Du meinst, was dich betrifft? Du kannst nur hoffen, dass dich niemand mit Alec in Verbindung bringt.«

Wütend und verletzt beiße ich die Zähne zusammen. »Ich meinte zwar, was jetzt mit Alec passiert, aber okay.«

Yael wirft mir einen Seitenblick zu und scheint sich ein wenig zu entspannen.

»Wenn du mich fragst, versucht er, auch dich zu beschützen. Du arbeitest für die *Times*. Es wird sehr schlecht für dich aussehen, wenn jemand entdeckt, dass du bei ihm im Hotel gewohnt hast. Du bist schön und liebenswürdig. Ersteres macht dich auffällig, beides zusammen unvergesslich. Ich kann für uns alle nur hoffen, dass sich niemand an dich erinnert.«

»Wir können seinen Bericht nicht verwenden«, sage ich zu Billy, kaum dass ich in sein Büro im dritten Stock gestürmt bin.

Ich spüre die Blicke von hundert Augenpaaren auf mir ruhen und schließe die Tür, obwohl sie aus Glas ist und es hier ohnehin keine Privatsphäre gibt. Mein Koffer fällt um, nachdem ich ihn abgestellt habe, aber ich beachte es kaum.

»Nimm ihn nicht in den Artikel auf.«

»Fuck!«, brüllt mein Chef und steht auf. Er umrundet seinen Schreibtisch und starrt eine Weile schweigend und frustriert durch die Bürotür hinaus. »Kannst du nicht mit ihm reden? Seine Angaben würden ihn entlasten.«

»Im Augenblick kann ich ihn überhaupt nicht erreichen.« Ich spare mir die Mühe, mein Schluchzen zu unterdrücken, und weil meine Knie unter mir nachzugeben drohen, lasse ich mich unelegant auf die Couch fallen, die an der Wand steht. Seit ich aus dem Wagen gestiegen bin und mich von Yael entfernt habe, spüre ich, wie ich allmählich die Fassung verliere.

»Ich weiß nicht, was ich tun soll. Ich bin komplett von ihm abgeschnitten.«

Billy steht auf der anderen Seite des Raums und schweigt so lange, dass ich bis zehn zählen kann. Offensichtlich hat er meinen Koffer bemerkt.

»Verdammt noch mal, Georgia... Ihr beide? Alexander Kim und du?«

»Eigentlich wollte ich es dir gestern Abend sagen, aber dann habe ich gekniffen«, sage ich und bedecke mein Gesicht mit beiden Händen. Ich bin zu erschüttert, um mich zu schämen. »Ich kenne ihn, seit ich sieben bin, Billy. Wir sind uns in Seattle zufällig über den Weg gelaufen, und dass er mit der Sache zu tun hat, habe ich erst erfahren, nachdem wir...«

»*Oh Shit*. Verdammt.«

»Billy, es war meine Entscheidung, seinen Bericht herauszunehmen. Er wusste nichts davon«, gestehe ich und versuche, möglichst gefasst zu klingen. »Ich wollte ihn schützen, und ich wollte nicht auf Informationen von jemandem angewiesen sein, mit dem ich schlafe. Seitdem er online zerrissen wird, befürchtet sein Team, dass es aussehen könnte, als versuchte er nur, seinen Arsch zu retten, wenn er sich outet, ohne einen Namen zu nennen und ohne zu verraten, dass Sunny unter Drogen gesetzt und vergewaltigt wurde.«

Billys brodelnde Wut schwappt zu mir herüber. »Soll das heißen, *du* hast beschlossen, den Beitrag wegzulassen? Ohne mich oder deine Quelle zu fragen?«

Himmel, was für ein Chaos! Ich unterdrücke ein Schluchzen, denn Billy will mich in diesem Augenblick garantiert nicht weinen sehen.

»Ja«, bestätige ich.

»Diese Story ist zu groß, und du bist zu unerfahren, um eine derartige Entscheidung zu treffen.« Die Enttäuschung in Billys Stimme erschüttert mich bis ins Mark. »Deine Beziehung zu einer wichtigen Quelle in einer Geschichte wie dieser ist etwas, was du mir mitteilen musst, George. Wenn du mit mir redest, kann ich dir helfen ... aber nur dann.«

»Ich weiß. Es tut mir leid.«

Billy geht zu seinem Schreibtisch herum, lässt sich auf den Stuhl sinken und fasst sich an die Stirn.

»Alexander Kim gehört nicht zu diesen widerlichen Typen, er ist nicht so«, sage ich. Mir ist übel, mein Magen rebelliert.

»Es spielt keine Rolle, ob nur du und ich Bescheid wissen. Es sieht einfach nicht gut für ihn aus.«

»Er ist in den Klub gegangen, um seine Schwester herauszuholen.« Druck, Panik, Kummer: All das summt in meiner Brust wie ein Schwarm wütender Bienen. »Das *weißt* du doch.«

»Wenn wir es nicht veröffentlichen dürfen, hilft uns dieses Wissen aber nicht!« Billy schlägt mit der flachen Hand auf den Schreibtisch. »Seine Verbindung zu Anders ist schlecht für ihn. *Alles* ist schlecht für ihn, George. Will er sich wirklich nicht dagegen zur Wehr setzen?«

Ich senke den Blick auf meine Hände. »Anscheinend nicht.«

»Das ist doch verrückt, verdammt noch mal! Irgendwann wird sich herausstellen, dass er unschuldig ist, aber was wird bis dahin aus seiner Karriere?«

»Keine Ahnung. Ich fühle mich so hilflos.«

Mehr als das, am liebsten würde ich aus der Haut fahren. Ich möchte die Zeit bis gestern Abend zurückdrehen und mit Billy über alles reden. Ich möchte zurück zum frühen Morgen im Waldorf Astoria und Alec an mich drücken. Ich kann mir nicht einmal ansatzweise vorstellen, was er im Augenblick durchmacht, und ich bin nicht bei ihm, um ihm zur Seite zu stehen. Weil er meine Anrufe nicht annimmt, kann ich mich nicht mal bei ihm entschuldigen.

Du wirst mich noch dazu bringen, dass ich dich liebe.
Ich werde es auf jeden Fall versuchen.

Oh mein Gott. Ein Schluchzen, das ich erneut krampfhaft zu unterdrücken versuche, schnürt mir die Kehle zu. Am liebsten würde ich in meine Faust beißen, um den Schmerz hinunterzuschlucken.

»Es sieht schlecht aus«, wiederholt Billy, der allmählich begreift. Seine Stimme verrät, dass seine Überzeugung immer mehr an Kraft gewinnt. »Du musst dich von ihm fernhalten, verdammt.«

»Ja.« Ich beiße mir auf die Lippe, bis ich mir sicher bin, dass ich weiterreden kann, ohne in Tränen auszubrechen. »Ich denke, das wird kein Problem sein.«

Im Büro herrscht Chaos, alle wollen mir gratulieren. Niemand versteht, wie ernst die Lage für Alec ist. Weil er sich nicht outet, steht für sie außer Frage, dass er einfach ein weiteres wertloses menschliches Wesen ist, das für seine Sünden zur Rechenschaft gezogen wird.

Mühsam kämpfe ich mich von Billys Büro aus durch das Meer von Computerarbeitsplätzen in dem Großraumbüro und zurück auf die Straße, um ein Lyft zu erwischen. Fast jeder, der auf mich zukommt, mir etwas Nettes sagt oder gratuliert, ist auf irgendeine Art mein Vorgesetzter. Ich werde immer noch als die angriffslustige Newcomerin betrachtet. Manche dieser Autoren bewundere ich seit Jahren. Ich kann nur hoffen, dass sie meine tränenden Augen und die zitternde Stimme als Symptom einer im positiven Sinne überwältigenden Erschöpfung verstehen.

In den ersten zwanzig Minuten zu Hause weiß ich nicht, wohin mit mir. Ich möchte meinen Körper verlassen, indem ich schlafe, aber ich bin nicht müde. Ich möchte den Schmerz der Leere in meinen Eingeweiden mit Essen füllen, aber schon beim Gedanken daran wird mir schlecht. Ich möchte mich mit Arbeit ablenken, aber ich weiß nicht, was ich schreiben soll.

Alec hat meine Textnachrichten immer noch nicht gelesen. Die Bilder haben es nun aus den sozialen Medien bis in die Nachrichten geschafft, zusammen mit meiner Schlagzeile.

Ich rühre mich kaum vom Fleck, starre bloß an die Decke, auf den Ventilator, der sich unaufhörlich dreht, und wünsche mir nichts mehr, als dass die Zeit vergeht. Nach Spence habe ich dasselbe empfunden, die hilflos und quälend dahinkriechende Zeit des Liebeskummers. Der Wunsch, den Schmerz und die Qualen einfach zu überspringen. Doch diesmal fühle ich mich zusätzlich noch schuldig, denn ich weiß, dass es meine eigenmächtige Entscheidung ist, die Alec nun das Leben schwer macht. Ich habe ihm eine einfache Erklärung vor der Nase weggeschnappt.

Und ich kann nichts anderes tun, als zu atmen und den Schmerz zu ertragen. Mich an seine Stimme und das Gewicht seiner Hände zu erinnern, an seine Hitze im Badezimmer gestern Nacht und an seine trägen, sinnlichen Küsse. Ich kann nichts tun, als mich von Wut, Schmerz und Trauer durchströmen zu lassen. Was zwischen uns passiert ist, hätte ich mir vorher nicht vorstellen können, und ich befürchte, dass es nun vorbei ist.

Ich mache mir Sorgen um ihn, frage mich, ob sie ihn aus der Serie streichen werden. Ob sein Netzwerk ihn auffangen wird und ob es eine Möglichkeit gibt, seine Unschuld nachzuweisen, ohne Sunny in die Sache hineinzuziehen. Inständig hoffe ich, dass er irgendwie aus der Sache herauskommt. Dabei weiß ich eines genau: Die Medien mögen unfreundlich sein, das Internet aber besteht aus einer Horde blutrünstiger Barbaren. Jede Minute, in der Alec diese Sache nicht in Ordnung bringt, bedeutet ein Jahr weniger als Schauspieler für ihn.

Ich befinde mich mitten im Auge eines mentalen Tornados, als Eden in mein Zimmer kommt.

»Ich dachte, du bist im Büro«, sage ich.

»War ich auch, aber ich bin nach Hause gegangen.« Dunkle Ringe liegen unter ihren Augen, und sie wirkt, als würde sie gleich umkippen. Tatsächlich sieht sie noch mieser aus, als ich mich fühle. »Warst du heute schon auf Twitter?«

»Ich hab die Bilder von ihm gesehen, ja. Es ist nicht das, wonach es aussieht.«

Kopfschüttelnd reicht sie mir ihr Handy.

Ich empfinde nicht einmal Genugtuung darüber, dass ich damals recht hatte und wir an dem Strand nicht unbeobachtet waren. Der alberne Trick mit Basecap und Sonnenbrille konnte unsere Identität nicht verbergen, als wir losgegangen sind, um Donuts zu kaufen. Und obwohl Alec in der Bar in Seattle ständig über meine Schulter geblickt hat, ist ihm das Handy entgangen, das direkt auf uns gerichtet war.

19

Alec, der mir an dem niedrigen Tisch in der Bar gegenübersitzt. Unsere Finger sind miteinander verschränkt, unsere Blicke ineinander versunken.

Alec, der mich an den Felsen presst, eine Hand um meine Taille gelegt, seinen Mund zärtlich auf meinen gedrückt.

Alec mit Sonnenbrille und Basecap, lachend, als ich ihm einen Happen Donut in den Mund schiebe.

Ich, wie ich Alec einen Schokoladenfleck aus dem Mundwinkel wische.

All diese perfekten Erinnerungen wurden auf der Boulevard-Website TMZ gepostet, wo sie jeder sehen kann. Die sorgfältig ausgewählten und in einem einzigen Tweet veröffentlichten Bilder wurden fast fünftausend Mal geteilt und haben in nur zwei Stunden zehnmal so viele Likes bekommen.

Ich habe dieselbe Art von Mobbing im Netz auch vorher schon gesehen, aber bislang hat es mich im Grunde nicht interessiert. Doch nun werde ich in denselben Tweets, die Alec kaum verhüllt der Vergewaltigung beschuldigen, angeklagt, seine Verbrechen gedeckt und meinen Job bei der *L. A. Times* benutzt zu haben, um einen Kriminellen zu schützen. Zusammen mit den Fotos, die ihn hinter dem Jupiter zeigen, ist es das reinste Gemetzel. Eden muss sämtliche Social-Media-Apps von meinem Handy löschen, weil ich zu hyperventilieren beginne.

Als ich zwei Stunden später, immer noch benommen, in die Küche torkle, um mir ein Glas Wasser zu holen, klingelt mein Handy. Obwohl ich damit gerechnet habe, dass Billy mich irgendwann anrufen würde, ist mir jetzt schwindelig vor

Adrenalin, und ich setze mich vorsichtig auf den Rand der Couch. Ich weiß nicht, ob dieser Anruf früher oder später als erwartet kommt.

Er schweigt ungefähr fünf Sekunden lang.

»Hey, George«, sagt er dann. Mehr nicht.

»Hey.« Meine Stimme ist heiser vom Schreien in meinem leeren Schlafzimmer. Mit geschlossenen Augen rufe ich mein Gehirn zur Ordnung. »Ich wette, ich weiß, warum du anrufst: Wir müssen unsere Reaktion planen.«

Ein langes, hörbares Ausatmen, dann: »Tatsächlich muss ich dich bitten, herzukommen und deinen Presseausweis abzugeben, Kleines.«

Die Welt steht still, und mein Magen kracht durch den Fußboden. Er ... feuert mich? Über Sex mit Quellen runzelt man die Stirn, aber so etwas führt heute kaum noch zu einer Kündigung.

»Wie bitte?«

»Wir müssen ein Entlassungsgespräch führen.« Billys Stimme klingt nun gepresst. »Ich mache es kurz und schmerzlos, versprochen.«

Schockiert starre ich die Wand an. *Schmerzlos?* Ist das sein Ernst? Ich hätte es nicht für möglich gehalten, aber dieses Gespräch mit Billy tut noch weher als das davor. Er klingt total niedergeschlagen, als er mir sagt, dass ich raus bin. Ich habe meinen Boss schon auf erregte, auf verärgerte und auf begeisterte Weise obszön reden hören, aber noch nie hat er resigniert geklungen. Will er denn gar nicht für mich kämpfen?

»Billy.« Meine Stimme zittert. Nun bin ich nicht mehr am Boden zerstört, sondern werde allmählich wütend. »Du *feuerst* mich, weil ich mit Alec geschlafen habe? Ist das dein Ernst? Um genau das zu vermeiden, habe ich seinen Bericht nicht in den Artikel aufgenommen!«

»Du weißt, dass das nicht meine Entscheidung ist.«

Ich habe keine Ahnung, was ich dazu sagen soll. *Natürlich* ist es seine Entscheidung! Billy ist seit zwanzig Jahren bei der *Times*, er hat dort großen Einfluss. Die Sprecher von Netflix und der BBC haben bereits unmissverständlich erklärt, dass Alec in keiner Weise in die mutmaßlichen Verbrechen im Jupiter verstrickt ist. Billy und die *Times* könnten das Gleiche schreiben. Sie könnten mich behalten, wenn sie wollten.

»Das ist wirklich unglaublich«, sage ich und gehe im Zimmer auf und ab. »Du weißt, dass ich das Richtige tun wollte.«

»Ich hasse es, wenn man mir sagt, was ich zu tun habe. Aber in diesem Fall muss ich ihnen recht geben: Es sieht einfach nicht gut aus.«

Zitternd schlage ich mir eine Hand vor den Mund, um ein aufgeregtes, ungläubiges Lachen zu unterdrücken. Noch vor einer Stunde hat Eden in einem Augenblick hysterischen Leichtsinns vorgeschlagen, unser Trinkspiel um ein paar makabre Regeln zu erweitern:

- ein Drink für jede neue absurde Schlagzeile. Unser aktueller Favorit ist: »Sie füttert ihn mit Donuts, während sie ihre Geschlechtsgenossinnen an die Wölfe verfüttert«.
- ein Drink, wenn Alecs Fangirls ein neues Meme erstellen, auf dem sie auf den Strandfotos meinen Körper verunstalten.
- ein Drink bei jedem weiteren Artikel, in dem jemand schreibt: »Es sieht nicht gut aus.«

»Billy«, sage ich so beherrscht wie möglich, »diese Tweets, die mich beschuldigen, einem Kriminellen zu helfen, ergeben einfach keinen Sinn! Immerhin bin ich diejenige, die die Verbrechen im Jupiter aufgedeckt hat! Mich zu feuern, ist absoluter Bullshit.«

»Ich verstehe schon, George.«

»Ich meine es ernst. Mit den Recherchen zu dieser Story hatte ich bereits begonnen, bevor ich Alec in Seattle über den Weg gelaufen bin.«

»Ich weiß.«

»Und du weißt auch, dass er es nicht getan hat!«

Billy seufzt. »Ja, ich weiß.«

Im Geist mache ich mir eine Notiz, eine weitere neue Regel für das Spiel einzuführen: ein Drink, sobald Billy resigniert »Ich weiß« sagt und sich trotzdem nicht für mich einsetzt.

»Es tut mir leid, dass es so gekommen ist, George. Keine Ahnung, was ich sonst dazu sagen soll.«

»Ich gebe meinen Presseausweis am Empfang ab«, sage ich und lege auf.

Eden versteht, dass ich heute auf keinen Fall in meinem eigenen Bett schlafen kann. Nicht wenn ich das Bettzeug noch nicht gewaschen habe, nachdem Alec hier übernachtet hat. Nicht wenn seine Badehose an der Tür zur Dusche hängt und seine Zahnbürste in dem Becher neben meiner steht. Und nicht wenn er all meine Anrufe und Textnachrichten ignoriert. Nachdem ich meine Büroschlüssel für die *L. A. Times* und meinen Presseausweis abgegeben habe, unternehme ich zu Hause keinen weiteren Versuch, ihn zu erreichen. Stattdessen werfe ich das verfluchte Batphone aufs Bett und konzentriere mich darauf, eine Tasche für das Wochenende zu packen. Mein Plan: zu meinen Eltern fahren, in mein altes Bett schlüpfen und eine Woche lang schlafen.

Meine beste Freundin schaut mir schweigend zu. Inzwischen wissen wir nicht mehr, was wir sagen sollen. Unser letzter Wortwechsel war ein schlichtes »So eine Scheiße« – Worte, die wir ein paarmal mit wachsendem Nachdruck wiederholt haben, um dann wieder zu verstummen. Doch als ich den Reißverschluss meiner Tasche zuziehe, schreckt Eden hoch. Das Batphone auf dem Bett hat angefangen zu vibrieren, und sie wirft es mir zu.

Ich schreie auf und lasse es beinahe fallen wie eine heiße Kartoffel.

»Alec!«, brülle ich in das Handy. »Endlich! Verdammter Mist! Wo ...?«

»Ich gehe zurück«, fällt er mir ruhig ins Wort, und ich höre den Wind in der Leitung pfeifen.

»Zurück?«, wiederhole ich und bleibe wie angewurzelt stehen. »Zurück ins Hotel?«

»Zurück nach London.«

»Okay, das ergibt Sinn.« Allein der Klang seiner Stimme verschafft mir Erleichterung und flutet meinen Körper mit Wärme. »Oh Gott, es ist so schön, deine Stimme zu hö...«

»Ich wollte nur, dass du Bescheid weißt«, sagt er mit leiser Endgültigkeit.

»Danke. Ja. Ich ...«, setze ich verwirrt an. »Alec, hör mal ...«

»Und du sollst wissen, dass ich die Erlaubnis, meinen Bericht abzudrucken, zurückgezogen habe.«

»Deine ...?« Ich verstumme, bin vor Schock wie erstarrt. Er kann nicht wissen, dass ich gefeuert worden bin, aber ich werde seine Aufregung nicht noch vergrößern, indem ich es ihm sage. Vor allem, weil er gerade wie ein Roboter klingt. »Natürlich. Ohne dein Einverständnis werden wir nichts hinzufügen.«

Statt einer Antwort folgt darauf ein vielsagendes Schweigen, und ich sehe Eden in die Augen. Sie starrt mich an, als wollte sie mir ein Loch in den Schädel bohren und nachsehen, was darin vor sich geht.

»Hör mal«, sage ich leise, »es tut mir leid, dass ich die Geschichte geändert und deinen Teil herausgenommen habe. Ich hoffe, du weißt, dass ich dich damit nur schützen wollte. Dich und Sunny. Dich und mich.«

»Das wissen wir.«

»*Wir?*« In meinem Kopf suche ich nach Worten, um ihn aus dieser beherrschten Schadenbegrenzungsmonotonie herauszuholen und ihn daran zu erinnern, dass ich hier bin und *ihm* gehöre. Und dass im Moment zwar alles beschissen ist, wir uns aber zusammen eine Lösung überlegen können.

Doch Alec redet als Erster. »Bitte, pass auf dich auf, Gigi.«

Innerlich leer starre ich an die Wand. »Ich ... Moment mal. Alec? War's das etwa?«

Am anderen Ende der Leitung ist es merkwürdig still.

Verdammt, er hat aufgelegt!

Ich löse das Handy von meinem Ohr und starre auf den Startbildschirm, ein Foto, das ich beim *Mario-Kart*-Spielen von ihm gemacht habe und auf dem seine Zunge zwischen seinen perfekten Zähnen hervorblitzt. Innerlich glühe ich ... ich glühe *weiß* vor Zorn.

»Verdammte Scheiße, Alec, ist das dein Ernst?«

»Was ist denn passiert?«

Ich versuche, meinen Kiefer zu entspannen, um etwas anderes herauszubringen als die Flüche, die aus mir herausbrechen wollen, aber es gelingt mir nicht. Also schüttele ich nur den Kopf und sage noch einmal: »Verdammte Scheiße.«

»Georgie, was ist los?«

»Er geht zurück nach London«, erkläre ich.

»Okay ...?« Offenbar will Eden verhindern, dass mir die Sicherung durchbrennt. »Das ergibt doch Sinn, oder? Wahrscheinlich will er sein Team und seine Familie zusammenbringen.«

»Er hat gesagt, dass er die Druckerlaubnis für seinen Bericht zurückzieht und dass ich bitte auf mich aufpassen soll. Dann hat er aufgelegt.«

»Er hat einfach aufgelegt?«

Ich sehe sie an und nicke.

»Das hat er *nicht*, verdammt noch mal«, faucht Eden.

»Und ob er das hat.«

Sie steht auf. »Ich komme gleich wieder. Muss nur schnell meine *West-Midland*-Shirts in den Müll werfen.«

»Oh nein, das wirst du nicht tun«, sage ich, während ich um Fassung ringe. »Wir werden gnädiger mit ihm sein, als er es verdient.«

Aber dann werfe ich einen letzten Blick auf mein Batphone, schalte es aus, gehe ins Bad und werfe es in den Müll.

Als ich bei meinen Eltern eintreffe, ist meine Mom außer sich vor Sorge. Ich verspreche ihr, eine Flasche Wein mit ihr zu trinken und ihr alles zu erzählen, wenn ich nur vorher eine Stunde allein laufen gehen und mich gründlich abreagieren kann.

Dann ziehe ich meine Laufschuhe an und stürme von der Veranda, in meinen Ohren dröhnt wütende Musik. Eden hat mir eine Playlist mit dem Titel *Männer sind Müll* zusammengestellt, und ich gebe zu, es ist genau das, was ich brauche, um meine Verwirrung und Verletztheit in Bewegung umzusetzen. Ich dehne mich vorher nicht – was ich zweifellos bereuen werde. Sehr viel mehr werde ich allerdings bereuen, dass ich es meinem Unterbewusstsein erlaubt habe, mich vier Kilometer weit die Straße hinunter zum alten Haus der Familie Kim zu führen.

Es ist frisch gestrichen. Das ehemals blassgelbe Haus mit einem Streifen weichen Rasens davor ist nun cremefarben mit olivgrüner Verkleidung, der Garten wurde nach den Prinzipien des Xeriscaping angelegt, und davor parken zwei Teslas. Das Haus sieht zwar nagelneu aus, aber die Form des Vorderfensters ist dieselbe wie immer. Ich kann mir noch immer vorstellen, auf der weichen Samtcouch gleich dahinter zu sitzen, und beinah höre ich das Echo von Alecs Skateboard, das auf die von der Sonne aufgeworfene Straße knallt.

Wie durch einen Tunnel rasen meine Gedanken in die Vergangenheit zurück. Gestern um diese Zeit habe ich mich für die Gala zurechtgemacht. Vor weniger als vierundzwanzig Stunden hat Alec meine Haut mit seinen großen Händen und Duschgel verwöhnt, während er mir erzählte, wohin er mich nächsten Monat an unserem ersten Abend in London zum Dinner ausführen wollte. Bis jetzt habe ich nicht geweint, aber bevor ich mich zusammenreißen kann, breche ich in Tränen aus und stehe schluchzend auf der gestrichelten gelben Mittellinie der Pearl Street.

Was, zum Teufel, ist nur passiert?

Ich wollte alles richtig machen und alle beschützen, doch am Ende habe ich an einem einzigen Nachmittag meinen Job und meinen neuen Freund verloren. Mein Leben hat derart plötzlich jeden Sinn verloren, dass es sich anfühlt, als würde ich mich komplett in mich selbst zurückziehen und innerlich zusammenbrechen.

Ich setze mich auf den Bordstein und beobachte, wie eine Ameisenkolonne an meinen runden Schuhspitzen vorbeizieht. Nach und nach verliert mein Blick an Schärfe, bis die Tierchen sich in eine verschwommene schwarze Linie verwandeln, die über den Asphalt zieht und nichts anderes tut, als sich sehr langsam fortzubewegen.

Etwa zwei Stunden später als geplant kehre ich zu meinen Eltern zurück. Ich sehe meine Mutter mit ihrem Handy auf der Veranda stehen, Eden neben sich. Bereit, mir eine Strafpredigt zu halten, kommen die beiden auf mich zu und fallen sich gegenseitig ins Wort.

Ich kann es ihnen nicht verdenken. Ich habe mein Handy nicht mitgenommen, und ich wurde gerade sowohl verlassen als auch gefeuert. Wie viel Zeit vergangen ist, merke ich erst, als die Sonne verschwindet und mir bewusst wird, dass mein alter iPod die Playlist mindestens dreimal abgespielt haben muss.

Sie ziehen mich ins Haus und setzen mich auf die Couch. Irgendwoher materialisiert sich etwas zu essen. Eden sitzt auf meiner einen Seite, Mom auf der anderen, und ich hasse diese vertraute Behaglichkeit.

Obwohl es erst ein halbes Jahr her ist, dass wir hier auf diese Art zusammengesessen haben, fühlt es sich diesmal sehr viel schlimmer an.

20

Am Sonntagmorgen bleibe ich an der Straße vor meiner Wohnung fünf Minuten in meinem Wagen sitzen und versuche, genug Energie aufzubringen, um die Treppe hinaufzusteigen und in die Wohnung zu gehen. Ich weiß, dort werde ich einen Laptop mit einem Lebenslauf vorfinden, der überarbeitet werden muss, einen Koffer voller Dinge, die ich im Hotel dabeihatte, und ein Bett, in dem ich zuletzt mit Alec an meiner Seite geschlafen habe.

Der Freitagmorgen mit seinem Optimismus und seiner Euphorie scheint zehn Jahre her zu sein. Meine Eltern wollten, dass ich noch ein paar Tage bleibe, aber um ehrlich zu sein, konnte ich neben meiner eigenen Zukunftsangst nicht auch noch die Last ihrer Besorgnis schultern.

Unter normalen Umständen hätte ich den Schatten vor meiner Tür bemerkt. Wäre ich nicht wie benebelt vor Kummer und Schlaflosigkeit, hätte ich die breiten Schultern und die schmal zulaufende Taille sofort erkannt, ebenso wie die Basecap, das schwarze T-Shirt und die dunkle Jeans. Vor allem aber hätte ich die Hand gesehen, die nun vorsichtig eine königsblaue Einkaufstasche auf der Fußmatte vor meiner Tür abstellt und mich daran erinnert, dass ich diese Hand vor etwas mehr als einer Woche noch für mich beansprucht habe.

Aber so dauert es eine Sekunde, bis mein bewusstes Denken einsetzt – lange genug, um instinktiv »Ähm, hallo?« zu sagen. Kaum habe ich die Worte ausgesprochen, trifft mich die Erkenntnis, und mein Herz zerspringt in tausend Teile.

Wären meine Füße nicht fest im Boden verankert, würde

ich zurück zu meinem Wagen rennen. Ich habe geglaubt, Alec niemals wiederzusehen. Vor sechsunddreißig Stunden hat er mir erzählt, er würde nach London fliegen, nach Hause, und alles deutete darauf hin, dass wir nie wieder miteinander sprechen würden. Am Wochenende bin ich so lange gelaufen, dass ich Blasen an den Fersen bekam und meine Mutter mir energisch befohlen hat, mich endlich auf den Hintern zu setzen. Aber wenn ich das tat, wollte ich jedes Mal sofort wieder aufstehen, nach Hause fahren und das Batphone aus dem Müll holen, um nachzusehen, ob er angerufen hat, obwohl ich genau wusste, dass er es nicht getan hatte.

Alec erstarrt, dann dreht er sich langsam zu mir um. Mit zitternden Fingern nimmt er die Sonnenbrille ab, und sobald seine Augen zu sehen sind, trifft mich sein Anblick wie ein Fausthieb auf den Solarplexus. Er sieht schrecklich aus. Seine Haut ist fahl; Bartstoppeln beschatten sein Kinn. Seine Augen sind glasig und gerötet, die perfekten Lippen aufgesprungen.

Es fällt mir schwer, zu beschreiben, was dieser Anblick in meinem Herzen anrichtet. Den Impuls, auf ihn zuzugehen und ihn in die Arme zu nehmen, kann ich nur unterdrücken, indem ich den Blick von seinem Gesicht abwende.

Auch er hat definitiv nicht damit gerechnet, mich zu sehen.

»Gigi.« Rasch mustert er mich von Kopf bis Fuß. Ich wette, ich sehe fast genauso fatal aus wie in der Hotellobby in Seattle, aber diesmal soll er es ruhig bemerken. Meine Haare sind zu einem fettigen, chaotischen Knoten zusammengebunden, meine Augen blutunterlaufen und stumpf. Meine Glieder zittern vor Anstrengung und Erschöpfung.

»Was machst du hier?« Ich richte die Frage an einen Punkt über seiner rechten Schulter.

»Ich ... ähm ...« Er deutet auf die Tasche. »Du hast ein paar Sachen im Hotel vergessen.«

Ich stoße ein schroffes Lachen aus. Oh ja, das habe ich. Mein Vertrauen zu Männern zum Beispiel. Den Wunsch, erneut zu lieben. Meine Karriere. Und ja, vielleicht auch ein paar Klamotten.

»Ich wurde angewiesen, so schnell wie möglich zu packen.«

»Ich weiß«, versetzt er, doch für die folgenden Worte braucht er ein bisschen mehr Zeit: »Ich finde es schrecklich, wirklich *schrecklich*, wie das gelaufen ist. Es war das reinste Chaos. Wenn ich die Zeit zurückdrehen könnte, würde ich direkt zu dir kommen.«

Dazu sage ich nichts. Dass ich die Suite so schnell verlassen musste, war schließlich nicht das Verletzende an der Sache.

Ich möchte ja gern glauben, dass er mich beschützen wollte, aber das alles war doch sehr verwirrend und schmerzhaft für mich. Es war verletzend, wie er mich geschnitten und meine Anrufe ignoriert hat. Und verletzend war auch das »Bitte, pass auf dich auf«, das er mir schließlich als beschissenes Abschiedsgeschenk hinterhergeworfen hat.

Aber was mich am meisten verletzt, ist vermutlich die Tatsache, dass er zu meiner Wohnungstür schleicht und eine Tasche davor abstellt, ohne anzuklopfen. Wie schmerzhaft wäre es gewesen, die Tür zu öffnen und die Tasche zu sehen, zu wissen, dass er hier gewesen und ohne ein Wort wieder verschwunden ist? Lieber wäre mir, er hätte meine Sachen einfach behalten.

Heiße, brennende Tränen sammeln sich in meiner Kehle. Seit Freitag habe ich es ziemlich gut geschafft, mich wieder zusammenzuflicken, aber jetzt will ich, dass er geht.

Das ganze Wochenende über habe ich mir eingeredet, ich würde anders auf ihn reagieren, sollte ich ihn jemals wiedersehen. Ich würde sein Gesicht mit dem Verrat in Verbindung bringen, damit, dass ich mich nicht erklären konnte, warum er mir keinen Vertrauensbonus gegeben hat. Aber als er jetzt vor mir steht, ist es anders.

Obwohl ich wütend bin, erfüllt seine Gegenwart mein Inneres. Ich ärgere mich, weil ich weiß, dass er mich nur in den Arm zu nehmen bräuchte, und schon wäre die Welt für uns beide wieder in Ordnung. Der leere Raum in meinem Herzen hat Alecs Form. Die Linie seines Halses, die Wölbung seines Mundes, sein markantes Kinn ... all das ist auf seltsame Weise tröstlich.

Dasselbe gilt für den sanften, ruhigen Blick, der wie ein Anker für mich war, egal, ob ich ihm von meiner Arbeit erzählt habe oder auf dem schmalen Grat zwischen Lust und Verzweiflung balanciert bin. Diese dunklen, forschenden Augen haben mich vom ersten Moment an durchschaut, als unsere Blicke sich am Flughafen begegneten. Die ganze Zeit über schaute Alec Kim mir direkt ins Herz, nahm mein Wesen komplett in sich auf. Und es schien, als ließe ihn das, was er in mir sah, von innen heraus leuchten.

Auf dieselbe Art betrachtet er mich auch jetzt. Es ist *verrückt*, dass er diese Fassade aufrechterhalten kann, nachdem er mich bei der ersten Komplikation weggestoßen hat. Mein Herz zieht sich so schmerzhaft zusammen, als wollte es sich schützend auf die zarten Gefühle legen.

»Ich wollte sagen: Was machst du hier in L. A.? Du wolltest doch am Freitag abreisen.«

»Ich konnte nicht.« Er schluckt hörbar. »Ich musste ...« Er verstummt, reibt sich frustriert mit einer Hand das Gesicht. Sein Blick wirkt auf einmal wild. »Warst du die ganze Nacht unterwegs?«

Diese unverschämte Frage verblüfft mich. Er hat mir befohlen, meine Sachen zu packen und zu verschwinden. Er hat meine Anrufe ignoriert und ist in L. A. geblieben, obwohl er behauptet hatte, abreisen zu wollen. Und jetzt will er wissen, ob ich woanders geschlafen habe?

»Jep«, bestätige ich herausfordernd, damit er mich fragt, wo ich gewesen bin.

Aber er tut es nicht. Mit mahlendem Kiefer und geblähten Nasenflügeln wendet er den Blick ab, und mir wird klar, dass er gegen die Tränen ankämpft.

»Okay«, sagt er schließlich. »Geht mich nichts an.«

Was denkt er sich bloß dabei? Dass er mich am Ende eines Spießrutenlaufs erwischt? Nein, dazu kennt er mich zu gut. Wenn sich unsere Gefühle nicht gerade in einem absoluten Ausnahmezustand befänden, würde er annehmen, dass ich bei meinen Eltern war. Es ist der Irrsinn der Umstände, der ihm das Adrenalin wie Treibstoff durch die Blutbahn rasen lässt.

»Ich wollte nicht in meinem Bett schlafen.« Mehr verrate ich nicht. »Als ich das letzte Mal darin geschlafen habe, warst du bei mir.«

»Verstehe.« Alec kneift sich in die Nasenwurzel und wischt sich verstohlen über die Augen. »Aus demselben Grund habe ich das Hotel gewechselt.«

Lass dich bloß nicht einlullen, befehle ich mir angesichts dieses Geständnisses. Allein der Versuch, im Waldorf Astoria auszuchecken, wäre verrückt, ganz zu schweigen davon, woanders ein Zimmer zu nehmen. Die Fans würden ihn überrennen. Was in aller Welt könnte dieses Risiko wert sein?

Alec verlagert das Gewicht auf den anderen Fuß, räuspert sich einmal, dann noch einmal.

Ich richte den Blick auf den Boden zwischen uns und versuche, meine Gefühle zu entwirren. Zorn von Trauer, von Angst, von Verlangen zu trennen und sie in unterschiedlichen Räumen meines Körpers unterzubringen, damit ich Platz zum Atmen habe.

Als er erneut das Wort ergreift, klingt seine Stimme heiser. »Ich kann mich für mein Verhalten am Freitag gar nicht genug entschuldigen.«

Da hat er wahrscheinlich recht, und es gibt nichts, was ich dazu sagen könnte. Ich wollte mit ihm reden, ihm helfen, die Dinge in Ordnung zu bringen, aber er hat mich nicht an sich herangelassen. Jetzt fehlen mir die Worte. Gähnendes Schweigen macht sich breit.

»Ehrlich gesagt war die ganze Sache ein Fehler«, sage ich schließlich mühsam beherrscht. »Jetzt ist deine Karriere ein Scherbenhaufen, und ich bin gefeuert.« Als er keine Reaktion zeigt, flammt mein Zorn erneut auf. »Als ich dich in dem Hotelzimmer in L. A. gesehen habe, hätte ich mich umdrehen und sofort wieder hinausgehen sollen.«

Da ich ihm nicht ins Gesicht schaue, weiß ich nicht, ob es stimmt, aber ich nehme an, dass Alec mich anstarrt, als wüsste er genau, dass es mir an jenem Morgen leichter gefallen wäre, Atome in meiner Faust zu spalten, als einfach wegzugehen.

Nicht dass es etwas geändert hätte. Schon in Seattle hat jemand Fotos von uns gemacht, ich war also von Anfang an geliefert.

»Ich weiß, dass du sauer bist«, sagt Alec, »und ich verstehe es. Ich verstehe es total. Aber ich war in einer unmöglichen Lage. Ich musste mir überlegen, was ich wegen Sunny unternehmen sollte. Ich konnte nicht einfach ... ich konnte nicht einfach ihre Geschichte erzählen, nur um meinen eigenen Arsch zu retten, so einfach ist das nicht.«

Vor lauter Wut bin ich nicht einmal bereit zuzugeben, dass alles leichter aus der Welt zu räumen wäre, wenn ich seinen Bericht in den Artikel eingearbeitet hätte. Denn auch wenn ich immer noch durcheinander und verletzt bin, bereue ich mit einigen Tagen Abstand keineswegs, dass ich instinktiv die

Menschen beschützen wollte, die ich liebe. Ich bereue nicht, nur Informationen benutzt zu haben, die ich auf saubere Art erhalten habe.

»Also, warum hast du dir die Mühe gemacht, noch in L. A. zu bleiben?«, frage ich. »Warum bist du nicht in London und denkst dir gemeinsam mit Sunny etwas aus?«

Er sieht mich kurz an, dann wendet er den Blick ab. Sein Kiefer mahlt. Ich warte ein paar Sekunden auf eine Antwort, ehe mir klar wird, dass ich keine bekommen werde.

Egal, denke ich. *Sag, was du zu sagen hast. Und dann verschwinde.*

Ich schlucke.

»Deine Loyalität den Menschen in deinem Leben gegenüber gehört zu den Dingen, die ich am meisten an dir liebe«, bringe ich mühsam hervor, und ruckartig richtet er den Blick wieder auf mein Gesicht. »Aber was ist mit *mir*?«, frage ich, und gleich darauf bricht der Damm. »Du hast beschlossen, deine Schwester zu schützen, und das verstehe ich, aber mich hast du einfach weggeworfen. Als das zwischen uns anfing, war die Story das Größte, was mir je passiert ist. Aber dann warst plötzlich *du* das Größte, was mir je passiert ist. Und jetzt stehe ich hier und habe beides verloren.«

Alec atmet zitternd ein, seine Nasenflügel beben. »Ich weiß.«

»Du hast gesagt, du willst mich dazu bringen, dich zu lieben, und zwölf Stunden später lässt du mich meine Sachen packen, wirfst mich aus deinem Hotelzimmer und behauptest, du würdest die Stadt verlassen und ich solle ›bitte auf mich aufpassen‹. Mir ist klar, dass Sunny deine Schwester ist und dass wir beide nur vierzehn Tage miteinander verbracht haben. Trotzdem hat es mich förmlich zerrissen, auf diese Art abserviert zu werden. Du hättest wenigstens mit mir reden können.«

Er öffnet den Mund und schließt ihn gleich darauf wieder.

Ich rechne mit Widerspruch, aber er sagt nur: »Du hast recht. Das hätte ich tun können.«

»Ich bin so froh, dass ich das Batphone hiergelassen habe«, sage ich, und er weicht zurück, als hätte ich ihm einen Stoß gegen die Brust versetzt. »Sonst hätte ich es ständig gecheckt. Es hätte mich umgebracht, dich heute Morgen zu sehen und zu erfahren, dass du die ganze Zeit in der Stadt warst.«

»Gigi ...«

»Du hast geglaubt, ich bin in der Wohnung, stimmt's?«, falle ich ihm ins Wort und deute auf die Tasche vor meiner Tür. »Du wolltest nicht mal mit mir reden. Bist du auf dem Weg zum Flughafen nur kurz vorbeigekommen, um mir mein Zeug vor die Tür zu stellen?«

Alec blinzelt und senkt den Blick auf den Boden. »Das sind ziemlich viele Unterstellungen, meinst du nicht?«

»Weißt du was? Mir ist es inzwischen völlig egal, was du glaubst.«

Als Antwort darauf beißt sich Alec auf die Lippe und nickt. Am Straßenrand hupt ein Wagen und lenkt seine Aufmerksamkeit auf die offen stehende Haustür.

»Ich wünschte, wir könnten die Zeit bis Seattle zurückdrehen, einfach zwei Wochen dortbleiben und alles andere links liegen lassen. Es waren die schönsten zwei Wochen und die schlimmsten drei Tage meines Lebens.«

Auf einmal ist mir erschreckend klar, dass er recht hat. Ich finde es furchtbar, dass die unkomplizierteste und leidenschaftlichste Beziehung meines Lebens den Umständen zum Opfer gefallen ist. Ich finde es schrecklich, wie Alec den Schlag einfach hinnimmt. Und ich finde es schrecklich, dass ihn ausgerechnet die Eigenschaften, die ich am meisten an ihm bewundere – sein Pflichtgefühl der Familie und der Öffentlichkeit gegenüber –, dazu bringen, genau das zu tun, was jeder,

der ihn kennt, hätte vorhersagen können. Alec gehört nicht sich selbst, es sei denn, er ist mit mir zusammen. Was mich nach unserer ersten Nacht so sehr verletzt hat, ist nun zu unserer tiefsten Wahrheit geworden: Er hat es vom ersten Augenblick an, schon in Seattle, ernst mit mir gemeint. Er weiß, dass ich selbst auf mich aufpassen kann. Er muss mich nicht beschützen.

Auf einmal verfliegt mein Ärger. Wenn dies das letzte Mal ist, dass ich ihn sehe, darf es nicht auf diese Art zu Ende gehen. Er sieht aus, als hätte er weder geschlafen noch gegessen. Spence habe ich so sehr gehasst, dass ich ihn nie wiedersehen wollte, aber das ist in diesem Fall anders. Ich kann Alec, mich selbst und diese Situation hassen bis in alle Ewigkeit, aber ich will nicht, dass meine letzte Erinnerung an ihn in wütendem Schweigen besteht.

»Hast du geschlafen? Oder etwas gegessen?« Ich betrachte forschend sein Gesicht, seine Haltung, seine zerknitterte Kleidung. Diese Version von Alec Kim hätte ich mir bis jetzt nicht einmal vorstellen können. »Du siehst schrecklich aus.«

Er sucht meinen Blick, und ich erinnere mich an die Frage, die er mir an jenem ersten Tag in dem Hotel in L. A. gestellt hat – ich sehe sie in seinen Augen: *Wie wütend kannst du schon sein, wenn du mich so ansiehst?*

Ich merke auch, dass ich ihn nicht wütend anstarre, sondern ihn mit kaum verhüllter Bewunderung ansehe. Erschrocken stelle ich fest, dass mir Tränen über die Wangen laufen.

Alec kommt einen Schritt auf mich zu, aber ich weiche sofort zurück.

»Nein, nicht.«

»Gigi ...«

»Ich werde dich nicht hereinbitten«, sage ich und wische mir übers Gesicht. »Ich kann nicht.«

Alec nickt. »Okay, ist wahrscheinlich besser so. Wenn ich mit dir in die Wohnung gehe, will ich nie wieder weg.«

Verwirrt kaue ich auf meiner Unterlippe und unterdrücke ein Schluchzen. In diesem Moment sieht er aus, als würde er mich lieben.

»Okay. Gute Reise«, sage ich.

»Lies, was ich dir geschrieben habe«, erwidert Alec und deutet mit dem Kopf auf die Tasche.

Dann kommt er näher, beugt sich über mich und gibt mir einen Kuss auf die Wange. Als er sich wieder aufrichtet, blickt er über meine Schulter. Er fixiert einen Punkt in der Ferne, braucht offenbar ein Ziel, auf das er zusteuern kann.

Ich senke den Blick auf die Einkaufstasche und höre, wie er die Stufen hinuntergeht. Ich muss die Zehen einziehen, um ihm nicht hinterherzulaufen.

Wenige Sekunden später springt ein Motor an, und ein Wagen fährt vom Bordstein weg. Diesmal ist Alec Kim tatsächlich im Begriff, L. A. zu verlassen.

21

Meine größte Sorge wegen der Rückkehr in mein Bett ist unbegründet: Von Alec gibt es dort keine Spur mehr. Ich stelle die Einkaufstasche ab, greife nach einem Kissen und drücke es mir ins Gesicht. Die Bettwäsche ist frisch und riecht nach Weichspüler. Eden. Sie hat auch seine Sachen entsorgt: die Zahnbürste, die Badeshorts ... Ich werde nie erfahren, ob er sonst noch etwas hinterlassen hat.

Ich dusche so lange, bis ich schläfrig und entspannt bin. Dann trockne ich mich gründlich ab und schlüpfe in eine Jogginghose und ein Tanktop, ehe ich mich rückwärts auf mein Bett fallen lasse und an die Decke starre. Die blaue Einkaufstasche ignoriere ich bewusst. Ich bin nicht bereit, meine Sachen anzuschauen und dabei vor Augen zu haben, wie sie in seiner Hotelsuite aussahen.

Hinter der geschlossenen Zimmertür höre ich Eden, die sich leise in der Wohnung bewegt. Sie kocht Kaffee, räumt den Geschirrspüler aus, bringt den Müll hinaus. Ihre Anwesenheit beruhigt mich.

Stöhnend wickle ich mich in meine Decken ein und schließe fest die Augen, aber plötzlich bin ich hellwach. Mit mir in diesem Raum befindet sich eine tickende Bombe. Ich öffne die Augen und spähe auf die Tasche, die auf der anderen Seite des Zimmers steht.

Lies, was ich dir geschrieben habe.

Was auch immer sonst noch in der Tasche ist, es gibt auf jeden Fall einen Brief.

Ich sollte ihn nicht mit müden Augen und erschöpftem

Verstand lesen. Ich sollte ihn nicht in einem derart emotionalen Zustand lesen. Doch obwohl ich all das weiß, trete ich die Decken weg, stehe auf und durchquere das Zimmer.

In der Tasche liegen mein hässlicher Post-Malone-Hut und die Spielkonsole, die Alec uns erst vor zwei Wochen gekauft hat. Aber es befinden sich nicht nur Dinge darin, die ich in der Suite vergessen habe. Da ist auch eine kleine Schachtel mit frischen Donuts und eine Flasche teurer Zinfandel; Alecs Anzughemd, das ich beim Binden seiner Fliege getragen habe.

Ich beiße mir auf die Lippe und unterdrücke ein gequältes Stöhnen.

Der letzte Gegenstand ganz unten in der Tasche ist eine Postkarte mit einem hübschen Laguna-Beach-Motiv. Auf die unbedruckte Seite hat Alec nur wenige Worte geschrieben.

Gigi,
ich weiß, dass du wütend bist.
Aber bitte, nimm meine Anrufe an.
A

Seine Anrufe?

Mein Herz schlägt schneller, Adrenalin strömt durch meine Adern. Er hat meine andere Nummer nicht.

Ich wollte sagen: Was machst du hier in L. A.?

Ich konnte nicht, hat er geantwortet. *Ich musste...*

Oh Gott. Nein.

Du hättest wenigstens mit mir reden *können,* habe ich gesagt.

Seine Miene, so beherrscht. *Du hast recht. Das hätte ich tun können.*

Wie er zurückgewichen ist, als hätte ich ihm mit der Mitteilung, dass ich das Batphone hiergelassen habe, einen Stoß vor die Brust versetzt. Wie er gesagt hat, dass ich ihm falsche

Gründe für seine Anwesenheit vor meiner Wohnung unterstelle.

Ich stolpere ins Badezimmer, gehe auf die Knie und durchsuche den Müll.

Eden hat wirklich gründlich geputzt. Im Mülleimer befindet sich nur noch ein frischer Beutel.

Ein Schluchzer entringt sich meiner Kehle, aber beim Aufstehen sehe ich das Post-it am Waschbecken:

Ich habe es ausgemacht, aber es liegt in deinem Nachtschrank. Wenn du es noch mal wegwirfst, lasse ich es im Müll, versprochen. – E.

Mit zitternden Händen gehe ich in mein Zimmer und nehme das Batphone aus der Schublade. Während es hochfährt, zwinge ich mich, tief durchzuatmen, um nicht in Panik zu geraten. Das Display erwacht zum Leben.

Nichts.

Nichts.

Da ist nichts.

Ich drehe mich um, setze mich auf den Fußboden, lehne mich an mein Bett und kämpfe gegen die Tränen der Enttäuschung an, die mir die Kehle zuschnüren.

Und dann beginnt das Batphone in meiner Hand zu vibrieren. Mit tränennassen Augen blicke ich auf das Display, auf dem Dutzende Nachrichten aufgeploppt sind. Verpasste Anrufe. Sprachnachrichten.

Ich überprüfe die Zeitstempel. Kaum zwei Stunden nachdem er mich angerufen und aufgefordert hat, »auf mich aufzupassen«, hat Alec sich erneut gemeldet.

Und dann noch einmal.

Und noch mal.

Und ein weiteres Mal.

Seine Anrufe erstrecken sich von Freitagnachmittag bis tief in die Nacht hinein, und sie setzen am Samstag noch vor Sonnenaufgang wieder ein. Insgesamt vierzehn verpasste Anrufe, alle, während ich bei meinen Eltern war und annahm, er säße im Flugzeug und hätte allem anderen größere Priorität eingeräumt als mir.

Seine erste Voicemail dauert sieben Sekunden.

»Gigi. Bitte, ruf mich zurück. Ich habe meine Pläne geändert und bleibe noch bis Sonntag hier.«

Weitere zwölf verpasste Anrufe, dann seine zweite – und letzte – Sprachnachricht am späten Samstagnachmittag. Sie dauert etwas länger als eine Minute.

»Gigi.« Er verstummt, atmet tief durch. »Okay. Ich weiß nicht, warum ich dich immer wieder anrufe, obwohl du kein einziges Mal rangehst. Aber ich habe heute gehört, dass du deinen Job verloren hast, und bin am Boden zerstört. Ich stecke mitten in diesem dummen Internetorkan und bin in seinem Zentrum paradoxerweise komplett zum Stillstand gekommen. Da du mir nicht antworten wirst, kommt jetzt, was ich dir sagen wollte: Ich hatte vor, nach Hause zu fliegen, um mit Sunny zu besprechen, wie wir mit der Situation umgehen, aber ich konnte einfach nicht ohne dich in den Flieger steigen. Immer wieder habe ich mir deine Stimme auf dem Handy angehört, wie du gesagt hast, dass du nicht verstehst, was los ist. Es ging alles rasend schnell, und wahrscheinlich habe ich sehr kalt auf dich gewirkt.«

Er verstummt.

»Nach allem, was passiert ist, auf diese Art ... *beschuldigt* zu werden ...«, fährt er dann mit brechender Stimme fort. »Na ja, ich hatte wohl einen Schock.«

Erneut verstummt er, atmet hörbar aus.

»Aber egal, jetzt bin ich hier, streife durch L. A., tue absolut nichts und lasse zu, dass dieses Problem weiterhin an mir nagt. Ich denke an die Dinge, die wir in den letzten zwei Wochen gemacht haben, und frage mich, wie um alles in der Welt ich mich innerhalb weniger Tage verlieben konnte. Aber so ist es. Tatsächlich glaube ich, dass ich mich innerhalb von Minuten in die Frau verliebt habe, die mir in der Hotelbar gegenübersaß. Sie war erschöpft, aber faszinierend, und sie trug nichts außer einem roten Kleid.«

Er schweigt einen Moment.

»Gigi, ich kann nicht zulassen, dass die derzeitigen Umstände uns der Chance berauben zu sehen, wohin die Sache mit uns führen kann.« Ich höre ihn schlucken und dann zitternd einatmen. »Ich denke, ich rufe dich noch mal an, wenn ich in London bin. Hoffentlich gehst du dann ran.«

Ich schlage mir eine Hand vor den Mund und fange den Schluchzer ab, der herauskommt. Ich hätte dieses Wochenende mit ihm verbringen können. Wir hätten diesen Sturm gemeinsam überstehen können.

Vor Reue wird mir fast übel, und ich muss kurz die Augen schließen, das Gesicht zur Decke heben und tief durchatmen.

… und frage mich, wie um alles in der Welt ich mich innerhalb weniger Tage verlieben konnte.

Tatsächlich glaube ich, dass ich mich innerhalb von Minuten in die Frau verliebt habe, die mir in der Hotelbar gegenübersaß.

Ich schließe die Augen und erinnere mich. Durchlebe erneut den Schrecken, mit dem ich im Internet Fotos von uns gesehen habe, die mir jenen Abend in Erinnerung riefen.

Sie war erschöpft, aber faszinierend, und sie trug nichts außer einem roten Kleid.

Neugier schleicht sich in meine Gedanken und bringt mich dazu, vom Fußboden aufzustehen. Ich durchsuche den Koffer, den ich im Waldorf Astoria so hastig gepackt habe. Ich wühle ein weiteres Mal in der Einkaufstasche, die er vor meiner Tür abgestellt hat, aber mein rotes Kleid kann ich nirgendwo finden.

Schließlich nehme ich Alecs Hemd aus der Tasche, ziehe es an, schlüpfe ins Bett und höre seine Sprachnachricht in Dauerschleife, bis ich endlich einschlafe.

Beim Aufwachen ist es still in der Wohnung, die Geräusche sind gedämpft. Es ist kurz vor zwei, und das bedeutet, dass ein Wunder geschehen ist, denn ich habe einen großen Teil des Tages verschlafen.

Die Nachmittagssonne scheint zum Fenster herein, taucht das gelbe Sofa in weiches goldenes Licht und verwandelt das Blau des üppigen Sessels in ein leuchtendes Türkis. Die Wohnung ist makellos sauber. Frische Blumen stehen auf dem kleinen Tisch im Esszimmer, und auf einem Notizzettel steht schlicht und ergreifend:

Ich hab dich lieb. – E.

Zum ersten Mal seit Tagen habe ich das Gefühl, tief durchatmen zu können.

Eden hat auf der Küchentheke eine Schüssel mit Resten und deutlich sichtbare Anweisungen hinterlassen.

Schritt 1: Stell die Schüssel in die Mikrowelle
Schritt 2: Erhitze sie zwei Minuten lang
Schritt 3: Nimm die Schüssel vorsichtig aus der Mikrowelle
Schritt 4: Hol dir eine Gabel
Schritt 5: Befördere das Essen mit der Gabel in deinen Mund
Schritt 6: Wiederhole Schritt 5, bis die Schüssel leer ist

Ich bin gerade mit Schritt 1 fertig, da klingelt es an der Tür. Ich weiß, es ist nicht der Nachbar von unten, der mir sagen will, dass wir zu laut sind. Ich hoffe, es ist nicht der Nachbar von oben, der mir sagen will, dass sie einen Wasserrohrbruch haben. Vielleicht hat Eden ihre Schlüssel vergessen. Vielleicht will Mom nach mir sehen. Vielleicht... Mit einem trockenen Lachen lasse ich diesen Gedanken einen abrupten Tod sterben.

Aber Alec wird mich anrufen, wenn er in London ist, fällt mir wieder ein. Immerhin ein Anfang.

Erst als ich die Tür öffne, wird mir bewusst, dass ich mir nach dem Duschen nicht die Mühe gemacht habe, mir die Haare zu kämmen. Tatsächlich habe ich seit Tagen nicht mehr in den Spiegel gesehen. In Alecs Anzughemd, einem ausgeleierten Tanktop, ohne BH und mit Haaren, die wie ein Vogelnest aussehen, stehe ich zwei schönen Frauen gegenüber.

Eine von ihnen erkenne ich sofort. Sie ist der vorletzte Mensch, mit dem ich hier gerechnet hätte.

»Georgia, du siehst echt beschissen aus«, sagt Yael angewidert.

Die Frau neben Yael stößt sie kaum merklich an, und schlagartig trifft mich die Erkenntnis.

»Sei nicht so gemein. Schließlich hat sie ein beschissenes Wochenende hinter sich.« Sunny Kim schenkt mir ihr vertrautes Grübchenlächeln, und mir bleibt vor Wehmut die Luft weg.

Ich blicke über die Schulter. Ja, ich stehe in der Tür zu meiner eigenen Wohnung. Ja, ich bin offenbar wach.

Yael und Sunny starrten mich an und warten darauf, dass ich etwas sage.

»Was macht ihr denn hier?«, bringe ich schließlich hervor.

Sunny tritt einen Schritt vor und umarmt mich. »Hi.«

Instinktiv hebe auch ich die Arme und schließe sie zögerlich um ihre Taille. Es fühlt sich vertraut an. Ihr mittlerweile erwachsener Körper fühlt sich fast genauso an wie früher.

»Hi.«

»Ich sehe, dass dieser Besuch eine Überraschung für dich ist.« Sie löst sich von mir, legt mir beide Hände auf die Schultern und hält mich auf Armeslänge von sich. »Aber du siehst tatsächlich schlimm aus, G.«

»Da hast du sicher recht.« Endlich holt mein Gehirn meine Augen ein. Ich betrachte Yael, die mit Jeans, T-Shirt und Sneakers ungewöhnlich lässig gekleidet ist, dann schaue ich erneut über meine Schulter. Immer noch meine Tür. Immer noch wach. Für einen Moment mustere ich Yael aus schmalen Augen. »Ich dachte, du sitzt im Flieger nach London.«

»Nein«, sagt sie nur.

»Aber *Alec* sitzt im Flugzeug«, stelle ich gedehnt fest.

Sunny dreht sich zu Yael. »Stell dir vor, unsere Flugzeuge hätten sich gekreuzt. Wahrscheinlich hätte er mir noch in der Luft eine Strafpredigt gehalten.«

Vielleicht ist es der falsche Zeitpunkt, die beiden darauf hinzuweisen, dass es ziemlich leichtsinnig von ihnen ist, einen verstörten Alec Kim nach Hause fliegen zu lassen, wo seine Schwester *nicht* auf ihn warten wird. Tatsächlich frage ich mich, ob nicht jeder normale Mensch verstehen würde, was hier vor sich geht, und ich einfach nur ein Nervenbündel bin – oder ob sie es darauf anlegen, mich zu verwirren.

»Ich habe keine Ahnung, was zum Teufel hier los ist.«

Yael verdreht die Augen. »Verdammt noch mal, dann lass uns endlich rein, Georgia.«

Wenigstens wissen die beiden meinen guten von Hand aufgegossenen schwarzen Kaffee zu schätzen.

»Mmh!«, murmeln sie in ihre Tassen und loben leise das Aroma.

Das weckt meine Erinnerungen an den Morgen mit Alec hier. An seine hemmungslos ausgelebte Vorliebe für zuckersüßen Kaffee und an die Autogrammstunde später an dem Tag. An seinen Vorschlag, zu ihm ins Hotel zu ziehen, an Yaels Warnungen ...

Offen gesagt habe ich das Gefühl, dass Yael Miller im Augenblick nicht voll und ganz Team Alec ist, aber ich verstehe ihre Beweggründe nicht. Warum ist sie nicht bei *ihm*? Mag ja sein, dass Alec recht hat und Yael in Sunny verliebt ist, aber sie ist seine persönliche Assistentin. Sie erledigt alles Mögliche für ihn, lässt ihn aber mitten in einer Krise allein nach London zurückfliegen? Hitze kriecht mir in den Nacken.

»Wie kommst du zurecht?«, erkundigt sich Sunny.

»Ich glaube, wichtiger ist die Frage, wie *du* zurechtkommst«, erwidere ich freundlich und richte meine Aufmerksamkeit nun auf sie.

Sie stößt ein freudloses Lachen aus. »Die letzten Monate waren schrecklich. Aber der Silberstreif am Horizont besteht offenbar darin, dass ich keine weiteren Hiobsbotschaften mehr fürchten muss, weil die nämlich längst eingetroffen sind.«

»Ich glaube, eure Verbindung zu Anders wäre auch ohne die Fotos von Alec und dir hinter dem Klub irgendwann herausgekommen.«

»Genau.« Wir sehen uns mehrere Sekunden lang ins Gesicht und fangen schließlich beide gleichzeitig an zu lächeln. »Himmel, ist das schön, dich zu sehen«, sagt sie. »Du bist die perfekte Version deines zukünftigen Selbst geworden. Und du stehst direkt vor mir.«

»Dasselbe habe ich gerade von dir gedacht.« Mein Herz zieht sich hinter dem Brustbein zufrieden zusammen.

Mit einem kleinen Lächeln stellt Sunny ihren Kaffeebecher auf den Tisch und macht es sich auf dem Sofa bequem. Wir sind gleich alt – unsere Geburtstage liegen nur eine Woche auseinander –, aber in den Kissen unseres großen gelben Sofas sieht sie viel jünger aus. Ihre Haltung, ihre Energie ... alles an ihr wirkt ausgesprochen jung. Wie kann jemand einen solchen Menschen verletzen? Eine Hitzewelle überläuft mich, und ich kann Alecs Beschützerinstinkt sehr gut nachempfinden.

»Dein Artikel ist großartig«, lobt mich Sunny. »Ich bin dir ausgesprochen dankbar.«

Ich betrachte sie und bringe außer einem *Danke* nichts heraus. Dabei würde ich ihr gern sagen, wie sehr ich es bedaure, dass die Sache auf diese Art explodiert ist und dass sich all das am Ende vielleicht doch gelohnt haben wird, weil die Verantwortlichen nun zur Rechenschaft gezogen werden können.

»Wir alle haben einiges zu klären«, sagt sie, »aber ich wollte nicht, dass du dich fragst, ob es sich gelohnt hat, darüber zu berichten. Das hat es.«

Wie ihr Bruder kann offenbar auch Sunny mühelos meine Gedanken lesen.

»Ich weiß, dass Alec deswegen nach London fliegen wollte«, sage ich. »Er wollte mit dir besprechen, wie ihr mit den Konsequenzen umgehen sollt.«

»Wegen seiner Gefühle für dich ist es ihm schwergefallen, L. A. zu verlassen, darum hatte ich das Bedürfnis, mich selbst darum zu kümmern«, erklärt sie. »Du hast sicher bemerkt, dass Alexander dazu neigt, mich vor all dem Schmerz beschützen zu wollen, und das weiß ich zu schätzen. Sehr sogar. Aber ich möchte nicht mehr verhätschelt werden wie ein kleines Kind. Ich möchte nicht beschützt werden. Und genau wie du gesagt hast, wird meine eigene Verbindung zu Josef über kurz oder lang ohnehin ans Licht kommen.« Sie greift nach ihrem Kaffeebecher. »Also ... Es ist natürlich sowieso toll, dich zu sehen, aber ich möchte dir außerdem einen Vorschlag machen.« Vor Neugier halte ich die Luft an. »Okay, lass hören.«

»Man munkelt, dass du arbeitslos bist«, sagt sie und grinst. »Wie wär's, wenn du deinen Journalistenhut wieder aufsetzt und mir hilfst, ein paar hohe Wellen zu schlagen?«

22

Wenn man Kim Min-sun an einem Tisch gegenübersitzt, ist es schwer, ihre beeindruckende Schönheit zu ignorieren. Das neue Gesicht von Dior steht für Konturen und Präzision. Sie spricht mit Bedacht und tippt sich mit den rosafarbenen Nägeln auf die vollen Lippen, wenn sie überlegt, wie sie etwas am besten in Worte fassen kann. Es ist leicht, nachzuvollziehen, warum sie innerhalb von nur zwei Monaten Angebote von acht Luxusmarken bekommen hat. Es gibt kein anderes Gesicht wie ihres da draußen, nirgendwo.

Doch dann huscht ein Lächeln über ihre Züge, und die verspielten Grübchen der Familie Kim erscheinen. Es ist verblüffend, wie sehr sie in solchen Momenten ihrem Bruder ähnelt.

»Alexander ist sechs Jahre älter«, sagt sie. »Er war immer schon sehr fürsorglich. Und er würde lieber sterben, als den Eindruck zu erwecken, einer Sache nicht gewachsen zu sein.«

Sie sagt das, als könnten diese Eigenschaften alles erklären. Was vermutlich auch stimmt. Zumindest erklären sie, warum er sich für die Art verantwortlich fühlt, wie sie aufgewachsen ist, und warum er manchmal ein überfürsorglicher Spielverderber sein kann. Und sie erklären auch, warum er dieses Jahr am Valentinstag in einen Nachtklub gestürmt ist, seine unter Drogen gesetzte, bewusstlose Schwester aus einem VIP-Raum gezerrt und sich mit ihr in der Toilette auf den Boden gesetzt hat, bis sie wieder halbwegs in der Lage war, zu gehen und das Etablissement mit ihm zu verlassen.

Diese Eigenschaften erklären auch, warum er sich am vergangenen Wochenende vor der Presse versteckt hat, nachdem ein britisches Boulevardblatt online Fotos veröffentlicht hatte, auf denen er eine vermummte Frau aus dem berüchtigten Jupiter-Klub führt. Da das Jupiter als Schauplatz einer Reihe von mutmaßlichen Sexualverbrechen gilt, gingen die Fotos schnell viral.

»Er würde die Welt lieber in dem Glauben lassen, dass er ein Verbrechen begangen hat, als öffentlich zu machen, dass ich zum Opfer geworden bin«, sagt sie. »Ich war nicht bereit, darüber zu sprechen, aber ich werde auf keinen Fall zulassen, dass diese Sache den besten Menschen zerstört, den ich kenne.«

Ich sehe, wie Sunny den Entwurf des Artikels überfliegt, zum Anfang zurückgeht und noch einmal alles von vorn liest, langsamer diesmal. Ein dreistündiges Gespräch, zusammengefasst in achttausend Wörtern, die detailliert beschreiben, was in jener Nacht im Jupiter passiert ist. Woran sie sich erinnert, was Alec ihr erzählt hat, was er für sie getan hat. Sogar meine seit zwanzig Jahren bestehende Verbindung zu ihrer Familie kommt darin vor. All das geht heute Abend per E-Mail an denjenigen raus, der den Bieterwettstreit gewinnt. Sunny besteht darauf, dass ich für meine Arbeit bezahlt werde. Ich wiederum bestehe darauf, das Geld einem Fonds für Opfer sexueller Gewalt zu spenden. Yael hat mir in Erinnerung gerufen, dass ich arbeitslos bin, und wir haben uns darauf geeinigt, wenigstens die Hälfte zu spenden. Alecs Assistentin nimmt in meinem Schlafzimmer gerade die Anrufe der letzten Interessenten entgegen: *The New Yorker, Vanity Fair, The Atlantic, GQ.*

Sunny beendet die Lektüre und stellt meinen Laptop zur Seite. Ihre Augen glänzen.

»Das hast du großartig gemacht, Gigi! Und ich kann nicht fassen, wie schnell du warst.«

Ich auch nicht.

»Muss wohl an der Motivation liegen«, mutmaße ich achselzuckend. »Die Welt soll sich verdammt noch mal überschlagen, um sich bei Alec zu entschuldigen.«

»Na ja, und bei dir«, ergänzt sie.

»Das interessiert mich viel weniger.«

Lächelnd schiebt Sunny sich eine Haarsträhne hinters Ohr. »Ich habe noch nie gehört, dass mein Bruder so liebeskrank klingt.«

»Er hat mich am Wochenende ständig angerufen, aber ich habe das Handy, das er mir gegeben hat, hiergelassen, weil ich dachte, er wäre schon weg. Ich war selbst das reinste Wrack. Was für ein Chaos!«

»Ich hoffe wirklich, dass ihr beide miteinander glücklich werdet.« Sie sieht mir forschend ins Gesicht. »Er braucht dich. Er hat wirklich gute Freunde, aber ich möchte, dass er einen Menschen für sich hat. Einen Menschen wie *dich*.«

Ich nicke und schlucke die Übelkeit erregende Welle aus Sorge, Sehnsucht und Reue hinunter.

»Hoffentlich ruft er mich an, sobald er gelandet ist. Ob er sich Sorgen macht, wenn du hier in L. A. bist?«

Ehe Sunny antworten kann, kommt Yael herein. Es ist derart verwirrend, sie lächeln zu sehen, dass ich den Blick nicht abwenden kann. Sie scheint es zu bemerken, denn sie geht gleich darauf ein.

»Ja, Georgia, ich habe Zähne!«

»Ich dachte, sie wären scharf und ausfahrbar.«

Der Spruch bringt sie zum Lachen, was überraschend ausgelassen klingt.

»Hier. Das ist dein Vertrag mit *Vanity Fair*.« Sie reicht mir ein Blatt Papier mit einigen Zeilen ihrer vorhersagbar ordentlichen Handschrift. »Sie warten auf den Artikel. Um neun Uhr morgen Ostküstenzeit geht er online, und eine erweiterte Version schafft es vielleicht in die Juni-Ausgabe, wenn du den Text bis morgen Mittag einreichst. Sie kümmern sich um die Redaktion, rufen dich aber an, falls größere Änderungen nötig sind.«

Ich habe keine Ahnung, wie sie das bewerkstelligen wollen, aber ich werde nicht nachfragen. Es ist kurz nach zwanzig Uhr. Selbst wenn Alec um die Mittagszeit abgereist ist, wird es noch mehrere Stunden dauern, bis er in London landet. Es ist sinnlos, aufzubleiben und auf seinen Anruf zu warten.

Ich öffne meine E-Mails, tippe den Namen ein, den Yael mir genannt hat, schreibe eine kurze Nachricht und klicke auf Senden.

»Ich bin am Verhungern.« Yael wippt auf den Fersen und klopft sich auf den flachen Bauch.

Sunny steht auf und reckt sich. Dann geht sie zu Yael, umarmt sie und erhebt sich auf die Zehenspitzen, um ihr einen Kuss auf das Kinn zu geben, womit sie eine der tausend Fragen beantwortet, die ich mir an diesem Tag stelle.

»Okay, dann lass uns irgendwo zu Abend essen«, sagt sie. »Gigi, kommst du mit?«

Wahrscheinlich ist es verrückt, die Gelegenheit zu einem Dinner mit meiner besten Freundin aus Kindertagen und der ehemals mürrischen, neuerdings aber auch mal lächelnden Assistentin-Leibwächterin auszuschlagen, der ich in den letzten zwei Wochen möglichst aus dem Weg gegangen bin. Aber sosehr die beiden sich auch anstrengen, mich zu überreden – jetzt, nachdem der Artikel abgeschickt ist, wird mein Körper die Adrenalinproduktion wahrscheinlich komplett einstellen, sodass ich ohnmächtig über meinem Teller zusammenbrechen würde. In London gibt es viele gute Restaurants, aber nur sehr wenige Mexikaner, darum beschreibe ich den beiden den Weg zu meinem Lieblingstacoladen und verabschiede mich von ihnen.

Als die Tür ins Schloss fällt, lehne ich mich dagegen, blicke in den kurzen Flur zu unseren Zimmern und überlege, ob ich noch etwas essen oder gleich wieder ins Bett gehen soll. Mein knurrender Magen nimmt mir die Entscheidung ab. Während ich die Reste aus dem Kühlschrank aufwärme, kann ich es kaum erwarten, endlich zu essen. Ich bin total ausgehungert.

Mit geputzten Zähnen, in Alecs Hemd und meiner neuen Lieblingsunterwäsche setze ich mich schließlich vor den Fernseher und versuche, den Irrsinn dieses Wochenendes zu verarbeiten. Kaum gelingt es mir zum ersten Mal seit Tagen, innerlich zur Ruhe zu kommen, da wird mir bewusst, dass ich keine Ahnung habe, wie ich damit klarkommen soll, dass Alec nicht bei mir ist. Alle paar Minuten geht mir derselbe Gedanke durch den Kopf: *Du hast zwei ganze Tage vergeudet.* Und ich habe keine Ahnung, wann ich ihn das nächste Mal sehen werde.

Ich weiß, dass es sinnlos ist, weil er in einem Flugzeug über dem Atlantik sitzt, dennoch schreibe ich ihm eine Textnachricht.

Du fehlst mir.

Dann lege ich das Batphone ab.

Eine Sekunde später fängt es neben mir auf der Couch an zu vibrieren. Erschrocken greife ich danach. Alec hat geantwortet.

Himmel, du fehlst mir auch!

Vor Freude lache ich laut auf. Stimmt ja. Mir war nicht in den Sinn gekommen, dass manche Leute das WLAN im Flugzeug tatsächlich nutzen, sonst hätte ich ihm viel früher geschrieben.

Ich wusste nicht, dass du mich am Wochenende angerufen hast.

Ja, vor deiner Wohnung heute Morgen ist mir klar geworden, dass du von meinen Anrufen nichts mitbekommen hast...

Bist du bald zu Hause?

Eigentlich nicht. Dauert noch ein paar Stunden.

Wie ist der Flug?

Viel wichtiger: Wie geht es dir?

Besser. Ich habe deine Sprachnachricht abgehört.

Und?, fragt er.

Mein Herz ist offenbar plötzlich zehnmal zu groß für meinen Körper. Ein Herz dieser Größe könnte einen Ozean an Blut pumpen.

UND ich wünschte wirklich, ich hätte das Batphone mit zu meinen Eltern genommen.

Tja, du kannst dir sicher denken, dass ich das genauso sehe.

Dein letzter Anruf hat mich echt durcheinandergebracht.

Ich weiß. Und ich kann dir gar nicht sagen, wie leid mir das tut.

Ich schließe die Augen und kämpfe gegen die Tränen an, die mir in letzter Zeit ständig kommen wollen. Schließlich bringe ich sie unter Kontrolle.

Ich wünschte, du wärst heute Morgen nicht gegangen.

Was hätte ich stattdessen tun sollen?, fragt er.

Beim Antworten unterdrücke ich ein Lächeln.

Ich wünschte, ich hätte dich hereingebeten. Wenn du jetzt hereinkämst, würde ich dich nicht wieder gehen LASSEN.

Ich falle vor Schreck fast vom Sofa, als es zwei Sekunden nach dem Absenden der Nachricht an der Tür klingelt. Für den Bruchteil einer Sekunde ziehe ich in Erwägung, mir eine Hose anzuziehen, aber ich habe da so eine Ahnung …
 Ich stehe auf und gehe mit wackeligen Beinen zur Tür.
 Mit zitternder Hand öffne ich sie und stehe Alec gegenüber. Er ist frisch rasiert, die Haare sind aus der Stirn gekämmt. Er trägt ein graues Button-down-Hemd und eine Anzughose und hält einen welken Blumenstrauß in der Hand.
 »Ich trage ihn schon seit ein paar Stunden durch die Gegend«, erklärt er. »Sunny wollte nicht, dass ich früher herkomme, und du wolltest sie nicht zum Abendessen begleiten.«
 Hinter der Hand, die ich mir vor den Mund geschlagen

habe, gebe ich einen gedämpften Schreckenslaut von mir. Er war die ganze Zeit hier. Natürlich war er das. Alec fliegt nicht nach London, wenn Sunny auf dem Weg nach L. A. ist, und Sunny kommt nicht nach L. A., wenn Alec nach London unterwegs ist. Und Yael würde keinen der beiden jemals auf diese Art hängen lassen.

Stell dir vor, unsere Flugzeuge hätten sich gekreuzt. Wahrscheinlich hätte er mir noch in der Luft eine Strafpredigt gehalten.

»Du warst gar nicht in dem Flieger!«

»Ich ... wow«, sagt er, plötzlich von meinem Outfit abgelenkt. »Was machst du ...?«

Ich stürze mich in seine Arme und werfe die Blumen auf den Boden. Er muss einige Schritte zurückweichen, um das Gleichgewicht zu halten und mich aufzufangen.

Er ist hier! Mit geschlossenen Augen drücke ich ihn an mich und opfere jeden Wunsch, den ich in meinem Leben noch haben könnte, aus Dankbarkeit, ihn hier vor meiner Tür zu sehen.

Alec schließt mich in die Arme, hält mich fest und stöhnt ganz leise an meinem Nacken. Er fühlt sich so gut an, dass es mir den Atem verschlägt. Alles in mir scheint sich in der Mitte meiner Brust zusammenzuziehen und dann vor Erleichterung und Sehnsucht zu explodieren, sodass ich meinen Herzschlag in sämtlichen Fingern und Zehen pulsieren fühle.

Er ist warm und stark, riecht nach Seife und dem dezenten Zitrusduft seiner Rasiercreme. Sein Lachen vibriert an meinem Gesicht, da, wo ich es an seinen Hals drücke.

Ich wäre niemals über ihn hinweggekommen.

»Gigi«, sagt er mit tiefer Stimme, »sieh mich an.«

Ich kann nicht. Ich drücke meine Lippen auf seinen Hals, sein Kinn, und dann übersäe ich sein Gesicht mit Küssen.

Der Überfall bringt Alec zum Lachen, und er trägt mich in

die Wohnung wie eine Stoffpuppe, die an seinen Schultern hängt. Nachdem er die Tür hinter uns geschlossen hat, hebt er mich hoch und trägt mich in mein Zimmer.

Dort angekommen lässt er mich an seinem Körper hinunterrutschen, bis meine Füße den Boden berühren. Dann beugt er sich zu mir herab, nimmt mein Gesicht in beide Hände und drückt sanft seine Lippen auf meinen Mund. Er küsst mich derart leidenschaftlich, dass ich an nichts anderes mehr denken kann als daran, wie er sich anfühlt. Ich balle die Fäuste um den Stoff seines Hemds und ziehe ihn an mich.

Sein Hals ist gerötet.

»Errötest du auf diese Art, wenn du kommst?«, necke ich ihn mit seinen eigenen Worten.

Er lacht schnaubend, und ich knöpfe ihm das Hemd auf. Dabei beobachte ich, wie das Schwarz seiner Pupillen in das dunkle Braun seiner Iris übergeht. Das Hemd fällt auf den Boden, und er fährt sich mit dem Finger über die Unterlippe.

»Ich mag deine Unterwäsche.«

»Danke.« Ich schiebe einen Daumen unter den Gummizug am Bund und lasse ihn schnappen. »Die hat mir Yael besorgt.«

Erneut ein schnaubendes Lachen, dann richtet er den Blick auf mein Gesicht. »Glaubst du etwa, das war ihre Idee?«

»Sie hat sie immerhin ausgesucht.«

»Ja, weil *ich* sie darum gebeten habe.«

Da fällt mir etwas ein, und ich hebe den Finger. »Ich muss dir eine wichtige Frage stellen.«

Inzwischen ist sein Blick zu meinen Brüsten gewandert. »Meine Antwort lautet Ja.«

»Du hast doch noch mein rotes Kleid, oder?«

Er nickt zerstreut. »Hab ich geklaut. Hatte eigentlich nicht vor, es dir zurückzugeben.«

Lachend nehme ich seine Hand, lege sie mir auf die Hüfte

und führe sie an meinem Körper hinauf zu meinen Brüsten. Mein Lächeln verblasst, als mir das Verlangen heiß durch die Adern strömt.

Sofort schließt sich seine Hand um die Wölbung, seine Lider sind geschlossen. Immer wieder streicht er mit dem Daumen über die Spitze. Ich will, dass er sie massiert, will seine Zunge, seine Zähne darauf spüren. Ich wölbe den Rücken und dränge mich an ihn.

Alec schluckt.

»An diesem Wochenende... heute Morgen... habe ich wirklich geglaubt, dass ich dich nie wieder berühren würde«, sagt er dann.

Als er die Augen öffnet, sehe ich ihn bereits an, und die Art, wie sich seine Miene durch den Blickkontakt entspannt, ist so rein, sein Gesichtsausdruck so leidenschaftlich, dass ich beinahe körperlich spüre, wie ich mich tiefer in diese Liebe hineinfallen lasse. Es ist mehr als Leidenschaft, Zärtlichkeit und Bewunderung; es ist, als existierte die in Alec verliebte Gigi auf einer völlig neuen Ebene.

Mit einer Hand umfängt er meinen Nacken und kommt auf mich zu.

Das Herz schlägt mir bis zum Hals, als sein Mund erneut meine Lippen berührt. Ein Kuss, dann noch einer. Die Geduld, mit der sein Mund mich verführt, zeigt mir, dass er weiß: Wir haben alle Zeit der Welt.

Aber meinem Körper ist das wie üblich egal.

Ich greife ihm mit beiden Händen ins Haar und ziehe ihn an mich. Sein frisch gebügeltes Hemd reibt mir auf nahezu unerträglich erregende Weise über die Haut. Ein kühler Knopf drückt sich an meine Brust. Wieder einmal bin ich fast nackt, während er vollständig bekleidet ist.

Seine Zunge in meinem Mund fühlt sich an wie Sex, er

leckt und kostet mich, seine Zähne schließen sich um meine Lippen, ziehen daran. Wenn ich könnte, würde ich ihn auf dieselbe Art reizen, aber dafür bin ich viel zu verrückt nach ihm. Im Kontrast zu seiner konzentrierten Geduld werde ich immer die verzweifelte Gier sein.

»Willst du mich etwa stundenlang auf die Folter spannen?«, frage ich und versuche, ihn zum Bett zu zerren.

»Ich werde es jedenfalls versuchen.«

Wir halten inne, und unsere Blicke treffen sich, während das Echo dieser Worte schmerzlich zwischen uns hängt. Die Hände noch auf meinen Hüften, schiebt er mich die letzten Schritte zum Bett, drückt mich sanft auf die Matratze und lässt sich auf mir nieder. Der weiche Stoff seiner Anzughose berührt meine Schenkel, aber seine Hüften bleiben auf Abstand, schweben über meinem Körper.

»Ich bin nicht stolz darauf, wie ich mich am Freitag verhalten habe«, sagt er.

»Ich wusste einfach nicht, was ich tun soll«, erkläre ich. »Ich wollte mich entschuldigen, die Sache in Ordnung bringen und für dich da sein, aber du hast mich einfach nicht an dich herangelassen.«

Er nickt.

»Reagierst du immer so auf Krisen?«

Alec schüttelt den Kopf. »Weißt du noch, wie du mal gesagt hast, ich müsste mit einer Frau zusammen sein, die die Dinge völlig gechillt angeht? Ich habe mir den Gedanken nicht erlaubt, dass du tatsächlich dieser Mensch bist. Ich habe mich wie eine tickende Bombe gefühlt. Ich war in Panik und wollte dir nicht noch mehr Schwierigkeiten machen.«

Ich schüttele den Kopf. »Meine Entscheidungen hatten Konsequenzen für dich, das gebe ich zu. Aber ich wollte dir helfen. Oder wenigstens all das mit dir zusammen durchstehen.«

»Ich verstehe«, sagt er und lächelt. »Wenn wir es miteinander versuchen, dann richtig. Das heißt, du bist bereit, mir einen Vertrauensvorschuss zu geben, wenn dir Gerüchte zu Ohren kommen, und ich schließe dich in Zukunft nicht mehr aus.«

Ich fahre ihm mit den Fingern durchs Haar. »Deal.«

Forschend sieht er mir ins Gesicht. »Ich liebe dich.«

Es ist dunkel in diesem Zimmer – Nachthimmel und zugezogene Gardinen –, aber bei diesen Worten habe ich das Gefühl, von innen heraus zu leuchten. »Ja?«

»Ja.« Er lächelt, und ich liebkose mit einer Fingerkuppe eins seiner Grübchen. »Ist es dafür noch zu früh?«

»Ja, aber ich möchte es auch sagen.«

»Musst du nicht.«

Sanft lege ich ihm einen Finger auf die Lippen. »Ich spare es mir auf und überrasche dich damit.«

Alec lacht. »Du willst es gegen mich verwenden.«

Ich tue so, als würde ich eine Zigarre rauchen. »Na logisch. Kleiner Überfall.«

Endlich legt er sich auf mich, drückt sanft seine Hüften an meine.

»Ich wette, ich könnte dir die Worte entlocken«, sagt er an der zarten Haut meines Halses. Dann beugt er den Oberkörper leicht zurück und mustert mich mit einem boshaften Funkeln in den Augen, während er damit beginnt, sich auszuziehen.

Gierig lasse ich die Hände über die glatte Haut seines Oberkörpers gleiten. Mir kommt der Gedanke, dass ich diesen Mann, der es bereits unter normalen, weniger günstigen Umständen genießt, mich zum Flehen zu bringen, vielleicht lieber nicht herausfordern sollte.

Erst mit den Fingern, dann mit einem Kuss und schließlich, indem er mit disziplinierter Konzentration in mich eindringt, entlockt er mir die drei kleinen Wörter. Er bringt mich dazu, sie auszusprechen. Ich muss schwören, ihn anflehen, mir doch bitte zu glauben.

Als er mich auf sich zieht, lächle ich und wiederhole die Worte, während ich ihm ins Gesicht sehe, in dem sich unverhüllt seine grenzenlose Liebe zu mir zeigt. Und ich schreie die Worte ins Kissen, als er mich hart von hinten nimmt. Ich versichere ihm, dass ich die Wahrheit sage, als er mich erneut auf den Rücken dreht und langsam in mich eindringt, die Arme schützend um meinen Kopf gelegt.

Verschwitzt und in den Laken verheddert, plumpsen wir schließlich vom Bett und landen mit einem dumpfen Aufprall auf dem Boden, wo Alec sich mit den Armen abstützt. Über mir aufragend, greift er dann nach unten, um erneut tief in mich einzudringen. Irgendwann verlangsamt er den Rhythmus und vollführt nur noch winzige Bewegungen. Seine Lippen ruhen auf meinen, und wir atmen dieselbe Luft. Ich habe ihm die Hände ins schweißnasse Haar geschoben; er küsst mich intensiv und stöhnt leise, weil es sich so gut anfühlt.

Alec lässt eine Hand an meiner Seite hinabgleiten, und seine Fingerkuppen liebkosen meine Hüfte. Er schließt die Finger um meinen Schenkel und zieht mein Bein hoch, sodass ich es um seine Taille schlingen kann.

»Liebst du mich, wenn ich so tief in dir bin?«, fragt er.

Ich flüstere in seinen Mund, dass ich ihn liebe. Ja, ich liebe ihn mehr als alles andere auf der Welt. Drängend ziehe ich mich um ihn zusammen. Ich bin kurz davor, kann es nicht mehr hinauszögern. Wie ein Versprechen rollt mir ein unglaublich schweres Gewicht die Wirbelsäule hinunter, bereit, mich auszulöschen.

»Allmählich fange ich an, dir zu glauben.« Auf seiner Oberlippe glänzt eine Schweißperle, als er zwischen uns nach unten schaut. Ich sehne mich verzweifelt nach dem Salz auf seiner Haut, nach den wilden, nassen Küssen, kurz bevor er Erlösung findet.

Wir hören, wie sich die Wohnungstür öffnet und wieder schließt, dann das Geräusch, wie Eden ihre Handtasche und den Schlüsselbund auf dem Tisch im Flur ablegt. Das heißt, dass es nach zwei Uhr nachts ist und wir uns stundenlang geküsst, miteinander gespielt, uns geliebt haben.

Alec blickt auf mich herab und hält mir den Mund zu. Erst jetzt, wo ich keinen Laut mehr herausbringen kann, gibt er mir endlich, was ich will: die schnellen Stöße seiner Hüften, bis die Lust ein letztes Mal durch meinen Körper rast und ich ihm die Fingernägel in den Rücken grabe. Er bäumt sich auf, starrt an die Decke und beißt sich so heftig auf die Unterlippe, dass sie weiß wird, als er mit einem leisen Stöhnen kommt.

Nach Luft ringend, bleiben wir eine Weile liegen.

»Alles okay?«, fragt er schließlich, blickt auf mich herab und verlagert das Gewicht, um mir eine schweißnasse Haarsträhne aus dem Gesicht zu streichen.

Ich nicke und umfasse seinen Nacken.

»Na komm, hoch mit dir.« Er kickt die um seine Beine gewickelten Laken weg, und ich stöhne, denn ich bin bereits wund.

Wortlos hilft Alec mir auf die Matratze. Ich lasse mich fallen, und er tut es mir nach. Dann dreht er uns um und drückt seine Vorderseite an meinen Rücken. Mit seiner Hand auf meiner Brust und seinem Atem in meinem Nacken schlafen wir beide ein.

Durch den kleinen Spalt zwischen den Vorhängen kommt der Morgen ins Zimmer geschlichen. Ich liege behaglich an Alecs

Brust, richte mich nun aber auf und blicke ihm ins Gesicht. Er schläft.

Blinzelnd drehe ich mich um und greife nach dem Handy auf dem Nachttisch. Es ist kurz nach sechs.

Meine Story ist online.

Als ich mich aufrichte, wacht Alec auf. Schläfrig streichelt er mir den Rücken.

»Was ist los?«

»Der Artikel ist um neun Uhr Ostküstenzeit online gegangen. Vor sieben Minuten.«

Er stützt sich auf den Ellbogen und schmiegt sein müdes Gesicht an meinen Arm. Gemeinsam sehen wir zu, wie die Seite lädt, und mir schlägt das Herz bis zum Hals. Es gibt bereits Hunderte Kommentare.

Schweigend lesen wir gemeinsam meinen Bericht. Und dann noch einmal.

»Wow ... das ist perfekt«, flüstert Alec, als wir fertig sind. Dann nimmt er mein Handy und lässt sich zurücksinken, um den Artikel ein drittes Mal zu lesen.

Ich fürchte mich davor, aus diesem Raum zu blicken und die Reaktion der restlichen Welt zu sehen. Wenn es um meine Beziehung mit Alec geht, ist es mir egal, was andere sagen. Das Band zwischen uns ist aus dem Nichts entstanden und wird jedes Mal stärker, wenn er mich berührt. Ich liebe ihn in der Raserei der Lust und im weichen, müden Licht des Morgens.

Doch als Alec mir mein Handy zurückgibt und nach seinem eigenen greift, sehen wir uns für eine surreale Sekunde schweigend an. Unseren Herzen mag es ja egal sein, was die Leute denken, dennoch ist es wichtig.

»Glaubst du, es ist sicher, Twitter zu öffnen?«, frage ich.

»Ist es das denn jemals?«, fragt er grinsend zurück und zeigt mir großzügig zwei unwiderstehliche Grübchen.

Es stimmt, dass wir beide weit außerhalb der Reichweite des Internets existieren. Dennoch hängt meine Karriere davon ab, dass dieser Artikel gut aufgenommen wird, und seine davon, dass die Leute glauben, was Sunny zu sagen hat.

Ich küsse ihn einmal mit offenen Augen, ehe ich auf den Bildschirm blicke. Nachdem ich eine Weile gescrollt habe, entfährt mir ein stolzes Lachen. Alec wird in den sozialen Medien erneut großes Interesse zuteil, aber diesmal wird er mit Liebe und Zuneigung überhäuft.

Ich wische rasch nach oben und sehe Hunderte Tweets vorüberfliegen.

»Das ist ja total irre. Siehst du, wie sehr dich alle bewundern?« Ich halte inne, lese ein paar Posts und runzle die Stirn. »Du bekommst sogar jede Menge Heiratsanträge.« Ich deute auf mein Display. »Hier bietet jemand an, dein Baby auszutragen, wenn du das möchtest.«

Er überhört es. »Ich habe schon ein paar Interviewanfragen.«

Darüber muss ich lachen. »Äh ... das kann ich mir lebhaft vorstellen.«

Eine Textnachricht von Eden ploppt auf.

Ich höre dich dadrin lachen. Die zerquetschten Blumen, die ich gestern Abend im Eingang gefunden habe, bedeuten vermutlich, dass ein Mann in deinem Bett liegt?

Kichernd schreibe ich zurück: Hier ist zufällig so ein Typ aufgetaucht. Gutes Timing. Brauchte dringend Nachschlag.

Heißt das, dass Alexander Kim jetzt Single ist? Das ist *die* Gelegenheit für mich.

Ich lache, und dann ploppt eine Aufforderung auf, @GigisBottomLip zu folgen.

»Was machst du?«, frage ich und sehe grinsend zu ihm hinüber.

»Ich richte einen eigenen Fan-Account ein.«

Ich werfe das Handy aufs Bett, stürze mich auf ihn und lasse zu, dass er besagte Unterlippe zwischen seine Lippen zieht. Knabbernd bahnt er sich einen Weg an meinem Hals hinunter und erzeugt mit dem Mund ein Furzgeräusch an meiner Schulter.

»Ich weiß nicht, ob ich heute überhaupt gehen kann«, sage ich.

»Ich werde jedenfalls hinken«, erwidert er.

»Weißt du, was dich jetzt locker machen würde?«, frage ich lächelnd an seiner Wange.

»Was denn?«

»Eine schöne heiße Dusche.« Ich deute mit dem Daumen über die Schulter.

Er rollt sich auf mich und lacht schon, weil er weiß, was jetzt kommt...

»Du kannst gern meine benutzen.«

EPILOG

Sunny, Yael und Alec bleiben noch drei Tage in L. A., um auf die überwältigende Anzahl von Reaktionen zu reagieren, die auf die Veröffentlichung des Artikels in der *Vanity Fair* folgen. Wenn er gerade keine Interviews gibt, ist Alec mit mir in unserer alten Suite im Waldorf Astoria. Er hat darauf bestanden, meine Assoziationen zu diesen Räumen neu zu vernetzen und die letzten miesen Augenblicke in meinem Gedächtnis zu überschreiben. Offenbar ist es mir gelungen, den Anblick des Sonnenlichts zu vergessen, das ins Schlafzimmer fällt, ebenso wie die Helligkeit der Wände und die Art, wie die kühlen Laken sich erwärmen, wenn Alec abends zu mir ins Bett gleitet... All das muss ich bereits verdrängt haben, denn die Rückkehr in diese schlichte Opulenz ist ein verwirrender Schock und gleichzeitig ein zutiefst nostalgisches Erlebnis.

Wenig überraschend vielleicht, dass die Geschwister erneut in dieselben Talkshows eingeladen werden, in denen Alec wenige Wochen zuvor bereits aufgetreten ist, um Werbung für *The West Midlands* zu machen. Nur dass er diesmal neben seiner Schwester auf der Couch sitzt und über den Jupiter-Skandal spricht, über sexuellen Missbrauch und über seine Bereitschaft, für Sunnys Privatsphäre seine Karriere zu opfern. Außerdem redet er darüber, wie tapfer es von Sunny war, an die Öffentlichkeit zu treten und über ein Ereignis zu sprechen, an das sie sich praktisch nicht mehr erinnern kann.

Es ist für beide emotional sehr anstrengend, und in Verbindung mit der Tatsache, dass Alec und ich nirgendwo auftauchen können, ohne von Fotografen belästigt zu werden, führt es dazu, dass wir den Großteil unserer Freizeit eng umschlungen in der Suite verbringen.

Als ich mich am Flughafen von ihm verabschiede, fühlt es sich an, als schlitzte mir jemand den Bauch auf. Wir wissen nicht, wann wir uns wiedersehen werden – das Chaos war zu groß, um Pläne zu schmieden –, aber wir versprechen einander, uns zu verabreden, sobald er zu Hause vor seinem Kalender sitzt.

Theoretisch müsste es mir gut gehen, als er abreist. Ich weiß, dass Alec und ich in einer guten Position sind. Meine Story hat zu umfassenden Ermittlungen gegen das Jupiter und sämtliche Hauptakteure geführt, und die Rechtsexperten in den Nachrichtensendungen sind sich einig, dass Josef Anders für eine sehr lange Zeit von der Bildfläche verschwinden wird. Ich bekomme von allen Seiten Jobangebote (auch eines von der *L. A. Times,* das ich höflich ablehne). Objektiv betrachtet läuft also alles prächtig. Aber nach dem Chaos der letzten Wochen habe ich nicht mehr das Gefühl, dass Karriere das Wichtigste im Leben ist. Vielleicht täusche ich mich, was Alec und mich betrifft, vielleicht bin ich zu idealistisch ... aber nein, eigentlich glaube ich das nicht.

Nach der Landung in Heathrow ruft er mich an, sobald er das Flugzeug verlassen hat. Als ich beim ersten Klingeln drangehe, platzt er heraus, er könne es nicht glauben, dass er ohne mich abgereist sei.

»Vielleicht sollte ich nach London ziehen«, entgegne ich, ohne nachzudenken.

Wenige Tage später lässt er mich einfliegen.

Wir sind gerade mal vier Tage im Urlaub in den schottischen Highlands, um unser gemeinsames Leben zu planen, da ruft ihn seine Agentin an und unterbreitet ihm ein Angebot für die Hauptrolle im nächsten Christopher-Nolan-Film.

Die Dreharbeiten in Singapur sollen in wenigen Wochen beginnen.

»Unser neues Haus kann warten«, sage ich zu ihm.
»Das ist die Rolle meines Lebens«, stimmt er mir zu.
»Es sind ja nur vier Monate.«

Aber aus vier Monaten werden sechs, und die Rolle macht ihn endgültig zum bekannten Filmstar. Wir sehen uns so oft wie möglich, aber es ist schwer, Zeiten zu finden, zu denen er komplett frei hat. Er wird mit einem Fernsehpreis für *The West Midlands* ausgezeichnet und erhält auch für seine neue Rolle eine Reihe von Awards. Bald darauf hat Alec die Wahl zwischen verschiedenen Engagements und Kooperationen, aber wenn ich ihn besuche, bekomme ich ihn immer nur kurz zu sehen, und wenn er nach L. A. kommt, ist sein Terminkalender genauso voll. An seinem Arm über einen roten Teppich zu gehen, ist nicht dasselbe, wie aneinandergekuschelt im Bett oder auf der Couch zu liegen. Ich fühle mich einsam, und er hat Sehnsucht nach mir. Er befürchtet, den Fokus zu verlieren, und ich kann mich nicht rückhaltlos auf ein neues Projekt einlassen, weil es mir wichtiger ist, zu ihm zu fliegen, sobald er eine freie Minute hat. Selbst wenn wir Zeit miteinander verbringen, fühlt es sich hoffnungslos und zu kurz an.

Das Problem ist, dass ich keine Alternative sehe. Würden wir uns häufiger sehen, wenn wir zusammenzögen? Er befindet sich auf dem Höhepunkt seiner Karriere – ausruhen kann er sich in ein paar Jahren, wenn er alle Punkte auf seiner beruflichen To-do-Liste abgehakt hat –, und ich möchte ebenfalls arbeiten. Nicht nur, um für meinen Lebensunterhalt zu sorgen, sondern auch, weil ich es liebe, zu recherchieren und zu schreiben. Auch wenn Alec unbestritten die Liebe meines Lebens ist, will ich ihm nicht einfach von einem Ort zum nächsten folgen. Ich möchte einen Grund haben, in die Welt hinauszugehen und über das, was ich dort sehe, zu schreiben.

Die Lösung kommt eines Abends auf den Fidschi-Inseln, wo wir einen Kurzurlaub verbringen, um unseren ersten Jahrestag zu begehen. Alec erzählt mir beiläufig ein paar verrückte Anekdoten über einen Mann, den er bei seinem derzeitigen Filmdreh kennengelernt hat. Unter anderem geht es darum, wie dieser Mann seiner Frau begegnet ist.

Yanbin ist ein Horrorfilm-Fan aus Peking, seine Frau Berit kommt aus Stockholm und ist Biologin, und die beiden haben sich im Zug nach Busan in Südkorea kennengelernt. Ihre Forschungsarbeiten führen sie um den gesamten Globus, und zwischen den Filmprojekten des Studios, das auch Alec engagiert hat, begleitet er sie auf ihren Reisen. Die Geschichten, die die beiden über das unkonventionelle Funktionieren ihrer Ehe erzählen, sind besser als jeder Liebesroman, den ich je gelesen habe.

Also schreibe ich für *The Guardian* einen Artikel über das Paar, scheinbar eine einfache Geschichte aus dem Leben. Aber dann bekomme ich auf einmal Briefe von anderen Paaren, anfangs ungefähr zehn pro Woche. Einige Geschichten sind derart surreal, dass mir die Luft wegbleibt, dass ich weinen oder hysterisch lachen muss.

Also schreibe ich ein weiteres Feature über ein Transgender-Paar aus Malaysia, das sich bei mir gemeldet hat und mit dem ich mich zum Gespräch treffe. Nach der Veröffentlichung ihrer Geschichte erhalte ich jede Woche Hunderte von Briefen.

Ich bin besessen von diesen unwahrscheinlichen und fesselnden Liebesgeschichten aus dem wahren Leben, bin verliebt in die Menschen hinter jedem einzelnen Brief. Manchmal finde ich überraschende Berührungspunkte zwischen Paaren überall auf dem Globus. All diese Liebesgeschichten haben eines gemeinsam: den Zauber des richtigen Zeitpunkts und des richtigen Orts.

Schließlich überlege ich, ein Buch zu schreiben, füge die Interviews und Briefe zu einer Reihe miteinander in Zusammenhang stehender Beinahebegegnungen und gefundener Seelenverwandter zusammen. Da ich überall arbeiten kann, begleite ich Alec an die Orte, an die ihn seine Dreharbeiten führen. Tagsüber schreibe ich wie im Fieber, und nachts schlafen wir eng umschlungen, wo auch immer wir gerade sind. Monatelang sind wir glückliche Nomaden und leben in Charlotte, Stockholm oder Toronto.

Dieses Leben ist zwar aufregend, aber auch anstrengend. Deshalb sagt Alec zu, als er ein Angebot für eine BBC-Produktion mit großem Budget bekommt.

Nach einem Festessen mit seiner Familie, Sunny und Yael kuscheln wir uns in einem Londoner Hotelbett aneinander und sind uns einig, dass es nun an der Zeit ist, hier ein Haus zu kaufen.

»Und wenn wir schon mal dabei sind ...«, sagt er und streichelt mir mit seinen warmen Händen über den Bauch, die Brüste und erneut über den Bauch, »... können wir eigentlich auch gleich heiraten.«

An meinem ersten Tag zurück in England sterbe ich beinahe. Es ist die fantasieloseste Version eines Nahtoderlebnis: eine Amerikanerin, die in London auf die Gegenfahrbahn gerät. Allerdings kann ich den Fahrern auf der anderen Straßenseite im Grunde keinen Vorwurf machen, denn ich habe absolut nicht auf den Verkehr geachtet. Stattdessen habe ich auf die Nummer 14 an einer blauen Haustür in Holland Park gestarrt und geistesabwesend dem Taxifahrer gewunken, der gerade wieder losfuhr.

Ich frage mich, ob es dumm von mir war, einen Tag früher hier aufzutauchen, um Alec zu überraschen, der sich wahrscheinlich den Arsch aufreißt, um unsere neue Wohnung herzurichten. Es ist, als stünden meine Glieder unter Strom, und mein Herz hämmert dermaßen, dass ich es ständig in der Kehle spüre. Vermutlich gibt es Zeiten im Leben, in denen wir in dem Moment, in dem etwas geschieht, bereits spüren, dass es sich um etwas Umwälzendes handelt.

Wenn ich genauer darüber nachdenke, fallen viele Momente, die ich mit Alec erlebt habe, in diese Kategorie. Zum Beispiel unsere erste Fahrt im Fahrstuhl oder jener Moment in der Nacht, als er mit dem Daumen meine Handfläche massierte und mit tiefer Stimme zu mir sagte: »Was immer du willst.« Der Abend, an dem wir zusammen vor einer endlosen Anzahl von Alec-und-Gigi-Spiegelbildern standen und unsere Zukunft tausendfach vor uns sehen konnten. Damals, als er mich mit einem Lächeln auf den Lippen in aller Öffentlichkeit geküsst hat, nachdem er gerade von seinem Oscar-Gewinn erfahren hatte. Oder der Augenblick, in dem ich die komplette erste Fassung meines Manuskripts eingereicht habe und Alec auf dem Schreibtisch mit den Fingerkuppen einen Trommelwirbel vollführte. Als er vor drei Wochen überraschend in L. A. vor meiner Tür stand, eine Flasche Champagner und ein Exemplar der Bestsellerliste in Händen.

Und nun dieser Tag. Der Tag, an dem wir endgültig zusammenziehen, zwei Wochen vor unserer Hochzeit. Nach so langer Zeit haben wir endlich ein Zuhause.

Beim Überqueren der Straße kommt mir ein Gedanke: Das Leben wird nicht immer so leicht sein, aber diese Liebe – unsere Liebe – ist das Wunder, das nur einmal im Leben geschieht.

Er steht in unserem neuen Wohnzimmer und zeigt zwei

Männern, wo sie das Sofa abstellen sollen. Beim Gestikulieren dreht er sich zum Fenster. Als er mich sieht, lächelt er erleichtert, dann fällt der Groschen.

Alecs Gestalt verschwindet aus meinem Blickfeld, und gleich darauf kommt er zur Tür herausgerannt, springt die drei Stufen hinunter und auf die Straße, wo wir uns auf halbem Weg treffen. Autos hupen und weichen uns aus, doch er hebt mich hoch, und seine starken Arme umfangen meine Mitte. Der Verkehr verlangsamt sich und kommt ganz zum Erliegen, als den Leuten klar wird, wen und was sie da sehen, aber Alec hat sich eigentlich noch nie Gedanken darüber gemacht, wer uns womöglich zuschaut.

»Endlich«, sagt er, und seine Lippen berühren meinen Mund, »endlich fängt es an.«

DANK

Im August 2020 machte ich Ferien von einem Schreibprojekt und beschloss... zu schreiben. (Die Probleme mit außerplanmäßigen Aktivitäten, wenn das Hobby gleichzeitig auch der Job ist, sind offensichtlich.) Ich habe das große Glück, dass ich vom Schreiben leben kann, und ich liebe diese Arbeit, aber ich habe schon sehr lange nicht mehr impulsiv, nach Gefühl und nur für mich selbst geschrieben. Die Arbeit an einem Nebenprojekt schenkt einem eine einzigartige Freiheit, die verständlicherweise immer seltener wird, wenn man für eine feste Leserschaft schreibt. In diesem Fall war ich besessen von Gigi und Alec; ihre Geschichte floss nur so aus mir heraus. Nichts ist befriedigender für eine*n Autor*in als dieser Flow, und ich hoffe, dass ein Buch entstanden ist, in dem du, liebe*r Leser*in, dich verlieren konntest.

Ich bin diesem Projekt und Kate Clayborn sehr dankbar, denn sie sind der Grund, warum ich auf den Sommer und Herbst 2020 mit süßer Sehnsucht zurückblicke anstatt mit der hohlen, existenziellen Panik, die, wie ich weiß, so viele von uns erleben mussten. Ohne euch gäbe es Alec nicht. Dieses Jahr hat so viel Schmerz mit sich gebracht, aber ihr wart – und seid immer noch – ein Lichtschein der Freude an jedem einzelnen Tag.

Eine Community, die ihre Unterstützung und Energie unverändert aufrechterhält, ist für eine*n Autor*in mehr wert als Gold. Meiner wunderbaren Freundin Susan Lee bin ich für ihr Feedback, aber auch für ihre Begeisterung zu Dank verpflichtet. Dein Fangirl-Lächeln beflügelt jeden um dich herum;

du bist einfach ein Juwel. Dank an meinen Schatz, Erin McCarthy, für die langen Textnachrichten während der Lektüre und für deine beständige Begeisterung für dieses Buch, seit du es vor fast zwei Jahren gelesen hast.

Ich hatte null Erwartung, dass aus dem Word-Dokument, das bis vor ungefähr fünf Minuten noch *Nebenprojekt* hieß, ein richtiges Buch werden würde. Ich habe es meiner Agentin Holly Root per Mail geschickt und dazu geschrieben: *Das hier ist echt heiß, aber vielleicht wird ja was draus?* Sie hat nicht mal mit der Wimper gezuckt, als während der schlimmsten Phase der Pandemie wie aus heiterem Himmel das komplette Manuskript in ihrem Posteingang landete. Sie tat, was Holly Root eben tut, sagte nur: »Cool« – und verkaufte das Manuskript. Ich danke dem Team von Gallery Books: Hannah Braaten, weil sie diese Geschichte so geliebt hat, wie ich es mir erhofft hatte, Jen Bergstrom, weil sie sich, ohne zu zögern, für das Buch eingesetzt hat, und Mackenzie Hickey, weil sie immer der hellste und schwärmerischste Stern von allen ist. Min Choi hat das Cover entworfen. Um es kurz zu machen: Ich bin besessen davon. Ich hatte um etwas sehr Spezielles gebeten, und das hier ist dabei herausgekommen. Es ist absolut einmalig. Ehrlich, ich weiß nicht, ob je zuvor in einem Verlag ein Cover auf derart reibungslose, fröhliche Art entstanden ist. Ein riesiges Dankeschön an Andrew Nguyên, Aimée Bell, Lauren Carr, Eliza Hanson, Jen Long, Christine Masters (meine Königin, dir entgeht nichts), Emily Arzeno, Caroline Pallotta, Abby Zidle, Sally Marvin und das gesamte Team von Gallery. Es ist nicht übertrieben, euch als Dream-Team zu bezeichnen. Jen Prokop, danke für deine stets großartigen redaktionellen Anmerkungen. Ich liebe dich, und es tut mir leid, dass ich dich gezwungen habe, in der ersten Person Singular Präsens zu lesen.

Kristin Dwyer von Leo PR ist die beste Strategin, Freundin, Heldin und – logisch – PR-Vertreterin von allen. Sie ist unverzichtbar und unvergleichlich. Jeder sollte eine Kristin haben (aber sie bringt auch den Gollum in mir zum Vorschein, und ich schäme mich nicht mal dafür).

An meine Buchcommunity, die frühe Versionen gelesen, kommentiert und mich mit ihren eigenen Worten erfreut hat: Ich bin euch sehr dankbar für eure Begeisterung und eure Liebe: Ali Hazelwood, Helen Hoang, Sarah MacLean, Rosie Danan, Rachel Lynn Solomon, Tessa Bailey, Sonali Dev, Kate Spencer, Sara Whitney, Katherine Center, Erin Service, Katie Lee, Cassie Sanders, Catherine Lu, Molly Mitchell, Monica Sánchez und Gretchen Schreiber. Vielen Dank an die Leser*innen, die die ersten Rezensionsexemplare angefordert und mich auf Instagram per Direktnachricht mit ihren Gefühlen bombardiert haben. Vielen Dank an die Bookstagram-, Goodreads-, BookTube- und TikTok-Fans, die sich die Zeit genommen haben, Videos zu drehen und Beiträge oder Rezensionen zu diesem Buch zu schreiben. Das bedeutet mir wirklich sehr viel!

Ich danke meiner Familie, ihr seid die wahre Keimzelle meiner Freude. Ich hoffe, die drölfzigtausend Quesadillas, die ich während der Pandemie zubereitet habe, drücken meine Zuneigung zu euch auf angemessene Weise aus, meine Süßen.

Und an Du-weißt-schon-wen: Wir heben es uns wie immer bis zum Schluss auf. Du weißt ja, was man über das Beste sagt, und es stimmt. Das Beste bist du.